KB021313

미국의 괴담

金東晃編譯

명문당

머리말

　유럽 대륙에서 시작되었고, 발전한 유령과 마귀, 그리고 요정(妖精)의 이야기 가운데, 유령과 마귀는 미국으로 전해졌지만 요정의 이야기는 전해지지 아니했다. 왜 그랬을까?

　유럽인들이 미국이라는 신천지(新天地)로 건너갈 때 대서양을 건너야 했는데 바다에는 요정의 천적(天敵)인 상어가 있었기 때문이며, 또 그 육지에는 역시 요정의 천적인 뱀이 득시글거렸기 때문이라고 하는 설(說)이 있다. 이것도 어느 정도 맞는 설이겠지만 역시 더 큰 원인은 종교와 자연환경의 차이에 있다고 보는 것이 옳겠다. 그 때문에 미국에서는 괴기문학의 중요한 분야인 요정 이야기가 영국처럼 확립되어 있지 못하다.

　종교적인 거창한 문제를 여기서 언급하려는 것은 아니고, 다만 한 가지 - - 18세기 중반부터 유럽에서는 《신약성경》〈요한계시록〉에 대한 관심이 높아져서 적(敵)그리스도라든가, 〈계시록〉의 짐승들, 그리고 그것에 대항하는 성모마리아에 대한 언급이 두드러졌었다. 즉 유럽 문명붕괴의 징후이다.

　이것에 비하여 신천지 미국에서는 붕괴보다는 건설이 관심사였으므로 자기네들 혼(魂)의 타락을 강경하게 경고하는 간시자(看視者)로서의 '두려운 하나님'과 그 유혹자인 마귀에 대한 외경(畏敬)이 사람들을 사로잡게 되었다. 유럽이 여성적인 환상으로 치닫는 한편 미국은 남성적인 환상으로 향했다고 해야 할 것이다.

미국 괴기문학의 배경을 이루는, 이상과 같은 괴기에 대한 성향을, 또다른 각도에서 명시(明示)하는 실례(實例)가 심령학일 것이다. 죽은 사람의 영(靈)이 살아 있는 인간을 매개로 하여 교신(交信)하는 시스템, 혹은 사후(死後)의 존재, 윤회전생(輪廻轉生)에 대하여, 과학아카데미가 강력했던 유럽에서는 심령학이라 하더라도 과학적 접근이 강조되었던 점에 비하여, 미국에서는 기적이라든가 신앙치료(信仰治療) 등 의사과학(擬似科學)과 오컬트의 측면이 중시되었던 경향이 있다. 포라든지 호손 시대의 미국은 골상학(骨相學)·메스멜리즘·심령학 등이 엄밀과학과 동동하게 시민사회에 유포되었던 것이다.

이에 대하여 미국 괴이(怪異)의 정황에 있어 고유한 현상이라면 카리브해(海) 주변에서 발생한 아프리카 흑인들의 주술(呪術) 신앙이 있다. 그들의 소박한 영혼신앙이라든가 주술(呪術) 기술은 프랑스의 오컬티스트, 알랑 카르딕 등의 영향으로 카톨릭과 연결되어 유명한 존비 전승과 브도우의 주술 등, 독특한 마술을 만들어 냈다.

이처럼 다기(多岐)한 토양에서 싹트고 자라난 미국의 괴기환상문학을 하나의 책으로 묶어낸다는 것은 어려운 일이요 엉뚱한 작업임에 틀림이 없다. 그러나 그 엉뚱한 작업을 해냄으로서 미국 문화의 저변에 흐르고 있는 괴이의 기본구조를 파악하는 데 도움이 될 것으로 여기어 이 책을 엮어낸다.

끝으로 졸편역을 허물치 않고 상재(上梓)해 주신 명문당 김동구(金東求) 사장님과 관계직원 여러분께 감사의 말씀을 드린다.

2000년   월
편역자 씀

차 례

하숙집 괴사건

내 이름은 엘리자베스 헤닝스 부인 ─. 나는 남들로부터 존경받는 처지에 있다. 상류부인이라고나 할까, 젊었을 때는 우월감도 꽤나 가지고 있었다. 성장과정도 좋고 사립 여자학교를 졸업했다. 결혼 상대도 잘 만났었다. 남편은 장사 중에도 가장 고급스런 장사인 약국을 경영했는데 점포는 록튼의 모퉁이 요지에 있었다.

록튼은 내가 태어난 마을이며 남편이 죽을 때까지 우리는 그곳에서 살았다. 부모는 내가 결혼한 후 얼마 안되어 세상을 떠났으므로 나는 이 세상에 홀로 남은 형국이 되었다. 그러나 약국을 계속 경영할 생각은 없었다. 약에 대한 지식이 전혀 없어서 달라는 약 대신 독(毒)을 주게 되지는 않을까하는 공포심 때문이었다.

그래서 결국에는 점포를 싼값에 팔기로 했다. 그 대금으로 받은 약 5천 달러가 내 전재산이었다. 다소라도 쾌적한 생활을 하기 위해서는 너무나도 적은 돈이다. 나는 돈벌 방법을 생각했다. 우선 교단에 설 생각이었으나 나이를 꽤 많이 먹은 터이고 내 학창시절과는 교육방법도 바뀌어 있었다. 내가 가르칠 수 있는 것은 이제 아무것도 없을 것이다.

그것 외에 생각나는 것이 한 가지 있었다. 하숙을 치는 일이었다. 그러나 록튼에서는 그 장사도 교직(敎職)에 서는 것과 마찬가지로 지장이 있었다. 하숙을 원하는 사람이 없었던 것이다. 침실이 꽤 여러 개 있는 집을, 남편은 빌어서 썼었으므로 나는 하숙인을 모집한다는 광고를 냈었는데 아무도 응모하러 오지 않았다.

이제 현금도 마침내 바닥이 났다. 나는 절망적이었다. 그래서 가구를 포장해가지고 이 마을에서 큰 집을 얻어 이사를 했다. 그것은 여러 모로 위험을 안은 모험이었다. 우선 첫째로 집세가 상당히 비쌌다는 점이다. 다음으로 이 마을에서 나는 완전히 무명(無名)이었는데, 나는 창조성과 발명의 재능이 있었고, 때와 장소에 따라서는 모험심도 갖춘 터였다. 나는 독자적인 방법으로 선전을 했다.

그러다 보니 내 주머니는 완전히 빈털터리가 되었다. 수중에 현금이 없게 되었으므로 당초부터 필요한 것을 사기 위해서는 원금(元金)을 인출하지 않을 수 없게 되었다. 이런 일은 처음이었다. 그러나 큰 위험에는 그 나름대로의 결과도 나왔다.

신문에 광고가 나간 지 이틀 후에 몇사람의 희망자가 있었고, 2주일이 채 안되어 하숙은 그런대로 모양을 갖추었으며 성공을 거두게 되었다. 그리고 지금부터 이야기하려는, 기묘한 사건이 없었더라면 그런대로 잘 되어갔을 것이다. 나는 이집에서 나와 다른 집을 빌 수밖에 없는 처지에 놓였다.

처음부터 하숙인 가운데 몇사람은 나를 따라오기로 했는데, 그밖의 사람 중에는 심한 신경과민으로, 지금부터 이야기하는 무시무시한 사건과는 어떤 형태로든 관계되고 싶지 않다는 사람도 있었다. 이집에서 겪은 나의 불행이 다음 집에서까지 이어질 것인지, 홀베드룸(복도의 막다른 곳에 있는 침실로서 아파트 등에서는 제일 하급의 방)에서 일어난 괴사건에 의해, 내 행복은 평생을 두고 어두운 그림자에 싸이고 말 것인지는 앞으로 되어가는 것을 기다려야 알 수가 있다.

이 불가사의한 이야기를 나 자신의 애기로 하는 대신 여기에 조지 H. 위트크로프트씨의 일기(日記)를 적기로 한다. 금년 1월 18일, 그가 우리집에 하숙한 날부터의 일기를 보기로 하자.

1883년 1월 18일. 새 하숙집에 도착했다. 변변치 못한 내 주머니 사정에 어울리도록, 나는 3층의 복도 맨끝에 있는 침실을 빌었다. 지금까지 나는 홀베드룸에 대해서 여러 이야기를 들어왔었고 실제로 내 두 눈으로 보고 그 안에 들어갔던 일도 있다.

그러나 실제로 살게 되기까지는 홀베드룸이 창피한 곳이란 점까지는 이해하지 못하고 있었다. 이방은 그곳에 사는 인간의 불명예를 나타내고 있었다.

내 나이 36세나 되었거니와 그 나이에 홀베드룸에서 살아야 한다는 것은 부끄러운 인간임에 틀림이 없다. 이런 점으로 볼 때, 내가 레이스에서 심히 뒤쳐져 있다는 것은 틀림이 없었다. 남은 인생을 이 홀베드룸에서 살면 안된다는 이유도 발견되지 않는다.

큰 집에 집세를 제대로 낼 수 있다면 더없이 좋겠지만 그것도 불가능한 일은 아니었었다. 왜냐하면 불과 얼마 안되는 자금을 안전하게 투자해 두고 다짐만은 받아두었었기 때문이다. 하지만 모든 것은 행차 뒤의 나팔이었다. 패배와 불운밖에 경험하지 못하는, 모험심이 강한 인간을, 늦건 빠르건 간에 엄습해 오는 급변(急變)을 나는 경험하고 있다.

나는 극단으로 치달았다. 그리고 모든 것을 잃었다. 연애는 깨지고 돈은 없앴으며 승진 경쟁에서 패하고 건강도 체력도 잃었다. 나는 지금 적은 수입으로도 살아갈 수 있는 홀베드룸에 들어왔다. 가급적이면 이 지방의 미네럴워터를 마시고 건강을 되찾고 싶다. 가능하다면 건강을 해친 채로 이곳에 있으면서 — 그것은 내 병은 반드시 치명적인 것은 아니기 때문이다 — 하느님이 홀베드룸에서 데리고 나가기를 기다리기로 하자.

나에게는 어느 곳에서 살고 싶다는 희망도 없었다. 미네럴워터가 비록 효험이 없더라도 내가 이곳에서 나가기에 충분한 동기는 없다. 그러므로 나는 이 홀베드룸에 머무르는 것이다. 하숙집 여주인은 예의바르고, 필사적으로 돈을 벌려는 여성치고는 대단히 친절한 편이다.

돈으로 말미암은 고생은 언제나 여성의 아름다운 성질을 해친다. 그녀는 그런 일을 하기에는 너무나 델리킷하다. 그녀는 원래부터 돈의 발굴인이 아니었다. 그랬기에 돈은 그녀에게 고통을 주었다. 그녀는 높은 곳에서 내려와 돈을 모아들이고 또 파내기도 했다. 그러나 그것도 별수가 없었다. 이렇게 해서 성격이 나빠지는 것은 너그럽게 봐줄 수밖에 없는 것이다.

불리한 상황에서 오는 고생을 생각할 때, 그녀로서 할 수 있는 일은 하숙집 여주인이 고작이었다. 그렇긴 했지만 식사는 양심적이라고 할만큼 좋았다. 내가 본 바로는 이익을 남기지 않으면 안되련만, 그녀는 무리를 하여 하숙인들이 내는 하숙비에 어울리는 식사를 내려고 하는 것 같다. 그러나 그것은 나에게 있어 별로 중요하지 않았다. 내 식사는 제한되어 있었기 때문이다.

나처럼 미식(美食)의 기쁨에 관심이 없는 인간이라 하더라도 식사가 제한되면 화를 내는 것은 기묘한 일이다. 오늘 저녁에 푸딩이 나왔다. 먹는다고 해서 벌금을 무는 것도 아니니 먹고 싶어서 견딜 수 없었다. 이유는 단 한 가지 — 지금까지 본 적이 없는 것 같은 푸딩이었기 때문인데 나는 거기서 정신적인 중요성을 보았다.

기묘하게 생각될는지도 모르겠는데 그것을 맛보면, 무엇인가 새로운 감각이 주어지고 그 결과 새로운 견해가 주어질 듯한 기분이

들었던 것이다. 아주 사소한 것이 큰 결과를 가져다 주는 수도 있다. 푸딩에 의해 새로운 견해를 얻는 것이 잘못일까?

눈앞에 펼쳐지고 있는 인생은 단조롭고, 그것을 해소할 만한 것이라면 무엇에든지 의지하고 싶다. 그런데 아무런 불평도 없이 지금 이방에 주주물러 앉아 있으니 아이러니하다. 그래도 사람은 타고난 성질을 극복하거나 과격하게 바꿀 수는 없다.

지금 나는 나 자신을 냉철한 눈으로 보고, 그 성격과 행동의 기조(基調)를 모색하고 있다. 나는 지금까지 무엇인가 새롭고 경험하지 못한 것, 먼 지평선의 넓이, 바다 저쪽의 바다, 사고(思考) 저쪽의 사고에 대한, 지나친 욕구를 의식하고 있었다.

이 성격이 내 모든 불행의 첫 번째 원인이었다. 나는 탐험가의 혼을 가지고 있는데 이것은 9할쯤 파멸을 초래하는 것이다. 자금과 충분한 지원이 있다면 나는 북극(北極)을 목표로 하는 탐험가의 한 사람이 되어 있었을 것이다. 나는 또 천문학을 열심히 배우고 있었다. 식물학(植物學)도 미친듯이 공부했고, 온세계 미개지에 있는 신종(新種)의 꽃을 꿈꾸고 있었다. 동물학에 있어서도 마찬가지였다.

나는 부자의 권력과 소유의식이 알고 싶어서 부자가 되고자 했다. 나는 감정의 가능성을 발견하기 위해 사랑에 빠지기도 했다. 나는 인간이 인간에 대해서 품고 있는 이상(理想)에 대해서 동경을 했다. 단지 이기적인 목적 때문이 아니라 세상의 권세에 대해, 만족할 줄 모르는 지식욕 때문이었다.

그러나 나에게는 한계가 있었다. 나는 그 본질을 너무 이해하고 있지 못했다 — 자신의 한계를 제대로 이해하고 사는 사람이 있을까, 인간의 지식이야말로 그런 것들을 방해하는 법이다 — 그러나 그 관계가 어떤 의미에서는 내 진보의 장해가 되었다. 그리고 홀베드룸에 정착한 나는 운명의 도랑 속에 깊이 몸을 가라앉혔기 때문에 마침내 자신의 한계까지 못보게 된 것이다.

지금 이것을 쓰고 있는 내 좌측의 한계, 즉 물리적 한계는 싸구려 벽지에 덮인 벽이다. 벽지는 금색과 흰색을 사용한 애매한 바탕이었다. 사진이 몇장 걸려 있고, 침대 머리맡의 넓은 벽에는 여주인 것인 대형 유화(油畵)가 걸려 있다. 녹이 슨 금색 대형 액자에 들어 있는 그 그림은 이곳에는 어울리지 않을 정도로 대단한 작품이다. 화가가 누군지는 모르겠다.

50년쯤 전에 유행했던, 틀에 박힌 풍경화로서 착색 석판쇄(石版刷)로 복제화가 잘 만들어지는 타입 — 구불구불한 시냇물이 흐르고 있고 연인이 탄 소형 보트, 오른쪽 나무들 사이에는 오두막이 있으며 배경에는 꽃이 만발한 언덕과 교회의 첨탑이 있었다 — 이었는데 그런대로 잘 그려져 있었다. 디자인에 오리지널리티의 흔적도 없지만 기술에 뛰어난 화가란 인상을 주었다.

하지만 어떻게도 설명할 수 없는 이유로 그 그림은 나를 안절부절못하게 만들었다. 나는 자신의 의지와는 반대로 그 그림을 바라보고 있었다. 방안에 순진한 표정을 짓고 있는 인간이 있는 것처럼 그 그림은 내 주의를 끌었다. 헤닝스 부인에게 떼달라고 부탁을 하자. 그리고 그 대신 트렁크에 있는 사진을 걸기로 하자.

1월 26일. 나는 매일 규칙적으로 일기를 쓰지는 않는다. 그런 식으로 쓴 적은 지금까지 한번도 없었다. 그렇게 해야 할 이유가 없었던 것이다. 그런 일에 의무감을 가지는 사람이 있다는 것은 상상도 할 수가 없다. 기록할 가치가 있는, 흥미있는 사건이 있는 날도 있으려니와, 몸의 컨디션이 나쁘다든가 일기 쓸 기분이 전혀 안나는 날도 있을 텐데 말이다.

이 4일 동안은 이 세 가지 이유가 모두 맞아떨어져서 나는 쓰지 않았다. 그러나 오늘은 쓰고 싶어졌고 실제로 쓸 거리도 있다. 그리고 지금까지보다 기분도 훨씬 좋다. 아마 미네럴워터의 효험이 있는 것이리라. 어쩌면 주거지를 옮긴 까닭일까? 그보다 더 묘한 이유가 있는지도 모른다.

내 마음이 뭔가 새로운 것에 뛰어들고 그 발견이 내 약해진 몸에 영향을 주어 흥분제 역할을 한 것이다. 내가 알 수 있는 것은 몇갑절 기분이 좋다는 것, 그리고 일기를 쓰는 데 있어 대단한 흥미를 가지게 되었다는 점인데, 이것은 최근의 나에게는 아주 기묘하게 생각되었다.

나는 지금까지 무관심 속에서 살아왔는데 그것은 내 병의 결과 때문이 아니라 오히려 원인 때문이 아닐까하는 생각도 해왔었다. 나는 줄곧 실망해 왔으므로 일종의 무기력상태에 빠져 있었다. 나는 장해물에 무력하게도 양보하는 태도를 취해왔다. 결국 최악의 고통은 언제나 노력 속에 있는 것이다. 체념을 하면 도리어 즐겁게 된다. 쓸데없는 저항을 해서 얻는 게 무엇이냐 — .

그러나 어떤 이유로 이 며칠 사이에 나는 휴지상태(休止狀態)에서 눈을 뜬 것 같다. 그것은 나에게 있어 장래의 트러블을 의미하는 것인데 그것까지 나는 후회하지는 않는다. 그것은 그 그림에서 시작되었다 — 그 대형 유화(油畵)이다. 어제 나는 헤닝스 부인에게 부탁하러 갔었는데 놀랍게도 — 그것은 아주 쉽게 처리될 줄 알았기 때문이다 — 그녀는 그림을 떼내는 데 반대했다. 이유는 두 가지였다. 두 가지 모두 단순하고 그럴듯한 이유였으며 나로서는 단호하게 저항할 생각도 없었다.

그 그림은 그녀의 그림이 아닌 것 같았다. 그녀가 집을 빌어올 때 이미 그곳에 걸려 있었다는 것이다. 그림을 떼내면 색이 바랜 벽지가 드러날 것인데 그녀로서는 새 벽지를 바꾸어 붙이기 위해 집 소유자에게 사정 이야기를 하기 싫다는 것이었다. 소유자는 노인이며 해외 여행중이라고 했다. 그녀가 이집을 빌린 것은 얼마 되지 않았다는 것이었고 ― .

그녀는 또 이 집안에는 그 그림을 보관할 장소가 없는데다가 다른 방에는 그렇게 큰 그림을 붙일 만한 공간이 없다고도 했다. 그래서 나는 그 그림을 방에 그대로 붙여두기로 했다. 그 결과 방안에서는 굉장한 변화가 일어나고 나는 마음이 어지럽게 되었다. 생각해 보면 그것은 결국 어처구니없는 일이었다. 그러나 나는 트렁크에서 내 사진을 꺼내어 그 대형 그림 주위에 붙여 놓았다.

벽은 온통 사진으로 도배한 상태가 되었다. 어제 오후에 나는 사진을 걸었고 어젯밤에는 이곳에 온 이래 기묘한 경험을 했다. 그것이 경험에 속하는 유(類)의 것인지는 확신할 수가 없고 또 백일몽(白日夢)이라는 유의 것도 아니었다. 그러나 어젯밤에도 그것이 나타났으므로 이제 나로서도 알고 있다. 이방에는 어딘가 불가사의한 것이 있는 것이다. 나는 그래서 크게 흥미를 자아내고 있다.

장래의 참고로 하기 위해 어젯밤에 있었던 일을 여기에 기록해 두자. 이방에서 자게 된 이래의 사건에 대해서는 ― 똑같은 성질의 것이었다고 할 수 있는데 ― 그것은 어디까지나 예비 단계, 어젯밤에 있었던 사건의 프롤로그와 같았다.

나는 이 미네럴워터를 질병의 치료약으로는 생각하지 않는다. 증상은 때로 아주 심하여 약을 먹지 않는 한 시종 고통에 시달린다. 내가 쓰고 있는 약은 이른바 드러그로 불리는 것이 아니며, 지금부터 써나가는 것이 그것에 기인(起因)하는 일은 절대로 없다. 어젯밤에, 그리고 이방에서 자게 된 이후로, 내 마음은 완전한 정상상태였다. 여기에 오기 전에 치료해 주었던 전문의(專門醫)가 처방한 이 약을 나는 4시간마다 먹고 있었다.

14

숙면(熟眠)을 취하지 못했었으므로 밤중에도 한낮과 같은 간격으로 약을 먹는 데 불편을 느끼지는 아니했다. 그래서 가스등을 켜지 않고서도 손이 닿을 수 있는 곳에 약병과 스푼을 놓아두는 것이 습관화되었다. 이방에서 살게 된 이후로 침대 반대쪽, 즉 방의 구석쪽에 있는 화장대 위에 약병을 놓아두기로 했다.

손 닿는 곳 가까이에 두지 않고 이처럼 떨어진 곳에 둔 것은, 전에 약병을 엎질러 내용물의 태반이나 엎질렀던 적이 있었기 때문이다. 약은 값이 비싸서 손쉽게 구할 수 있는 것이 아니었다. 그래서 만에 하나를 고려하여 화장대 위에 놓아두기로 했었다.

방이 워낙 좁기도 해서, 이 화장대까지는 침대에서 3, 4보(步)만 걸으면 갈 수가 있다. 어젯밤 나는 평소와 같이 눈을 떴다. 잠이 든 것이 11시였으므로 약 2시경쯤 되었음을 알 수 있었다. 시계처럼 정확하게 눈을 뜨는 나로서는 시계를 볼 필요가 없었다.

나는 평소보다도 잘 잤고, 꿈을 꾸지도 않았다. 그리고 눈을 떴을 때는 평상시와 달리 기분이 무척 상쾌했다. 나는 침대에서 나와 약병과 스푼이 놓여 있는 화장대 끝으로 걸어갔다.

그런데 놀랍게도, 방을 가로질러 가기에 충분한, 여러 걸음을 떼었는데도 불구하고 반대쪽에 도달하지 못했다. 나는 다시 몇걸음을 더 전진했는데 팔을 뻗어도 닿는 것이라고는 아무것도 없었다. 나는 일단 멈추어 섰다가 다시 걸어나갔다. 똑바로 걸었던 것은 분명했다. 설령 똑바로 걷지 않았더라면 이 좁은 방에서 벽이나 가구 따위에 부딪치는 일 없이 계속해서 전진한다는 것은 불가능했다. 나는 더듬거리며 계속 걸었다.

무대의 등장인물처럼 한걸음 나갔다가는 잠시 머뭇거리고 그 다음에는 미끄러지듯이 걸었다. 손을 내밀어 보았지만 아무것도 닿지 않았다. 나는 다시 멈추어 섰다. 공포심도 없었고 기겁할 정도로 놀라지도 않았다. 도리어 안도감이 생겼다.

"아니, 이게 어찌된 일이야?"

내가 중얼거리는 소리가 내 귀에 들려왔다.

"도대체 어떻게 된 거지?"

방안은 캄캄했다. 희미한 빛마저 없었다. 이른바 암실로 불리는 방에서 나타나는 빛, 즉 벽이나 그림의 액자, 거울이나 그밖의 하얀 물체에 생기는 어렴풋한 빛조차 없었다. 완전히 캄캄했다.

이집은 마을의 조용한 지역에 있었다. 나무들이 울창하게 서있는 가로등은 12시에 끄도록 되어 있었다. 달도 뜨지 않았고 하늘은 구름이 끼어 있었다. 나로서는 방안에 한 개밖에 없는 창문조차 구별할 수 없었다. 비록 캄캄한 밤이라고는 하지만 그것은 기묘한 일이었다.

마침내 나는 전진하는 방향을 바꾸기로 하고 가급적 정확하게 우측으로 돌았다. 그렇게 해서 걸으면 몇발짝 안가서 창문 밑에 있는 책상에 도달할 것이다. 혹은 완전히 정반대 방향을 향하고 걷는다면 복도로 통하는 문에 부딪칠 것이다. 그러나 어느 쪽에도 도달하지 않았다.

나는 있었던 일 그대로의 진실을 적고 있다. 나는 걷는 걸음의 수를 세기 시작했고, 보폭(步幅)을 주의깊게 쟀다. 그런 다음 나는 가구가 없는 공간을 적어도 세로로 6m, 가로로 9m쯤 돌아다녔다. ― 상당히 넓은 아파트의 면적을 돌아다닌 셈이다.

걸으면서 맨발인 내 발은, 지금까지 경험하지 못했던 감각인, 어떤 것을 밟고 다닌다는 것을 느꼈다. 가장 비근한 표현을 한다면 물이라든가 공기처럼 탄력이 있는 것이었고 그것은 내 몸의 중량으로 인하여 가라앉는 일이 없는 것이었다. 부력(浮力)과 자극이라는 기묘한 감각을 주고 있었다.

16

그와 동시에 이 표면은 ― 표면이란 말이 어울릴는지 모르겠지만 ― 증기라든가 액체 같은 차가운 느낌을 주었다. 드디어 나는 멈춰서고 말았다. 최초의 경이(驚異)는 이때 나를 망연자실케 만들어 버렸다.

"대체 여기가 어디일까?"

나는 생각에 잠겼다.

"나는 어떻게 되는 것일까?"

어떤 여행자가 침대에서 끌려 나오고 미지의 위험한 장소에 옮겨졌다는 이야기는 들은 적이 있다. 중세(中世)의 종교재판 이야기가 내 뇌리에 스쳤다. 흔히 있는 작은 마을의, 흔히 있는 홀베드룸에서 잠을 자고 있던 사나이에게 있어, 그런 추측은 어울리지 않는다는 것을 잘 알고 있었지만, 그 현상을 인간적으로 설명하지 않는 한, 이해하기가 매우 어렵다.

그때도 그리고 지금도 오히려 초자연에 관한 설명보다는 합리적일 것으로 생각한다. 마침내 나는 소리를 질렀다. 처음에는 얕보듯 말했다.

"대체 여기가 어디요?"

그리고 다음에는 꽤 큰 소리로 외쳤다.

"여기가 어디냐니까? 누구 없소? 대체 누가 이 따위 짓을 하는 게요? 이 따위 짓 그만 해요! 누가 있거던 어서 대답을 해요!"

그러나 주위는 조용할 뿐이었다. 그때 돌연 방안으로 불빛이 스며드는가 했더니 창문에 불빛이 환하게 비쳤다. 누군가가 내 목소리를 들은 것 같다.

그것은 이웃 방의 사나이였다. 상당한 호인(好人)이었는데 그 역시 치료를 위해 이곳에 와있었다. 그는 복도의 가스등을 켜고 내 이름을 불렀다.

"어떻게 된 겁니까?"

흥분한 듯 몹시 떨리는 목소리였다. 신경질적인 사나이다.

창문으로 빛이 들어오자, 나는 늘 있었던 홀베드룸 안에 있다는 것을 확인했다. 모든 것이 분명하게 눈에 들어온다. 내가 흐트러 놓은 침대, 내가 글을 쓰던 책상, 내 화장대, 내 의자, 내 작은 세면대, 옷걸이에 걸어놓은 내 양복, 벽의 옛날 그림 ― . 창문에서 들어오는 불빛에 의해 그 그림은 기묘한 빛으로 선명하게 비추고 있었다.

그림 속의 시냇물은 실제로 흐르는 것 같았다. 잔물결까지 치고 있는 듯했다. 보트는 물의 흐름에 따라 흔들리고 있었다. 나는 불안한 목소리로 대답하면서 그 그림을 매료당한 듯 바라보고 있었다.

"아무 일도 아닙니다. 어떻게 아셨나요?"

나는 말했다.

"당신 목소리가 들린 것 같았다구요."

그 사나이가 말했다.

"어디 나쁜 데라도 있는 것 같아서……."

"나는 괜찮습니다. 어둠 속에서 약을 찾고 있었습니다. 그것뿐이에요. 당신께서 가스등을 켜주셨기 때문에 약 있는 곳을 알게 되었습니다."

"괜찮으시군요."

"예. 잠을 깨게 해서 미안합니다."

1분쯤 후, 그 사나이 방의 문이 닫히는 소리가 들려왔다. 그는 도무지 납득할 수 없다는 눈치였다. 나는 약병에서 약을 한 수저 따라서 마신 다음 침대에 들어갔다. 그는 복도의 가스등을 켜놓은 채 내버려 두었다. 나는 잠시동안 눈을 뜬 채로 있었다.

그리고 잠들기 직전, 누군가가, 아마 헤닝스 부인이었을 것 같은데, 복도까지 나와서 가스등을 껐다. 오늘 아침 눈을 떴을 때 방안의 모든 것들은 평소와 똑같은 상태로 있었다. 오늘 밤에도 그런 경험을 할 것인가? 나는 그런 생각을 하고 있었다.

　1월 27일. 이 일의 어떤 결론을 끌어내기까지는 매일 일기(日記)를 쓰기로 한다. 어젯밤, 내가 겪은 불가사의한 경험은, 심각성을 더해가서 앞으로도 또 그렇게 될 것이라고 누군가가 나에게 말하고 있었다. 나는 처음에는 침대에 들어갔었다. 10시 10분경이었다. 만약을 위해 침대 옆의 의자 위에 성냥갑을 놓아두었다. 어젯밤과 같은 딜레마에 빠지지 않기 위해서이다.

　나는 자기 전에 약을 먹었다. 왜냐하면 2시 반에는 눈을 뜨게 될 것이기 때문이다. 바로 잠이 들지는 않았는데 눈을 떴을 때는 꿈도 안꾼 채 3시간은 푹 잤다는 계산이 나왔다. 나는 몇분 동안 누워 있는 채 성냥을 켜서 약병이 놓여 있는 화장대까지의 공간을 성냥 불빛으로 비춰볼 것인지 말 것인지 망설이고 있었다.

　성냥불을 켜고 화장대까지 가서 약을 먹은 다음 조용히 침대로 돌아오는 편이, 망상(妄想)인지 현실인지 알 수 없는 장소에서 위험을 겪는 것보다 훨씬 편할 것이라는 생각이 들었다.

　그러나 언제나 나를 지배해 왔던 모험심이 이때도 마침내 승리를 거두었다. 나는 일어났다. 손에 성냥갑을 잡고 침대에서 1.5m쯤 되는 곳에 있는 화장대 방향으로 걸어갔다. 그런데 이전과 마찬가지로 아무리 걸어가도 만져지는 것은 아무것도 없었다. 나는 손을 저어가며 한걸음씩 주의깊게 걸었는데 발에 밟히는 뭐라고 표현하기 어려운 표면의 바닥 외에는 닿는 것이 없었다.

　그러다가 나는 돌연 무엇인가의 존재를 의식했다. 내 오감(五感) 중 한 가지가 작용한 것처럼 생각되었다. 그것은 기묘한 후각(嗅覺)이었다. 그런데 지금까지와는 그 순서가 전혀 달라서, 냄새는 마치 최초로 내 마음에 도달한 것 같았다.

　보통 때의 과정과 정반대였다. 통상은 이러했다. 냄새가 우선 후각신경을 자극했다. 그것이 정보를 뇌에 보낸다. 간단히 설명하면 내 코가 장미와 만나게 되면 그 다음에 그 감각에 소속되는 신경이 내 뇌에 '이것이 장미다'라는 신호를 보내게 되는 것이다. 그런데 이번에는 내 뇌가 '이것이 장미다'라고 전했고, 그런 다음에야 내 후각이 그것을 인식했던 것이다.

　장미라고 말했는데 그것은 장미가 아니었다. 지금까지 알고 있는 어떤 장미의 향기와도 달랐다. 꽃향기임에는 틀림없는데 장미의 향기에 제일 가까운 듯했다. 내 뇌가 우선 그것을 일순간의 광희(狂喜)와 함께 인식했다. '이 기쁨은 도대체 무엇일까!' 나는 나 자신에게 물었다.

　그러자 황홀한 향기가 내 후각을 자극했다. 나는 그것을 들여마셨다. 그러자 어떤 미지의 기아감(飢餓感)을 만족시켜 주면서 그것이 내 사고(思考)로 보내지는 것 같았다. 이어서 한걸음 더 걸어 나가자 다른 향기가 나타났다. 백합의 향기에 비유될 수 있을 것 같다. 그 다음에는 제비꽃, 그리고 목앵초(木櫻草)였다. 이 경험을 말로 잘 표현할 수는 없을 것 같은데 그것은 분명 승화된 환희였다.

　나는 다시 손을 더듬거리며 나아갔는데 그때마다 새로운 향기의 물결에 젖어드는 것이었다. 마치 가슴 높이 정도인 천국(天國)의 꽃밭 사이를 걸어가고 있는 것 같았는데 그러는 동안에도 손에 닿는 것은 아무것도 없었다. 마침내 돌연한 현기증이 나를 엄습했다. 나는 어떤 미지의 위험을 초래하고 있는 것인지도 모른다.

　나는 한껏 두려워하고 있었다. 성냥을 한 개 켜자 나는 홀베드룸의 침대와 화장대 사이, 중간쯤에 섰다. 약을 먹고 침대에 들어갔는데 잠시 후에는 잠이 들었으며 아침이 되기까지 눈을 뜨지 않았다.

1월 28일. 어젯밤에는 평소에 먹던 약을 먹지 않았다. 그 약이 내 불가사의한 경험과 어떤 관련이 있는 게 아닐까하는 생각이 들었기 때문이다.

약은 안먹었지만 평소처럼 화장대 위에 약병을 놓아두었다. 습관대로 놓아두지 않으면 자다가 약병을 쉽사리 찾지 못하여 그대로 영원한 잠을 자게 되지 않을까 두려웠던 것이다. 침대 옆의 의자 위에 성냥갑을 놓아두었다. 나는 11시 15분 정도에 잠이 들었고 시계가 2시를 쳤을 때 깼다 — 평소보다 다소 빨랐다.

이번에는 망설이지 않았다. 나는 즉시로 일어났고 성냥갑을 집어들자 이전과 마찬가지로 전진했다. 아무것도 부딪치는 것은 없었고 꽤 넓다고 느껴지는 공간을 걸었다. 어젯밤과 같이 좋은 향기가 나지 않을까 하여, 코를 킁킁거렸는데 냄새는 나지 않았다.

그 대신 나는 갑자기 무엇인가를 — 무엇인지 지금까지는 맛본 적이 없는 달콤한 것을 맛보고 있었다. 냄새 때와 마찬가지로 — 통상과는 정반대의 순서로 — 우선 내 의식이 그것을 맛본 듯한 느낌이었다. 그런 다음 단 것이 내 혀끝을 자극했다.

나는 어쩐지 뚜렷하게 말할 수는 없지만 성경(聖經)에 있는 '꿀과 벌집보다 달다'란 말을 떠올렸다. 《구약성경》에 나오는 하나님이 주신 음식을 생각했다. 신성한 맛이 허기를 느끼던 나를 만족시켜 주었다.

더 걸어나가자 새로운 맛이 입속에 퍼졌다. 그리고 그런 일이 반복되었다. 물리는 일도 없었고, 자극적인 단맛인데도 불구하고 거의 혀에 짜릿한 느낌을 주지도 않았다.

그것은 물리적 감각과 정신적 감각이 합쳐진 것이었다. 나는 나 자신에게 말했다.

"지금까지 살아온 인생 — 나는 항상 공복(空腹)이었던 것이다."

이 멋진 음식이 흥분제와 똑같은 영향을 끼치어, 나는 머리가 아주 빠르게 회전되는 것을 느꼈다. 그런 다음에 돌연 어젯밤의 경험이 되풀이되었다. 현기증이 나면서 막연한 공포심을 느끼게 되었다.

나는 성냥불을 켰다. 그러자 홀베드룸으로 돌아와 있었다. 나는 곧 침대에 들어갔고 잠시 후 잠이 들었다. 약은 먹지 않았다. 이후로는 약을 끊어야겠다고 생각했다. 기분이 훨씬 좋아졌던 것이다.

1월 29일. 어젯밤은 평소와 마찬가지로 침대에 들어갔고 성냥갑도 평소 두었던 곳에 놓았다. 11시경에는 잠이 들어 있었고 1시 반에 깼다. 반시(半時)를 알리는 종소리가 들려왔다. 매일밤 이른 시간에 깨도록 되어 있다. 약은 먹지 않았는데 평소와 같이 화장대 위에 놓아두었다. 나는 일어나서 성냥갑을 손에 쥐고 방을 걷기 시작했다.

그리고 평소와 같이 기묘한 공간을 걷고 있었는데 지금까지 매일밤마다 그러했듯이 이날 밤의 경험도 지금까지와는 달랐다. 어젯밤에는 냄새도 맡지 못했고 맛도 보지 못했던 대신에 무엇인가가 들려오는 것이었다.

"오, 하느님. 나는 틀림없이 들었습니다!"

최초로 알아차린 소리는 시냇물이 모이면서 내는 소리였다. 침대 뒤쪽에 걸려 있는 옛그림에서 들려오는 것 같았다. 자연 속에서 한때 나아갔다가 되돌아오는, 그런 인상을 주는 것은 강물밖에 없다. 착각을 일으켰을 리 만무했다. 졸졸졸 작은 물결을 치며 흐르는 시냇물 소리가 계속 들려왔고 그 소리는 점점 멀어지다가 사라졌다.

그런 물결 소리 위에서 미지의 말로 노래 부르는 소리가 들려왔다. 그 말은 미지의 말인데도 불구하고 나로서는 이해할 수가 있었다. 그러나 이해한 것은 내 뇌였을 뿐, 말로 번역할 수 있는 것이 아니었다. 노래는 나에 관한 것이었는데 미지의 미래에 있는 나였다. 그곳에서의 나는 과거에 비교할 수 있는 이미지를 가지고 있지는 않다.

그러나 엑스터시라든가 행복의 예언이란 것이 나의 의식 전체를 매장시키고 있었다. 노랫소리는 그치지 않았는데 나는 앞으로 나아감에 따라 새로운 소리의 물결과 만났다. 수정(水晶)으로 되어 있을 것이라고 생각되는 종이 울리고 있었다. 천국문(天國門)을 위한 것인지도 모른다. 이상한 악기가 연주하는 음악도 들렸다. 멋진 하모니는 소근거리는 소리처럼 마음에 스며들고 장래의 행복에 대한 확신이 내 속에 펼쳐졌다.

나는 마침내 강력한 오케스트라의 중심에 있는 것 같았다. 오케스트라는 더욱 심오해졌고 마침내 내 몸을 부드럽게, 그러나 강력하게 바다의 파도 같은 소리의 파도 위로 들어올리는 것 같았다. 그러자 다시 익숙해진 경치로 도망쳐 가고 싶다는 공포와 충격이 나를 엄습했다.

나는 성냥불을 켰는데 그때는 홀베드룸으로 돌아와 있었다. 이런 불가사의한 일을 체험한 다음, 나는 어떻게 자야 좋을지 고민이 되었는데 어쨌든 잠을 잤다. 꿈도 꾸지 않은 채 오늘 아침 해가 떠오를 때까지 푹 잤다.

1월 30일. 어제 들었던, 홀베드룸에 관한 이야기는 나에게 기묘한 영향을 끼쳤다. 그것이 나를 위협했었는지, 너무나 이상한 일이어서 공포심을 일으키게 했는지, 혹은 도리어 내 모험심을 부채질했는지 ── 이점에 대해서는 뭐라고 말할 수 없다. 내가 요양소의 베란다에 앉아서 미네럴워터를 마시고 있을 때였다. 누군가가 내 이름을 불렀다.

"위트크로프트씨가 아니십니까?"

그는 물었다. 정중하기는 하지만 수상쩍은 말소리였다. 돌아다보니 신사의 모습이 눈에 띄었다. 나로서는 그가 누군지 금방 알 수 있었다.

나는 남의 이름이라든가 얼굴을 잘 기억하는 버릇이 있다. 사나이는 애디슨이라고 하며, 3년 전, 산속의 조그만 피서용 호텔에서 만난 적이 있다. 이른바 스치고 지나간 사람이므로 그다지 중요한 의미를 가진 인물은 아니다. 다시 만나지 않더라도 후회할 까닭이 없으며, 다시 만나면 그런대로 만나서 이야기를 주고받는 그런 사이이다. 어쨌든 관계는 소극적인 관계였다.

그러나 지금 고독한 추억을 떠올리던 나로서는 즐거운 기억을 되살려주는 인물의 출현은 기쁜 일이었다. 나는 이 사나이와 만나게 되어 아주 즐거웠다. 그는 내가 앉아 있는 곳, 바로 옆에 와서 앉았다. 그 역시 물이 담겨진 컵을 들고 있었다. 그가 앓는 병의 증세는 나만큼 나쁘지는 않지만 역시 문제가 많은 것 같았다.

애디슨은 이 마을에 오래 전부터 와있었다. 한때는 이곳에 뿌리를 박고 산 적도 있었다. 요양소에 들어온 지는 3년째가 되며, 매일 물을 마시고 있었다. 그래서 그는 이 마을에 관한 일이라면 모르는 것이 없었다. 이 마을은 그다지 큰 마을이 아니었으니까 ―.

어디에 묵고 있느냐는 질문을 해오기에 나는 그 거리의 이름을 댔다. 그는 상당히 흥분하는 듯한 어조로 번지를 물었다. 내가 240 번지라고 말하자 그는 깜짝 놀라더니 잠시 입을 다문 채 물만 마시고 있었다. 내가 묵고 있는 집에 대하여 어떤 소문을 듣고 있음에 틀림없었다. 그래서 나는 그에게 물어보았다.

"프레젠트 거리 240번지에 대해서 뭔가 알고 있군요?"

"아닙니다. 아무것도 모릅니다."

그는 숨기려는 듯 이렇게 대답하며 물을 마셨다.

그러나 잠시 후, 그는 지나가는 말처럼, 내가 묵고 있는 방을 물었다.

"나도 지난날 프레젠트 거리 240번지에 몇주일 동안 묵었던 적이 있습니다."

그는 말했다.

"그집은 옛날부터 하숙을 치고 있었으니까요."

그는 덧붙였다.

"지금 주인이 빌리기 전까지는 몇년 동안 비어 있었던 것 같더군요."

나는 이렇게 말하고 그의 질문에 대답했다.

"3층, 홀베드룸에 묵고 있습니다. 아주 좁은 방이지만 홀베드룸치고는 묵을 만하더군요."

애디슨은 내 대답을 듣더니, 눈에 띌 정도로 심히 놀라고 있었다. 그 이유를 끈질기게 묻자, 그는 마침내 자기가 알고 있는 것을 이야기해 주었다. 그가 망설였던 것에는 두 가지 이유가 있었다. 한 가지는 내가 그의 이야기를 듣고 남자답지 못한 미신 이야기라며 믿지 않을 것을 걱정해서이고, 또 한 가지는 확증없는 일로 나에게 영향을 주고 싶지 않아서였던 것이다.

"그렇다면 이야기해 드리겠습니다, 위트크로프트씨!"

그는 말했다.

"간단히 말해서 내가 알고 있는 것은 다음과 같은 것들입니다. 최근 프레젠트 거리 240번지의 이야기를 들었을 때, 그집은 비어 있었습니다. 그곳에서 일어난 것으로 생각되는 범죄 때문이었지요. 그 범죄는 뚜렷하게 증명된 것은 아닙니다만 —.

지금까지 두 사람이 행방불명되었습니다. 모두 선생이 빌어 쓰고 있는 그 홀베드룸에 묵고 있다가요……. 처음에 사라진 것은 치료하러 와있던 아름다운 여성으로서 그녀는 들은 바에 의하면 실연(失戀)으로 인한 우울병을 앓고 있었던 듯합니다. 그녀는 240번지에 하숙하고 있으면서 2주일 정도 그 홀베드룸에 머물렀지요. 그러던 어느 날 아침, 마치 바람처럼 사라져 그 모습을 감추고 만 것입니다.

가족에게 연락을 했더랍니다. 가족은 몇 안되었고, 또 친구도 거의 없었습니다, 가엾게도 ─. 구석구석 수사가 진행되었는데 내가 알고 있는 한 그녀는 나타나지 않았습니다. 용의자가 두어 명 체포되었는데 결정적인 증거가 안나오는 것입니다. 이것은 내가 이곳에 오기 전의 이야기이고, 두 번째로 행방불명된 것은 내가 그집에 묵고 있을 때에 일어났지요.

이번에는 멋진 젊은 청년이었는데 대학에 다니던 시절, 아르바이트를 해야 했답니다. 그런데 너무 과로했던 것이지요. 그래서 그만 감기에 걸리고 복통을 호소했는데 점차 생명이 위태로워졌다는 겁니다. 그는 휴양을 하고 체력을 회복시키기 위해 1개월간 이곳에 와있었습니다.

그는 그방에 2주일 정도 있다가 어느 날 아침에 모습을 감추었습니다. 그리고 큰 소동이 벌어졌지요. 그는 그방에서 이상한 일이 일어났다고 암시했던 것 같은데, 경찰은 그점에 대해서는 거의 문제삼지도 않았습니다. 경찰은 이곳저곳에서 용의자를 찾아냈는데 행방불명된 청년은 찾지 못했고, 용의자들도 모두 석방했습니다. 그중에서 몇사람은 지금도 의심을 받고 있는 듯합니다만 ─.

그후 하숙집은 폐쇄되었습니다. 6년 전에는 아무도 그곳에 하숙하려 하지 않았을 것입니다. 더구나 그 홀베드룸이겠습니까. 하지만 이제는 새 사람들이 찾아오니까 이런 이야기도 슬슬 스러지게 되었지요. 내가 이런 이야기를 해서 지금 하숙집을 경영하고 있는 주인에게 미안하게 되었군요."

나는 아무 말도 퍼뜨리지 않겠다며 그를 안심시켰다. 그는 나에게,

"그방에서 뭔가 이상한 일, 보통은 아닌 일이 일어나지 않았습니까?"

라고 물었다. 나는 거짓이 발각되지 않도록 조심하면서,

"별로 이상한 일을 본 적이 없습니다."

라고 대답했다. 실제로 지금까지는 그러했는데 앞으로 이상한 것을 볼는지도 모른다. 언젠가는 그런 것을 보게 될 것이란 느낌이 나에게 들었다. 지난 밤, 나는 이상한 것을 보지도 못했고 듣지도 못했으며 냄새를 맡지도 못했고 맛을 보지도 못했다.

그러나 나는 느낌으로 느끼고 있었다. 어젯밤 정체모를 무엇인가를 다시 찾기 시작했던 나는 미처 한발짝도 내디디기 전에 무엇인가에 닿았었다. 최초로 느낀 것은 어떤 종류의 실망감이었다.

'이건 화장대로구나. 지금 화장대 앞에 와있는 거야.'

나는 이렇게 생각했다. 그러나 나는 곧 그것이 낡은 화장대가 아니라는 것을 알아차렸다. 손가락으로 만진 감촉으로는 무엇인가 날개와 같은 것이 조각되어 있는 것 같았다. 분명 당초무늬 위에 기다란 곡선을 그린 날개가 중첩되어 있었다. 그때 만진 물체가 무엇인지 나로서는 알 수가 없다. 혹 꿰였는지도 모른다.

다소 과장된 말로 들릴는지 모르겠으나 지금까지 만져본 일도 없고, 물론 본 일도 없는 것이어서 이상하다는 생각은 더욱 깊어만 갔다. 쨍쨍 내려쪼이는 햇볕 아래에 기다란 모양으로 놓여져 있었고 기묘하게 온기가 있는 것 같았다.

나는 계속해서 손을 움직이다가 또다른 몇가지 물체를 만지게 되

었는데 그런 것들은 모두 사용법도 모르고 또 모양새도 알 수 없었다. 어쩌면 유행되고 있는 가구의 일종일 것이라는 생각도 해보았다. 그것들은 모두 불가사의한 모양을 가지고 있었다.

마침내 나는 열려져 있는 큰 창문 쪽으로 갔다. 따뜻하고 부드러우며, 더구나 수정과 같은 상쾌한 바람이 내 얼굴을 스치는 것을 분명히 느꼈다. 그것은 내가 묵고 있는 홀베드룸의 창문은 아니었다. 그것은 나도 알고 있었다. 밖을 내다보아도 보이는 것이라고는 아무것도 없었다. 나로서는 얼굴을 스치고 지나가는 바람밖에 느껴지지 않았다.

그런데 아무런 조짐도 없었건만, 더듬거리던 내 두 손이 돌연 생물체에 닿았다. 남성과 여성을 닮은 생물에 ─ 복장으로도 그것이 생물체란 것을 알 수 있었다. 나는 부드러운 비단과 같은 그들의 의복을 만진 것이다. 그것은 나에게 달라붙더니 거미집 같은 그물로 내 몸의 반(半)을 싸서 안는 것 같았다. 그들이 누구인지 또는 무엇인지 알 수는 없었지만 나는 그 사람들의 테두리 속에 있었다.

기묘하게도 내 눈으로 보고 있는 것은 아닌데, 스쳐 지나가면서 그들의 존재를 확실히 인식하고 있었다. 이따금 내가 알고 있는 듯한, 한 개의 손이 부드럽게 내 손 위에 덮쳐졌다. 한번은 팔이 내 주위를 스쳐 지나간 적도 있다.

그때부터 나는 이 조용히 움직이는 군중에게 슬며시 밀려가는 기분이 들었다. 그들의 둥실둥실 펄럭이는 의류(衣類)가 나에게 달라붙으면서 다시 공포가 나를 엄습했다.

성냥불을 켜니 나는 홀베드룸에 돌아와 있었다. 오늘 밤에는 가스등을 켜놓은 채로 두는 게 좋을까? 더 큰일이 일어나지는 않을까? 다른 사람들, 즉 이방에 묵고 있던 남성과 여성은 어떻게 된 것일까? 이 이상 깊이 들어가지 않는 것이 좋을까?

28

1월 31일. 어젯밤에 나는 보았다. 말로 표현할 수 없는 것을 보았다. 지금까지 본질이 감춰져 있던, 어떤 것이 내 앞에 나타났는데 나는 그녀의 비밀을 지나치게 폭로하는 일은 하고 싶지가 않다. 이것만은 말해 두겠다.

문과 창문은 밖으로 열려져 있지만 그 밖은 빈 공간이었다. 그리고 시내가 있었다. 그 그림에 대해서 말한다면 뭔가 이상한 점이 있었다. 사람이 배를 타고 멀리까지 갈 수 있는 강이 있었다. 강은 고요히 흐르고 있었다. 그래서 오늘 밤에는 볼 수가 없었던 것이다.

전날 밤에 만났던 몇몇 사람은 본 적이 있다고 내가 생각했던 것은 올바랐다. 전혀 본 적이 없는 사람도 몇사람 있기는 했지만 —. 홀베드룸에서 사라진 소녀가 무척 예뻤다는 것은 사실이다. 어젯밤, 내가 보았던 모든 것은 느낄 수 있는 것 가운데 단 한 가지의 감각에 의해 느낀 것이지만 어쨌든 아름답고 예뻤다. 오감(五感) 모두로 그것을 느꼈다면 대체 어떤 광경이 되었을까. 오늘 밤에는 가스등을 켜놓는 편이 좋을까? 왜 —.

위트크로프트씨가 홀베드룸에 남겨놓은 일기는 여기서 끝나고 있다. 최후의 기록을 쓴, 다음날 아침 그는 모습을 감추고 말았다. 그의 친구인 애디슨씨가 왔고 수색이 진행되었다. 경찰은 그림이 걸려 있던 벽을 허물었다. 그러자 쓸데없는 방 따위를 만들었을 리 없는 하숙집치고는 아주 기묘한 것이 발견되었다.

그들은 또 한 개의 방을 발견한 것이다. 좁고 긴 방, 길이는 홀베드룸 정도인데 폭은 훨씬 좁아서 반침 정도의 크기밖에 안되었다. 창문도 문도 없는데 마치 누가 계산을 했던 것 같은 숫자가 잔뜩 적혀 있는 종이만 한 장 남아있었다. 경찰은 이 숫자에 대하여 논의한 끝에 5차원 — 그것이 어떤 내용이든 간에 — 이 증명되었다고 주장했는데 나중에는 그 발언을 번복하고 말았다.

그들은 그후 누군가가 가엾은 위트크로프트씨를 살해하고 시체를 은닉했다고 주장하면서 애디슨씨를 체포했다. 그런데 그에게 불리한 증거는 아무것도 발견되지 않았다.

어디 그뿐인가, 경찰은 애디슨씨가 그날은 온종일 요양소에 있었으며 살인을 할 수 없었다고 증명했던 것이다. 경찰은 위트크로프트씨의 행방을 찾아내지도 못했으면서, 이제와서는 내가 이집을 세얻기 전에, 같은 방에서 두 명의 사람이 사라졌다는 이야기를 들고나왔다.

부동산업자가 와서, 경찰이 발견한 새 방을 홀베드룸으로 개조하고 벽지부터 페인트까지 모두 새로 단장하겠노라고 약속했다. 그는 그림을 떼냈다. 그 그림에는 어딘가 이상한 점이 있다고 수군 거리는 사람도 있는데 나로서는 그런 점이 발견되지 않았다. 그림은 문제가 없을 것으로 생각되는데 아마 부동산업자는 그것을 태워 버렸으리라.

그는 내가 이대로 집을 빌어 쓰겠다면 집세를 올리지 못하도록 소유자와 교섭하겠다고 말했다. 누가 보더라도 이집 소유자는 좀 이상한 사나이이다. 나는 그가 집세를 올려 받을 생각이라면 이집을 더이상 사용하지 않겠다고 대답했다.

나 자신은 무섭지 않다. 나는 홀베드룸을 빌려 쓰는 사람에게는 지금까지 있었던 사건을 모두 이야기해 줄 생각이다. 하숙인들은 자꾸만 나가고 앞으로는 하숙할 사람도 없을 것 같다. 나는 부동산업자에게 진짜 유령이 나오는 편이 행방불명자가 나오는 것보다 차라리 낫겠다고 말했다.

나는 이사를 했다. 앞에서도 말한 것처럼 내´불운이 새집까지 따라갈 것인지 어떤지는 앞으로 살아보지 않는 한 알 수가 없다. 그야 어쨌든 새집에는 홀베드룸은 없었다.

미신의 공포

무엇인가 아주 이상한, 그리고 무엇인가 무서운 것에 마음이 찢어질 것 같은 예리한 감각 때문에, 나는 크리스천스테드에 있는 자택의 대형 흑단제(黑檀製) 침대에서 눈을 떴다. 머리를 흔들고 눈에서 잠을 쫓으며 정신을 가다듬자 모기장을 밀쳐 버렸다. 그러자 가슴이 어느 정도 편안해졌다. 잠 속에서 나를 따라오던 그 기묘한 공포의 감각은 이제 한결 덜해졌다.

나는 멍하니 서서 꿈 — 아니, 방금까지 체험하고 있었던 것 — 아무래도 그것은 꿈이 아니었던 것 같다. 무엇인지는 몰라도 꿈 이외의 것이었다 — 을 더듬어 보았다. 그러자 조금씩 단편적으로 기억해 낼 수 있게 되었다.

그때 나는 필사적으로 귀를 기울이어, 귓가에 들려오는 높고 예리한 소리를 내는, 기적(汽笛) 비슷한 소리, 길게 꼬리를 끌어 고막을 아프게 하는 소리를 듣고 있었던 것 같았다. 그러나 그것이 기적 소리가 아니었던 것은 분명했다. 콜럼버스가 1493년의 제2차 항해에서 이 섬을 발견한 이래 산타크루스섬에 그런 것이 있었다는 확인은 없었다. 나는 일어나서 슬리퍼와 모슬린 목욕의(沐浴衣)를 끌어당겼는데 아직도 납득이 가지 않았다.

그때 갑자기 소리가 멎었다. 흑인들이 언덕에 세우는 마을 한쪽에서, 동료들의 응답에 따라 치던 북을 갑자기 그친 것처럼 돌연 조용해진 것이다.

바로 그순간 내 마음을 어지럽히던 원흉의 정체를 알아냈다. 그것은 비명을 지르는 여인이었다.

아래쪽으로 비스듬한 코패그니 게이트라고 하는 딱딱한 지면(地面)의 가로(街路) 한쪽 곁에 있는 자택의, 정면에 나있는 발코니에 나가서 아래를 내려다보았다.

새벽같이 일어난 흑인들이 허름한 옷을 걸치고 그 아래에 모여 있었다. 그 사람들의 무리는 1초마다 자꾸만 늘어가고 있었다. 남자와 여자, 그리고 흑인 아이들이 집 바로 앞에 종종걸음으로 모여들면서 서로 밀고 밀치고 있는 것이었다.

그들이 투덜거리는 흥분된 목소리는 길게 꼬리를 끄는 비명의 독창(獨唱)에 대하여 '대위법적(對位法的)'인 백코러스를 만들어 내고 있었다. 왜냐하면 그 한복판에 서있는 여자는, 신선한 호흡을 하면서 이제 다시 한번, 그 피까지 얼어붙을 것 같은 절망적이고 금속성에 가까운, 그래서 듣는이의 기가 죽게 만들 정도의 울음소리를 지르기 시작했기 때문이다.

흑인의 무리 중에는 중앙에 서있는 여인을 말리려고, 앞으로 나오는 자조차 없었다.

나는 명료치 않은 크레오울어(語 : 루이지애나州의 혼혈 흑인들이 사용하는 사투리가 아주 짙은 프랑스어)를 듣고 이 소동의 근원이 무엇인지 이해하는 실마리를 찾으려고 애썼다. 여기저기서 토착민이 심하게 쓰는 사투리와 단어가 한 개 나오기는 했지만 내 머리로는 도저히 이해할 수가 없었다. 그런 다음 한참만에야 겨우 단서가 떠올랐다. 아동어(兒童語)와 같은 고음(高音)의 확실한 단어 — 잠비.

지금 부리고 있는 소동의 내용을 알 수 있었다. 울부짖고 있는 여인은 믿고 있었다, 그녀의 주위에 모여든 군중은 믿고 있었다, 어떤 사악한 마술(魔術)이 풀려지고 효과를 미치기 시작하려는 것을 ―. 적의(敵意)를 품은 어떤 사람이 사람들에게 두려움의 대상이었던 마법 의사(醫師) ― 파팔로와 ― 의 힘을 빌려가지고 더욱 전율해야 하는 저주와 저술(呪術)을 그녀에게, 혹은 그녀의 혈연자(血緣者) 중 누구에게 '넘겼다'는 것을 ―. 그 모든 사실을 '잠비'라는 단어가 분명히 나에게 말해주고 있었다.

대체, 이 사태는 어떻게 진척될까? 그렇게 생각하면서 나는 눈을 크게 떴다. 그러는 동안에 왜 경찰이 이 대규모 집회를 해산시키러 오지 않는가라는 의문이 일었다. 물론 흑인인 경찰은 이 군중 중 누구에게도 뒤지지 않는 호기심을 자아내고 있겠지만, 그래도 공복(公僕)으로서의 의무만은 다해야 할 것이라고 생각되었기 때문이다.

'흑인을 내쫓는 일은 흑인에게 맡기라.'

이 옛날의 속담은 서인도제도가 노예제도하에 있었던 먼 옛날의 시대뿐 아니라 지금도 아직 통용되고 있는 것이다.

여인은 이제 몸에 경련이 일어나서 마치 무엇에 홀린 것처럼 앞뒤로 비틀거리고 있었다. 그 비명이 겨우 작아지자 순수한 공포는 끝이 났다. 그러나 어쩐지 섬뜩했다.

그제서야 경찰이 왔다. 자세히 살펴보니 두 명의 경찰관이었다. 한 사람은 크래프트 할아버지라 하여, 원래는 덴마크 수비대의 형사 과장이었던 사나이다. 크래프트는 아프리카인의 피가 조금 섞여 있기는 하지만, 거의 완전한 코카서스 인종(人種)이었으므로 미신이란 이름이 붙여진 것은 아무것도 인정하지 않았다.

그는 위엄있게 경찰봉을 휘두르고 거친 목소리로 욕설까지 퍼부으며 집회를 해산하라고 명령했다. 흑인 그룹이 샌디마켓이 있는 방향으로 조금씩 물러가기 시작했다. 크래프트 형사부장과 함께 온 흑갈색 피부의 경찰관과 함께.

이렇게 해서 크래프트 할아버지와, 아까까지 울고 있던 여인만이 가로에서 서로 노려보며 남아있게 되었다. 노인의 얼굴이 직업적으로 사람들을 위압하는 험상궂은 표정에서, 분명 인정미 넘치는 온화한 표정으로 바뀌는 것을 나는 보았다. 그는 낮은 목소리로 여인에게 이야기를 걸었다.

여인은 마음이 내키지 않는 것은 아니었지만 남들의 이목을 조심하면서 속삭이는 것 같은 목소리로 대답하고 있었다.

나는 발코니에서 소리쳤다.

"어떻게 된 겁니까? 크래프트 할아버지! 내가 도와드릴 일이라도 있습니까?"

크래프트 할아버지는 눈을 들어 나를 바라보면서 모자에 손을 얹었다.

"바보 같은 짓이오!"

크래프트 할아버지는 뭔가를 변명하듯 소리쳤다.

"저 여인이 실은 — ."

크래프트 할아버지는 한숨 돌린 다음 갑자기 허세를 부리면서 뭔가 할 말이 있다는 듯 이쪽을 쳐다보았다. 그의 눈은 '모두 다 얘기할 수 있기는 하지만 지금 바로 털어놓을 수는 없다'는 의미를 암시하고 있었다.

"여기에 그 불운한 여인을 쉬게 해줄 수 있는 의자가 있어요."

나는 그에게 고개를 끄덕이며 그런 언질을 주었다.

"어서 따라와!"

그는 그녀에게 명했다. 여인은 유순하게 그의 뒤를 따라왔고, 바깥에 있는 발코니로 통하는 계단을 올라왔다. 나도 발코니를 가로질러 그 끝에 있는 문의 잠금쇠를 열었다.

이제는 완전히 제정신을 잃고, 한 손으로 머리를 감싸안은 여인을 나는 우리집 의자에까지 데려왔다. 그녀는 그곳에서 중얼중얼 뭐라고 혼잣말을 하면서 천천히 그 몸을 앞뒤로 흔들어댔다. 그런 다음에 나는 크래프트를 데리고 집안으로 들어갔고 다이닝룸으로 안내했다. 그곳 사이드보드에서 크리스천스테드 경찰의 내 친구 크래프트 형사과장에게 술을 한잔 권했다.

"반 시간 전에 그 여인의 비명으로 인하여 일어났습니다."

형사과장은 내 눈을 응시하면서 완전히 긴장을 푼 듯, 덴마크식으로,

"스콜."

이라고 말했다. 그것을 신호삼아 나는 궁금한 이야기의 화두를 꺼냈다.

"응, 그래요…… 응."

크래프트는 쌓인 연륜(年輪)에 어울리게 그 현명한 머리를 회전시키면서 그렇게 응했다.

"이번에는 띠의 주술사(呪術師 : 서인도제도에 유포된 마법 종교의 術師)에게 발각되었다고 그 여자는 말하고 있는 겁니다."

어쨌든 재미있는 이야기가 되었다. 나는 계속되는 이야기에 귀를 기울였다.

"그런데 뭐가 뭔지 나로서는 알 수가 없군요."

크래프트는 문득 형사과장으로 당연히 가져야 할 직무상의 수비의무(守備義務)를 생각해 낸 듯 말을 계속했다.

"괜찮으면…… 한 잔 더 드시죠, 신사(紳士) 크래프트."

나는 그의 입장을 이해한다는 듯, 도움말을 던졌다. 형사과장은 내 말이 반가운 듯 다시 한번,

"스콜."

하며 받아 마셨다. 생각했던 대로 그 한잔은 효과가 있었다. 진행을 빨리 하기 위해 크래프트의 이야기를 요약하기로 한다.

그가 얘기한 바에 의하면 문제의 여인인 엘리자베스 애거트에게 코넬리스 맥빈이라는 외아들이 있었다는 것이다. 그들은 크리스천스테드에서 몇마일 떨어진 중앙공장(中央工場)에서 아주 가까운 관리촌(管理村)의 오두막에서 살아가고 있었다. 맥빈이란 젊은이는 그 지방 사람들에게서 '박수대(縛首臺) 잡놈'이라고 불렸는데, 그는 도둑질과 도박을 좋아하는 불량배였다.

이 젊은이는 벌써 몇번이나 벌을 받아 유치장을 드나들었으며 크리스천스테드 교도소에 들어갔던 것도 한두 번이 아니었다. 단, 크래프트의 말을 빌면 그가 '오늘날과 같은 곤경에 처해진 것은 도둑질 때문이 아니라'는 것이었다.

놀랍게도 이 젊은 코넬리스 맥빈이 자신의 신분도 생각지 않은 채, 크리스천스테드의 길목에 작은 상점을 차려놓고 유복한 생활을 하는 흑인 상인의 딸 에스트렐라 코린즈를 좋아했던 것이 원인이었다. 코린즈 노인은 딸의 결혼을 처음부터 반대했는데 그 고집불통 연인인 맥빈에게 무슨 말을 해도 효과가 없을 것으로 생각했다. 그래서 맥빈과의 인연을 끊게 하기 위해 결국에는 파팔로와의 힘을 빌리기로 했다는 것이다.

"하지만……."

나는 반박했다.

"코린즈 노인이라면 나도 알고 있고, 그처럼 무법자 놈에게 딸을 뺏기지는 않을 사람이란 것을 모르는 바 아닙니다. 그런데 그 노인처럼 비교적 유복한 상점 주인이 파팔로와에게 부탁을 하다니요?…… 믿어지지 않는데……."

"그놈도 흑인이거던요!"

36

크래프트 형사과장은 모든 것을 확실하게 안다는 듯 허세를 부리지는 않았지만 의미심장한 몸짓을 하며 그렇게 대답했다.

"대체 무엇을?"

잠시 생각해 본 다음 나는 말했다.

"대체 어떤 특별한 오우앙가(呪術에 사용하는 물건)를 코린즈가 그놈에게 부탁했나요?"

나이 많은 형사과장은 그말을 듣고는 재빨리 나에게 시선을 던졌다. 그것은 의미 깊은 말과도 같았다.

하이티섬에서는 극히 일상적으로 하는 말이 있다. '오우앙가'는 부적(符籍)과 주물(呪物) 등 쌍방을 의미한다. 즉 그것을 지닌 자는 보호받기도 하고 매력을 풍기기도 하며 배척당하기도 한다는 것이다. 그러나 이곳은 산타크루스섬이어서 이 섬의 흑인이 사용하는 마법은(상상할 정도로) 뛰어나지는 않고, 오우고웅 바다가리스라든가, 담바라라든가, 아주 무서운 기니아의 뱀을 제사지내는 비도우의 제단이 수천 개나 언덕을 이루고 있는 하이티섬에서 파팔로와나 호우간이 사용하는 마법만큼 무섭지도 않았다.

그러나 재물을 만드는 방법에 대하여 이러쿵저러쿵 설명하는 것은, 차라리 안하니만 못할 것 같다. 첫째, 설명할 수 있는 대물(代物)이 아니기 때문이다. 상세하게는 말이다.

"어쩌면 '땀의 재물'이 아니었을까요"

크래프트 할아버지는 그렇게 중얼거리고 햇볕에 타서 이미 흙빛이 되어 버린 상아색(象牙色) 피부보다 더 밝은 그늘로 몸을 옮겼다.

"그 여인은 말했습니다."

그는 이야기를 이어나갔다.

"아들은 오늘 오후에 병이 들어, 죽고 말 것이라구요. 그래서 오늘 아침, 이렇게 일찍 마을로 내려왔다는 것입니다. 어쩔 수 없었겠지요. 그녀는 그래서 통곡을 했던 것이구요. 그녀의 머리에 혼란이 뒤집어 씌워진 것입니다."

크래프트는 그가 알고 있는 정보를 모두 털어놓았다. 그는 그 '보답'을 계산에 넣고 있었다. 나는 세 번째로 사이드보드에 다가갔다.

"형사과장, 이것으로 끝내자구요. 나로서는 아침식사 시간이 아직 안되었습니다. 아직은 '한쪽 다리로는 걸을 수 없소'입니다."

마지막 해장술은 몇잔째더라도 정당화되어 버리는 것을 비아냥대는 이곳 산타크루스섬의 속담에, 빙긋이 웃은 형사과장은 이렇게 대답했다.

"그대신 세 개의 다리라면 — 잘 걸을 수 있다구요."

이른 아침, 해장술 잔의 수(數)를 비유하는 말을 한 다음, 그는 마지막 잔을 받아들고는,

"스콜."

이라고 외치며 마셨다. 그는 어느새 형사과장다운 태도로 돌아갔다.

"여인을 데리고 갈까요? 선생?"

엘리자베스 애거트가 여전히 흔들이 의자 속에 앉아서 흔들거리며, 뭔가 신음 소리를 지껄여대는 발코니까지 왔을 때, 그는 물었다.

"괜찮으니 그대로 내버려 두시지요."

나는 대답했다.

"에스멜루다에게 일러서 그녀에게 뭐든 먹을 것을 갖다 주라고 할테니까요."

형사과장은 인사를 하고 나갔다.

"안녕히 가세요, 나리."

불행한 여인은 그렇게 중얼거렸다. 나는 그녀를 그곳에 남겨두고 부엌으로 가서 나이 많고 인정이 있는 요리사의 귀에 입을 대고 두어 마디 지껄였다. 그런 다음 평소보다 느지막하게 샤워를 했다. 곧

7시가 될 것이다.

아침식사를 끝낸 다음 엘리자베스 애거트에 대해서 물었다. 그녀는 식사를 하고 나더니 에스멜루다를 비롯한 하녀들에게 자신의 슬픈 사연을 털어놓더란 것이다. 에스멜루다의 설명을 들은 나는, 젊은 맥빈이 원시적인 만족(蠻族)들 사이에 알려져 있는 수단 중, 가장 오래되고 가장 무서운 방법에 의해 목숨을 잃게 될 것임을 알게 되었다.

이 방법을 알고 있는 코카서스 사람에게 물으면 누구나 아는 이야기이지만, 이것은 공포의 심리효과를 유일한 무기로 삼는 방법이다. 정글과 일족(一族)의 성스러운 자들과, 그리고 브도우 주술사의 지배에 반항했던, 수많은 세대를 거치면서 그들 아프리카의 정신을 부수어 온 것은 이 마술에 대한 공포였다.

아프리카 '마술'을 연구하는 사람에게 널리 알려져 있는 것처럼, 인간의 일부 — 예컨대 머리카락이라든가 깎아낸 손톱이라든가 혹은 오랫동안 피부에 걸치고 있었던 의복이라도 좋다 — 는 그몸 자체와 깊은 관계를 맺고 있으며 그에 상응하는 영향을 그것에게 주는 법이다.

몸에 직접 걸치고 있어서 본인의 땀이 흠뻑 밴 셔츠의 일부는 그 사람에게 위해를 주고자 하는 인간에게 대항하는 부적(물론 그 반대의 목적도 된다)을 만드는 데 사용하는 절호의 재료로 생각되고 있다. 그밖에 혈액 따위도 그 무서운 부적의 범위에 들어간다.

젊은 흑인의 경우에도 바로 이 수단이 이용되었던 것이다. 파팔로와는 코넬리스의 셔츠를 한 개 구하는 데 성공했다. 그는 이것을 최근에 매장된, 늙은 흑인에게 입혔다. 흑인은 바로 며칠 전에 노환으로 세상을 떠났던 것이다.

밤낮 사흘동안 관(棺) 속에 있은 다음, 이 의복은 교묘하게 다시 파내졌고, 코넬리스가 그것을 발견하면 다시 한번 입도록 손질할 참이었다. 그러나 아마도 옷을 두는 위치를 잘못 선택했던 듯, 젊은 코넬리스 맥빈은 그것을 어머니의 오두막에서 발견했으며, 그런 사실을 모르는 채 그대로 몸에 걸쳤던 것이다.

그리고 이 방법은, 자신이 저주받았음을 아는 순간에 두려워하는 나머지 죽고 말 정도의 효과가 있는 방법이었는데 효과를 올리지 못했다.

그러나 문제는 코넬리스의 손톱과 수염을 깎은 후에 버린 비누거품 속에서 모은 1주일분의 수염과, 그밖에 그의 몸 외부에서 얻은 갖가지 재료로 만들어 낸, 작은 오우앙가가 크리스천스테드의 파팔로와 손에서 굳혀져서, '그 대신 매장된' 사실을 포도덩굴 루트로 불리는 기묘한 아프리카적 전달수단을 통해 어머니와 아들의 귀에 들어갔다는 점이었다.

이것은 문제인 오우앙가를 찾아내고 파내어 불살라 버리지 않으면 그가 오늘 오후에는 죽고 만다는 것을 의미한다. 그런데 '오우앙가의 매장'을 알게 된 것은 전날 저녁때이며, 더구나 산타크루스섬은 8백 평방마일의 영역을 자랑하고 있으니 그가 주물을 찾아내고 그것을 파내어 불태워 버림으로써 주술을 풀 수 있는 확률은 백조분(百兆分)의 일(一)도 더 되었다.

그의 조상들이 몇세대를 두고 해결해 내지 못했던 심리응용의 이런 살인법을 머리속으로 완전히 믿고 있다는 것을 감안할 때, 검은 섬의 '박수대(縛首臺) 잡놈'으로 불리는, 아프리카색이 짙은 서인도제도의 신분제도에 따르는 그의 계급을 과감하게 뛰어넘어, 한 젊은 흑인 아가씨에게 열렬한 사랑을 했던 불량청년 코넬리스 맥빈은, 그날 12시 시보(時報)와 함께 생명을 잃게 될 운명을 피할 수 없었다.

이상이, 이것저것 좀더 상세한 경위가 있기는 했지만 엘리자베스 애거트가 한 얘기의 요점이었다.

나는 앉아 있으면서, 새벽녘에 보여주었던 광란과 통곡 등을 깨끗이 잊은 채, 조용히 떨고 있는 그녀를 바라보았다. 석탄처럼 검은 얼굴에 흘러내리는 눈물을 닦을 생각도 하지 않은 채, 겁먹은 눈에는 걱정이 가득하고 목소리조차 내지 못하는 어머니의 슬픔을 보고 있는 사이에 나는 어떻게든 그녀를 구해주어야겠다는 생각이 들었다.

이것은 말도 안되는 사건이다. 일반 사람들이 범하는 지극히 당연한 죄를 훨씬 능가하는, 아주 사악한 죄라고 생각되었다. 이렇게 앉아 있으면서, 얼굴도 본 적이 없는 맥빈이 돈에 의해 고용당한 악질 파팔로와에게 죽음을 당하는 것을 묵과할 수는 없었다.

그것도 겉으로만은 그럴듯한 코린즈 노인이 — 아마도 15달러 정도의 대단치 않은 돈으로 마법 의사(醫師)를 포섭하고 — 그를 이 세상에서 말살하는 방법, 즉 몸에서 나온 쓰레기들을 모아 산타크루스섬의 어딘가에 매장할 것을 결정했다는 이유만으로 —.

나로서는 젊은 흑인이, 이루 말할 수 없는 공포로 핏기를 잃고 있는 모습이 손에 잡히듯 알 수 있었다. 낡은 전통적인, 그리고 불합리한 공포의 먹이가 되어, 항구 끝 옛날 탑에 있는 크리스천스테드의 시계에서 12시가 쳐지기 3시간 전에 기다리고 있는 운명에, 그 어슴푸레한 영혼의 바닥까지 떨면서 겁먹고 마음 아파하는 것이 —.

갈색의 에스트렐라 코린즈와 연애에 빠졌기 때문에 초래된, 무서운 운명이 다가오기까지 그는 마음속으로 얼마나 고민했을 것인가? 그리고 그녀의 아버지는, 갈색 피부를 한 말 잘하는 그녀의 아버지는 매주 일요일, 예배당에 나가서 헌금 바구니를 들고 통로를 왕래하고 있었던 것이다!

이처럼 맥빈을 생각하면서 앉아 있자니, 아무래도 이 한 사건에는 엉터리같이 보여지는 요소가 있었다. 그녀는 이제 완전히 희망을 잃고 외아들의 운명에 따르고자 하는 모습을 보여주고 있다.

"그놈도 흑인이거던요!"

크래프트 할아버지는 그렇게 설명하고 있었다.

코린즈 노인의 그 땅딸막한 체격, 누가 보아도 상점 주인과 같은 그의 손에 들려진 헌금 바구니의 이미지가 문득 나에게 어떤 착상을 떠올리게 했다.

"당신은 어느 교회에 다니시오, 엘리자베스?"

나는 당돌하게 질문을 던졌다.

"영국국교회(英國國敎會)에 다니는데요, 나리. — 아들놈도 마찬가지죠. 그놈은 큰 죄를 저질렀습니다. 도박도 하고 도둑질도 했을는지 모릅니다. 하지만 그놈도 옛날에는 성찬(聖餐)을 받았던 적이 있습니다, 나리."

그때 내 머리에 한가지 영감이 용솟음쳤다. 영국국교회의 목사 중 손을 빌 수 있을 만한 사람을 한사람 찾아낼 것 같기도 했다. 사정이 한계적인 상태에까지 가면 이것은 이미 신앙문제라고 할 수 있겠다. 같은 오우앙가라 하더라도, 나를 저주하기 위해서 매장했을 경우, 나는 아무런 해(害)도 받지 않을 것이다.

그런 살인방법은 나에게 있어서는, 해골에 괴어 있는 술에 얼굴을 비추게 하되 그것을 흔들어서 영상(映像)이 일그러지도록 하여 사람을 죽인다고 하는, 저 폴리네시아인의 주술살인(呪術殺人)과 마찬가지로 어리석은 수작에 불과하기 때문이다.

만약 엘리자베스와 그의 아들이 내 말만 들어준다면 — 나는 엘리자베스에게 오랫동안, 그것도 아주 열심히 이야기를 했다.

아프리카의 어떤 주물(呪物)도, 아무리 강력한 주물이라 하더라도 — 그 무시무시한 뱀까지도 하나님의 뛰어난 힘에는 이기지 못한다는 것을 강조하는 이야기를 다 했을 때 엘리자베스는 짐작했던 대로 다소 희망을 되찾았으며, 무거운 걸음을 떼며 오두막으로 돌아갔다. 나는 차에 뛰어오른 다음 영국국교회의 목사관이 있는 언덕으로 직행했다.

서인도제도 태생으로서 설교 임무를 맡아온 리처드슨 목사가 마침 집에 있었다. 나는 그에게 이 사건의 전후사정을 모두 이야기했다. 그 이야기가 끝나자 리처드슨 목사는,

"케이빈씨, 감사합니다."

라고 말했다. 그리고 이렇게 덧붙이는 것이었다.

"그들이 눈을 떠주었으면 좋겠다는 생각입니다 — 즉…… 당신께서 그 여성에게 한 말에 대하여 이해하고 깨닫기를 바란다는 뜻입니다. 실제로 하나님의 힘이 그들의 신앙보다 강력하다는 것만 깨닫는다면 얼마나 좋겠습니까? 얼른 같이 가십시다. 어쩌면 이것은 그들의 영혼이 정말로 거듭나는 기회가 되는지도 모르겠습니다. 영혼이 구원받는 기회가 되었으면 합니다. 그렇게 되면 그들은 코코넛을 한두 개 도둑맞은 사건도 우리들 목사에게 와서 상의하게 될 것입니다!"

리처드슨 목사는 그자리에 나를 남겨두고 가더니 2, 3분 후에 검은 가방을 가지고 다시 왔다. 그래서 우리는 햇빛이 반짝이는 푸른 카리브해의 해안을 따라 아름다운 경치를 바라보며 엘리자베스 애거트의 오두막으로 향했다.

도착해 보니 흑인의 관리촌(管理村)은 놀랄 정도로 조용했다. 목사가 엘리자베스의 오두막 앞에서 내린 다음 나는 차를 운전하여 길을 지나, 기니아풀이 우거진 곳에 주차시켰다. 검고 기다란 성의(聖衣)를 엄숙하게 걸치고 위압하듯 거구(巨軀)의 그림자를 드리운 리처드슨 목사가 큰걸음으로 뚜벅뚜벅 걸어서 오두막 문앞으로 가

는 모습이 보였다. 나도 그 뒤를 따라갔고 오두막 안까지 들어가서 그 기괴한 행동을 목격할 수 있었다.

공포에 질리어 흙빛을 띠고 있는 흑인 젊은이는 작은 철제(鐵製) 침대 위에서 얇은 모포를 머리까지 뒤집어 쓰고 쪼그리고 있었다. 목사는 그 흑인에게 다가가자 작은 나이프로 젊은이의 목에서 무엇인가를 잘라냈고, 더럽다는 듯 그것을 오두막의 딱딱한 토방에 집어던졌다. 거기까지가 내가 들어갔을 때 목격했던 일이었다.

집어던진 것이 내 발앞에 떨어졌으므로 나는 발동하는 호기심에 그것을 내려다보고 있었다. 그것은 일종의 무명으로 만든 조그마한 주머니였는데 그 속에는 반짝이는 빨간 끈으로 끝을 여러 번 옹쳐맨, 검은 닭 깃털이 한다발 들어 있었다. 전체가 달걀만한 크기였다. 그것을 본 나는 즉석에서 호신용 주물(呪物)이라고 판단했다.

그의 이가 딱딱 맞추고 있었다. 죽음의 차가운 공포가 그에게 뒤집어 씌워져서 흑인 젊은이는, 듣기에 거북한 크레오울어(語)로 중얼대기 시작했다. 목사는 엄숙한 말투로 그에게 대답했다.

"코넬리스! 엉거주춤한 방법이라고는 없는 것이야. 인간이 하나님의 힘에 의지하는 경우 그는 그밖의 모든 것을 버리지 않으면 안돼!"

그말에 동의한다는 뜻의 말이 그의 어머니 입에서 새나왔다. 그녀는 오두막 한쪽 귀퉁이에서 작은 테이블에 촛불 켤 준비를 하고 있었다.

리처드슨 목사는 검은 가방에서 위쪽에 분무장치가 붙어 있는 작은 병을 꺼내더니 그 분무기를 사용하여 몇방울의 액체를 오두막 바닥에 떨어져 있던 주물에 뿌렸다. 그런 다음 그는 엘리자베스와 나에게도 뿌리어 정결케 하고 최후에는 침대에 있는 젊은이에게도 그 액체를 뿌렸다.

물방울이 얼굴에 닿자 젊은이는 눈에 띨 정도로 몸을 움츠리면서 벌벌 떨었다. 그러자 내 마음은 돌연 이곳에 기묘한 분위기가 있다는 것을 느꼈다. 어쩌면 예(例)의 신앙문제였는지도 모른다. 목사가 그의 목에서 떼어내어, 더러운 것을 버리듯 집어던진 주물이 지니던 '신앙으로서 호신(護身)'에서 일변하여 기독교의 처방전에 따른다는 것은, 이 젊은이에게 있어서는 어쨌든 막연한 변화였을 것이며 눈을 크게 뜨게 만드는 얼떨떨한 경험이었을 것임에 틀림없다.

병을 가방에 넣은 다음 리처드슨 목사가 침대 위에 있는 젊은이에게 말했다.

"하나님이 그대를 위해 은총을 베풀고 계셔. 그리고 — 하나님의 힘은 무엇보다도 강하다구. 보이는 것과 보이지 않는 것을 포함하여 세상 어떤 것보다도 힘이 강하시지. 하나님께서는 그 성스러운 손으로 그대를 잡고 계시네. 이제 하나님께서는 그대의 공포를 떨쳐 버려 주실 것이야. 그대의 영혼에 걸려 있는 무거운 짐을 제거해 주셔서 그대가 살 수 있게 해주신다구. 그대가 하나님의 힘에 의해 강하게 살아가고 싶거던 정해져 있는 역할을 다해 내지 않으면 안되네. 그대의 영혼을 오로지 강화시켜 나가야 해. 우선 회개하라구. 그런 다음에 — ."

가까스로 평정을 되찾게 된 젊은이는 고개를 끄덕였다. 목사가 나에게, 그리고 그의 어머니에게도 몸짓을 하여 밖으로 나가 달라고 명했다. 나는 오두막 문을 열고, 엘리자베스 애거트 바로 옆에서 따르며 밖으로 나왔다. 오두막에서 20보(步)쯤 떨어진 곳에, 두 손을 모으고 기도하는 그녀를 남겨두고 나는 차가 있는 곳으로 가 그곳에 앉았다.

10분쯤 지났을 때 오두막의 문이 열렸고, 목사가 우리를 안으로 불러들였다. 젊은이는 이미 깊은 잠에 들어 있었다. 리처드슨 목사는 검은 가방에 도구들을 챙겨 넣었다. 그는 우리를 돌아보았다.

"실례합니다 — 그리고 — 선생에게는 감사를 드립니다. 이곳에까지 데려다 주셔서 실로 고마웠습니다."

"하지만 — 나도 가지 않고 더 있어 볼 생각인데요, 목사님."

"예……."

그는 무엇인가를 골똘히 생각하고 있었다.

"예. — 이 젊은이를 계속 보살펴 줘야 하기 때문에……."

그는 손목시계를 들여다보았다.

"벌써 11시 15분입니다. 선생이 말한 12시까지는……."

"그럼, 나도 이곳에 같이 남아있기로 하겠습니다."

나는 말했다. 그리고 작은 오두막 귀퉁이에 놓여 있던 의자에 가서 앉았다.

목사는 침대 옆에 서서 젊은 흑인을 내려다보고 있었다. 그러다가 나를 돌아보았다. 엘리자베스는 아마 더 떨어진 귀퉁이에서 기도를 드리고 있을 것이다. 목사는 허리를 굽히며, 그 커다란 하얀 손으로 야월대로 야윈 환자의 손과 손목을 잡고 손목시계를 들여다보면서 맥박을 쟀다. 그런 다음 그는 이쪽으로 와서 내 옆에 앉았다.

"30분은 더 기다리면서 참아야겠습니다!"

그가 속삭였다.

엘리자베스는 딱딱한 토방에서 바위처럼 꿇어앉아 묵묵히 기도를 올리고 있었다. 나와 목사는 입을 다문 채 의자에 앉아서 길고긴 30분을 보내야 했다. 그사이에 오두막에 감도는 긴장이 나에게는 각일각(刻一刻) 고조되어가는 것 같았다.

돌연 젊은이의 입이 열렸다. 목사는 그에게 달려가서 흙빛의 둔중한 팔을 잡고 문질러 덥혀 주었다. 젊은이의 머리가 베개 위에서 방향을 바꾸더니 그의 입은 다시 닫혀졌고, 눈꺼풀이 껌벅거렸다. 그런 다음 가벼운 경련이 온몸에 일고 있는 것이 가벼운 이불을 통하여 눈에 띄었다.

이어서 깊은 숨을 두번 세번´ 내쉬던 그는 혼수상태와 비슷했던 잠에서 깨어났다. 목사는 이미 그의 곁에 가서 있었다. 나는 정오까지 남아있는 시간을 쟀다. 9－8－7－정오까지는 적어도 3분은 남아있었다.

그런 생각을 하고 있을 때 낮은 목소리로 기도하기 시작하는 목사의 깊고 단조로운 목소리가 들려왔다. 그것을 들으면서 그가 속삭이듯 기도하는 말을 가까스로 이해할 수 있었다. 그의 말이 낮고, 또 인상적으로 들리는 동안에, 목사는 젊은이의 손을 계속해서 꼭 잡고 있었다.

"……그대의 적(敵)이 계속 자행하는…… 그대가 영력(靈力)을 향한 모든 공격에 대항하여 그것을 극복했기 때문에…… 그러나 적은 그대를 괴롭히어 세상에서 밀어낼 수는 없을 것을……."

그리고 놀랍게도 그는 이윽고 정상적인 어조로, 영국국교회파의 목사답게 고전적(古典的) 예배실의 말을 중얼거리는 것이었다.

"……그리고 모든 공상(空想)과 도움이 안되는 것을 멀리하고…… 혹은 마귀의 책략이 모든 더러워진 영혼을 속이고 있노라고 그대들은 맹세하는데……."

목사의 열의(熱意)가 높아감에 따라서 이제 그가 하는 말은 음량(音量)을 증가해가며 차례로 이어나갔다. 곧 정오가 다가오게 될 것을 알자 나는 시선을 손목시계에서 침대 쪽으로 돌렸고, 침대 위에 있는 바싹 야윈 몸이 몇번이고 경련을 일으키며 떠는 것을 보았다.

이윽고 어디서 불어닥친 것인지 모를 일진(一陣)의 돌풍이 오두막 전체를 마구 흔들기 시작했다. 밖에서는 바싹 마른 야자나무잎이 앞뒤로 휘날리고, 무서운 바람소리가 허술한 오두막 문 틈으로 들려왔다. 작은 창문에 달려 있는 모슬린 커튼이 돛처럼 마구 부풀어 올랐다. 그때 불쑥 흑인 젊은이의, 귀에 거슬리는 목소리가 들려왔다.

"담바라!"

분명 그것은 신음 소리와 비슷했으며 그가 내는 소리였다.

담바라란 브도우 숭배에 사용되는 고등비의(高等秘儀)의 하나이다. 나는 나도 모르는 사이에 오한을 느껴야 했다.

그러나 이번에는 더 높직하고 위압적인 리처드슨 목사의 목소리가 울려 퍼졌다. 적극적으로 하나님의 힘을 찬미하는 위대한 찬송가와 함께 —. 약하디 약한 흑인 젊은이와 그를 운명지운 곳으로 밀어 떨어뜨리려는 사악한 힘 사이에서 그 틈을 비집고 들어가려는 목사의 찬송 소리가 들려왔던 것이다. 그 목사는 육신으로 인해 번민하는 자의 몸 위에 신비로운 방호(防護)의 외투를 덮어 주는 것 같았다.

어머니는 이제 더러운 토방에 엎드리어 두 팔을 십자가처럼 펼치고 있었다. — 인간이 육체적으로 표현할 수 있는 최후의, 그리고 가장 참혹한 탄원(嘆願)의 자세였다. 그러는 그녀에게로 시선을 돌렸을 때 작은 방의 제일 먼 귀퉁이에서, 버려진 의복더미 위로 툭 삐져나와 있는 기묘한 형태를 발견했다.

마침 정오였다. 주의깊게 손목시계를 들여다보고 있노라니, 세인트 존 교회의 묵직한 종이 쳐대는 앙쥬라스(아침·정오·日沒에 치는 종)의 먼 시보(時報)가 낭랑하게 울려 퍼졌다. 리처드슨 목사는 찬송을 그치고 젊은이의 팔을 이불자락 위에 내려놓더니 앙쥬라스의 기도(그리스도의 受胎를 축하하는 기도)를 드리기 시작했다.

나는 그자리에 서서 그의 기도가 끝나는 것을 기다렸다가 얼른 목사의 옷소매를 잡아끌었다. 기묘하게도 바람은 완전히 잔잔해졌다. 정오의 태양만이 보잘것없는 오두막 철판 지붕에 무더운 열사(熱射)를 퍼붓고 있었다. 리처드슨 목사는 의아하다는 표정으로 나를 바라보았다.

나는 건너편 구석에 있는 의복더미 속에 파묻혀 있는 것을 손가락으로 가리켰다. 그는 그 구석으로 걸어갔고 그곳에서 몸을 굽히어 뱀과 같은 형태를 한 낡은 목조(木彫)를 집어냈다. 그는 또 배를 깔고 엎드려 있는 엘리자베스에게 날카로운 시선을 보냈다.

"이것을 가지고 나가! 엘리자베스!"

리처드슨 목사가 명령했다.

"두 조각을 내어 문밖에 집어던지라구!"

여인은 구석 쪽으로 기어갔고, 그것을 집어 두 조각을 낸 다음, 살그머니 일어났다. 그리고 파랗게 질린 공포의 얼굴로 오두막 문을 열고 나무 조각을 집어던졌다. 나는 침대 옆으로 돌아왔다. 자고 있는 젊은이도 이제는 조용히 숨을 쉬고 있었다. 목사가 그를 흔들자 마치 취한 사람처럼 몽롱한 눈을 떴다. 그는 멍청한 눈동자로 우리를 쳐다보고 있었다.

"그대는 살아 있어. 하나님의 은총으로 살아 있다구."

목사가 엄숙하게 말했다.

"자아, 일어나! 이미 정오가 훨씬 지났어. 이것 봐, 케이빈씨가 시계를 보여줄 것이야. 그대는 죽지 않았어. 이 일을 그대는 교훈으로 삼아야 해. 신(神)들이 그대의 지식으로부터 헤어나게 해준 것을 이제는 생각하지 말도록 —."

젊은이는 아직도 멍청한 상태였는데 얇은 모포를 밀쳐놓고 침대 가장자리에 앉았다.

"자아, 이제 우리도 차를 타고 돌아가야겠습니다."

리처드슨 목사는 사무적인 태도로 검은 가방을 집어들더니 그렇게 말했다.

나는 관리촌 바로 밖에서 차를 우회전시키며 마을 방향을 돌아보았다. 엘리자베스 애거트의 오두막에는 많은 흑인들이 모여 있었다. 옆에서 리처드슨 목사의 다소 단조로운 목소리가 들려왔다. 혼잣말을 하고 있는 것 같았다. 아마도 뭔가 깊이 생각을 하면서 그것을 입밖으로 내고 있는 것이리라.

"보이는 것도 보이지 않는 것도 — 만물의 — 창조주이신 하나님 께서……."

라고 — .

마을의 경계와 목사관 사이에 잔뜩 모여 있는 오리와 거위, 돼지 새끼, 흑인 아이들과 당나귀가 끄는 짐수레를 피해가며 나는 서서히 차를 몰았다.

"굉장한 경험을 했습니다."

헤어지기 전에 그의 손을 잡으면서 나는 말했다.

"저어…… 뭐라고 해야 좋을는지……."

"예, 뭐라고 해야 좋을까요? 아니, 아니, 그게 아니라, 나는 지금 걱정거리가 있습니다. 용서하세요, 케이빈씨 — 오늘 오후에 찾아봐야 할 환자가 있답니다. 부목사가 아직…… 지난번에 앓았던 뎅그열(熱)에서 완전히 회복되지 못했기 때문에 오후에는 내가 — 일이 꽉 차있네요. 그러니 언제고 좋습니다. 저녁 5시경에 와주지 않으시렵니까? 차라도 한잔 같이 나누고 싶습니다."

나는 천천히 집까지 차를 운전하고 갔다. 서인도제도의 목사! 그 일진의 바람 — 작은 목조(木彫)의 뱀 — 흑인 젊은이의 눈에 비친 참혹스런 공포의 표정!

이런 것들 모두가 리처드슨 목사에게 있어서는 다소 서투른, 그 커다랗고 투박한 손으로 처리해야 할 — 매일 아침 하나님의 기적을 가져오는 그 손으로 처리해야 할, 하루의 일 중 한 가지에 지나지 않는 것이다.

이따금 나는 아침 일찍 일어나서, 평일 아침이건만 교회에 가곤 한다. 동트기 전의 어스름 속을, 진흙길도 마다하지 않고 가벼운 발걸음으로, 신발조차 신지 못하는 맨발로 가는 수십 명의 흑인들과 함께 ─ . 이렇게 이른 아침부터 그들은 교회에 간다. 이 땅에 전개되는 하나님과 악마 ─ 뱀 ─ 와의 영원에 걸친 사투(死鬪)를 하는 힘과 능력을 얻기 위해서 ─ .

그 옛날 햄이 아버지 노아를 웃음거리로 만들었기 때문에 조상 이래 후손들에 이르기까지 모든 자손들이 위협을 받게 된 이 원초(原初)의 저주에 단서를 둔, 이 사라질 줄 모르는 공포로 햄의 자손들을 떨게 하고 있는 이 땅에서 ─ .

죽음의 환각(幻覺)

마음에 드는 작품을 제대로 써낼 수 없는 분야가 있고, 내가 또 그 공백의 역사에, 설득력이 모자라고, 실없는, 망령(亡靈)의 나라의 기록을 한 가지 덧붙인다면, 보고서로서의 내 역량의 정도를 가엾게도 속속들이 드러내는 결과가 될 것이다.

그런데 아주 최근에 접한 경험을 써나가기 전에, 이 무미건조한 세상에서 장난을 치기 좋아하는 도깨비라든가 이리 사나이라든가 유령의 속삭임에 돌연 마음이 사로잡혔던 일이 있는 독자라면 누구나 느꼈던 일이 있을 것인 의문에 대해서 우선 대답해 두기로 한다. 즉, 나는 시체가 묘혈(墓穴)에서 지상으로 뛰쳐나온다든가 주술(呪術)로 인하여 죽은 다음에도 살아남는다든가 하는, 로맨틱한 생각은 최소한 머리속에 담고 있지는 않다.

생물이 죽은 다음에도 계속 살아간다는 것은 믿어지지 않는다. 나무이든 개인이든, 고양이이든 추잡스런 수전노 놈이든 말이다. 죽은 자가 살아나올 것을 울음으로 알린다는 요정이라든가 쪼글쪼글한 노인의 모습을 한 도깨비라든가, 흡혈귀(吸血鬼)라든가 육체에서 이탈하여 어둠 속을 배회하는 영혼이 있다고 하더라도 나는 그런 것들에게 눈길을 돌린 적도 없고 영적으로 교신을 한 일도 없다.

그러나 나는 부즈교(敎)의 숭배자가 암흑의 정글에서 찾고자 하는 세계보다도 뒤지지 않는, 불길하고 이상한 세계의 존재를 믿고 있는 것이다 — 믿고 있다기보다 그런 세계에서 몇달 동안 살아왔던 것이다. 죽지 않고 그 세계에서 탈출할 수 있었던 것은 이성(理性)이 부조리와 싸워 이겼기 때문이라고 하기보다 운이 좋았었기 때문이라고 생각한다.

이 이야기를 시작함에 있어 나 자신에 대해서 글쓰는 사람이란 정도는 언급해 두겠다. 나는 책을 한 권 써낼 계획을 세우고 나 자신의 신병(身柄)과 애용하는 소지품을, 뉴욕 시내의 그다지 알려지지 않은 묘한 지역으로 옮겼던 것이다. 즉 이스트 사이드의 찌부러져서 겨우 여명(餘命)을 유지하고 있는 첼리가(街)에 한 채의 집을 얻었다.

이 거리로 인하여 맨해튼섬은 비참하게도 보잘것없는 최후를 맞는다. 아파트 따위의 유(類)는 전혀 없다. 주택이라고 하기보다 오히려 짐을 포장하는 나무틀과 비슷한, 분해하기 쉬운 집들이 즐비하다. 쓰레기장으로 사용되고 있는 공지(空地)가 몇개 있는데 더이상 버릴 여지가 거의 없다. 허름한 창고가 몇개 서있다. 유리는 모두 깨졌고 벽은 허물어져 있다.

이 거리에서 살아가는 얼마 안되는 무리들, 수수께끼와 같은 사람들은 이 지역에 어울리는 것 같았다. 현대 뉴욕의 주인이라고 하기보다는 공지에서 버려진 먹을거리나 뒤지고 살아가는 옛 시대 사람들처럼 보였다.

서쪽으로 몇 가구(街區)를 더 가면 빈민굴과 특수마을의 소요가 시작된다. 그러나 노쇠하여 한산해진 첼리 거리는 그런 유(類)도 아니다. 일대가 시끄러운 소음에도 불구하고 마치 잠자고 있는 것처럼 흐리멍텅하여 마치 서부의 황야(荒野)에 점재하는 폐광산촌(廢鑛山村)의 찌부러진 집들과 같았다.

내가 옮겨간 집은 1800년에 건축된 집이었다. 브안탈족(族)의 큰 무리로부터 계속 습격을 받는 것과 같은 집이었다. 벽체에 구멍이 나있기도 했다. 현관 입구는 떨어져 있고, 뒤꼍의 축대는 무너져 있으며, 지붕도 벗겨져 있었다. 그래도 아직 아담식(式) 장식인 문은 상처입지 않은 것을 자랑하고 있었고, 내부의 호도나무 재목의 바닥과 복도는 그런대로 살아남아 있었다.

그러나 처음으로 이집에 발을 들여놓는 순간에 풍겨오는 냄새로 볼 때 그리 오래 갈 것 같지 않다는 생각이 들었다. 그 봄날 아침, 배어 있던 지독한 썩는 냄새를 맡고 서있자니, 이 낡은 집이 당장에라도 망령처럼 모습을 감추며 붕괴되어 쓰레기더미로 화하는 게 아닌가 생각되었다.

그러나 2주일이 지나자 창은 보수되었고, 냄새는 새어나갔는지 아니면 난로불과 방향제(芳香劑) 연기에 의해 중화(中和)되었다. 또 벽체는 다시 칠을 했고 들보에는 지주(支柱)가 받쳐지면서 그 숱한 거미집도 없어졌다. 그러자 이 낡은 집도 보잘것없기는 했지만 일단은 그럴 듯한 위엄을 갖추기에 이르렀다.

운반해 온 책과 쾌적한 램프로 조명되는 거실에서 밤에 홀로 앉아 있자니 이 낡은 집의 부흥상에 어느 정도 만족이 느껴졌다. 북쪽 끝자락에 있는 잡동사니 창고에 대한 것도, 그리고 남쪽 끝자락의 타르페이퍼로 바른 지하실도, 기억에서 잊혀져 갔다.

뒤꼍의 흙을 파고 정리하여 약간의 봄 채소를 심었는데 지면을 덮고 있던 쓰레기를 치우니, 지금까지 이 작은 공지의 윤곽을 이루고 있던, 무너진 벽돌벽 안쪽은 지난날 초목이 무성했었던 증거가 나타났다. 나는 그것을 발견하는 순간 가슴이 두근거렸다. 이 버려진 거리의 냄새는 한 달도 채 안되어서, 녹냄새와 바다냄새, 그리고 썩어가는 목재 냄새와 시큼한 벽체의 냄새가 뒤섞이어 나에게는 아주 좋은 냄새가 되었다.

이 떠들썩한 도시 한쪽 끝에서 나는 돌연 어쩐지 무시무시한 고요를 발견해 냈던 것이다. 이미 쓸모가 없게 된, 그래서 죽음에 임박해진 이 거리는 부두에서, 썩어 당장에라도 떠밀려 나감으로써 모습을 감추려고 하는, 반은 침몰된 거룻배와 같았다.

이 일대에 매료되었다고 하지만 이집의 단골인 것 같은 소리 때문에 처음에는 영 잠을 잘 수가 없었다. 쥐가 어둠 속을 뛰어다니는데, 그 향연과 탐험을 위한 재빠르고 은밀한 발짝 소리는 때론 공포의 대상이었다. 그리고 한밤중의 고요를 틈타서 들려오는, 썩은 나무라든가 바스락거리는 섬유, 땀을 흘리는 옻칠, 휘어진 들보 등이 내는 소리로 골머리가 아팠다.

페인트를 다시 칠하고 여러 가지 모양으로 바꾸었는데도 불구하고 그 이면에 숨겨져 있는 부후(腐朽)가, 무수한 혀를 가지고 발광하는 식인(食人) 도깨비처럼 어둠 속에서 계속 독백(獨白)을 하고 있는 것이다.

나는 하룻밤에도 몇번이고 침대에서 일어나 촛불을 켜들고, 어떤 유령이든가, 적어도 곡예사라도 금방 나타날는지 모른다는 생각에 집안을 돌아다녔다. 그러나 눈에 띄는 것은 텅빈 방과 그림자 지는 벽뿐이었다. 죽음이 임박해 있는 집의 끊임없는 삐거덕 소리, 중얼거림, 잔소리, 신음 소리가 있을 뿐이었다.

나는 안도의 한숨을 쉬면서 침대에 돌아와서, 나를 둘러싸고 있는 이 낭만적 식물부패(植物腐敗)의 교향곡에 잠시동안이지만 만족한다. 그리고 한 달쯤 지나자 지난날에는 고민의 씨앗이었던 이 소리들도 신경쓰이지 않게 되었다. 나는 이집이 주는 고독의 무드에 만족하게 되었다.

그 덕택에 작업에 착수하는 것이다. 그리고 한밤중, 버려진 배로 풍류하고 있는 것 같은 기분에 휩싸이면서, 문득 복도를 뛰어다니는 발짝 소리라든가 지하실에서 들려오는, 누군가에게 목이 졸리어 지르는 절규에도 불구하고 잠에 빠져드는 것이었다.

그러나 이집에 기묘한 소리라든가 냄새, 특히 곰팡이 냄새와 그늘 진 벽에 익숙해 있던 어느 날 밤, 나는 잠속으로 침투해 온 위험에 감응되어 눈을 번쩍 떴다. 그리고 침대에서 일어났다. 겨우 매력적인 친근감을 느끼게 된 집인데, 처음에 경험했던 초조와 긴장감이 되살아나는 것 같아서 심히 유감스러웠다.

실내는 캄캄했다. 희미한 달빛이 창밖의 조용한 뜰에 비추어 그 윤곽을 알아볼 수 있었다. 나는 성냥갑에 손을 내밀면서 열심히 귀를 기울이고 있는 자신을 발견했다. 기묘한 일에 온 신경과 감각이 곤두서 있었던 것이다. 귀를 곤두세우고 있는 것은 이 낡은 집에서 나는 익숙해진 소리에 대해서가 아니라 아직 알 수는 없지만 심령적(心靈的)으로 기대하고 있는 소리에 대해서였다.

내가 성냥을 켜려고 하자 그 기다리고 있던, 불가해한 소리가 방 안으로 들어오고 있었다. 그것은 부드러운 발짝 소리였다. 정신이 혼란해져서 즉시로 반응을 나타내지는 않았지만 심장은 터질 것 같았고 어서 도망치라고 재촉하는 것 같았으며 오한이 혈관을 휘저어 댔다. 그러나 곧 알 수 있었다. 조금도 공포에 떨 필요는 없다. 소리를 내고 있는 것은 고양이였다.

고양이 한 마리가 침실로 들어온 것이다. 나는 안도의 한숨을 내쉬면서 그 색깔, 모양새, 품위에도 불구하고 이 동물에 대하여 금방 애정을 느끼게 되었다. 나는 침착을 되찾았고, 눈이 어둠에 길들여짐에 따라 그 실루엣을 분간할 수 있게 되었다. 지켜보고 있노라니 그것은 천천히 소리도 내지 않으면서 경쾌하게 방바닥을 가로질러 몇피트 아래의 뜰을 내려다보는 창문턱으로 뛰어올라갔다. 아니, 뛰어올라갔다기보다 서있는 것처럼 보였다.

그리고 그곳에 웅크리고 앞을 응시하고 있었다. 그러자 또 아까 눈떴을 때처럼 불길한 예감과 함께 전율을 다시 느꼈다. 고양이에게 믿음을 줄 정도로 사태가 안온해진 것은 아니었던 것이다. 다시 심장이 두근거리면서 감각이 긴장되고 기대감에 가득 차게 되었다. 공포에 의해 점화되고 사람의 의지를 불태워 버리는 바람직스럽지 못한 기대감 — .

나는 불안한 가운데 침대 끝자락으로 옮겨 가서, 이 방문자가 웅크리고 앉아 있는 창문턱 밖으로 눈길을 보냈다. 그곳에는 또다른 방문자가 있었다. 뜰 건너편 구석에 사람 그림자가 서있다. 얼굴은 보이지 않았다.

분별할 수 있는 것은 뒤꿈치를 들고 서서 꼼짝도 하지 않는 윤곽뿐이었다. 누워 있는 채로 바라보고 있자니 그 사람 그림자는 움직였고 다리를 끌면서 서있었다. 침입자는 여자란 것을 알았다. 겨우 걸을 수 있는, 허리가 잔뜩 굽은 노파였다.

그렁그렁하는 소리가 나서 나는 창문턱 쪽으로 눈길을 주었다. 고양이가 일어서 있었다. 등을 활처럼 구부리고 털을 곤두세우고 있었다. 그놈은 신음 소리를 내며 창에서 뜰로 뛰어내렸고 사라져가는 사람 그림자의 뒤를 따라 모습을 감추었다.

나는 촛불 두 개를 켜놓고 책을 집어들었으나 읽을 수는 없었다. 뜰에 노파가 있었던 일에 대해서는 그다지 놀라지는 않았다. 그 고양이의 기이한 행동에 신경이 쓰였던가 보다.

그날 밤은 반쯤은 재미, 반쯤은 히스테릭이었다고 추측되는데, 아무리 건전한 인간이라 하더라도, 그리고 아무리 리얼리스틱한 인간이라 하더라도, 그 대뇌엽(大腦葉) 어딘가에, 고양이나 마녀의 전설, 혹은 잊혀진 옛날이야기 한토막이 보이지 않는 사람은 없을 것이란 점만 말해 두겠다.

아침이 되자 모든 게 어이없어져서 — 마음을 놓았다. 밝은 아침 햇빛 아래서는 초자연적 현상만큼 어이없는 것도 없다. 마녀와 불길한 고양이를 떠올리고는 나도 모르게 빙긋이 웃었다. 나는 그 사건을 완전히 소화하고 처리한 다음 저작(著作)에 착수했다.

그 낡은 집에서 1마일쯤 떨어진 레스토랑에서 저녁식사를 한 다음 돌아왔을 때, 나는 전날 밤에 불안을 안겨준 정체를 발견했다. 그 고양이가 — 전날 밤 내 방에 들어왔던 고양이란 것을 금방 알아차렸다 — 아무래도 나를 제 식사 담당자로 선택한 것 같았다. 모양새가 안좋은 고양이였다.

몸길이가 다소 긴 편이며, 절구통 같은 몸매여서 아무리 고양이를 좋아하는 사람이더라도 열성껏 돌봐주는 일이 없을 것으로 생각되었다. 그놈은 눈앞에 놓여 있는 먹이를 고양이다운 날쌘 솜씨로 잘도 먹어댔다.

그리고 먹이를 다 먹은 후에는 잠을 잤는데 그 자는 모양 또한 놀랄 정도였다. 고양이답게 몸을 둥글게 말고 자는 것이 아니라 이 힘줄이 툉겨나온 고양이는 벌렁 누워서 마치 죽은 말[馬]처럼 다리를 쭉 뻗고 자는 것이었다.

'이놈의 고양이가 죽은 게 아닌가?'

나는 그놈을 내려다보고 있었는데 그놈의 다리가 꿈틀꿈틀 움직이는 것을 보고서야 마음놓고 다시 작업을 시작했다.

침대에 들어가서 촛불을 끄자 나는 또 한 사람의 침입자를 떠올렸고, 다시 나타날 것을 기대하면서 누운 채로 창밖에 시선을 보냈다. 전날 밤보다 밝아서 뜰이 잘 보였다. 나는 마녀가 다시 모습을 나타내기를 즐거운 마음으로 기다렸다.

그러나 어느 사이에 잠이 들어 버렸는데 눈을 떴을 때는 전날 밤과 마찬가지로 불안과 기대에 싸여 있었다. 내 친구가 된 그 고양이가 방에 와있었다. 고양이는 창문 쪽으로 움직이고 있었다. 신경을 몹시 자극하는 놈이란 생각이 들었다. 고양이의 불안한 파장(波長)이 느껴진다. 창밖으로 시선을 보내고 있으려니까 전날 밤과 마찬가지로 뜰 건너편 구석에 그 사람의 그림자가 보였다. 이번에는 상세한 점까지 분간할 수가 있었다.

추측했던 대로 그 노파였다. 얼굴은 늙었기 때문에 쪼글쪼글해졌다. 달빛으로 늙어서 추해진 모습의 일그러진 용모가 확실하게 보였다. 시들고 쪼글쪼글해진 회색의 얼굴 — 대개는 늙은 사람의 얼굴을 보고, 섬뜩해지는 수가 있는데 이때도 나는 섬뜩해지는 것을 느꼈다. — 이미 죽을상이 나타나고 곰팡이가 슨 것처럼 보이는 죽음 직전의 얼굴 — 거의 입을 덮고 있는 큼직한 주먹코, 이가 빠져서 일그러진 턱, 피부에 반쯤은 파묻혀 있는 우묵한 눈, 당장에라도 뼈에서 떨어질 것 같은 주름투성이의 피부, 그런 것들이 달빛에 비추어 마치 무시무시한 악마의 얼굴처럼 보인다.

나는 무의식중에 눈길을 돌렸다. 노파는 숄을 걸치고 두툼하고 시커먼 스커트를 입고 있다. 두 손은 모두 옷 속에 감추고 있다.

나는 다시 눈을 크게 떴다. 이 노파는 도대체 무슨 용건이 있어서 한밤중에 이 낡은 집의 뜰에 찾아온 것일까? 응시하고 있는 동안에 공포심이 고조되어갔다. 잠자코 우뚝 서있는 이 노파 — 무언가 무서운 짓이라도 하고 있는 게 아닌가 하는 생각이 들었다. 그런 생각이 들자 나는 몸을 벌벌 떨었다. 감각은 공포로 치솟았고 뜰에서 뭔가 기분나쁜 일이 일어나고 있다는, 으스스한 생각이 마침내는 확신으로 바뀌는 것이었다.

나는 숨을 죽였다. 무엇인가 깊이 생각하고 있는 것 같은, 그 움푹 패인 눈을 이쪽으로 향하고 있는 게 아니냐며 두려워 했기 때문이다. 내 눈에 비추는 것은 꼼짝도 하지 않는 사람 그림자, 어둠 속의 그 미라였다. 그러나 너무나도 움직이지 않는다는 생각이 문득 들었다. 무엇인가를 응시하고 있다. 살살 다가오는 거미와 같다는 생각이 들기도 했다.

그 노파가 오는 데는 무엇인가 까닭이 있을 것이다. 숨겨진 사실의 힌트를 찾아내고자, 내 눈과 귀는 자연히 긴장되었다. 그러나 아무것도 발견하지 못했다. 밤은 험악하게 깊어가는 미지의 베일에 싸여가는데, 나는 누워 있는 채 너무나 무서워서 마른침을 삼키며 지켜보고 있었다.

내가 느낀 것은 도대체 무엇일까? 나는 무엇을 예측하고 있었던 것일까? 두 손을 감추고 몸을 움직이지도 않고 있는 이 사람의 그림자는 대체 무엇이란 말인가? 왜 내 이 낡은 집에 찾아와 서있으면서 이쪽을 노려보고 있는 것일까? 이윽고 전날 밤과 마찬가지로 창문턱에서 그르렁거리는 소리가 들려왔다. 노파는 몸을 움직였고 발을 질질 끌며 가려 하고 있었다.

고양이는 등을 활처럼 구부리고 신음 소리를 내며 뜰로 뛰어내렸다. 내가 깜짝 놀란 것은 그놈에게 머리카락이라도 잡히는 날에는 창에서 뛰어내리고 싶다는 마음을 억제할 수 없으리라는 충동을 받았기 때문이다. 나는 누워 있는 채 침대에 매달리다시피하며 이런 돌변사태에 항거하고자 이를 갈았다. 그러나 다리는 이미 창문 쪽으로 달려가는 듯한 느낌이었다.

마치 뜰을 가로질러 가듯이 꽃과 쓰레기가 뒤섞인 냄새가 축축하게 느껴졌다. 그러나 나는 침대 속에 있으면서 이런 감각의 비약에 저항하고 있었는데 잠시 후 이 불가해한 두려움의 심층(深層) 명령에서 벗어날 수 있었다. 나는 땀범벅이 되어 누워 있었다. 힘이 다 빠져서 촛불을 켤 수도 없었고, 노이로제에 걸리어 아무것도 할 수 없게 된 자신이 저주스러웠다.

이어서 일어난 사건을 되돌아 보면 무엇보다도 불가사의한 것은 나 자신의 의지가 약해진 것이며, 무기력해진 것이며 또한 불가해한 굴종이었다. 제정신인 인간에게 숨겨져 있는 일면(一面)이 무서운 것, 마술적(魔術的)인 것, 미지의 것에 감응된다는 것은, 어떤 의미에서는 자연스런 일이다.

그러나 우리가 긍지를 가지고, 이것이야말로 자아(自我)라고 인정하는 '제정신' 그 자체, 조리와 실제성(實際性)의 표면 등이, 어이없게도 무너져서 우리의 의지라든가 태깔스러움이, 실은 종이처럼 얇다고 하는 가련한 증거일 것이다.

나는 다음날 아침이 되어서도 뜰에 뛰어나가서 그 노파를 쫓아 버리고 싶었던, 그 기묘한 충동을 해명코자 하지는 않았다. 어리석게도 그것은 이차원(異次元)의 사건이었던 것이다. 제정신으로는 해명할 수 없는 것이다라고 정해 버린 그 기억을 지워 버렸던 것이다. 나는 그 고양이에게 먹이를 주고 그 기묘한 잠자는 모습을 관찰하면서 그 추태에 미소를 지었고 다시 집필(執筆)하기 시작했다.

그러나 그 첫째 날에 이미 무기력(無氣力)이 글을 쓰고자 하는 야심과 붓놀림을 뺏어가기 시작했던 것이다. 나는 낡은 집 속에서 빈둥거리고 있었다. 상냥한 초로(初老)의 청소부 미세스 한스가 오자 나는 짜증을 내고 말았다. 그녀의 존재 그 자체가 짜증스러웠으며 적의(敵意)를 가지고 있다는 느낌을 받았던 것이다.

이 뚱뚱하고 성급한 노인은 가까이에 두기에는 어울리지 않는다. 나는 그녀를 내쫓았다. 그러자 그녀도 깜짝 놀랐는데 그것은 나로서도 의외였다. 저녁때가 되자 나는 평소와 마찬가지로 그 레스토랑까지 산책했다. 그것은 내 일과 중 하나이기도 했다. 그런데 식욕이 전연 없었다.

나는 오로지 사건을 기다리고 있었던 것이다 — 그래서 밤이 되는 것을 기다렸고 —. 내 마음에는 일말의 의심도 없었다. 그 여인은 틀림없이 찾아올 것이다. 그녀가 나타나는 대략의 시각도 알고 있었다. 그녀는 평소와 마찬가지로 그 뜰의 구석에 서있을 것이다. 내 친구가 된 고양이가 다시 창문턱에 올라갈 것도 알고 있었다.

이날 문득 기이한 생각이 들었던 것을 기억한다. 그 절망(切望)은 무엇이었을까? 왜 나는 이처럼 흥분하고 있는 것일까? 내가 기다리고 있는 것은 무엇일까? 이처럼 묘한 기분을 일으키게 만드는 것은 무엇이란 말인가?

이런 질문들에 대하여 만족할 만한 대답이 찾아졌다. 뜰에 찾아오는 그 방문자를 다시 한번 힐끗 보고 싶다는 것은 용기가 있다는 증거에 다름아니다. 그런 것을 다시 한번 보겠다는 생각만으로도 대개의 사람들은 몸서리를 치게 될 것이다. 그런데 나는 그러한 초자연적인 것을 맛보고자 하는, 여유가 있는 시니컬한 인간이다. 이 해석은 나를 만족시켰다. 내 행동에는 이상한 점이 조금도 인정되지 아니했다.

이 세 번째 밤에는 — 하늘은 구름에 덮여 있었다. 저녁식사에는 거의 손을 대지 않은 채, 걸어서 돌아와, 이 황량한 거리, 파괴된 거리에 접어들자 나는 유쾌한 마음에 사로잡혔다. 나는 걸음을 멈추고 어둠 속에 잠기는, 인기척조차 없는 이 버림받아 쓸쓸해진 거리를 둘러보았다.

블라인드를 제대로 닫지 못해서 인간미 넘치는 정경을 남에게 보여주는 불을 켜놓은 창문도, 인간적인 용건으로 쾌활한 소리를 내며 달려가는 자동차도, 음악이라든가 논의하는 목소리도, 이 버림받은 보도(步道)를 감상하고 있는 내 무드를 혼란케 만드는 일은 조금도 없었다. 나는 홀로 서있었다.

조풍(潮風)이 어둠을 뚫고 지나간다. 어쩐지 생명에 도달하지 못한 것이 반쯤은 눈에 보이는 오두막이라든가 엉망진창이 된 벽 속에 존재하고 있는 것처럼 생각되었다. 거리 한쪽 자락에서 사람 그림자가 두어 개 움직였는데 소근거리며 무엇인가에 신경을 곤두세우고 있는 것같이 이 그림자들은 이 신(scene)이 가지는 의미의 일부를 이루고 있는 것처럼 보였다. 낡은 무덤을 누비며 걸어가는 회장자(會葬者)의 그림자가 죽음의 의미를 더한층 강조하고 있는 것과 마찬가지로 —.

나는 침대에 들어가자 누워서 싱글벙글하며 공상을 하기 시작했다. 뜰은 칠흑같이 어두워서 거의 아무것도 보이지 않았다. 잠을 자지 않고 지켜보았는데 고양이가 창문턱에 뛰어오를 때까지 나는 방문자가 찾아온 것을 알지 못했었다.

그녀는 예(例)에 따라 뜰 한쪽 구석에 무너진 담을 뒤로 하고 서있었다. 그녀의 모습이 희미하게 보이는 것이었다. 캄캄해서 아무것도 분간할 수 없었지만 그녀가 움직이지 않고 서있는 것은 알 수있었다. 정신이상이 된 어느 곳인가의 노파인 것이다, 이 버려진 거리 어딘가에 살고 있는 머리가 돈 노파인 것이다.

닥쳐오는 죽음에 갈팡질팡하면서 어둠 속을 정처없이 헤매고 다니는 것이라고 나는 생각하기 시작했다. 그러나 그런 생각도 어느새 사라져 갔다. 말보다도 강력한 것이 나에게 말해 주고 있는 것이다.

그것은 뜰 쪽에서 오는 것이었다 — 내 현실감각을, 세속적인 실제적 지성(知性)을 혼란케 만드는 것 같은, 신경을 건드리는 것 같은 통신(通信) —. 나는 누워 있는 채로 마치 언덕을 뛰어올라가는 것처럼 헐떡이고 있었다. 참아내기 어려운 이중성(二重性)의 포로가 된 것만 같았다. 감각이 받아들여지지 않는 것을 나는 느꼈다.

어둠에 숨겨진 사실의 힌트를 찾아내고자 하여 다시 눈을 크게 뜨고 귀를 곤두세웠지만 무엇 한가지 붙잡을 수가 없었다. 그러나 어떤 냄새가 서서히 내 비강(鼻腔)에서 퍼지고 있었다 — 피어 있는 장미의 냄새 — 이상하게도 로맨틱한, 짙은 방향(芳香). 마치 문 밖에 있는 것처럼 야기(夜氣)를 얼굴에 느꼈다. 마치 달리고 있는 것처럼 바람이 살갗에 와닿았고, 마치 상상을 멈춘 행동에라도 관계한 것처럼, 자신의 거친 숨소리가 들려왔다.

이것은 환각(幻覺)인 것이다. 나는 또 침대에 누웠다. 내가 알고 있는 나는 그 장소에서 운반되어가는 게 아닐까 무서워 하고 있는 것처럼 침대 시트를 꽉 잡고 누워 있었다. 뜰 한쪽 구석에는 조금도 움직이지 않는 노파의 모습이 또 보인다.

화가 나서 머리까지 지끈거렸다. 기묘한 분노였다. 그것은 내 속에 있는 무엇인가를 털어내 줄 것으로 생각되었다. 전날 밤과 마찬가지로 그것은 나를 뜰로 끌어내는 것이었다. 이번에는 거의 저항도 할 수 없을 정도로 심한 충동이었다.

고양이가 다시 뛰어오르는 것이 보였다. 나는 벌떡 일어나 창가로 돌진했고 어둠 속에 몸을 던지려고 했다. 입속은 까닭을 알 수 없는 몹시 불쾌한 저주의 말로 가득 차있었다. 나는 창가에서 발길을 멈추었다. 뜰은 바로 눈앞, 몇피트의 거리에 있다. 그러나 나는 문득 내 모습을 힐끗 보고는 생각을 바꾸었다.

어두운 창문의 유리에 비추었던 것이다. — 미친 사람처럼 눈이 퀭한 희미한 영상(映像). 그 영상은 어둠 속을 헤매는 망령(亡靈)처럼 비현실적으로 보였다. 그러나 틀림없는 나였던 것이다. 떨리는 양손으로 창문턱에 기대면서 무의식중에 그 영상에서 벗어나려고 했다. 나는 주춤거리며 침대로 돌아왔다. 그리고 베개 속에 푹 파묻히어 깊은 잠에 빠져들었다.

눈을 뜨니 날은 밝았다. 이성(理性)과 같은 것을 되찾았는데도 불구하고 기분이 영 개운치 않은 것을 보니, 예상했던 것 이상으로 깊은 경험 속에 있었다는 것을 알았다. 위험이 기다리고 있는 것처럼 의기소침해졌다. 그러나 전날 밤보다 더 사람을 만나고 싶지가 않았다.

이 비뚤어진 고독에 대한 열망, 불안에 대한 동경은 나로서도 정말 뜻밖이었다. 이지(理知)란 것과는 무관계하게 행동하고 있다는 것이 희미하게나마 짐작이 갔다. 그날 오후 김매기라도 할 생각에 뜰로 나갔는데 그순간 다리가 움츠러들었다.

나는 중얼중얼 혼잣말을 하기 시작했다.

"나는 지금 몹시 지쳐 있어. 바깥일을 한다는 것은 무리야. 땅이 너무 습해."

등등의 혼잣말을 ─ . 위험에서 회피했다고 하는 참혹한 기분이었는데 나는 근처를 조사해 보려고도 하지 않았고 내 마음속에서 무엇인가를 찾아내려고도 하지 않았다. 집안에 앉아서 독서를 하려고 했지만 뜻대로 안되어 무익하게 시간을 보내고 있었다.

노후(老朽)하여 가라앉음으로써 당장에라도 모습을 감추고 말 것 같은, 부두에 매어져 있는 거룻배와 같은 느낌의 이 거리에 자기 혼자만 남겨진 것처럼 말이다. 성격이 바뀌어 버린 기분이 들었는데 어쩔 수가 없었다. 나는 의지하는 별개(別個)의 존재가 되어 버리고 만 것이다.

그로부터 이어지는 몇주일 간의 여러 가지 내 기괴한 거동이라든가 고민은 특별히 기억 속에 남아있지 아니하다. 창문턱에 뛰어오른 고양이 옆에 서서 눈을 크게 뜨고 뚫어지라고 바라보았지만 노파가 뜰에 모습을 나타내지 않았던 밤도 있었음을 기억한다. 그러나 대개는 모습을 나타냈다.

때로는 확실하게, 지나칠 만큼 확실하게 그녀의 얼굴을 보았던 것도 기억하고 있다 — 마치 지난번보다도 더 처참한 늙은이의 얼굴이 내 얼굴에 덮쳐올 듯했던 그 얼굴을 말이다.

그녀가 미동도 하지 않은 채 어둠 속에서 서있던 모습이 — 무시무시한 위험이 내 몸에 육박해 온다는 느낌이 기억 속에 남아있다. 그러나 주(主)된 기억은 뜰에 있는 그녀에게로 달려가고 싶다는, 억제하기 어려운 충동이었다. 그녀가 나타날 때마다 이 꺼림칙하고 기묘한 충동과 싸웠다.

나의 제정신, 나의 자아(自我)는 차츰 쇠해지고, 밤이 거듭되어짐에 따라, 어둠 속에 펼쳐지는 불길하고 괘씸한 장면에 점점 빠져들고 있으면서도 불가해한 결의(決意)를 하며 창문턱에 기대어 있곤 했다. 그때문에 다음날은 침대에서 일어나지 못하는 경우도 종종 있었다. 하룻밤 동안의 고투(苦鬪)로 기진맥진된 것처럼 말이다.

꼭 그럴 생각이 들어서 그런 것은 아니지만 이 낡은 집에서 나가려는 시도를 몇번인가 한 적이 있었다. 몇명의 친구에게 전화를 걸어보기도 했다. 방문해 보기도 했다. 그러나 계속 일어날 사건들이 나를 얽매어 놓고 말았다. 그것을 대할 생각은 없었다. 이 죽음의 지경에 있는 집안에 누워서 떨고 싶었던 것이다.

자기자신을 함정 속에 빠뜨리려는 음모자라도 된 듯한, 그래서 밤마다 창문으로 끌어내어 뜰에 있는 어떤 자와 만나게 하려는 힘에 은밀히 가담하려는 그런 기분이 들었다.

이 기간에 만난 친구들은 나를 보고 많이 여위고 기분이 언짢아 보인다고 평하면서 어딘가로 가서 식양생(食養生)을 해보라고 권하다가 대개는 화를 버럭 내며 돌아갔다. 여름철이 되어 무더워지자 내방자(來訪者)도 뜸해졌다. 소수의 친구조차도 나의 무정함과 나답지 않게 짜증을 내는 것에 불쾌감을 느끼고 찾아오지 않게 되었다.

나는 그 힘줄이 튀어나온 기묘한 고양이와 함께 나날을 보냈다. 쓰다듬어 준 일도 없고 이름 하나 지어준 일도 없었지만 내가 빠져들고자 하는 수수께끼의 일부이기라도 한 것처럼 날마다 열심히 먹이를 주고 있었다.

그것이 현실적인 것으로 나타나기 며칠 전부터 자기가 뜰에 뛰어나가 그녀와 만나게 될 것임을 알고 있었다. 이제 나를 붙들고 말릴 수 있는 것은 아무것도 없었다. 나와 내 마음의, 정신의 감각의 비밀에 대해서 짐작하고 있었다. ─ 아직 내 생각을 어물쩍 넘기고는 있지만 언젠가는 이몸을 맡기지 않을 수 없는 이중성(二重性)을 알아차리고 있었다.

틀림없는 내 내부에서, '제정신'다운 것에 구멍을 뚫고, 새로운 인물이, 새로운 일련의 무드가, 욕망이, 형태를 갖추고 있었다. 밤이면 밤마다 어김없이 내 집 뜰을 찾아오는 이 죽음에 임박해 있는 노파와 나는 어떤 관계가 있는 것이다.

그녀의 불면(不眠)과 어떤 관계가 있는 것이다. 어떤 관계인지는 모른다. 그러나 밝은 대낮에도 잔인함과 증오에 가득 찬 이 집안에서 홀로 얼굴을 붉히며 방황하고 돌아다니고 있는 자신임을 알아차릴 수 있다. 내가 미워하고 있는 것은 무엇일까? 내가 싫어하고 있는 것은 무엇일까? 그러나 그 해답을 알고 있었다. 그것은 뜰에 있는 것이다. 머리카락 속에 두 손을 쑤셔넣고, 나 자신에 내재(內在)하는 또다른 나를 끌어가기라도 하려는 듯하는 그 충동이 나에게 압력을 가하고 있다.

그 결정적인 밤의, 제정신을 차렸었던 상세한 일에 대해서는 다소나마 기억이 있다. 달빛이 환하게 밝았던 것도 기억하고 있다. 그러나 그 기억에 대해서조차 자신감이 없다. 낮동안에는 바다 위를 휘몰아치는 태풍, 그 무서운 바람 ─ . 당장에라도 찌부러지고 말 것 같은 고가(古家)의 삐거덕 소리, 신음 소리는 알아차렸었던 듯하다. 나는 자물쇠를 잠그고 있었는데 붙임성 있는 미세스 한스가 찾아와서 문을 자꾸 두드리고 있었지만 안으로 들이지 아니했다.

나는 침실에 앉아서 기다리고 있었다. 저녁 어둠이 깔릴 무렵 옷을 벗고 싶다는 욕망에 이끌리어 움찔했다. 옷을 벗고 싶지는 않았던 것이다. 그러나 마음속 깊은 데서 내리는 명령에 따라 손이 옷을 벗기기 시작했다. 잠자고 싶지는 않았지만 나체가 되어 벌벌 떨면서 침대에 들어갔다. 고양이가 없는 것을 알아차리자 심한 불안감에 싸이게 되었다.

나는 침대에서 나와 문의 자물쇠를 열었다. 고양이는 밖에서 기다리고 있었는데 문앞에 웅크리고 있는 채, 방으로 들어오려고조차 하질 않았다. 나는 쓰다듬기라도 하듯 고양이에게 속삭였다. 그러다가 고양이의 고집에 마침내 화가 나서 그놈을 붙잡으려고 손을 뻗었다. 고양이는 다리를 빳빳하게 세우며 일어나더니 나를 향하여 으르렁거리기 시작했다.

나는 히죽히죽 웃으며 침대로 돌아왔다. 이 고양이를 달랠 필요는 없는 것이다. 밤이 되면 방안으로 들어온다. 고양이의 무익한 망설임에 나는 소리를 내어 웃었다. 고양이는 나를 계속 뚫어지라고 노려보았는데 이윽고는 천천히 다리를 무서울 정도로 빳빳이 세우고 들어오더니 슬금슬금 구석 쪽으로 걸어갔다. 불을 내뿜는 두 개의 원반(圓盤)처럼 그 눈이 어둠 속에서 빛나고 있었다. 그것을 본 나는 안도의 한숨을 내쉬고 잠에 빠져들었다.

눈을 뜬 것은 한밤중이 지나서였다. 나는 슬며시 침대에서 나온 다음 맨발로 창가까지 갔다. 언제나 와있던 노파가 와있었다. 뜰 건너편 구석에 우두커니 서있었다. 그 모습을 보니 심히 분노가 치밀어서 나는 나도 모르는 사이에 입술을 깨물었고 튀어나오려는 욕설을 억지로 참았다.

광포(狂暴)한, 그리고 눈이 돌 것 같은 기분이 나를 사로잡았다. 어두운 창가에 서서 뜰 한쪽 벽 가까이에 비추는 사람의 그림자를 응시하다가 그것이 누구인지를 알아냈다. 나는 무의식중에 새된 목소리를 질렀고 뜰에 몸을 던졌다. 그 사람 그림자를 향하여, 전혀 움직이지 않는 사람 그림자를 향하여 뜰을 가로지르면서 달려가는 것은 바로 나였다. 나는 쉰 목소리로 숨을 헐떡이면서 뭐라고 소리를 질렀다 ― 사람의 이름을 부르면서 ―.

"제니! 제니!"

달리고 또 달렸건만 그녀가 있는 곳에 도달할 수는 없었다.

그때다. 두 개의 팔이 나를 붙잡았다. 그것은 어둠 속에서 불쑥 나와서 나를 껴안았는데 차가운 몸으로 미친듯이 날뛰면서 나를 목졸랐다. 내가 쓰러졌는데도 두 개의 팔은 나를 놓아 주지 않았다.

자신이 지르는 새된 목소리가 들려왔다. 시체처럼 차디찬 것이 내 목을 꽉 잡았다. 숨이 막힐 것 같았다. 나는 저항했다. 키가 크고 단단한 몸을 가진 사나이가 내 귓가에 온갖 욕설을 퍼붓고 신음 소리를 내더니 그 손으로 내 목을 옥죄는 것이었다. 나는 어둠 속에서 죽음과 살인의 기색을 감지했다. 감각이 거의 없어지게 되었을 때 눈을 뜨니 실로 기묘한 것이 비추었다. 나는 무의식중에 큰 소리를 지르고 말았다.

올려다보니 내 주변에 높은 벽돌담이 서있는데 그 꼭대기에 식목(植木) 상자가 즐비하게 늘어 놓여져 있었다. 벽을 배경으로 하여 달리아가 활짝 피어 있다. 돌연 비추는 달빛에 애스터와 글라디올러스 꽃들이 난무하고 있는 화단이 보였다.

내 침실 창문 아래에 서있는 관목(灌木) 숲이 나타나면서 장미 향기가 사방으로 퍼졌다. 건너편 구석에 큰 나무가 한 그루 서있다.

나를 목졸라 죽이려고 하는 손의 일부인 이 부자연한 광경이 눈에 비치는 순간, 참을 수 없는 격통(激痛)이 내 머리를 뒤흔들어 놓았다. 나는 이 실재(實在)하지 않는 뜰에 누워, 실재하지 않는 살인귀(殺人鬼)의 몸에 짓눌려서 생명이 쇠퇴되어가는 것을 느꼈다. 미친 듯이 질러대고 있는 내 목소리가 희미하게 들려왔다.

"이것은 진짜가 아니야!"

이 말과 함께 마치 악마의 눈앞에서 성스러운 부적이라도 흔들어 댄 듯, 벽도, 꽃도, 후덥지근한 뜰의 냄새도, 한편 구석에 있는 큰나무도, 달빛도 모두 사라지고 그런 것들과 함께 내 목을 조르고 있던 차디찬 손도 사라져 버렸다.

나는 새벽녘에야 겨우 의식을 회복했다. 겨우 몸을 움직일 정도였다. 나는 기어서 집안으로 들어왔다. 목은 빳빳하고 빨갛게 멍이 들어 있었다. 지하에서 고양이를 발견했다. 독특한 잠을 자고 있는 듯 다리를 빳빳하게 뻗고 누워 있었다. 나는 몸을 구부리어 살펴보았다. 머리가 으스러져 있었다. 고양이는 죽고 만 것이다.

나는 이틀 동안 침대에 틀어박혀 있으면서 상처를 치료하기에 노력했다. 힘이 쇠진하여 경련이 일어서 움직일 수도 없었던 것이다. 피둥피둥하고 약동적이어서 나이에 걸맞지 않은 미세스 한스가 간병을 해주었다. 상처를 응급처치해 주면서 그녀는 말했다.

"심하게 싸운 것 같군요. 상처가 이렇게 심한 것을 보니……. 첼리 거리의 그 옛날 좋았던 시절, 켈트인과 추튼인, 셈인 등이 뒤섞이어 서로 얽키고 설키면서 이 일대가 활기에 넘쳤던 당시의 일이 떠오릅니다."

나는 교활하고 아첨하는 것 같은 표정을 지으며 흥미있게 그녀의 추억담에 귀를 기울였다. 이집에 혼자 남아있기가 두려웠다. 방 한 개를 침실로 사용하라고 그녀에게 권했다. 그러나 밤이 되면 뜰을 내다보기가 무서워서 침대 속에 푹 파묻혀, 이 죽음에 직면하고 있는 집에서 나는 쿵쾅 소리, 신음하는 소리 따위에 히스테릭할 만큼 귀를 기울였지만, 집에서 나가려고 하지는 않았다.

격심한 쇼크가 사라지지 않은 채, 나는 그 사건의 그럴싸한 설명을 찾아내기 위해 나와 내 마음을 혹사시키기 시작했다. 나는 나 자신으로 돌아와 있었다. 몸은 쇠약해졌지만 악몽과 같은 정신상태에서는 많이 회복되어 있었다.

그런데 이집에서 나가게 되면, 비록 어떤 병(病)이든 간에 그 병의 반쯤은 가지고 나가게 될 것이다. 그렇게 되면 내 마음은 언제나 만족스런 상태가 될 수 없을 것이고, 꺼림칙한 상태인 채 잠복되어 있는 불안감을 떨쳐 버릴 수 없게 될 것이다.

버림받은 첼리가(街), 그리하여 쓸쓸하기 짝이 없는 첼리가의 눈이, 밤의 소리가, 정체불명의 사람 그림자가 어디에 가든 따라다닐 것이다. 그리고 그 뜻이 따라다닐 것이다.

나흘째가 되자 다소 기운이 났다. 나는 그동안 내 머리속에서 맴돌고 있던 것을 은근히 미세스 한스에게 물었다.

"이 근처에 제니라고 하는 노파가 있소? 그 노파를 혹 아시오?"

미세스 한스는 고개를 끄덕이며 대답했다.

"예, 이상한 사람입니다. 그사람 — 제니 할머니는 틀림없이 이 근방을 어슬렁거리며 돌아다닐 것입니다."

"그 노파에 대해서 알고 있는 게 있으면 들려주시려오?"

나는 부탁을 했다. 그러자 미세스 한스는 그 이야기의 첫 부분을 들려주었다.

그로부터 2, 3일 지난 날, 나는 외출을 할 수 있을 정도로 건강이 회복되었다. 나는 공립도서관을 찾았고 몇시간이나 소비하면서 옛날 신문철을 뒤졌다. 그리고 그 주말(週末)에는 제니 할머니의 경력을 찾아내는 데 성공했다.

　내가 빌어서 쓰던 그 낡은 집은 70년쯤 전에는 필립 매소바란 사나이의 주택이었던 것이다. 제니란 노파는 당시 이 사나이의 아내였다. 두 부부가 그곳에 살았던 것은 불과 1년도 채 안되었었다. 지금은 낡아빠진 이집도 당시에는 살기에 안성맞춤인 주택이었으며 첼리가(街)도 나무가 빼곡하게 들어서 있는 매력 만점의 거리였다. 매소바 부부는 결혼을 하자 곧 이집으로 이사해 왔던 것이다.

　이 결혼은 불행으로 끝이 났다. 제니가 남편 소유의 범선(帆船)에서 선장(船長)으로 근무하는 존 테르란 사나이를 사랑하게 되었기 때문이다. 1860년 9월 10일자 〈뉴욕 타임즈〉에 게재되어 있는 존 테르의 초상화에 의하면 키가 크고 단단한 몸매에 눈이 움푹 패인 남자였다. 제니와 그녀의 남편 필립의 초상화는 발견되지 않았다.

　1860년 여름의 어느 날, 인근 사람들의 신고로 경찰은 첼리가의 매소바네 집을 찾아왔다. 사람이 살고 있는 것 같지 않았다. 침대는 정리되어 있지 않았다. 접시는 설거지통에 팽개쳐져 있는 상태였다. 과연 이집에 살던 부부는 찾아볼 수 없었다. 조사 결과 필립 매소바는 벌써 5일간이나 회조점(回漕店)에 모습을 나타내지 않았다는 것을 알게 되었다.

　인근에 살던 열심파 사람이 존 테르라는 이름을 알아내어 신고했고, 4개월 후 그 배가 뉴욕 항구에 들어왔을 때 테르 선장은 체포되었다. 그와 함께 행방불명되었던 제니 매소바도 발견되었다.

　두 사람 모두 필립 매소바 살해 혐의로 구인(拘引)되었고, 배신당한 남편의 시체 수색이 시작되었다. 테르 선장과 제니의 진술은 거짓말로 일관되었으나 수사관의 추궁에 못이겨 그날 중으로 무서운 불의의 범죄, 즉 간통한 사실을 인정했다.

　어느 날 밤, 제니는 아무것도 모르는 채 잠을 자는 남편을 버리고 존 테르와 도망을 쳤다는 것이다. 그리고 이어서 남편이 모습을 감추었다는 것은, 그녀로서는 짐작조차 하지 못했던 일이었다. 남편 필립에게 어떤 일이 있었는지, 그녀도 그리고 존 테르도 전혀 알지 못한다고 했다.

경찰의 수사는 늦가을까지 이어지다가 마침내 종결되었다. 석방된 존 테르와 제니는 어디로 갔을까? 결혼을 하여 어딘가 정착을 했는지, 아니면 존 테르가 선장으로 근무하는 배를 타고 항해에 나섰는지 나로서는 실마리조차 찾을 수가 없었다.

그런데 내가 빌어 살던 집 뜰에 나타난 노파는 제니였던 것이다. 그녀는 어디선가 살다가, 자신이 젊었을 때 살았던 그집으로 돌아왔던 것이다. 미세스 한스의 설명에 의하면, 부모들로부터 그 이야기를 들은 소수의 사람들은 그녀를 보고는 제니란 것을 알아차렸는데 그녀에게 말을 건다는 것은 불가능했었다고 한다. 귀머거리가 된 데다가 눈도 거의 볼 수 없는 거지가 되어 남의 집을 돌아다니며 먹을 것을 구걸하며 연명했다는 것이다.

그러나 제니에게 말을 걸 필요는 없었다. 그녀에 관한 이야기를 종합해 보면 나 자신이 그녀와 관계가 있다는 것이 분명해졌기 때문이다. 경찰이 밝혀 내지 못했던 것과 인근의 전설에는 포함되어 있지 않았던 것을 나는 알아냈던 것이다. 눈이 안보이게 되고 다리도 말을 잘 듣지 않게 된 제니 할머니는 어디에선가, 70년 전, 여름밤의 범죄 현장으로 돌아왔던 것이다.

그리고 그 옛날에는 뜰 건너편 구석을 뒤덮고 있었던 나무 밑에서있는 것이다 — 70년 전 어느 날 밤, 애인 존 테르 선장의 팔에 안겨 있었던 것처럼 말이다. 그때 그녀의 남편은 내가 쓰고 있는 방에서 잠을 자고 있었던 것이다.

그러나 그날 밤, 그녀의 남편은 눈을 떴었다. 아마도 방에서 기어

다니던 고양이의 발소리에 그는 잠을 깼는지도 모른다. 그는 창밖을 내다보았고 아내가 포옹당하고 있는 것을 발견했다. 격노한 그는 행복을 약탈한 악령을 때려눕히겠다며 뜰로 뛰어내렸다. 그러나 이 악당 존 테르 선장은 맞싸우려고 달려왔다. 어둠 속에서 두 팔을 뻗어 상대방의 멱살을 잡았다.

두 사람은 싸움을 벌였는데 체력이 강한 존 테르 선장이 필립 매소바의 숨통을 끊어 버리고 만다. 제니는 그 옆에 서서 구경을 하고 있었다. 필립이 죽고 말자 두 사람은 서둘러 그 시체를 처리한 다음, 항구에 정박해 있던 존 테르 선장의 배로 달려갔다. 그리고 모습을 감추고 만 것이다.

이제는 늙어 쪼글쪼글해진 제니가 밤이면 밤마다 뜰 한쪽 구석에 서서 꼼짝도 하지 않으며 지켜본 것은 이것이었던 것이다 — 즉 그 살해장면이었던 것이다. 그녀가 반장님이 된 눈을 부릅뜨고 지켜본 것은 뜰에서 펼쳐졌던 이 격전과 죽음의 정경이었던 것이다. 밤이면 밤마다 장미꽃이 만발한 덩굴 위의 침실에서 한 사나이가 뛰어나와 애스터 화단을 가로지르고, 또 한 사람의 사나이와 끌어안고 싸우다가 죽음에 이르는 장면을 지켜보고 있었던 것이다.

죽음에 직면한 망령(亡靈)처럼 내 오감(五感)을 쥐어뜯은 것은 이 똑같은 어둠 속에서 행해졌던 살인의 기억, 늙어빠진 제니가 살고 있었던 환상(幻想)의 세계인 것이다. 그 광란(狂亂)의 밤에 있었던 사건의 추억으로 그 공포의 장면이 되살아나기를 지켜보고 있던 노파 제니가 텔레파시적 마법(魔法)을 나에게 걸었던 것이다.

내가 자고 있던 침대는 지난날, 필립이 자던 침대인 것이다. 내가 내다보던 창문은 지난날, 필립이 내다보던 창이었던 것이다. 이렇게 해서 나는 필립으로 화(化)하고 말았던 것이다.

나는 그렇게 느끼고 있었는데 이해할 수는 없었다 — 밤이면 밤마다 창가에 서서 눈을 부릅뜨고 있었던 나를 서서히 습격해 온 성격변화의 비밀. 나는 제니의 환각(幻覺)의 일부가 되어 버리고 말았던 것이다. 질병에 감염되는 것처럼 서서히 그녀의 광기(狂氣)에 감염되어갔던 것이다.

자아(自我)와 의지의 분열을 체험하고 감각을 통해 안개처럼 내 마음속에 스며들어온 환상에 지배당하고 말았던 것이다. 그리고 창문으로 뛰어내렸던 밤, 나는 필립으로 화했던 것이다 — 환상의 필립으로 — . 70년 전 뜰로 뛰어내렸다가 죽음을 당한 그 필립으로.

그러나 여기서 나는 헷갈리게 된다. 내 목에 나있는 반점(斑點), 내 몸에 난 상처, 으스러져 버린 고양이의 머리 — 이런 것들은 현실적인 것들이다. 내 목을 조르고, 내 살에 상처를 입히고, 내 어깨를 비틀었던 이 힘은 도대체 어떤 환각이었단 말인가?

이것에 대한 대답은 신중히 하지 않으면 안된다. 어둠 속에서 나를 습격했던 것은 유령이 아니라 꿈이었던 것이다. 우리의 육체는 우리가 안이하게 '현실'이라고 부르고 있는 것에 대해서만 반응하는 것이 아니다라고 나는 그 밤에 깨달았다.

우리의 상상력은 우리를 파괴하는 힘을 가진 이미지를 창출해 내는 내재(內在)하는 환각의 세계에, 실체는 없지만 우리의 육신에 상처를 주고 육체를 좀먹게 하여 생명을 앗아가는 괴물을 보내는 수도 있는 것이다.

우리의 감각, 우리의 기관(器官)은 불가해한 로직(logic)을 가지고 괴물의 습격에 반응하고, 환상의 습격을 받아 피를 흘리고 그림자와 접촉하여 죽는 수도 있는 것이다. 이것이 낙인(烙印)의 비밀인 것이다. 환각이 가져다 주는 신체적 이상(異常)의 비밀인 것이다.

그러나 어둠 속에서 내 목을 졸라서 죽이려고 한 환상은 내 꿈이 부화(孵化)시킨 것은 아니다. 어둠 속에 서있으면서 꿈으로 현몽한 노파의 기억에서 피어오른 안개와 같은 것이다. 내게 덤벼들었던 것은 뜰에서 헤매고 있었던 제니의 과거, 늙어빠진 제니의 꿈이었던 것이다.

다시 말해서 우리의 환각은 본인뿐만이 아니라 남도 지배할 수 있다는 것이다. 망상(妄想)이 만들어 내는 이런 그림자들은 시간·공간·현실에는 관계가 없지만 우리가 살고 죽는, 내재된 세계에 찾아드는 것이다. 이것은 마음속 깊은 곳에 숨어 있는 위험한 죽음의 세계인 것이다.

인간 누구나가 머리속에 지니고 있는 이 내재된 세계에 대해서, 우리는 거의 아무것도 모르고 있다 — 하늘 저편의 우주를 알고 있지 못한 것처럼. 언젠가는 인간의 손으로 파헤쳐야 하고 탐검(探檢)되어야 할 이 세계에, 마녀라든가 흡혈귀(吸血鬼)라든가 유령 등이 큰 군세(軍勢)를 이루며 숨어 있는 것이다. 우리와는 울타리 하나를 사이에 두고 말이다.

그 실재(實在)하지 않는, 꽃이 피어 난무하는 뜰로 뛰어내렸던 밤, 나는 필립 매소바로 화(化)했고, 그리고 과거로부터 끌어들인 내재된 세계에서 나를 목졸라 죽이려고 하는 억센 팔에 붙잡혔던 것이다.

그 습격에서 벗어난 지 2주일 후에 나는 뜰로 찾아오는 방문자를 마지막으로 보았다. 그녀는 어둑어둑한 어둠 속에 몸을 숨기며 뜰 한쪽 구석에 꼼짝도 하지 않고 서있었다. 나는 몸을 벌벌 떨면서 창가에 섰다. 기묘한 기억이 감각을 교란시켰다. 그러나 나는 악마를 퇴치할 때 필요한 것을 알고 있었다.

"나가! 썩 물러가!"

나는 제니를 향하여 큰 소리로 명했던 것이다. 움직이지 않는 그녀에게 나는 돌을 집어던졌다. 돌은 그녀의 발 옆에 떨어졌다. 그녀는 움찔하면서 반맹(半盲)의 눈을 치켜뜨고, 그 낡은 집을 응시하더니, 발을 질질 끌며 그자리를 떠났다.

다음날 아침, 어떤 생각이 나를 사로잡았다. 나는 뜰을 파기 시작했다. 그리고 이틀동안 그 작업을 계속했다. 이틀째 되던 날 저녁때, 나는 인부 한 명의 도움을 얻어 두 개의 해골을 발굴했다. 밤이면 밤마다 그 노파가 서있던 지면(地面)의 몇피트 아래에 묻혀 있었다. 하나는 사나이의 해골이었다. 그리고 또 하나는 고양이의 해골이었다.

나무와 결혼한 여인

　나는 볼드 마운틴 지구(地區)의 군(郡) 복지(福祉) 조사원으로 일하고 있는 친구, 헤티 모리슨에게 웃음을 보냈다. 그날 아침, 버지니아 대학 시절의 추억담이라도 나누려고 사무실에 찾아가니 그녀는 전화로, 그 지방의 자동차 수리공에게 항의를 하고 있는 중이었다.

　"그렇지만 오늘 아침에는 야외조사를 하러 나가야 한다구요……. 부품은 갖춰져 있을 게 아닙니까? 급하면 다른 사람의 차에서 빌려 써도 될 거구요……. 정말로 심하네요. 그 한가족은 굶어 죽을는지도 모릅니다……."

　헤티는 전화를 끊은 다음에도 불평을 털어놓았다. 야윈 몸이어서 수수한 인상을 주는 올스미스인 그녀는 브루리지 산맥과 같은 큰 마음의 소유자였다. 차에 태워 주겠다는 표정을 지으면서 신품 차인 쿠페 열쇠를 철렁거리며 웃음짓고 있는 나를 그녀가 바라보았다. 친한 친구 사이에 더이상의 말은 필요치 않았다. 헤티는 고개를 끄덕이며 모자를 쓰고 자진해서 문을 열었다.

　"너, 후회해도…… 난 몰라. 지금부터 가는 길은 옛날 인디언들의 통로거던. 그곳을 왕복해야 하는데…… 그들이 사라져가는 미국인이라고 말하는 이유를 알게 될 거야. 자동차 스프링은 고생 좀

할걸."

10년만에 산 새 차의 문을 열려고 했던 내가, 너무 낙담하고 있는 것을 보고, 그녀는 한쪽 눈을 살짝 감았다. 학창시절, 내가 아끼던 스타킹을 빌려 달라며 졸랐던 이후로 익숙해진 그녀의 교활한 장기가 또 나온 것이다.

"따분하다. 언제나 정해져 있는 야외조사뿐이니까……. 그리고 너는 흥미를 느끼지 않는 것 같고……."

그녀는 무의식중에 어미(語尾)를 길게 늘였다.

"나무와 결혼을 한 소녀, 프로우레라 다브니에 관한 것인데, 마침 다브니네 집 옆을 지나가게 될 것이지만 ─ . 앗 안돼, 애. 그 멋진 파란색 도료(塗料)는 금방 벗겨진다구. 호리 클리크는 그 도로를 네 번 가로질러 있지. 타이어가 빠져 버릴 것 같은 곳을 줄곧 드라이브하는 거야. 언제나 쩔쩔매면서 말야……."

나는 옛친구를 노려보았다. 자신의 희망을 관철코자 하는 그녀의 교묘한 대응 방법은 익히 알고 있었지만 나는 언제나 대처해 나가기가 어려웠다.

"나무라니? 아까 뭐라고 했어? 나무와 결혼을 했다는 게 무슨 뜻인데?"

"말 그대로야."

헤티는 거드름 피는 웃음을 웃으면서 고개를 끄덕였다.

"불가사의한 이야기야. 하지만 볼드 마운틴 부근의 전설이 되어 버린 거야."

그녀는 이야기하면서 뻔뻔스런 태도로 내 차에 올라탔다.

"그리스 신화(神話)에도 선례(先例)가 없었던 건 아니야. 제우스는 어떤 소녀를 샘이라든가 꽃 등, 인간 이외의 것으로 계속 변화시키어, 아내인 헤라로 하여금 그 소녀와의 관계를 알아차리지 못하도록 했었어. 15세기가 되어서도 대리 결혼이란 것이 있었다구. 여왕이 전쟁터에 나간 기사(騎士) 대신 그의 검(劍)과 결혼했던 예도 있으니까 —. 그리고 아프리카의 부족 중에는 남성이 적령기가 되면 나무와 결혼하는 부족도 있고 —."

나는 얼굴을 찡그리며 쿠페에 올라타 힘차게 출발했다. 헤티의 이야기는 내 흥미를 자아냈는데 그녀는 그것을 충분히 알고 있었다. 즉 그녀를 태우고 볼드 마운틴의 거칠은 산꼭대기를 달리지 않는다면 나무와 결혼한 소녀의 이야기는 영원토록 들을 수 없게 되는 것이다.

한 시간 후, 양쪽으로 왜성(矮性) 소나무와 아메리카 석남(石南)들이 빼곡하게 서있는, 돌멩이투성이의 길을 달려가자, 헤티는 프로우레라 다브니네 집과 또 한 채의 집 사이에서 일어난 혈투에 대하여 이야기하기 시작했다. 수업중인 정신과 의사에게 묻는다면 그 때문에 프로우레라는 기묘한 망상에 고민을 해야 할 것이라고 대답했을 것이다.

다브니네 집은 다니엘 푼과 같은 시대에 볼드 마운틴의 산중턱에 오두막을 세우고 엄격한 생활을 하기 시작했다. 기근과 혹독한 노동에 견디어 내면서 이 산지민(山地民)들은 6세대에 걸쳐 그곳에서 살아왔는데 얼마 안되는 농작물과 사냥한 것을 양식삼아 여러 명의 아이들을 길러 냈다.

그 아이들은 먹이감으로 닭을 노리는 여우처럼 쓸모가 별로 없는 아이들이었다. 프로우레라는 15명 자매 중 막내딸로서 소극적인 면이 있었다. 쭉 뻗은 몸매에 머리는 검고 아기사슴과 같은 큰 눈은 반짝반짝 빛나고 있었다.

산처녀라면 누구나 입고 있는 심플한 줄무늬 셔츠 차림과 맨발로,

그녀는 올드 볼드리의 험준한 빗면을 도회지 아이가 보도(步道)를 달리는 듯한 빠르기로 달려서 내려오는 것이었다. 오빠와 언니는 모두 결혼을 하여 집을 떠났고 어머니는 세상을 떠났으며 프로우레라는 아버지와 함께 쓸쓸한 농가(農家)에서 살고 있었다.

산 반대쪽에는 똑같은 옛날의 이주자(移住者)인 제닝스가(家)가 살고 있었다. 사람들의 기억에 의하면 양가 사이에는 장작 다발 쟁탈전이 있은 이래로 반목이 이어져 왔다. 이 싸움에서 다브니네 집 식구 두 사람이 입원을 했고, 제닝스네 식구 세 사람은 돼지우리 속에 감금당했던 것이다. 양가의 농지(農地) 경계에 해당하는 언덕에는 작은 교회가 있었으며, 이 교회에 양가가 모두 다녔는데 제닝스가 사람들은 다브니가 사람들과 일체 대화도 하지 않았다.

모두들 음식과 자신의 집에서 만든 맥주로 기분을 내는 합창대회 날조차도 그러했다. 다브니네 집 식구 중 누구 한사람도 교회 중앙 통로 좌측에 앉는 사람이 없었고, 호리 클리크에서 행하는 세례식은 제닝스가와 다브니가의 경우 날짜를 따로 정해서 하도록 전도집회에서 결정했다.

아직 목사 안수를 받지 못한 보제 애드킨스 전도사도 이런 일을 유감스럽게 생각했지만 하는 수가 없어서 그런 상황을 인정하고 있었다. 그리고 그것이 볼드 마운틴의 규정이었다. 조 에드 제닝스와 프로우레라 다브니가 '사랑의 도피'를 했던 어느 봄날의 밤까지는 말이다.

사랑에 빠질 정도의 시간을 어떻게 만들어 냈었는지 양가 사람들은 도저히 감을 잡을 수가 없었다. 조 에드는 단단한 체격을 가진 금발 소년으로서 기타를 잘 쳤으며, 50야드 떨어진 곳에서 주머니쥐의 눈을 쏘아서 맞추는 실력도 가지고 있었는데 그 이외에는 이렇다 할 특징이 없었다.

프로우레라가 그런 매력없는 사나이를 상대했던 점에 대하여 누구나 모두 놀랐다. 그녀는 올즈 하로우라는 소년과 곧 약혼식을 가지게 되었던 때이다.

그날 밤 숲속을 달려가던 두 사람의 모습을 목격한 사냥꾼 일행은 프로우레라는 의사에 상관없이 끌려가는 것이라고 생각했다. 그녀는 자기네 돼지우리에서 도망친 돼지의 행방을 찾아 집을 나섰던 것이다. 그러나 한밤중이 되어도 그녀가 돌아오지 않자, 아버지 레이프 다브니는 그녀를 찾으러 나갔고, 사냥꾼 일행과 만났다. 그리고 그는 즉시 라이플 총을 가지러 자기 오두막으로 돌아왔다.

레이프는 작고 심술궂은 두 눈에 살의(殺意)를 띠면서 집을 나섰다. 그러자 돌연 겁에 질린 두 젊은이가 떡갈나무 널빤지로 만든 문으로 들어왔다. 함께 따라온 사람은 장례식용인지 혼례식용인지 분간이 안되는 복장을 하고 있는 애드킨스 전도사였다. 《성경》을 끼고 있는 그의 팔은 떨리고 있었는데 하는 말은 분명했다.

"레이프씨, 이 두 사람의 젊은이는 죄를 범했습니다. 그러나 하나님은 이미 두 사람을 용서해 주셨을 것입니다. 이들은 결혼을 하려고 합니다. 그러니 말리지 마십시오."

그 이상의 말을 하지 않고 그는 프로우레라와 조 에드에게 앞뜰에 있는 커다란 떡갈나무 밑에 서라고 했다. 떡갈나무는 허름한 오두막 위로 뻗어올라가 달밝은 하늘에 검은 그림자를 덮고 있었다. 그 나무 줄기 위쪽에는 JEJ와 FD의 이니셜이 그려져 있는 하트가 조각되어 있었다. 레이프는 아마 그것을 보지 못했을 것이다.

연로한 전도사는 엄숙하게 결혼의식을 시작했다. 프로우레라의 아버지는 서있는 채 그들을 노려보았다. 야윈 얼굴은 분노로 거무튀튀해졌으며 꽉 다문 입은 일그러져 있었다.

"야, 이놈아! 이놈을 그냥!"

갑작스런 호통이 떨어지자마자 그는 라이플 총을 어깨에 대고 조 에드를 겨냥하여 방아쇠를 당겼다. 소년은 아내가 되기로 한 소녀의 조그마한 발앞에 푹 고꾸라지며 숨을 거두었다.

"네 놈이 내 눈을 속이고 내 딸을 뺏어가?"

레이프는 고함을 질렀다.

"너 따위 변변치 못한 놈이!"

그의 말이 다 끝나기도 전에 두 발의 총성이 조용한 밤하늘에 울려퍼졌다. 레이프 다브니는 엎드리어, 사위가 될 뻔한 소년의 시체에 무릎걸음으로 기어가더니 오두막 뒤쪽 숲을 겨냥하여 두 발의 총을 쏘았던 것이다.

다음 순간 그 일대는 대혼란에 빠졌다. 애드킨스 전도사는 이 싸움을 예측했던 것 같은 눈치였다. 누군가가 조 에드의 아버지에게 뉴스를 전했었기 때문이다. 그리고 크렘 제닝스도 이 결혼을 중단시키기 위해 현장으로 오고 있었다. 혼란을 두려워 한 전도사는 경찰에 연락을 했다.

보안관과 급거 출동한 자경단원(自警團員)들은, 젊은 조 에드의 시체에 덤벼들어 울고 있는 신부감 앞에서, 레이프와 크렘이 서로 발포하려던 순간에 도착했다. 그리고 불과 수분 동안에 자경단원은 쌍방의 아버지에게 수갑을 채우고 유치장(留置場)으로 연행했다.

그들이 떠난 다음, 비극적인 정경이 반복되고 있었다. 젊은 프로 우레라는 연인의 시체에 달려들었고, 그뒤에서는 애드킨스 전도사가 망연자실하여 서있었다. 두 명의 자경단원이 조 에드의 시체를 치우는 일을 돕기 위해 현장에 남아있었다. 그러나 소녀는 눈물을 흘리면서 전도사에게,

"시체를 어서 우리들의 나무 밑에 묻어 주세요"

라고 부탁했다. 조 에드가 그녀를 처음으로 붙잡고 키스한 곳이 바

로 이 장소였다. 그는 자기 손으로 그녀의 입을 막고는 웃고 있었다. 그때 레이프는 10야드도 떨어져 있지 않은 곳에 있었던 것이다.

어느 날 밤, 그녀가 그에게 처음으로 사랑한다는 말을 한 것도 이곳이었다. 그리고 그녀가 가족들 때문에 밀회를 할 수 없으니, 올드 볼드리의 깊은 숲속으로 그와 함께 도망칠 것을 약속한 것도 이곳이었다. 그런 지 몇달 후, 겁에 질리어 떨면서 아기가 생겼다는 말을 그에게 한 것도 이곳이었다. 남은 길은 자살하는 것밖에 없다는 것을 그녀는 알고 있었다.

연인은 제닝스가(家)의 일원인고로 그녀는 그에게 대하여 미칠 정도로 간직한 연정을 순간적으로 표현할 수밖에 없었고, 그것은 상대방도 마찬가지였다.

그러나 조 에드의 반응은 그녀를 놀라게 만들었다. 그녀를 지켜야겠다는 결심이 굳었던 그는 다음날 아침, 다브니가의 뜰 앞에 있는 나무 밑에서, 그리고 레이프의 안전(眼前)에서, 애드킨스 전도사에게 결혼식을 올려 달라고 선언했던 것이다. 태어날 아기에게는 자기 성(姓)을 줄 것이라며, 소년은 자랑스럽게 그러면서도 부드럽게 말했고, 프로우레라와 꼭 닮은 아기사슴과 같은 눈을 가진 딸을 갖고 싶다고 했다.

애드킨스 전도사는 젊은 두 사람이 예식을 올리기로 한 떡갈나무 밑에서 조 에드의 묘지를 파고 있는 두 명의 자경단원에게 이 이야기 모두를 해주었다. 프로우레라는 멍하니 서서 그 모습을 바라보고 있었다. 덫에 걸리어 결국에는 슬픈 자신의 운명이 되어 버린 현실을 받아들이는 동물처럼 그녀는 이미 눈물도 흘리지 않고 있었다.

그러나 그녀를 바라보고 있는 사이에 노전도사는 돌연 자기자신이 학창시절에 들었던 전설을 떠올렸다. 그는 그녀에게 다가가서 그 손을 조용히 잡고 나무 아래로 데려왔다. 그곳에서는 자경단원 두 사람이 조 에드의 허름한 무덤에 마지막 흙을 한삽 떠서 끼얹고 있었다.

"아가씨!"

노전도사가 불렀다.

"그 옛날 여왕들이 전쟁에서 죽은 연인(戀人)의 검(劍)과 결혼하고 싶다는 이야기를 들은 일이 있어. 조 에드는 아가씨가 그의 성을 이어가 주기를 바랐을 것이야. 그래서 말인데 나는 지금부터 여기 이 나무를 조 에드로 간주할 것이라구. 그가 이 아래서 잠자고 있기도 하니까 ─ . 지금부터 그대들 두 사람은……."

그는 엄숙하게 묘지를 팠던 두 사람에게 소리쳤다.

"여기서 조 에드 제닝스와 프로우레라 다브니의 결혼식 증인이 되어 주기 바라오."

그리고 그는 송구하다는 듯 머리를 숙였다가 다시 들었다.

"주여, 제가 하는 일이 잘못이라면 저를 벌하여 주시고 제가 하는 일이 올바르다면 이 예식을 축복해 주시오소서."

이 달밝은 밤에 노전도사는 소녀와 나무의 미묘한 대리 결혼식을 집례했다. 두 명의 자경단원은 한쪽에 비켜서서 애드킨스 전도사가 결혼식에서 상투적으로 늘어놓는 말을 듣다가는 깜짝 놀라며 눈을 떴다. 프로우레라가 울음섞인 목소리로 대답하는 소리가 들려왔다. 그리고…… 그것은 머리 위로 치솟은 거목(巨木)이 바람에 흔들리는 소리였을까? 아니면?

두 사나이는 그후, 자기네들이 귀로 들은 것은 사람이 떠드는 소리였다고 단언했다. 남자의 목소리, 즉 조 에드의 목소리가 살아있는 그 나뭇잎 속에서 들려왔노라고 ─ . 그러나(헤티가 지나가는 말처럼 한 것같이) 그날 밤은 몹시 흥분되어 있던 밤이었으므로 병적인 흥분이 인간의 감각에 기묘한 영향을 끼쳤을 것이다.

"그래서? 어떻게 되었어? 이것으로 이야기가 끝난 건 아니겠지?"

차는 호리 클리크를 가로지르는 세 번째 길을 미친듯이 흔들며 달리고 있었다. 차체가 온통 물에 젖어 있었고 —.

"그 소녀는 어떻게 되었느냐구? 아버지가 있는 교도소에는 누가 찾아가고……, 또 아기는 건강했니?"

"스피드 좀 줄여라, 이 바보야."

헤티는 조수석 쪽 문에 기대면서 호되게 명령했다.

"물론 아기는 건강하지. 예쁜 딸이었어. 프로우레라로부터 진통이 시작되었다는 연락을 받고 복지사무소에 가서 여의사를 보냈지. 그녀는 아버지의 오두막에 살고 있었어. 혼자서 말야. 그녀의 친척들도, 그리고 조 에드네 쪽에서도 무섭다면서 가까이하지를 않았던 거야."

나는 미간을 찌푸리며 의아하다는 표정을 지었다.

"왜?"

"나무 때문이지."

헤티는 아무렇지도 않다는 듯 말했다.

"그 나무는 저주받았다는 소문이 나돌았거던. 조 에드가 그 떡갈나무 잎으로 옮겨왔고…… 그래서 그 나무는 생명이 있는 나무라는 거야. 감상(感傷)에 치우친 말이지. 그 나무는 이제서야 나무다운 나무가 되었다고 수군거리는 거야. 나는 — 애, 바위 좀 조심해라. 차 망가지겠다! — 나는 몇가지 사건은 기묘하다고 생각해. 적어도 몇가지는……"

나는 속도를 늦추며 바위투성이인 길을 조심스럽게 달렸다. 내 상상력을 자극해 주던 이야기를, 헤티로 하여금 계속하게 하기 위해서는 무슨 짓인들 못하겠는가?

"사건이라니 어떤 사건?"

나는 궁금했다.

"누구라도 바람소리를 사람 목소리로 착각할 때란 있게 마련이지. 잎사귀가 부스럭대는 소리라든가 나뭇가지가 서로 스치는 소리 등등……."

내 말이 채 끝나기도 전에 헤티가 말했다.

"하지만 그 누구도 살아있는 토끼라든가, 나뭇가지에 내려앉는 비둘기를 나무가 잡는 것을 본 일은 없을걸. 안그래?"

"뭐라고?"

나는 어안이벙벙해졌다.

"그런 엉터리 얘기는 금시초문이다, 애."

나는 자지러지게 웃었다.

"그런 일은 있을 수 없어!"

"나도 그렇게 생각하긴 한다만…… 어쨌든 듣기에는 그 큰 떡갈나무 아래쪽의 가지가 프로우레라에게 고기를 마련했다가 준다는 거야. 토끼라든가 비둘기, 그리고 주머니쥐도 한 번 잡아 준 적이 있다는 거야. 모두 목이 걸려 있었다나……. 작은 가지에 목이 끼어 있었다고 해. 가져다가 요리만 하면 되는 상태인 고기가 나뭇가지에 걸려 있는 것을 프로우레라는 발견하곤 했다는 거야. 산에 사는 사람들은 가족을 부양하기 위해 그런 덫을 사용하지. 그러므로 그녀는 믿게 되었던 거지. 그가 잡아다 주는 것이라고 ─. 조에드는 사냥 솜씨도 좋았지만 덫을 사용하는 솜씨 또한 좋았다는 평판이었으니까."

"두손들었다."

나는 또 한번 웃음이 터져 나왔다.

"네가 하는 이야기는…… 분명 그 아가씨는 딱한 아가씨로구나. 하지만 그런 정도의 경험을 했으니 정신적 영향을 그토록 받는 것도 당연하다면 당연하겠다. 그리고 그런 곳에서 홀로 아기를 기르고 있는 처지니까……."

"또 있다."

헤티가 가볍게 말했다.

"어느 가을, 몹시 추운 날인데 동네 여자가 찾아왔었대. 이것저것 간섭하기 좋아하는 아주머니였는데 프로우레라에게 아기에 관한 일로 잔소리를 하러 왔었다더구나. 그런데 그녀가 돌아가려고 하자 그……."

헤티는 히죽대며 웃었다.

"문앞에까지 늘어져 있던 나뭇가지에 그녀의 코트가 걸렸던 것 같아. 그녀는 나뭇가지가 뒤에서 코트를 잡아끌더라나. 기겁을 하여 소리치며 도망치던 그녀는 조 에드가 프로우레라를 위해 자기 코트를 뺏으려 했다고 떠들어대면서 코트를 벗어던졌다는구나. 소녀가 코트를 돌려주려 해도 그녀는 손에 대지도 않았대. 제일 좋은 코트가 아니니까 필요없다면서 ― . 나무와 싸워봤자 승산이 없다고 생각한 거겠지."

"못들어 주겠다, 애!"

나는 웃으면서 머리를 흔들었다. 아까부터 등골이 오싹했었지만 그것을 무시하려고 애썼다.

"그들처럼 산속에서 사는 사람에게는 미신을 믿는 사람이 많은 법이야. 그 여자에게는 공포심이 있었을 것이니 생각했던 대로 된 것이겠지 뭐."

"그럴는지도 모르지."

헤티는 아무렇지 않다는 듯 대답했다.

"하지만 지난해 봄, 그 나무 밑을 걸어가던 때, 내 모자를 벗겨간 것은 공포심 때문이 아니었다구. 프로우레라의 상태를 보기 위해

갔었지. 그녀는 고생을 많이 하고 있었으니까. 그런데 커다란 나뭇가지가 스르르 내려오더니 내 모자를 벗겨 가는 거야. 손을 뻗어도 닿지 않았고, 프로우레라가 나무에 올라가서 떼오려고 했지만 그것은 무리였어. 아기가 갓태어났을 때였으므로 그녀는 몸이 약해져 있었거던.

그녀는 오히려 재미있어 하더라. 그리고 나무에게 얘기를 거는데 마치 살아있는 인간에게 말을 하듯 하는 거야. 아주 냉정하게 말야. '조 에드, 심술쟁이. 헤티씨에게 어서 모자를 돌려 줘. 나는 멋쟁이 의상 따위는 필요치 않아. 나도, 그리고 우리 아기도 잘 있으니까.' 이렇게 말하는 거였어."

헤티는 불안하다는 듯 나를 보았다.

"그녀의 그말을 듣고 나는 나 자신이 방자했다는 생각을 했어. 첫째로 그런 모자는 나같이 뾰족한 얼굴에는 너무나 사치스럽고 어울리지도 않았기에 말이야. 정말로 쇼크였지. 그런 다음에……."

그녀는 길게 한숨을 내쉬었다.

"그런 다음에 내가 프로우레라에게 모자를 주겠다고 하자 그즉시로 모자가 나무에서 떨어지는 거야. 그것도 그녀의 머리 위로 말야. 참으로 잘 어울리더라. 가엾게도 프로우레라는 그것이 처음 써보는 모자인 눈치더라구. 레이프는 이상한 사람이었어. 프로우레라의 어머니는 언제나 옷가지를 손수 지어 입고 아이들에게도 손수 지어서 입혔었대."

나는 길을 어슬렁거리며 가로질러 가는 큰곰을 피하기 위해 핸들을 꺾었다. 그리고 헤티를 바라보았다.

"얘기 계속해. 나무가 어떻게 해서 땔나무를 준비해 주었는지도 알고 싶다. 프로우레라가 나무하러 다니지 않도록 했을 게 아니야?"

헤티는 또 히죽거리며 웃었다.

"그게 아니라구. 산사나이들은 자기 아내가 나귀처럼 일하는 것을 당연하다고 생각한단다. 남자들이 하는 일은 가족을 먹이고, 집을 장만하고, 지켜주는 것뿐이야. 그리고 이따금 기분이 좋을 때 선물을 조금 해주는 거지. 프로우레라는 나무가 된 남편에게 기대할 수 있는 것도 그 정도이고 또 그대로 되었던 거지. 정신과 의사는 아마 망상(妄想)의 덕택으로 그녀는 안심감을 가지고 스스로 몸을 지키게 되었다고 말할 거야. 자신을 가지는 데는 계기가 필요해. 비록 몸에 붙어 있는 행운의 코인 한 개라 하더라도 말야. 그래도 우연이니 미신이니라고 말하겠어?"

"저어……."

내 친구는 미소를 지었다.

"차에 태워준 점에 대해서는 감사하고 있어. 다브니가 가까이에 사는 농부 커비 머슈가 누군가와 싸움을 하고 상당한 부상을 당하여 집에 돌아왔다는 연락을 했어. 그의 아내는 병이 들어 누워 있기 때문에 그의 상처가 심하다면 도움이 필요할 거야. 그러니 나를 태워다 준 너는 생명의 은인인 셈이다. 앗, 이곳에서 돌아가야 하는데."

그녀는 갑자기 말을 끊고 눈빛을 빛내면서 나에게 웃음을 던졌다.

"다브니의 농장은 여기서 돌면 바로 나오지."

나는 스피드를 줄였다. 커브를 돌면서 등줄기가 다시 써늘해지는 것을 느꼈다. 통나무로 지은 낡은 오두막이 도로에서 몇야드 올라간 산중턱에 세워져 있다. 뜰에는 어느 집에나 있는 우물이 있고, 뒤뜰에는 어느 집에나 있는 좁다란 채소밭이 있었다.

커다란 떡갈나무가 휘어진 문 위로 높이 솟아 있다. 탄탄한 나무 줄기는 마치 무엇인가를 지키고 있는 것처럼 집 방향으로 기울어져 있고, 잎이 무성한 가지가 현관 포치에 그늘을 드리우고 있다.

나는 문밖에 차를 세웠다. 헤티가 내 표정을 보면서 빙그레 웃었다.

"이곳이야."

그녀가 지나가는 말처럼 종알거렸다.

"이곳에 나무와 결혼한 소녀가 살고 있단다. 그리고 저것이 그 나무고 — . 저것이 그 남편이야."

나는 쿠페에서 내려 조심조심 문에까지 걸어갔다. 헤티는 아무 일도 없었다는 듯 차에서 나오자 허스키한 목소리로 주인을 불렀다.

"안녕! 집에 있어?"

전통적인 산 스타일로 그녀는 주인을 찾았다. 그러나 대답은 없었다. 그때 나는 고개를 돌려 헤티가 '그'라고 하며 가리켰던 떡갈나무를 올려다보았다.

떡갈나무 밑에 펼쳐놓은 퀼트 이불이 눈에 들어왔다. 금발의 여자아이가 그 퀼트에 싸여져 있는데 아이는 무슨 소린가를 내며 즐거워하고 있었다. 언뜻 보기에는 두 살 정도 — . 보잘것없는 식사와 힘겨운 생활을 했을 것임에 틀림없건만 산아이들 대부분이 그러하듯이 단단한 몸매에 건강해 보였다.

나는 그자리에 서서 그녀의 모습을 잠시 바라보았다. 그리고 미간을 찌푸렸다.

"혼자 떼어놓기에는 너무 어리잖아."

나는 중얼거렸다.

"엄마는 어디 갔니?"

나는 아기가 있는 쪽을 바라보며 물었다.

"틀림없이 블랙베리를 따러 갔을 거야."

헤티가 어깨를 한번 으쓱해 보였다.

"하지만 조시는 문제없어. 아빠가 지켜줄 테니까."

그녀는 내 얼굴을 보며 장난기 어린 표정으로 웃다가 고개를 돌리며 말했다.

"안녕, 엄마…… 프로우레라는 어디 갔어?"

그때 날씬하고 귀엽게 생긴 소녀가 집 옆쪽에서 달려왔다. 맨발에 흑발을 펄럭이고 있었다. 귀에는 월계수 작은 가지를 꽂았는데 볕에 탄 손가락에는 블랙베리 과즙이 물들어 있었다. 나는 그녀를 응시했다. 마치 도류아스와 같다. 야생적이고 자유로우며 무서운 것이 없는 것 같았다.

"어머, 안녕 헤티씨!"

그녀는 내 친구를 환영했다.

"어서 들어오세요, 같이 온 분은 누구신가요? 친척?"

헤티는 나를 학창시절의 친구라고 소개했는데, 초자연 현상의 이야기를 써서 생활을 하는 사람이란 말은 하지 않았다. 우리는 문으로 들어갔다. 헤티는 허리를 굽히어 아기를 어르다가, 언제나 갖다 주는 페퍼민트를 건네 주었다. 그녀는 이것을 결코 끊어지게 한 일이 없는 것 같았다.

나는 이 귀엽고 지극히 보편적인 젊은 엄마와 대화할 말이 언뜻 떠오르지 않아서 헤티 옆에 서있는 채 안절부절못했다. 헤티는 나에게 이 소녀는 정신이 좀 이상하다고 말했던 것이다.

머리 위에 있는 나뭇가지가 내 어깨를 치면서 스카프를 떼가려고 했다. 나는 충동적으로 스카프를 벗어서 소녀에게 주었다. 그녀는 부끄럽다는 듯 미소를 지으며,

"고맙습니다."

사례를 하고 그것을 목에 둘렀다. 그순간 나는 헤티의 시선을 느꼈다. 그녀가 빙그레 웃으며 윙크를 하고, 그 큰 나무를 올려다보는

것을 본 나는 얼굴이 빨개졌다.

그런 다음에 헤티는 프로우레라 쪽을 바라보았다. 내 블루 시폰 스카프를 두른 그녀는 더욱 귀여워 보였다. 정신이상이란 그림자조차도 그녀의 얼굴에는 떠오르지 않았다.

"커비 머슈가 싸우다가 부상을 당했단 말을 들었는데……."

내 친구는 마음문을 활짝 여는 감정으로 이야기를 꺼냈다.

"그 사람이 부상을 당했다면 누가 그 부인과 애들을 돌보고 있는지 모르겠어. 의사 선생님이 와서 커비를 병원으로 데려갔다면서? 뇌진탕과 어깨를 삐었다고 들었는데 그게 사실이야? 싸움을 심하게 했던가 보지……."

헤티는 갑자기 이야기를 끊었다. 소녀가 돌연 후회하는 표정을 짓고 있는 것을 알아차린 것이다. 프로우레라는 슬픈 표정으로 웃음을 띠더니 고개를 살그머니 숙였다.

"그랬습니다."

그녀는 단호하게 대답했다.

"어젯밤 늦게 그는 이곳에 왔습니다. 그리고 나를 조롱했던 것입니다. 아니, 커비가 나빴던 것은 아닙니다."

소녀는 이웃사람을 변호하고 있었다.

"그분은 술에 취하지 않았을 때는 그런 분이 아니거던요. 그래서 나는 그분에게 어서 집에 돌아가라고 말했습니다."

그녀는 남의 아내라는 자기 입장을 변별하고 있다는 말투로 당당하게 말했다.

"조 에드가 화낼 것이라는 말도 했었습니다. 그는 커비에게 경고를 하기 위해 줄곧 지붕을 내리치고 있었는데 커비는 그것을 바람 때문이라고 생각한 듯합니다."

나는 힘껏 숨을 들여마시면서 친구에게 시선을 보냈다.

"그래서?"

헤티는 상냥한 말투로 대답을 재촉했다.

"앞뜰로 도망을 쳤었나? 그리고 그뒤를 커비가 쫓아갔겠구먼? 맞아?"

"예, 그런데 조 에드가…… 그이가…… 커비의 머리를 세차게 내리친 거예요."

그녀는 말을 맺었다. 변명하듯이, 그러나 아내의 명예를 지켜준 남편에 대해서 말할 때, 어떤 여성이나 그러하듯 아주 자랑스럽게 말했다.

"그는 커비의 두개골을 산산조각 내려고 했던 겁니다. 커비가 나에게 키스를 하려고 했던 것이 잘못이었어요, 그렇죠? 헤티씨? 나는 어린 딸이 있는, 결혼한 여자니까요."

"그래요. 당신 말이 맞아요."

헤티는 내가 아직 들어본 적이 없는 아주 부드러운 목소리로 대답했다.

"그러니까 조 에드는 잘못이 없어요. 정당한 행동을 한 겁니다. 커비의 부상은 대단치 않을 것으로 생각되는데……. 하지만 그가 입원을 하고 있는 동안 그 가족을 돌봐줄 사람이 필요할 것 같아요. 오늘 그 부인을 만나러 갔었던가요?"

"예."

소녀는 조용히 대답했다.

"하지만 집에 들어오지 못하게 했다구요. 그들은 두려워하고 있습니다. 조 에드를 두려워하는 것이지요. 하지만 나와 우리 아기를 귀찮게 하지 않는 한 그는 어느 누구에게도 상처를 입히는 짓은 하지 않습니다. 그는 정말로 마음씨가 착하답니다."

"그래요. 맞는 말입니다."

내 친구가 조용히 말했다.

"그건 나도 잘 알고 있어요. 그런 것 때문에 신경을 쓰지는 말아요. 커비도 잘 알고 있을 것이니까요. 이번 일로 커비도 당분간은 술을 끊을는지 모르겠네."

그렇게 말하면서 헤티는 웃었다.

소녀는 부끄럽다는 표정을 지으며 고개를 끄덕이더니 허리를 굽히어 아기를 들어 안으려고 했다. 그러나 어린 조시는 엄마의 손을 뿌리치고 아장아장 걸어서 큰 나무 주위를 돌았다. 그리고 땅바닥에 닿을 것 같은 낮은 나뭇가지 쪽까지 갔다.

"파파!"

아기는 통통한 팔을 커다란 떡갈나무에 내밀면서 돌연 졸라댔다.

"높이 안아 올려줘! 파파!"

프로우레라는 웃었다. 그리고 가볍게 머리를 저으면서 말했다.

"안돼! 조 에드. 그러다가 아기를 떨어뜨리면 어쩌려고? 하지 말아요!"

그런데 내 눈앞에서 보이지 않는 압력이라도 가해진 듯이 그 낮은 가지는 더 아래쪽으로 처졌다. 그것을 붙잡은 조시는 지면에서 3m쯤 끌어올려졌다. 나는 그 광경을 보고 숨을 고르기에 바빴다.

마치 돌풍에 나뭇가지가 휘어 올라가는 것 같았다. 그 가지는 아기를 안아올리더니 내 머리 위쪽 높은 곳에서 흔들어 주었고, 다시 그 아기를 지면에 사뿐히 내려주었다. 젊은 엄마는 웃으면서도 마땅치 않다는 듯 다시 고개를 가로저었다.

그녀의 지나칠 만큼 냉정한 태도에 나는 좀이 쑤실 정도였다.

"조 에드는 언제나 저런다니까요."

그녀가 즐겁다는 듯 말했다.

"아이를 좋아하니까요. 어머, 헤티씨!"

그녀는 말을 끊고 문 쪽을 향하여 걸어나가는 나를 보고는 불만 스럽다는 표정을 지었다.

"식사를 하고 가실 줄 알았는데요. 조 에드가 토끼를 잡아 주었거 던요. 그것으로 알맞은 구이를 만들어 드릴 생각인데……. 잡숫고 가지 않으시겠습니까?"

그러나 그때 나는 이미 문을 나왔고 차에 타고 있었다. 나는 그녀 가 눈치채지 못하도록 조심조심 머리를 가로저어 헤티에게 신호를 보냈다. 어찌된 일인지 — 앞으로 나는 계속해서 완강하게 부정하겠 지만 — 내 이는 캐스터네츠처럼 소리를 내고 있었다.

그리고 나는 작은 산 언덕 오두막에서 단둘이 살아가는 여성과 아기를 마치 폭 싸안기라도 하듯 나뭇가지를 펼치고 있는 나무, 그 거대한 떡갈나무를 넋을 잃은 채 바라보고 있었다.

단 두 사람이?

"딱하지?"

헤티가 중얼거렸다. 차에 올라탄 그녀는 프로우레라 다브니 — 혹은 복지사무소의 파일에 등록되어 있는 '조셉 에드워드 제닝스 부 인'에게,

"안녕!"

하며 손을 흔들었다.

"저 가여운 소녀와 아기의 생활에 관한 얘기인데 — 그날그날 어 려운 일상생활과, 그리고 커비와 같은 남성에게서 받아야 하는 수 모 —. 그러니 그런 망상(妄想)이 없다면 더욱 외롭고 무서울 거 야. 그리고 아기가 있는 지금에 이르러서는 완전히 믿고 있어. 아 기가 그 나무 위에서, 가지에 안기어 노는 것을 보았지?

아기는 나무를 '파파'라고 부르고 있었다구. 그 정도의 체중이 나가는 아이를 번쩍 들어올리니 굉장히 튼튼한 나뭇가지야. 바람

이 불어서 끌어올린 거겠지. 커비 머슈의 머리를 내리친 그날 밤과 마찬가지로 ─. 이곳 올드 볼드리는 바람이 워낙 세게 부는 곳이니까."

그녀는 나를 힐끗 돌아보았다. 입술을 꽉 다문 채 ─.

나는 그녀를 응시하면서 액셀을 힘껏 밟았다. 식은땀이 이마를 적셔왔다. 바람은 한점도 불고 있지 않았다. 그날은 무척 무덥고 쥐죽은 듯 조용했다. 내가 빈약한 농가(農家)을 돌아보자 그 한쪽에서 프로우레라가 히죽히죽 웃고 있었다.

엄마가 지켜보는 가운데 기뻐하는 아기를 공중으로 번쩍 들어올렸던 그 나뭇가지 ─. 사나이의 강한 팔처럼 가볍게 들어올린 그 커다란 떡갈나무의 아래 가지 한 개 외에는 잎사귀 하나 바람에 흔들리지 않았다. 울퉁불퉁한 산허리의 나무들은 조용히 서있었고 햇볕만 쨍쨍 내려쪼이고 있었다.

사악(邪惡)한 눈

1

그날 밤, 옛친구 칼빈의 저택에서 멋들어진 만찬을 즐긴 다음, 어느새 분위기는 유령 이야기 쪽으로 기울게 되었다. 그 계기는 프레드 매처드의 이야기 — 미묘한 방문자의 이야기였다.

우리가 내뿜는 시거의 연기, 그리고 석탄을 넣은 난로에서 내뿜는, 나른한 불빛에 의해 떡갈나무로 만든 벽과 칙칙한 색깔의 고서(古書)가 특징적인 칼빈의 서재는 그런 이야기를 하기에는 어울리는 장소였다. 매처드가 화두를 꺼내자 그 다음 화제는 영적(靈的)인 체험담에 국한되면서 그자리에 있던 사람들이 각자 이야기를 제공하게 되었다.

모두 8명이 합석하고 있었는데 그중 7명이 대부분 요구를 충족시킬 정도로 자기에게 할당된 시간을 다 써가며 이야기를 끝냈다. 우리를 놀라게 한 것은 매처드와 젊은 필 프레넘을 제외하고는 — 그의 이야기가 가장 보잘것없는 것이었다 — 그 누구도 자신들의 혼을 볼 수 있는 세계에서 노니는 습관을 가지고 있었는데, 하나같이 모두 그런대로 초자연적 이야기를 할 수 있었다는 점이었다.

그런 까닭에 우리가 자신들의 일곱 가지 '전시품(展示品)'을 자랑하고자 생각했던 것은 지극히 당연한 일이라고 할 수 있을 것이다. 그리고 주인이 여덟 번째 이야기를 하리라고는 아무도 예측하지 못했었다.

우리의 옛친구 앤드루 칼빈은 안락의자에 깊숙이 앉아서 담배연기 고리를 만들어 내며, 현명한 노인답게, 밝은 관용을 가지고 귀를 기울였으며 때로는 눈을 껌벅이기도 했다. 그는 영적인 접촉을 할 기회를 가졌으리라고는 생각되지 않는 인물이었는데 그래도 우리를 부러워하는 일 없이, 게스트의 자랑기 섞인 이야기를 즐길 만한 상상력은 지니고 있었다.

연령과 또 받은 교육에 의해 완고한 실증주의자였던 그는 그 사고법(思考法)을 형이하학과 형이상학이 혁혁하게 맞싸웠던 시대에 그 성격이 형성되었었다. 그러나 본질적으로 그는 항상 방관자였으며, 그 이상 없을 정도로 혼란한 인생의 모든 양상을 초연과 유머러스로 관찰하는 사람이기도 했다. 때로는 자리에서 일어나 그때마다 그의 집 뒤꼍에서 반복하여 울려 터지는 소요에 얼굴을 내밀기도 했지만, 우리가 알고 있는 한, 결코 무대에 서서 자기도 가담하려고 하는 그런 사람은 아니었다.

그와 동년배인 사람들 사이에서 그가 먼 옛날 어느 연애사건에서 결투를 하여 부상했었다는 이야기가 어렴풋이나마 전해지고 있었다. 그러나 그 전설도 그의 어머니의,

"옛날에는 맑은 눈동자를 가진 귀여운 아이였단다."

라고 한, 지금으로서는 도저히 믿어지지 않는 증언과 마찬가지로 우리 젊은이들이 알고 있는 그의 성격과는 일치되지 아니했다.

"옛날의 그는 막대기 다발 같았을 거야."

매처드는 도리어 그런 말을 하고 있었다.

"아냐, 성냥개비 같았을 거라구."

누군가가 정정했다. 그리고 우리는 그가 땅딸보 체구에, 눈 가장

자리에는 빨간 반점이 나있는, 그리고 나무껍질을 연상케 하는 그 얼굴을 표현하는 데 딱 들어맞는 비유라고 생각했었다. 그는 자신의 여가를 누구보다도 중요시하여, 생각없이 활동함으로써 낭비하는 일이 없었다. 그가 소중하게 지킨 시간은 지성(知性)의 개척과 선택한 취미생활에 오로지 사용하고 있었다.

인간의 생활에 따르게 마련인 번잡한 사건은 단 한번도 그의 앞에 나타난 일이 없는 듯했다. 그래도 그의 냉정한 우주관(宇宙觀)은, 그처럼 돈이 들어가는 실험에 대하여 아무런 이의(異議)도 제기하지 않았고, 그의 인간 연구는 남성은 모두 불필요하며, 여성은 누군가가 요리를 하지 않으면 안되므로 존재할 뿐이라는 결론에 도달하고 있는 것 같았다.

이 결론에 관하여 그는 절대로 양보하지 않으려 했고, 그런 까닭에 과학 중에서는 미식학(美食學)만을 교의(教義)로 떠받들고 있었다. 그가 제공하는 소소한 만찬은 — 일반적인 것은 아니지만, 친구의 마음을 재는 척도가 되어 있었던 것은 아니고 — 그 결론을 입증하기 위한, 강력한 의사표시이기도 한 것을 잊어서는 안된다.

정신면에서 그의 환대(歡待)는, 어느 정도 매력적이지 못하기는 했지만, 그 이상으로 자극적이었다. 그의 마음은 광장(廣場)과 같은 것, 그렇지 않으면 아이디어를 서로 교환하기 위한, 열린 집회장과 같은 것이었다.

춥고 바람이 불어대고 있었지만 밝고 널찍하여 질서가 잡혀 있는 — 잎이 모두 떨어져 버린, 아카데믹한 나무들이라고 한다면 비유가 될까? 이 특권적인 환경에서 10명 정도의 우리 친구들은 근육을 펴고, 숨을 깊이 들여마실 수가 있었다. 그리고 마치 우리가 가지는 귀중한 장소라고 하는 의식을 높이기라도 하듯이 이따금 신참자가 한두 사람 더해지고 있었다.

젊은 필 프레넘은 가장 새로운 멤버이며 또 가장 흥미로운 존재였다. 매처드의,

"우리의 친구는 신선한 사나이를 좋아한다."

라고 하는, 어딘가 병적인 표현에 딱 들어맞는 청년이었기 때문이다. 분명 이 늙은 칼빈에게 있어 젊은이의 서정적인 자질은 마음에 꼭 들었나 보다. 그는 틀에 박힌 향락주의자였으므로 그 정원에 모인 혼의 꽃을 꺾는 짓은 하지 않았으며, 그 우정도 나쁜 영향을 주는 것은 아니었다.

그 반대로 젊은 아이디어를 꽃피우게 해주려는 유(類)의 것이었다. 그리고 필 프레넘을 그는 좋은 실험재료로 생각하고 있었다. 프레넘은 아주 지성적이고 또한 불을 붙여놓은 퓨어 페이스트와 같이 건전한 젊은이였다. 칼빈은 그를 무료한 가족에서 구해내어 달리엔의 정상에까지 끌어올렸다.

그래도 그 모험에서 이 젊은이는 조금도 손상받지 않았다. 외경(畏敬)의 마음을 지닌 채 호기심을 자극하는 칼빈의 솜씨는 매처드의 괴물 같다는 비유에 대하여 충분한 답변이 될 것으로 생각되었다. 프레넘의 개화(開花)에서 어떤 병적인 점은 발견되지 않았으며, 그의 연로한 친구는 성스러운 어리석음에 손가락 하나 대지 않았던 것이다. 프레넘이 변함없이 칼빈을 존경하고 있다는 사실이 무엇보다도 그 증거라고 할 수 있으리라.

"당신들에게는 보이지 않는 부분이 그 사람에게는 있습니다. 그 결투에 관한 이야기는 사실이라고 나는 믿고 있습니다!"

라고 그는 단언했었다. 그리고 이 신념의 핵(核)이 되는 것이야말로 그로 하여금 농담을 섞어서 주인에게 — 마침 모임이 해산되려고 할 때,

"이번에는 당신이 유령 이야기를 할 차례입니다!"

라는 말을 하게끔 시켰던 것이리라.

이미 매처드와 다른 사람들은 문밖으로 나간 다음이었다. 남아있는 사람은 프레넘과 나 두 사람뿐이었다. 신선한 소다수를 가지고 들어왔던 — 칼빈의 신변 잡사 모두를 떠맡고 있는 그의 충실한 하인도 분위기를 알아차리고는 그자리에 앉았다.

칼빈은 밤이 되면 사람과 같이 있기를 좋아하는 성격으로서, 특히 깊은 밤에는 그룹의 핵심 멤버만을 모으기 좋아했다. 그러나 프레넘의 발언은 그를 우스꽝스러울 정도로 낭패케 하여, 그는 복도에 나가 친구들을 배웅하고 들어와서 앉았던 의자에서 다시 일어나고 싶을 정도였다.

"내 유령? 친구들이 모두 옷장 속에서 매력적인 유령을 기르고 있다는데 나까지도 기르라니⋯⋯. 그런 바보 같은 짓을 하란 말인가? 시거나 한대 피우는 게 어떻겠어?"

나에게로 몸을 돌리면서 그는 이렇게 말하고 웃었다.

프레넘은 웃으면서 그 호리호리한 장신(長身)을 맨틀피스 앞에 세우며, 작은 키에 머리카락이 빳빳한 친구를 향하여 말했다.

"분명⋯⋯."

그는 잠시 말을 끊었다가 단호하게 이어나갔다.

"정말로 마음에 드는 유령 이야기라면 남에게 알리고 싶지 않으실 겁니다."

칼빈은 안락의자에 몸을 파묻으며 낡아버린 가죽이 움푹 팬 곳에 머리를 기대고 쉬었다. 그 작은 눈은 새 시거의 불빛을 받아 빛나고 있었다.

"마음에 들다니? 그런 게 아니야!"

그는 신음하듯 말했다.

"그럼 보신 적이 있긴 있군요?"

그것과 거의 동시에 프레넘이 나를 향하여 승리의 눈길을 던지면서 반문했다. 그러나 칼빈은 쿠션에 몸을 파묻고 시거 연기로 자기 모습을 감추려 하는 듯했다.

"왜 숨기시는 겁니까? 당신은 모든 것을 보아온 분이십니다. 그러니 유령 정도를 보셨다고 해서 조금도 이상한 일이 아니잖습니까?"

연기 구름을 향하여 젊은 친구는 겁없이 대들었다.

"그것은 한 번이 아니고 ― 두 번 보셨다고 해도 이상할 게 하나도 없다니까요."

이 질문이 주인을 자극했던 것 같다. 이따금 나타나는, 거북과 비슷한, 기묘하기 짝이 없는 동작으로 연기 속에서 얼굴을 내밀더니, 프레넘을 향하여 동의한다는 눈빛을 보냈다.

"맞아."

그렇게 말한 그는 우리들에게 경련을 일으킨 듯한 웃음을 보냈다.

"나는 두 번 유령을 본 적이 있어."

너무나도 뜻밖의 말이었으므로 그후로는 그저 침묵이 이어질 뿐이었다. 그 사이에 우리는 칼빈의 머리 너머로 눈길을 주고받았고, 칼빈은 그의 유령을 바라보고 있었다. 마침내 프레넘은 한마디 말도 하는 일 없이 난로 반대쪽에 있는 의자에 앉아 이야기를 어서 계속하라고 조르는 대신 웃음을 띠면서 몸을 내밀었다.

2

"물론, 그놈들은 제멋대로의 유령은 아니었네 ― 수집가에게 있어서는 하찮은 것일는지도 모르지······. 그러니 너무 기대하지 말기 바라네만은, 진기했던 것은 그 숫자로서 둘이 있었던 게야. 이야기를 끄는 것 같아서 미안하네만은 의사에게 가서 약을 사야 할지, 안과에 가서 안경을 맞춰야 할지 망설였는데 그 어느 곳에 갔었더라도 그런 일은 없었을는지 몰라.

단지 나로서는 의사에게 갈 것인지, 안과에 갈 것인지를 판단할 수 없었으므로 — 눈과 소화기가 모두 나빴기 때문에 감을 잡지 못했던 것이야 — 그런 상태로 흥미깊은 이중생활을 했었단 말일세. 때로는 내 생활이 견딜 수 없이 불쾌해진 경우도 있었지만…….

그래, 불쾌했었어. 그대들은 내가 얼마나 불쾌한 생활을 싫어하는지 잘 알고 있지? 일이 시작되었을 때, 기껏 두 사람의 유령 같은 것 때문에 생활을 문란케 하는 일은 없을 것이란 생각이 얼마나 불손한 것인지를 잘알았다네.

그와 동시에 내가 병에 걸렸다는 근거는 전혀 없었어. 단지 나는 지루할 뿐이었네. 죽고 싶을 만큼 지루했었지. 단 분명히 기억하고 있는데 그 지루함이야말로 그 어느 때보다도 몸의 컨디션이 좋았던 것이 원인이었을 것이야. 그러나 나로서는 남아도는 활력을 어떻게 써야 좋을지 가늠이 안되었었네. 남아메리카와 멕시코에서 오랜 여행을 끝내고 돌아왔던 때인데, 나는 백모(伯母)와 함께 뉴욕에서 가까운 백모의 집에서 살고 있었어.

백모는 워싱톤 어빙의 친지로서 N. P. 윌리스와도 교류가 있는 노인이었으며, 그의 저택은 습한 곳에 있는 고딕식 집이었지. 소나무가 그림자를 드리우고 있고 머리카락으로 만든 기념 문장(紋章) 모양 그대로의 집이었어. 그녀 자신도 그집에 상응하는 풍채로서, 거의 남아있지 않았던 머리카락은 그 문장을 만들기 위해 희생시킨 것인지도 모르지.

나는 격동의 한 해를 보내려고 하던 무렵, 금전적으로도 감정적으로도 아직 정산되지 않은 부분이 많았으므로 당연히 백모의 환대가 신경뿐만 아니라 내 주머니 사정에도 보탬이 될 것으로 생각했었지. 그러나 실제는 나 자신이 안전하게 지켜진다는 것을 알게 된 순간 활력이 다시 용솟음쳐 오르는 것이었어.

그러나 그것도 기념 문장(紋章) 속에서는 주체스러울 뿐이었네. 그무렵의 나는 그 활력을 지성에만 기울일 수 있을 것이라는 환상에 사로잡혀 있었거던. 그래서 나는 위대한 책을 쓰려고 생각했던 거야 — . 무엇에 대한 책이었는지는 잊어버리고 말았지만……. 내 계획에 감명을 받은 백모는, 검은색 표지의 고전(古典)과 퇴색한 유명인의 더게레오타이프로 가득 찬 고딕식 서재를 열어 주었네. 그리고 나는 책상에 앉아서 그들의 저작에 버금가는 것을 써내려고 했었지. 일이 순조롭게 진행되도록, 백모는 종자매(從姉妹)를 불러, 내 원고를 필사(筆寫)시켰다네.

종자매는 성품이 좋은 아가씨였어. 나는 성품이 좋은 아가씨야말로 인간성, 그리고 무엇보다도 나 자신에 대한 신뢰를 되돌릴 수 있는 열쇠가 될 것으로 생각했었지. 그녀는 예쁘지도 않았거니와 지적이지도 않았어 — 가여운 애리스 노웰! — . 그런 보잘것없는 그대로 만족하고 있는 여성이란 점이 내 흥미를 끌고 있었다네. 그녀가 지니고 있는 만족감의 비밀을 알고 싶어서 견딜 수 없었지.

그런 때에 나는 일을 너무 서두르다가 그만 어이없게도 — 아니, 잠깐 기다려 주게! 그대들에게 이런 얘기를 하는 것은 결코 바보스런 짓은 아니야. 그 가여운 아가씨는 종형제밖에 만난 일이 없었기 때문에…….

물론 나는 내가 저지른 일을 후회했고, 또 어떻게 수습을 해야 좋을지 마음이 괴로웠네. 그녀는 저택에 머무르고 있었는데, 어느 날 밤, 백모가 자리에 든 다음, 실수하여 잊어버리고 놓아 두었던 책을 가지러 서재로 들어왔어. 뒤쪽 책꽂이의 여러 책에 나오는 재간없는 여주인공처럼 말일세. 뺨이 붉게 물든 그녀는 몹시 당황했었지.

그때 돌연, 숱이 많고 예쁜 그녀의 머리도 나이가 들면 백모처럼 되어 버릴 것이란 생각이 들더라구. 그것을 알아차린 나는 즐거웠네. 그바람에 내가 하려는 것이 올바르다고 판단되었기 때문이지. 그리고 처음부터 잊어버렸을 리 만무한 그 책을 찾아내자 나는 그녀에게 그 주중(週中)에 유럽으로 떠난다고 말했어.

그무렵의 유럽이라고 하면 굉장히 먼 땅이었지. 그자리에서 애리스는 내가 말하고자 하는 것을 깨달았어. 그녀의 반응은 내 예상과는 완전히 달랐지. 예상했던 대로였다면 어느 정도 마음이 즐거웠을 텐데……. 그녀는 책을 꼭 껴안자, 책상 위에 있는 램프불을 켜기 위해 한순간 얼굴을 숙였네 — 유리제품으로서 포도송이가 휘감기는 램프갓 끝에서는 물방울이 떨어지듯이 만든 램프였다 — 그리고 나에게 손을 내밀며, '안녕!'이라고 말했다네.

그렇게 말하면서 그녀는 내 얼굴을 정면으로 바라보고 키스를 했지. 그때의 키스만큼 신선하고 부끄러움에 가득하며 더구나 용감한 키스를 나는 알지를 못한다네. 어떤 질책보다도 매서웠어. 그녀로부터 질책을 받아야 하는 자신이 부끄러웠지.

나는 나 자신에게 '그녀와 결혼을 하자. 백모가 돌아가시면 이 집을 물려줄 것이다. 그렇게 되면 이 책상에 앉아서 책을 계속 쓰는 거야. 애리스는 수를 놓으며 지금과 마찬가지로 나를 지켜줄 것이다. 그렇게 하면서 인생을 계속 살아나가는 거야'라고 들려주었지. 그 미래도(未來圖)는 한순간 나로 하여금 소름이 오싹 끼치게 했지만 그때는 무엇보다도 그녀에게 상처를 주는 것이 두려웠었네. 10분쯤 후 그녀는 나의 인인부(認印付) 반지를 끼고 있었으며 외국에 나갈 때는 함께 간다는 언질도 받아내고 있었지.

왜 이 일에 대하여 길게 이야기하느냐고 의아해할 것일세. 그것은 실은 그날 밤에 내가 아까 얘기한 아주 불가사의한 것을 처음으로 보았기 때문일세. 그무렵의 나는 인과관계(因果關係)를 믿고 있었기 때문에, 백모의 서재에서 일어난 일과 같은 날 밤, 몇 시간 후에 일어나게 되는 일과의 연관성을 찾아내기 위해 열중했었지. 이 두 가지의 일이 동시에 일어났다는 점의 불가사의가 항상 마음을 짓누르고 있어.

나는 무거운 마음을 안고 잠자리에 들었네. 자신이 처음으로, 그것도 의식적으로 한 선행(善行)의 무게로 인하여 눌리고 말 것 같았어. 젊기는 했지만 얼마나 심각한 국면을 맞았는지는 잘 알고 있었거던. 그렇다고 해서 그때까지의 내가 파멸적인 생활을 해왔으리란 생각은 하지 말게.

단지 자신이 좋아하는 것만을 추구하고 섭리를 무시하고 있던 죄없는 젊은이였다네. 그러한 내가 돌연 전세계의 도덕적 질서의 추진자 역할을 떠맡고 만 것이야. 마치 요술쟁이에게 금시계를 건네주었다가, 요술이 끝났을 때 어떤 형태로 돌아올는지 짐작조차 할 수 없는, 즉 속기 쉬운 관객과 같은 기분이었네……

그래도 독선(獨善)의 빛이 어느 정도는 공포를 가라앉혀 주었고, 옷을 벗으면서 좋은 일을 하는 데 익숙해지면 최초의 때처럼 두근거리지 않고도 끝날 것이라고 자신을 위로했었네. 자리에 들어가 촛불을 껐을 때에는 자기가 진짜로 익숙해졌노라고 생각했으며, 그것은 백모의 부드러운 양털 매트리스에서 잘 때의 기분과 전혀 다르지 않을 것으로 생각했었지.

그런 것을 생각하면서 나는 눈을 감았네. 다시 눈을 떴을 때는 상당한 시간이 흘렀었을 것임에 틀림이 없어. 방안은 추워졌고 이

상할 만큼 조용했지. 내가 눈을 뜬 것은 누구나 모두 잘 알고 있
는 기묘한 기분 — 잠이 들었을 때는 없었던 무엇인가가 방안에
있는 그런 기분에 사로잡혔기 때문이지.

몸을 일으키면서 나는 어둠 속으로 눈길을 돌렸어. 방안은 캄캄
하여 처음에는 아무것도 안보였네. 그러나 침대 밑에서 어슴푸레
한 빛이 서서히 모양새를 갖추었고, 이윽고는 나를 노려보는 한
쌍의 눈이 되더군. 그것이 어떤 얼굴이었는지 알 수 없었는데 보
고 있는 동안에 눈은 점점 빛의 밝기를 더해 갔어. 그 눈은 스스
로 빛을 발하고 있었던 거야.

그런 식으로 응시당하고 있을 때의 기분은 결코 유쾌한 것이
아니었어. 어쩌면 그대들은 내가 우선 침대에서 뛰어내리고 그런
눈을 가지고 있는, 눈에 보이지 아니하는 존재에게 덤벼들려는 충
동을 일으켰을 것으로 생각할 것이네.

그러나 그렇지는 않았어 — 나는 그저 가만히 누워 있었을 뿐
이었어. — 그것이 유령의 초자연적인 성질에 의한 것인지 — 비
록 덤벼들었다 해도 그곳에는 아무것도 없었을 테니까 — 아니면
그 눈이 가지고 있는, 마비시킬 것 같은 힘 때문이었는지 어쨌는
지는 모르겠지만.

그것은 내가 본 것 가운데 가장 사악한 눈이었네. 남성의 눈같
았지만 그렇다면 어떤 남성이었을까? 맨 먼저 생각났던 것은 무
서울 만큼 나이를 많이 먹었다는 것이었어. 움푹 패이고, 투박스
럽고 빨간 테가 둘러진 눈꺼풀이 끈 끊어진 블라인드처럼 처져
있었지. 한쪽 눈꺼풀이 다른 한쪽 눈꺼풀보다 처져 있었는데 그로
인하여 기분나쁘게 흘겨보는 것같이 보였네.

듬성듬성한 눈썹은 거꾸로 서있는 석영(石英)으로 테를 두른
한 쌍의 유리판을 연상케 하는, 그 눈은 불가사리에게 잡혀 있는

수정(水晶)과 같았어.

그러나 제일 불쾌했던 것은 그 눈의 연령이 아니야. 내 기분을 상하게 한 것은 눈의 소유자가 안전한 가운데 악덕을 해낼 수 있다는 인상을 주었기 때문이지. 이것말고 어떻게 묘사해야 좋을지 나로서는 생각이 나질 않네. 그 남성은 인생에 있어 여러 가지 악행을 거듭하면서 자기는 항상 안전한 곳에 있었던 듯했어.

겁쟁이의 눈은 아니었는데 그러면서도 위험한 일을 해내는 데는 머리가 너무 좋은 사나이의 눈이었네. 그 비열한 모습을 보자 나는 가슴이 뛰었지. 그러나 그것보다 더욱 심한 일이 있었네. 노려보고 있는 동안에 그 눈에 비웃는 기색이 떠올랐고, 더구나 그것은 나를 향하고 있는 것 같았지.

그렇게 되자 나는 분노가 치밀어서 벌떡 일어나 보이지 않는 놈에게 덤벼들었네. 그러나 그곳에는 물론 아무도 없었고 내 주먹은 어이없게도 허공을 휘둘렀을 뿐이었지. 부끄러움과 추위로 언짢은 기분이었던 나는 더듬어 성냥을 찾아가지고 촛불을 켰네. 방안은 예상했던 대로 평소와 다름이 없었어. 나는 침대 속으로 들어갔고 촛불을 불어서 껐지.

어두워지자마자 그 눈이 다시 모습을 나타냈어. 그래서 나는 그 현상을 과학적으로 설명해 보려고 했네. 우선 난로 굴뚝에 남아있는 불에 의한 것이 아닌가 생각했지. 그러나 난로는 침대 반대쪽에 있었고, 방안에 있었던 유일한 거울인 화장대 거울에는 반사하지 않는 위치에 있었어.

그 다음으로 반들반들한 나무, 혹은 금속에, 남은 불이 반사되는 게 아닌가 하여 사방을 둘러보았지만 눈에 띄는 곳에는 그런 종류의 것이 한가지도 없었네. 나는 다시 일어났고 더듬거리며 난로에까지 가서, 남아있는 불씨를 모두 꺼버렸어. 그러나 침대에 돌아오니 그 눈은 내 발치에서 번쩍이고 있었지.

'환상인 것이다. 그것은 분명하다.' 그러나 외인(外因)에 의한 것이 아니라는 것을 알고 있었지만 그 불쾌함은 변함이 없었네. 그것이 나의 내재된 의식의 투영(投影)이라고 한다면 내 뇌(腦)는 대체 어떻게 되었다는 것일까? 두뇌의 신비에 대해서는 병리학(病理學)에서 어느 정도 배워 알고 있었기 때문에 어떤 것을 간구하는 마음이 심야(深夜)에 경고를 받는 경우도 있다는 것을 알고 있었지.

그러나 그것을 지금의 경우에 적용시킬 수는 없었네. 정신적으로도 육체적으로도 아주 정상적이었으며, 유일하게 변한 것이 있다면 그것은 성품이 좋은 여자의 행복을 약속해 준 것뿐이었는데 그렇다 하더라도 부정한 영(靈)을 베개맡에 불러모으는 유(類)의 짓은 아닐 것이다. 하지만 그 눈은 여전히 나를 노려보고 있는 것이었어…….

나는 눈을 감고 애리스 노웰의 눈을 떠올려 보려고 애를 썼지. 결코 두드러진 것은 아니었지만 신선한 물처럼 건강하여, 그녀가 조금만 더 상상력을 가지고 있었더라면 — 그것이 아니면 눈썹이 조금만 더 길었더라면 — 틀림없이 흥미깊은 표정을 보여주었을 것이야. 결국 그런 시도는 효과를 보지 못했고 발치에 나타나는 눈으로 바뀌고 말았어.

감고 있는 눈꺼풀을 통해서 보니 실제로 보는 것보다 불쾌감이 더 심해져서 나는 눈을 떴고, 증오의 시선으로 정면을 노려보았지.

그런 상태가 밤중 내내 계속되었네. 그날 밤이 어떤 상태였는지, 그리고 얼마나 오래 계속되었는지는 말로 다할 수가 없어. 그대들은 눈을 감은 채 침대에 누워, 필사적으로 눈을 감고자 한 적이 있었나? 더구나 눈을 뜨면 무엇인가 무섭고 혐오스런 것이 보일 것이 뻔한데 말일세······. 듣기에는 간단할는지 모르지만 막상 하려고 하면 그보다 더 큰일은 없을 것이네.

그 눈은 그곳에 머물고 있으면서 나를 끌어당기는 거야. 바닥을 알 수 없는 구멍으로 떨어져 갈 때와 같은 현기증이 나더군. 그 빨간 눈꺼풀은 나락(奈落)과의 경계선이었네 ―. 신경이 아파지게 될 것 같은 시간은 이전에도 경험한 적이 있었어. 목덜미에 위험의 바람을 느끼게 되는 시간을 말일세. 그러나 이런 긴장은 처음이었다구.

그 눈이 무서웠던 것은 아니야. 그것에는 어둠의 힘이 가지는 위엄이 결여되어 있었어. 그러나 그대신 ― 뭐라고 설명해야 좋을까 ― 악취와 동등한 현실적 효과를 가지고 있었던 거야. 괄태충이 지나간 다음의 끈적거리는 느낌이었네. 그리고 나로서는 그 눈이 나에게 무슨 용건이 있는 것인지 전혀 알 수가 없었어. 그리고 나는 그것을 확인해 보기 위해 계속 눈을 크게 뜨고 응시했었네.

그 눈이 어떤 힘을 나에게 끼쳤는지는 알 수가 없어. 그러나 그것으로 말미암아 나는 이튿날 아침 일찍이 짐을 싸가지고 거리로 나갔지. 백모에게는 몸이 아파서 의사에게 간다는 메모를 해놓고 말일세. 실제로 어디에 비유할 수 없을 만큼 기분이 나빴었어. 그날 밤이 내 몸에서 핏기를 전부 빼간 것 같았거던.

그러나 거리에 나온 다음, 의사에게는 가지 않았네. 친구집에 찾아갔고 침대에 몸을 던진 나는 10시간이나 계속해서 잠을 잤지. 눈을 떠보니 한밤중이었어. 무엇이 나를 기다리고 있다는 생각을 하니 등골이 오싹하더군. 나는 벌벌 떨면서 몸을 일으키어 어둠 속을 돌아보았어. 그러나 어둠의 표면에는 아무것도 흐트러져 있는 것이 없었네. 나는 그 문제의 눈이 나타나지 않은 것을 확인하고는 다시 긴 잠에 빠져들었지.

집을 나올 때 애리스에게는 아무 말도 하지 않았었어. 다음날 아침에는 돌아올 생각이었기 때문이었네. 그러나 이튿날 아침 나는 너무나 피곤했어. 보통 불면증 때처럼 견딜 수 있을 정도가 아니라 시간이 흐름에 따라 피로감은 더해갔지. 그 문제의 눈으로 인한 효과는 축적되어 가는 것 같았어. 그리고 다시 그 눈을 볼 생각을 하니 도저히 견딜 수가 없었네. 이틀 동안 나는 그 공포와 싸웠지.

사흘째 되던 날 밤, 나는 용기를 내어 다음날 아침에는 돌아가기로 결심했네. 일단 결심을 하고 나니 마음이 한결 가벼워졌어. 내가 편지 한장 써놓지 않은 채 갑자기 사라졌으니 가여운 애리스가 얼마나 의기소침해 있을까 걱정을 하고 있었기 때문이지. 나는 그날 들뜬 기분으로 잠자리에 들었고 곧 잠이 들었었다네. 그러나 한밤중에 눈을 떠보니 또 그 문제의 눈이 나타난 거야.

나로서는 도저히 맞설 수가 없었네. 백모네 집으로 돌아가는 대신 나는 몇가지 짐만 대충 챙겨서 트렁크에 담아가지고 영국에 가는 새벽 첫배를 탔어. 배에 오를 때 나는 심히 지쳐 있어서 침대까지 비틀거리며 갈 정도였다네.

영국에 가는 도중, 나는 거의 모든 시간을 자면서 보냈지. 쏟아지는 잠을 자다가 눈을 떴을 때, 이제는 그 문제의 눈이 안보이는 것을 확인하고는 얼마나 기뻐했는지 그것은 말로 표현할 수가 없어.

나는 배 위에서 1년, 그리고 다시 1년을 체재했네. 그동안은 기분이 상쾌했었지. 비록 멀리 떨어져 있는 조그마한 섬에 있었다 하더라도 나는 그곳에 더 체재하려고 했을 것이야. 체재기간을 연장한 또 한 가지 이유는 두말할 것도 없이, 항해하는 동안에, 내가 애리스 노웰과 결혼한다는 것은 도저히 불가능하다는 결론에 도달했기 때문이었지.

그것을 깨달을 때까지 이처럼 많은 시간이 걸렸던가를 생각할 때 내가 미웠지만 그 이유를 생각해 보고 싶지는 않았어. 그 문제의 눈으로부터 도망을 쳤고 또 그밖의 귀찮은 일에서 해방된 것만이 내 자유에 비교할 수 없는 활력을 주었다네. 그리고 그것은 생각하면 생각할수록 맛깔스럽더라구.

그 문제의 눈은 내 의식에 커다란 구멍을 뚫어놓았네. 오랫동안 나는 그 환영(幻影)의 성질에 대하여 고민을 했고 또다시 돌아오지 않을까 생각을 했었지. 그러나 시간이 흐름에 따라 공포증은 사라지고 그 이미지만이 남더니 이윽고는 그것조차도 사라지고 말더군.

2년째에 나는 로마에 도착했고 그곳에서 새롭고 위대한 저작 ─ 이탈리아의 예술에 에트루리아가 끼친 영향에 관한 결정적인 책을 써보려고 생각했었네. 어쨌든 그런 명목으로 나는 피아츠아 디 스파노의 양지바른 아파트를 빌려 살며 포름로마놈을 서성이고 있었지.

그날 아침, 매력적인 젊은이가 나에게 찾아왔어. 따스한 햇빛 속에 서있는, 그리고 늘씬한 히아신스처럼 가련한 이 청년은 폐허의 제단 ─ 예컨대 안디오키아의 제단에서 나타났다 해도 이상할 것이 없었어. 그러나 실제로는 뉴욕에서 온 것이며, 더구나 놀랍게도 애리스 노웰의 편지를 가지고 왔던 거야.

그 편지 ─ 내가 그녀와 헤어진 이후, 처음으로 받은 그 편지는, 자기의 젊은 외종형제(外從兄弟)인 길버트 노이에스를 소개하면서 잘 부탁한다고만 적혀 있었네. 이 애처로운 청년은 '재능이 있고' '문필(文筆)로 성공하겠다는 생각을 하고 있는 것 같다'

는 것이었어. 그러나 완고한 가족들은 그의 문재(文才)를 복식부기(複式簿記)를 배워 살리는 편이 낫다고 주장한다는 게야. 그래서 애리스의 간곡한 주장에 의해 반 년간의 유예기간을 얻어 유럽으로 건너왔다는 게지 뭔가.

그는 이 유예기간 동안 자기 펜으로 어떻게든 자기 재능을 증명하지 않으면 안될 처지였네. 그 색다른 조건이 우선 내 주의를 끌었지. 나로서는 중세기의 '시죄법(試罪法)'만큼이나 어려운 일이라고 생각했었어. 그러나 곧 그녀가 나에게 이 청년을 보내준 점에 마음이 움직였지. 그녀가 용서해 주지 않더라도 자신이 자신을 용서하고, 뭔가 그녀에게 도움이 되는 일을 해주고 싶다는 생각을 늘 해오던 터였거던. 그러니 아주 좋은 기회가 찾아왔다고 생각했지.

일반론으로 볼 때, 타고난 천재는 봄빛을 띤 포름로마놈에, 어디선가 신(神)에게 추방당한 존재처럼 불쑥 나타나는 게 아니란 점일세. 어쨌든 이 애절한 노이에스는 타고난 천재는 아니었어. 그러나 아름다운 청년이었고 친구로서는 매력적이었지. 실망을 한 것은 그가 문학에 대해서 이야기하기 시작할 때였네.

나는 이런 타입의 사람을 잘 알고 있지. 자기는 재능이 많은데 주위에서 인정을 해주지 않는다고 생각하는 것이야. 결국 그런 점이 첫 번째 갈림길인데 그는 항상 — 마치 기계의 법칙이기라도 한듯이, 정확하게도 착오가 없이 — 잘못된 것에 감동하고 있었다네. 그가 잘못된 것을 어떻게 선택하는가를 정확하게 예견하는 것이 나에게 있어서는 즐거움이 되기까지 했어. 더구나 이 게임에 있어, 내 기량은 놀라운 것이었네.

최악의 상태인 것은 그 우둔함이 즉시로 발견되지 않는다는 점이었어. 피크닉에서 그와 동석한 부인 등은 그를 지적(知的)인 청년인 것으로 생각해 버리는 게야. 만찬석에서조차 머리회전이 잘 되는 사나이로 통하고 있었다네. 현미경으로 그를 들여다보듯 한 나는 그때마다 그가 그 빈약한 재능을 신장시키어, 무언가 자기자신이 할 수 있는 일을 찾아서, 행복해졌으면 하고 원했네.

결국 그것만이 내 관심사였었지. 변함없이 매력적이고 — 그는 줄곧 매력적이었어 — 나에게서 전폭적인 조력(助力)을 받을 수 있었지. 그리고 최초 몇개월 동안은 나 자신도 그에게 찬스가 있을 것으로 믿었었어.

그 몇개월은 참으로 즐거웠었지. 노이에스는 언제나 나와 함께 있었는데 만나면 만날수록 그가 좋아졌네. 그 어리석음은 타고난 미덕이었어 — 실제로 속눈썹과 같을 정도로 아름다운 미덕이었네. 활발한 데다가 애정이 깊어서 나로서는 정말로 행복한 것 같았지.

그런 까닭에 진실을 그에게 가르친다는 것은, 온순한 동물의 목구멍을 찢는 것과 같을 만큼 괴로운 일이었을 것이야. 처음에 나는 이 반짝이는 것 같은 청년의 머리에서 농담 섞인 말을 어떻게 만들어 낼까 하고 이상하게 생각했었는데 이윽고 그것이 자기자신을 지키기 위한 포즈에 지나지 않는다는 것을 알아냈네.

가정생활과 사무실 책상에서 벗어나기 위한 본능적인 행위였던 것이야. 길버트가 — 귀여운 청년이었어 — 자기자신을 믿고 있지 않았던 것은 아니야. 그의 마음속에는 위선(僞善) 따위는 눈꼽만큼도 없었어.

그는 문학이 자신의 천직(天職)이라고 믿고 있었지만 내가 보기에는 천직은커녕, 그가 놓여져 있는 상황의 유일한 구원이었네. 그에게 조금이라도 돈과 여유, 그리고 즐거움만 있었더라면 죄없는 놀이꾼이 되고 말았을 것이야. 그러나 불운하게도 돈은 없었고, 눈앞에 사무용 책상만이 놓여 있었던 그로서는 문학에 기댈 수밖에 없었던 게야.

그의 작품은 딱한 것이었는데 지금 와서 생각해 보면 그것은 당연한 일로서 처음부터 알고 있었던 터이고 — . 그러나 최초의 시도로 그 장래를 결정짓고 마는 것은 너무나 난폭한 일이며, 재능을 꽃피우는 데는 햇빛이 필요하다는 이유로 나는 그를 격려했었네.

그야 어쨌든 나는 그런 상태로 그를 계속 접촉했을 뿐 아니라 견습기간을 연장해 줄 정도였지. 내가 로마를 떠날 때는 그도 따라왔고, 우리는 카브리와 베니스에서 한가로운 여름을 보냈어. 나는 나 자신에게 '그가 뭔가를 가지고 있다면 그것이 개화(開花)되는 것은 지금이 아니야'라는 말을 들려주었네. 그리고 확실하게 개화되었던 것이야. 그토록 매혹적이고 또한 매료되어 있는 그를 본 것은 처음이었네. 여행하는 도중, 그가 지껄인 말 가운데는 아름다움이 깃들어 있었지. 그러나 그것을 문자화(文字化)하니, 금방 퇴색해 버리더군.

드디어 결론을 내려야 할 때가 왔지. 그 말을 할 수 있는 사람은 나밖에 없었어. 그것은 그 자신도 잘 알고 있었고, 로마에 돌아오자 나는 그를 내 방에 묵도록 했네. 야심을 버리지 않으면 안 되는 그를, 혼자 내버려두고 싶지 않았던 것이야. 물론 문학을 체념하라고 충고할 때에 나 한 사람의 판단에 따라서 했던 것은 아닐세.

그의 작품은 여러 사람들 — 편집자라든가 평론가들에게 보내 놓았었어. 그런데 돌아오는 회답은 하나같이 뭐라고 말할 수 없다는 냉담한 것들뿐이었다네. 실제로 그의 작품은 코멘트할 가치가 있었던 게 아니었거던.

길버트에게 진실을 전하고자 결정했던 날만큼 나 자신이 악랄한 사나이란 생각을 한 적은 없었어. 이 가여운 청년의 희망을 산산조각으로 만들어야 하는 것이 내 의무란 것은 잘 알고 있었지만 ─ . 아무리 선의(善意)일지언정 이처럼 잔혹한 선고를 하는 경우, 그것은 명분을 만들어 내는 평계에 지나지 않는 법이지.

나는 항상 선고하는 편에 서는 것을 피해 왔네. 그렇게 하지 않으면 안되게 되었을 때, 그것이 모두를 부정하는 것처럼 들리는 것만은 피하고 싶은 생각이었거든. 그리고 비록 1년간 지켜봐 온 끝에 내린 결론이기는 하지만 가여운 길버트는 진짜로 재능이 있는지도 모르지 않는가! 그것을 판단할 자격이 나에게 있는 것일까?

내가 해야 한다고 결정한 역할을 생각하면 생각할수록 점점 더 싫어졌었어. 길버트가 내 정면에 와서 앉고, 마치 지금의 필 프레넘처럼 그의 얼굴이 램프 불빛에 비쳐졌을 때는 정말로 견딜 수가 없었네……. 나는 그가 쓴 첫 번째 원고를 읽었을 때, 그는 그 자신의 장래가 내 말 한마디에 좌우될 것임을 알고 있었지.

암묵(暗默) 가운데 우리는 그런 양해에 도달해 있었던 게야. 원고는 우리 사이에 있는 테이블 위에 놓여 있었어. 그의 첫 장편소설이었네. 소설이라고 해야 할지 어떨지는 모르지만! 그는 손을 뻗어서 원고 위에 얹고는 생명이 걸려 있을 때와 같은 표정으로 나를 쳐다보았지.

그리고 일어선 나는, 그의 얼굴과 원고에서 눈길을 피하면서 마른기침을 했네.

'분명히 말하는데…… 길버트.'

그순간 그의 창백해진 얼굴이 보이더군. 그는 얼굴을 들고 나를 뚫어지라고 바라보았어.

'그렇게 심각한 표정은 짓지 마십시오. 저는 그처럼 마음의 상
처를 받지 않았으니까요.'

그는 벌떡 일어나더니 내 어깨를 끌어안으면서 웃었네. 활발한
그의 성격으로 보아 그가 받은 상처는 평생 처음일 것 같았어. 나
는 마치 옆구리를 나이프로 찔린 것 같았다구.

그는 아름다울 정도로 용감했어. 그런 까닭에 나도 자신의 의
무를 속일 수가 없었네. 돌연 그에게 상처를 주었던 일로 인하
여, 내가 동시에 다른 사람들에게도 상처를 주고 있다는 생각에
이르렀어. 우선 나 자신부터 상처를 주어 왔다는 것을 말일세.
그를 고향으로 돌려보낸다는 것은 곧 그를 잃는 것을 의미하기
때문이야.

그러나 무엇보다도 그토록 도와주고 싶었던 애리스 노웰에게
상처를 주고 만 결과가 된 셈이지. 길버트를 슬프게 만든 것은 그
녀를 두 번씩 슬프게 만든 것과 같다고 생각했네.

그러나 내 직관력(直觀力)은 수평선에 떨어지는 벼락과도 비슷
하여, 순간적으로 만약 진실을 전하지 않으면 어떻게 될까 생각했
었어. 틀림없이 한평생 그와 함께 살겠지. 남성이든 여성이든 그
런 식으로 생각했던 것은 그가 처음이었어. 결국 이 자기중심적인
충동에 나는 지고 말았네. 부끄러운 일이지만 나는 길버트의 두
팔 속으로 뛰어들고 말았지.

'자네는 오해하고 있어. 이것은 아주 훌륭한 작품이잖나!'

나는 그를 향하여 소리쳤다. 그 역시 나를 껴안더군. 나는 웃으
면서 그의 포옹을 받으며 몸을 떨었다네. 그순간 이것이야말로 올
바른 짓이었다며 자기만족감을 느꼈어. 어쨌든 남을 행복하게 해
준다는 것은 그 나름대로의 매력이 있는 것이니까……

물론 길버트는 자신이 해방된 기분을 크게 기뻐했지만 나는 그

118

에게 혼자서 감정을 삭이도록 일임하고, 나 자신은 내 감정을 억제하기 위해 잠을 자려고 했지. 옷을 벗으면서 이후로는 어떻게 되는 것일까를 생각했었어. 언제까지나 이렇게 있을 수는 없지. 그러나 후회는 하지 않았어. 비록 다소 맛은 나빴지만 나는 최후까지 병 속의 내용물을 다 마셔 버리기로 작심했었지.

자리에 앉은 다음에도 나는 그의 눈 — 황홀한 눈을 생각하면서 오랫동안 미소짓고 있었네……. 그런 다음 잠이 들었는데 눈을 떠보니 방안은 몹시 추웠어. 나는 경련을 일으킨 것처럼 몸을 일으키고 — 그리고 다시 그 눈을 보았네.

최후로 본 것이 3년 전이었는데 그후에도 이따금 그것을 생각하고 있었으므로 — 설마하니 불의에 습격당하리라고는 생각하지도 않았었어. 냉소(冷笑)를 띤 빨간 눈을 보면서, 반드시 언젠가는 돌아오리란 것을 알고 있었던 나 자신을 깨달았네. 그리고 그때도 역시 나는 아무 반항도 할 수 없다는 것을…….

지난번과 마찬가지로 무엇보다 더 무서웠던 것은 그 등장의 당돌함이었어. 그런 때 내 앞에 나타난 것은 도대체 어떤 목적이 있어서였을까? 그 눈을 본 후로 나는 상당히 기진한 생활을 계속해 왔는데 아무리 경솔했다 하더라도 이런 악마와 같은 시선에 피해를 받아야 할 짓은 한 일이 없었을 것이야. 그러나 그때의 나는 성총(聖寵)을 입은 것 같은 상태였었어. 그랬기에 더욱 두려움이 증가되었던 것인데 아무리 지껄여대도 이해하지 못할 것이네…….

그 눈은 이전 그대로이긴커녕 그 이상으로 꺼림칙했어. 전에 보았을 때보다 인생의 경험을 더 많이 쌓은 것만큼이나 경험을 넓혀온 것을 그 눈도 알고 있을 것이니 더욱 꺼림칙했었네. 지난날에는 보이지 않았던 것이 그때의 나에게는 보이더라구. 그 눈은 마치 산호초처럼 해마다 비열한 행위를 축적해가고, 조금씩 그 염기(厭忌)를 더해가는 거야. 그렇게 천천히 진행되어가는 것이 나로서는 무엇보다도 견딜 수 없는 점이었지……

눈은 어둠 속에 떠있었네. 부풀어오른 눈꺼풀이 안와(眼窩) 속에서 흔들리고 있는, 작고 습한 눈동자를 덮고, 살덩어리의 혹이 탁한 그림자를 깔아놓는 — 그 시선이 내 움직임에 따라 이동을 하고 있는 것이니, 마치 서로가 암묵(暗黙) 중, 깊은 곳에서 상호 간에 이해하고 있는 것처럼 생각되기도 했는데, 그것이 최초로 미지(未知)의 것을 보았을 때의 쇼크보다 훨씬 더 큰 쇼크였어.

눈을 이해했던 것은 아니야. 그러나 눈을 보고 있으면 언젠가는 반드시 이해할 수 있을 것이라는 생각이 들더군……. 그래, 무엇보다도 그것이 참아내기 힘들었네. 그러나 그 기분은 눈이 다시 나타날 때마다 더 강력해져 갔었어……

염기(厭忌)스러웠던 일은 그후에도 줄곧 나타났었네. 젊은 생혈(生血)을 좋아하는 흡혈귀처럼 말일세. 다만 그 눈은 생혈 대신 양심을 좋아하는 것 같더라구. 한 달 동안 그 눈은 나라고 하는 먹이를 찾아 매일 밤 나타났었지.

길버트를 행복하게 해준 나에게 그 눈은 사정을 두지 않고 습격해 왔어. 단지 우연이란 것을 알고 있었으면서도, 이 눈 때문에 길버트를 미워할 뻔했었다네. 머리를 짜내며 고민도 많이 했지만 어쩌면 애리스 노웰과 관계가 있을지도 모른다는 것 외에, 아무런 단서도 잡을 수가 없었어. 그러나 그때 내가 애리스를 버린 순간에 눈은 모습을 감추었던 것이야. 버림받은 여성의 원한일 것으로는 생각되지 않았고, 또 그 애리스가 복수하기 위해 영(靈)을 부추겼을 것으로는 도저히 상상도 할 수 없었네.

나는 생각해 보았지. 길버트를 버리면 다시는 나타나지 않을까? 그 유혹에는 대항하기 어려운 점이 있었지만 나는 참았네. 이런

120

악마의 희생 제물로 삼기에는 너무나 매력적인 존재였거던. 그런 까닭에 결국에 나는 그 목적이 무엇이었는지 아직도 알지 못하고 있는 채일세……."

3

난로불이 무너지면서 빛이 났고 하얀 털이 섞여 있는 수염을 기른 칼빈의 거친 얼굴은 그순간 안도의 표정을 띠었다. 의자에 깊숙이 파묻혀 있는 그 얼굴은 누른기가 있는 적석(赤石)과 같았는데 눈 부분에는 에나멜을 칠한 부조(浮彫)처럼 보였다. 그때 난로 불빛이 희미해졌고, 다시 렘브란트 그림처럼 선명한 상(像)으로 되돌아왔다.

난로 반대쪽에 있는 얕은 의자에 앉아 있던 필 프레넘은 그 기다란 한쪽 팔을 뒤로 돌리어 테이블 위에 놓고, 다른 한쪽으로는 머리를 괴고 있었다. 그 눈은 연로한 친구(칼빈)에게 못박혀 있었으며, 이야기가 시작되었을 때부터 미동도 하지 않았었다.

칼빈이 이야기를 끝낸 다음에도 그는 침묵한 채 움직이려 하지 않았다. 그랬기에 이야기가 갑작스럽게 끝나자 불만스러웠던 내가 결국에는 최후로 입을 열었던 것이다.

"그 눈은 언제까지 계속해서 나타났었습니까?"

너무나도 깊숙이 앉아 있었기 때문에 얼굴만이 얼간이처럼 보이던 칼빈은 내 질문에 깜짝 놀란 듯 몸을 움찔했다. 마치 자기가 지껄이던 이야기의 내용을 잊어버린 것 같았다.

"언제까지였느냐구? 아아, 겨울 내내 나타났다가 나타나지 않았다가 했어. 지옥이었다구. 결코 익숙하게 적응될 수 없었어. 실로 기분 나쁜 일이었지."

프레넘은 자세를 바꾸려고 하다가, 그때 뒤쪽의 테이블에 세워놓았던 블론즈 프레임 거울에 팔꿈치를 부딪치고 말았다. 그는 돌아서서 거울의 각도를 조금 움직여 놓았다. 그런 다음 아까의 자세로 돌아와서 흑발인 머리를 손바닥으로 쓰다듬으며 눈을 크게 뜨고 칼빈을 바라보았다.

그의 무언중의 응시에 나는 불안감을 느꼈다. 그런 불안에서 주의를 돌려 볼 겸, 나는 새로운 질문을 던졌다.

"노이에스를 희생시키려는 생각은 안하셨나요?"

"아니야. 실은 그렇게 할 필요가 없었어. 그가 대신 그렇게 해주었으니까."

"대신이라니요? 어떻게 했다는 겁니까?"

"그는 나를 지칠대로 지치게 만들었지 — 나만이 아니야. 모든 사람을 다 지치게 만들었어. 그는 가엾게도 계속해서 글을 마구 써댔고 그것에 대하여 여기저기 돌아다니며 떠들어댔어. 그래서 모두들 그 모습만 보아도 도망칠 지경이었지. 나는 어떻게 해서든 그에게 문필생활을 체념시키고자 했네. 응, 물론 완곡하게 말이야. 대인관계가 좋은 사람을 소개시켜 주어, 자신의 진가(眞價)가 어디에 있는지 깨닫게 하도록 노력했었지. 처음부터 이런 해결법이 최고라고 생각하고 있었어.

한번 문학자의 분위기를 맛보고 나면 그후로는 매력적인 기생충의 위치에 서는 것인가봐. 줄곧 우쭐대게 마련이지. 옛날 사회에서는 언제나 그런 인간을 위해 자리가 비어있게 마련이었고 부인들의 스커트 그림자가 그 은신처가 되었었어.

그가 '시인(詩人)'의 역할 — 시를 쓰지 않는 시인의 역할을 맡아주었으면 하는 생각을 했던 거야. 어느 상류사회에도 반드시 그런 타입이 있지 않은가? 그렇게 해서 살아가는 데는 큰돈이 필요치도 않고 — 내 머리속에는 그런 계획이 서있어서, 조그마한 도움이 있으면 몇년 흐르는 동안에 그도 안정될 것으로 생각했었지.

그사이에 틀림없이 결혼도 하게 될 것이고 — .

　나는 착실한 요리사와 관리인을 두고 사는, 나이 지긋한 미망인이 좋을 것이라고 생각했었네. 실제로 미망인에게 눈길을 주고 있었거던……. 한편으로 나는 그를 멋지게 변신시킬 수 있다는 마음에 도취되어 있었지. 돈을 꾸어주고 양심을 둔화시키며 예쁜 여자를 소개해 주어 당초의 맹세를 잊게 해주려고 했지.

　그러나 모든 게 다 무익(無益)으로 끝났네. 그 아름답고 완고한 머리에는 단 한 가지밖에 생각할 능력이 없었던 게야. 그가 바라던 것은 월계관이었지 장미가 아니었어. 고티에의 금언(金言)을 시종 읊었고, 그 빈약한 산문과 격투를 계속하고 있었지. 마침내는 몇백 페이지가 될지 모르는 장대한 분량이 되었다네. 이따금 그는 산더미 같은 원고를 출판사에 보냈는데 물론 언제나 반송되어 왔었지.

　처음에는 그다지 문제될 것이 없었어. 그는 자기가 '이해받지 못하고 있다'고 생각했던 거야. 자기는 천재라고 계속 생각해 왔고 작품이 반송되어 오면 또다시 새것을 썼지. 그러다가 그는 절망에 사로잡히기 시작했고, 자기를 속인다 운운하며 나를 욕하게 된 거야. 나는 화가 나서, 자신이 자신을 속이고 있다고 말을 해주었지.

　나에게 처음 왔을 때 그는 이미 작가가 되겠다는 결심을 굳히고 있었으며, 나로서는 가능한 한 도와주었던 거야. 나에게 죄가 있다면 그렇게 한 것이 실은 그를 위해서가 아니라 그의 내종자매(內從姉妹)를 위해서 했었다는 것 정도이지.

　어쨌든 내가 한 말은 핵심을 찔렀던 것 같았어. 당분간 그는 잠자코 있었거던. 그런 다음,

　'시간도 돈도 이제 없습니다. 어떻게 하는 게 좋을 것으로 생각

하십니까?'

라고 묻는 게야.

'얼간이 짓은 하지 말아야 해.'

나는 이렇게 대답했지.

'얼간이 짓이란 어떤 것입니까?'

나는 책상에서 편지 한 통을 꺼내어 그에게 건네주었어.

'바로 이 엘핑거 부인의 요청을 거절하는 거야. 그녀는 지금 비서를 모집중일세. 급료는 5천 달러 — . 아니 어쩌면 그 이상일 는지도 모르지.'

그는 내 손에서 편지를 뺏어갔어.

'어떤 내용인지는 읽지 않고도 알 수 있습니다!'

그때의 그는 분노로 인하여 머리카락까지 새빨개지더군.

'알고 있다면 자네의 대답을 듣고 싶네.'

그는 아무 말도 하지 않은 채 발길을 돌리어 문 쪽으로 천천히 걸어가더군. 그리고 문고리를 잡으며 우뚝 서더니 들릴 듯 말 듯 한 목소리로,

'그럼 당신도 내 작품이 시원치 않다고 생각하시는 거군요?'

라고 말했어. 지칠대로 지쳐 있던 나는 그만 웃음을 터뜨리고 말았네. 기회가 나빴기는 했지만 그것을 자기 변호로 삼을 생각은 없네. 다만 말해두고 싶은 것은 이 청년이 어리석었고, 더구나 나는 그를 위해 최선을 다하고 있었다는 점뿐이야 — 진심으로.

방에서 나간 그는 손을 돌리어 문을 닫았어. 그날 오후, 나는 친구와 약속이 있어서 프러스카티에 나가 휴일을 보냈네. 길버트 에게서 해방된 것이 기뻤고, 그날 밤에 안 것이지만 그것은 동시 에 그 눈에서도 해방되는 것이었었지. 문제의 눈을 보기 이전처럼 나는 깊은 잠을 잘 수 있었어. 다음날 아침 조용한 방에서 눈을

떴을 때, 이런 일이 있은 후에는 언제나 그랬듯이 피로와 안도를 느꼈네.

프러스카티에서 편안하게 이틀 밤을 보내고 로마의 내 방에 돌아와 보니 길버트의 모습은 사라지고 없었어…… 아니, 비극적인 사건이 일어났던 것은 아니야…… 이 이야기는 그렇게까지 심각할 만큼 진행되지는 않았던 게야. 그는 단지 원고를 모두 싸가지고 미국으로 — 그의 가족과 월가(街)의 책상 앞으로 돌아갔던 거라구. 그는 자신의 결심을 전하는 내용의 예의바른 편지를 남겨두었더군. 어리석었던 자는 어리석은 대로 제일 좋은 방법을 취했던 것이지……"

4

칼빈은 다시 입을 닫았고 프레넘은 여전히 부동의 자세였다. 그 머리의 윤곽이 희미하게 뒤쪽 거울에 비치고 있었다.

"그후 노이에스는 어떻게 되었나요?"

아직 무엇인가가 부족한 듯하고, 이 이야기의 평행으로 달리는 선을 짜나갈 실이 필요하다는 생각에서 내가 물었다. 칼빈은 어깨를 한번 흔들었다.

"아니야, 어떻게도 되지 않았어 — 대단한 인물이 되지는 못했었으니까. 그러니까 어떻게 될 수도 없었던 것이지. 일은 잘 풀렸던 듯, 그는 이윽고 영사관의 직원이 되었으며, 중국에서 결혼한 것 같더군. 비참했던 것 같기는 했지만, 몇년인가 지나서 나는 홍콩에서 그의 모습을 본 적이 있어. 몸이 아주 뚱뚱해졌고 수염도 깎지 않았더라구. 술에 빠져 있다는 소문이었어. 나를 알아보지도 못했고."

이야기가 끊어지자 다시 프레넘의 침묵이 계속되었고 나는 그것이 견딜 수가 없어서, 질문을 했다.

"그 눈은요?"

그림자 건너편에 있는 칼빈은 턱을 만지면서 생각에 잠기는 듯, 눈을 껌벅이고 있었다.

"마지막으로 길버트와 이야기한 이래로 본 적이 없네. 이 두 가지를 연결짓고 싶다면 그것은 그대들 마음대로 하게나. 나로서는 어떻게 연결해야 할지 통 감이 안잡혀."

그렇게 말한 다음 그는 주머니 속에 손을 넣고 일어났다. 그리고 아직 남아있는 음료수가 놓여 있던 테이블로 천천히 걸어갔다.

"이런 얘기를 한 다음에는 목이 마르게 마련일세. 마시고 싶은 대로 마시지. 어때, 프레넘?"

그는 난로 쪽을 돌아보았다.

프레넘은 주인의 말에 아무 반응도 보이지 않았다. 낮은 의자에 앉은 채로 움직이려고 하지도 않았다. 그러나 칼빈이 다가갔고 두 사람의 눈이 멀찍이서 서로 맞부딪쳤다. 그때 돌연 프레넘은 얼굴을 숙이더니 테이블에 팔을 던지며 그 위에 엎드렸다.

이 돌연한 동작에 칼빈은 발길을 멈추면서 얼굴에 홍조를 띠었다.

"필 프레넘! 대체 어떻게 된 거야? 그 눈 이야기가 무서웠나? 아니, 나에게 그정도의 문학적 재능이 있었다니!"

이 농담에 그는 스스로 웃었다. 그리고 주머니 속에 손을 넣은 채, 난로 옆 융단 위에 서서, 엎드리고 있는 젊은이의 머리를 내려다보았다. 프레넘이 대답을 하지 않자, 그는 다시 한걸음 한걸음 다가갔다.

"어떻게 된 거야, 프레넘? 나는 그 눈을 본 지가 상당히 오래되었네. 최근에는 혼돈 속에서 그 눈을 불러낼 만한 짓은 일체 하지 않았어. 지금 내가 한 이야기로 인하여 그대에게도 보였다면 이야

126

기는 달라지지만…… 뭐니뭐니 해도 그처럼 가혹한 짓은 하지 않을 것인데……"

그의 농담 섞인 말, 그러면서도 기운을 북돋아 주는 말은, 어쩐지 불안하고 어색한 웃음소리로 변하고 말았다. 그는 다시 그에게 더 가까이 프레넘의 어깨 위에, 통풍(痛風)을 앓고 있는 손을 얹었다.

"프레넘, 왜 대답을 안하는 거야? 그대도 그 눈을 보았나?"

프레넘의 얼굴은 숙인 채로 그냥 있었다. 두 사람 뒤에 서있던 나에게는 칼빈이 마치 이 기묘한 태도로 거절당한 것같이 보였고, 그래서인지 프레넘에게서 천천히 멀어져 가는 것같이 보였다. 그러는 가운데 테이블 위에 놓여 있던 램프 불빛이 그의 충혈된 얼굴을 정면에서 비쳐주었고, 프레넘의 머리 건너편에 걸려 있던 거울에 그 상(像)이 비쳐졌다.

칼빈도 역시 그 상을 보았다. 그리고 발길을 멈추고는 거울과 똑같은 높이로 얼굴을 맞추었다. 그곳에 비치고 있는 것이 자신의 얼굴이란 것을 모르고 있는 것 같았다. 그러나 노려보고 있는 동안에 그 표정은 조금씩 변해갔고, 그후 상당한 시간, 그와 거울에 비치는 상은 서서히 증오의 빛을 띠면서 서로 마주 보고 있었다. 그러더니 칼빈은 프레넘의 어깨에서 손을 떼고 다시 한걸음 뒤로 물러섰다……

프레넘은 역시 얼굴을 파묻은 채 꼼짝도 하지 않았다.

집념을 쏟은 의상(衣裳)

1

18세기 중엽, 미국 매사추세츠주에 어느 귀부인 미망인이 살고 있었다. 세 자녀의 어머니로서 이름은 베로니카 윙그레이브 부인이었다. 젊었을 때 남편을 여의고 오로지 자녀들의 뒷바라지만 해왔다.

어렸던 아이들은 이제 다 성장하여 어느 정도 어머니의 은공에 보답하는 형편이었다. 즉 어머니의 기대에 부응하고 있었던 것이다. 제일 맏이는 아들이었는데 어머니는 버나드라고 불렀다. 그것은 아이 아버지의 이름을 딴 것이다. 그 아래로 두 딸은 3년 터울로 태어났다. 미모가 이집의 전통이었으며 이 세 젊은이들도 그 전통에 손색을 주지 않을 정도였다.

장남은 수려한 홍안(紅顔)의 운동선수형 체격이었는데 이것은 그 당시(현재도 마찬가지이지만) 영국의 훌륭한 혈통의 표시로서 — 정직하고 애정이 많은 청년, 부모를 공경하는 아들, 동생들을 보호해 주는 오빠, 그리고 성실한 친구감임을 의미하고 있었다.

세상을 떠난 아버지 윙그레이브는 셰익스피어를 애독하는 독서가였다. 당시에 있었던 셰익스피어 연구는, 현재보다 더 자유사상을 의미했었는데, 사회에서는 말할 것도 없고 서재에서 작품을 애독하는 것까지도 대단한 용기를 필요로 했었다(당시의 뉴잉글랜드 청교

128

도 사회에서는 연극과 같은 오락은 일반적으로 금지하고 있었다). 그리고 자기 두 딸을 마음에 드는 셰익스피어극에서 딴 이름으로 불렀다. 이는 그 대시인(大詩人)에 대한 칭찬을 세상에 나타내게 하기 위함이었다.

언니에게는 로자린드(《뜻대로 하세요》의 여주인공으로서 때로는 男裝도 하는 재치있는 여인)라는 로맨틱한 이름을 지어 주었고, 동생에게는 파디타(《겨울 이야기》의 등장인물)라고 불렀다. 이 두 딸 사이에 태어나서 불과 몇주밖에 살지 못했던 딸을 기리는 이름이기도 하다.

버나드 윙그레이브가 16세 되었을 때, 어머니는 엄숙한 얼굴로, 임종 당시 남편이 부탁했던 말을 실행에 옮기려고 각오했다. 이것은 정식 명령이기도 했는데 아들이 적령기가 되면 영국에 유학을 시키되, 아버지가 전아(典雅)한 문학 취미를 길렀던 옥스포드 대학에서 교육을 마치도록 하라는 것이었다.

윙그레이브 부인은 자기 아들만큼 뛰어난 사람은 동서양을 모두 합쳐도 찾아볼 수 없을 것이라는 신념을 가지고 있기는 했었지만 그녀 자신은 아주 보수적이고 문학통인 순종파이기도 했다. 그녀는 울고 싶은 마음을 꾹 참고 아들의 여행 가방을 챙기는 등 시골의 간단한 여장(旅裝)을 갖추어서 대서양을 건너갈 아들을 배웅했다.

버나드는 아버지가 다녔던 대학에 다니면서 영국에서 5년을 보냈는데, 우등생은 아니었지만 아주 유쾌하게 보냈으며 신용을 떨어뜨리는 일은 없었다. 대학을 졸업하자 그는 곧 프랑스로 여행했다. 그리고 24세 되던 해에 고국으로 향하는 배에 타고 빈약한 뉴잉글랜드(뉴잉글랜드는 당시 아주 작았었다)를 살기 불편하고 유행에 뒤지는 곳이라고 생각했었다.

그런데 본국은 여러 가지가 바뀌어 있었다. 버나드의 의견도 또한 바뀌어 있었다. 자기 어머니 집이 아주 쾌적한 주택임을 알게 된 것이다. 그리고 누이동생들은 거의 못알아볼 정도로 매력이 넘치는 두 숙녀로 성장해 있다는 것을 알았다. 조국인 영국의 젊은 숙녀들에 비하여 조금도 뒤지지 않는 재능과 품위를 겸비하고 있는데다가, 이 지방에서 자라난 사람들에게 있는 신기스러움과 야성미가 있었다. 비록 그런 것이 교양은 아니라 하더라도 그만큼 우아함을 더해 주는 것만은 확실했다.

버나드는 어머니에게 은밀히, 누이동생들은 조국 영국의 어느 일류 숙녀들과도 충분히 어깨를 나란히 할 자격이 있다고 분명하게 말했다. 이것을 진실로 받아들인 윙그레이브 부인은 두 딸에게 머리를 좀더 자랑스럽게 꼿꼿이 세우고 다니라고 충고했다. 이것은 버나드의 의견이었으며 그것을 10배나 더 부추긴 것은 로이드였다.

이 신사는 버나드의 학우(學友)로서 명성이 높은 명문가 청년이며 멋진 풍채를 지니고 있었으며 상당한 유산을 상속받을 몸이었다. 그는 그 재산을, 번영하고 있는 이 식민지의 무역에 투자할 계획을 가지고 있었다.

그와 버나드는 맹우(盟友)였다. 두 사람은 함께 대서양을 건넜다. 그리고 이 젊은 미국인은 자기 어머니 집에서 때를 놓치지 않고 아더 로이드를 소개했다. 그는 이집에서 아주 좋은 인상을 받았으며 또 그와 같은 좋은 인상을 그집 사람들에게 주었다.

두 여동생은 이때, 아주 신선한 꽃도 부끄러워할 만큼 한창 젊음이 피어 있었다. 물론 언니와 동생은 모두 그 선천적인 아름다움을 각기 자신들에게 가장 잘 어울리도록 발휘하고 있었다. 이 두 사람은 그 용모도 다르려니와 성질 또한 달랐다.

언니 로자린드 — 지금은 22세가 갓 되어 있었다 — 는 키가 크고 피부가 하얀데, 침착해 보이는 엷은 흑색(黑色) 눈과 치렁치렁한

금갈색 머리를 가지고 있어서, 어딘가 셰익스피어의 희극에 등장하는 로자린드의 면영(面影)이 있었다. 더구나 필자는(만약 허락해 준다면) 셰익스피어의 로자린드는 블루네트(밀색의 피부, 갈색 또는 약간 검은 머리와 눈)이며, 늘씬한 몸매여서 그 이상 없을 정도로 멋진데다가 머리회전이 빠른 여성이었을 것으로 상상한다. 이 로자린드 윙그레이브는 어느 정도 림프질적인 아름다움과 품위있는 두 팔, 당당한 키, 천천히 이야기하는 어조 등에서 모험적인 활동성이라고 할 수는 없었다.

그녀는 (셰익스피어의 男裝한 로자린드처럼) 남성이 입는 재킷이라든가 반바지를 입었던 전례(前例)는 한번도 없었을 것이다. 그리고 실제로 아주 포동포동한 아름다움이었기 때문에 그녀의 천성적 고귀함을 방해하는 요소가 있었는지도 모를 일이다.

파디타도 그녀의 아름다운 우수(憂愁)에 따르는 이름을 용모와 기질에 조화되는 이름으로 바꾸는 편이 훨씬 좋을는지 모른다. 그녀는 청교도 중 그 나라에서 제일 가느다란 허리와 제일 가뿐한 다리를 가지고 있는 것과 동시에 집시 아가씨의 볼과 열정적인 어린이의 눈을 가지고 있었다.

독자 제현이 그녀에게 말을 건다면, 미모인 그녀의 언니라면 언제나 기다리도록 하는 경우에도(그 사이에 언니는 독자를 차가운 눈초리로 바라볼 것이다), 그녀는 결코 기다리게 하는 일 없이, 독자가 의견을 채 반(半)도 이야기하기 전에 1다스 정도의 대답을 한 다음 그중에서 자유롭게 선택하도록 할 것이다.

젊디젊은 그녀들은 오빠와 다시 만나게 되어 크게 기뻐했다. 그러나 두 사람 모두 오빠의 친구에게도 어느 정도의 친절을 나누어 준다해도 문제될 것이 아무것도 없을 것으로 생각했다. 청년들 — 이웃 사람이라든가 친구들, 이 주(州)에서 미모를 자랑하는 청년 신사

들 중에도 우수한 젊은이와 헌신적인 몇몇 미남자, 그리고 걸헌터로
자부하는 두어 명의 사나이들이 있었다.

그러나 이런 풋내기 식민지 시골뜨기의 기교라든가 거칠은 걸헌
터들은 아더 로이드의 수려한 얼굴, 멋들어진 복장, 바른 예의, 흠잡
을 데 없는 매너, 놀랄 정도의 박식 앞에서는 완전히 두손들 뿐이었
다. 그는 사실 결코 완벽한 모범이라고는 할 수 없었다.

그는 유능하고 비겁을 모르며 교양이 있는 청년이었고 풍부한 영
국 화폐와 건강과 자기만족을 충분히 가지고 있었으며, 애정을 투자
할 대상자는 아직 없었지만 애정의 자본을 어느 정도 가지고 있는
사람이었다. 그러면서도 그는 분명 신사 계급의 사람이었다.

훌륭한 풍채를 가지고 있었다. 공부도 했고 여행도 하고 있었다.
그는 프랑스어를 구사할 수 있었다. 플룻을 불 수 있었고 아주 고상
하게 낭랑한 목소리로 시를 읊었다. 이처럼 완벽한 사나이, 널리 세
상을 아는 사나이 앞에서, 다른 남자 친구들 모두가, 윙그레이브양
과 그녀의 동생 마음에 하찮은 모습으로밖에 비추지 못했던 이유는
이밖에도 많이 있었다.

로이드에 관한 여러 가지 일화가, 뉴잉글랜드의 젊은 처녀들에게,
유럽의 도시 상류사회 사람들의 풍속이라든가 습관을 — 로이드가
미처 몰랐던 것까지 — 불어넣어 주었던 것이다. 옆자리에 앉아서
그와 버나드가 유럽에서 만났거나 보았던 멋진 사람들이라든가 멋
진 사물에 대해서 이야기하고 있는 것을 듣는 것은 실로 즐거운 일
이었다. 그들은 오후의 차마시는 시간이 끝난 다음, 모두 의자가 놓
여 있는 작은 거실의 난로 주위에 둘러앉곤 했다.

그러면 두 청년은 융단 위에 마주 앉아서 이런저런 이야기를 하
다가 또다른 여러 가지 모험한 이야기를 상기해 내는 것이었다. 로
자린드와 파디타는 그 모험이 정확하게는 어떻게 되었는지, 어디서

일어났었는지, 또 그자리에 누가 있었는지, 그리고 부인들은 어떤 옷을 입고 있었는지 등을 알고 싶어서 이따금 질문을 하고 싶어지기도 했다.

그러나 당시는 상류계급에서 자라난 젊은 숙녀가 연장자들의 이야기에 갑자기 끼어든다든가 또는 지나칠 만큼 집요하게 이것저것 묻는 것은 상상조차 할 수 없었던 일이었다. 그런 까닭에 이 가엾은 소녀들은 자기 엄마의 열성이 없는 — 이라고 하기보다 아주 신중한 — 호기심 그늘에 숨어서 가슴만 두근거리고 앉아 있을 수밖에 없었다.

2

두 여동생이 모두 훌륭한 소녀란 것은 아더 로이드도 곧 알아차렸다. 그러나 언니가 더 좋은지 아니면 동생이 더 좋은지를 결심하기까지는 상당한 시간이 걸려야 했다. 그는 언니냐 동생이냐, 어느 쪽이냐를 목사(牧師) 앞에 서서 서약하는 운명이라고 하는 강력한 예감 — 불길한 징조이긴커녕 아주 유쾌하다고 말할 수 있는 감정 — 을 가지고 있었다.

그러나 그는 아직 어느 쪽이냐를 선택하지 못한 채로 있었다. 하지만 이 예감이 달성되기 위해서는 선택해야만 한다는 것은 확실했다. 왜냐하면 로이드는 아직 젊어서 혈기왕성했으므로 제비뽑기로 선택하여 연애의 만족감을 속일 수는 없었기 때문이다. 그는 일이 되어가는 대로 받아들이자 — 자기 마음이 말하는 대로 따라가리라고 마음을 굳혔다. 그러는 사이에 그는 실로 유쾌한 발판을 얻었다.

윙그레이브 부인은 자기 딸의 체면에 관하여 무관심한 태도도 아니고, 그와 동시에 또 그로 하여금 중요한 점을 분명하게 하도록 만드는, 그 노골적이고 민첩한 태도도 아닌, 고상하고 점잖은 태도만을 보여주고 있었다. 이런 태도는 로이드와 같은 재산가 청년에게 있어서는 고국인 영국 제도(諸島)의 닮고닮은 어머니들의 경우와는 아주 대조적인 것이었다.

그럼 버나드는 어떠했는가? 그가 바라고 있는 것은 친구 로이드가 자기 여동생 두 사람을 친동생처럼 생각해 주는 것이었다. 또 딱하게도 당사자인 두 아가씨는 각각 마음속에 은밀히 손님인 로이드가 뭔가 눈도장이라도 찍어 주든가, 그런 언질이라도 주기를 원하고 있었는지 모르지만 두 사람 모두 조신하고 만족스럽다는 태도를 유지하고 있었다.

겉으로 그렇기는 했지만 실은 서로 각축전(角逐戰)을 벌이고 있었다. 두 사람 모두 아주 사이가 좋아서 베개를 나란히 베고 자는 사이(두 자매는 四柱式 대형 침대를 함께 사용하고 있었다)여서 단 하루라도 그곳에서 두 사람 사이에 질투의 싹이 나고 열매를 맺는 일은 없었으리라. 그러나 로이드가 이집에 오던 그날부터 질투의 씨가 뿌려졌다고 느꼈다.

그러면서도 그 누구에게도 그런 사실을 알리지 않겠노라고 결심을 했던 것이다. 왜냐하면 자기네들이 큰 야망을 가지고 있는 이상, 큰 긍지 또한 나누어 가지고 있지 않으면 안되겠기 때문이다. 그러나 역시 두 사람 모두 마음속으로는 로이드의 선택이, 즉 그 영예가 '나에게'로 돌아오도록 기도했다. 두 사람 모두 대단한 인내와 자제와 속임수를 필요로 했다.

그무렵은 상류 가정에서 자란 젊은 처녀들이, 남성에게 먼저 말을 건다는 것은 상상도 할 수 없었다. 남성 쪽에서 말을 걸어오면 대답을 하는 것이 고작이었던 것이다. 처녀들은 조용히 의자에 앉아서 카펫에 눈길을 내리깔고 기적적으로 손수건이 떨어질 듯한 장소를 바라보고 있을 것을 세상 사람들은 기대하고 있었다.

아더 로이드는 윙그레이브 부인과 그 아들, 그리고 두 처녀가 함께 있는 작은 거실에서 구애(求愛)를 할 생각이었다. 그러나 젊은이와 사랑이란 것은 이상할 만큼 교묘한 것이어서 사랑의 표시라든가 증거가 여러 차례 오고가더라도 당사자들을 제외한 세 사람은 그것을 알아차리지 못하는 경우가 있게 마련이다.

두 자매는 온종일 거의 함께 있었다. 그러므로 무심코 본심을 드러낼 기회는 얼마든지 있었다. 그러면서도 그녀들은 자신이 감시당하고 있다는 것을 잘 알고 있었기 때문에 서로 도와야 하는 일을 할 때도 조금의 착오도 없이 했으며, 또 변함없이 여러 가지 가사(家事)를 둘이서 함께 떠맡았다. 언니도 동생도 소리없는 상대방의 시선을 받으면서도 주저하거나 겁을 먹는 일이 없었다.

두 사람의 습관 가운데 단 한가지 눈에 띄는 변화가 일어난 것은 두 자매가 나누는 대화가 적어졌다는 것이었다. 로이드에 관한 것을 화제로 삼을 수는 없었고, 그렇다고 해서 다른 얘기를 하는 것도 쑥스러워진 것이다. 두 사람은 말하지 않고 얘기하지 않는 사이에도 자신들이 골라서 가려낸, 아름다운 옷을 입곤 했다.

그리고 애정을 차지하기 위한 소도구(小道具), 예를 들자면 리본이라든가 머리를 묶는 끈이라든가 손수건 따위에 대해서도 머리를 짜내기 시작했다. 자매는 분명한 발언을 하지는 않았지만 각자 손에 땀을 쥐는 경기를 정정당당하게 할 것을 선서했고, 또 실행에 옮기고 있었던 것이다.

"어때? 이렇게 하는 게 좋겠니?"

로자린드는 가슴에 한묶음의 리본을 매달고, 거울로 동생을 보다가 한바퀴 빙그르 돌면서 물었다. 파디타는 하던 뜨개질감에서 눈길을 떼며 언니의 장식품을 응시했다.

"한쪽에 고리를 만드는 게 좋겠어!"

그녀는 아주 엄숙하게, 절대적으로 '그렇다구!'란 말을 하고 싶다는 눈길로 언니의 얼굴을 응시하며 대답했다. 그리고 두 자매는 언제까지나 페티코트를 꿰매고 장식을 달고, 모슬린을 다림질하여 주름을 펴고 ─ . 세탁을 하고 연고(軟膏)라든가 화장품을 만들고 ─ . 마치 웨이크필드의 목사(牧師 : 올리버 골드스미스〈1728~1774〉의 소설《웨이크필드의 목사》)네 집 딸들과 같았다.

약 3, 4개월이 지났다. 계절은 한겨울이었다. 그때까지 로자린드는 만약 파디타가 자기보다 자랑할 만한 것을 한가지라도 가지고 있지 아니하다면 사랑의 경쟁을 하더라도 크게 두려워할 건 없을 것으로 생각했다. 그러나 파디타는 이때까지 ─ 매혹적이고 아름다운 파디타는 ─ 자신의 비밀은 언니의 비밀보다 열 갑절이나 귀중해졌음을 느끼고 있었던 것이다.

어느 날 오후, 로자린드는 혼자서 ─ 이런 일은 아주 드문 일이었는데 ─ 거울 앞에 앉아서 기다란 머리를 빗으로 빗어내리고 있었다. 점점 어두워지더니 사방이 잘 안보이게 되었다. 그녀는 거울 틀에 달려 있는 두 개의 촛대에 불을 켰다. 그리고 창가로 가서 커튼을 내리려고 했다. 어둠침침해지는 12월의 저녁때였다.

나뭇잎이 다 떨어져서 앙상해진 나무들은 적막한 풍경을 자아내고 있었다. 하늘에는 눈구름이 겹겹이 드리워져 있었고 ─ . 그녀가 서있는 창으로 내다보이는 넓다란 정원 끝 쪽은 담이 쳐져 있고 오솔길로 통하는 조그만 뒷문이 나있었다. 그 문이 약간 열려져 있는 것이 차츰 캄캄해지는 어둠 속에서 어슴푸레하게 보였고, 그 문은 마치 누군가가 밖에서 기대어 흔들기라도 하듯 좌우로 서서히 움직이고 있었다.

하녀가 문밖에 나가서 연인과 밀회를 하고 있는 게 분명했다. 그러나 막상 커튼을 내리려고 하는 순간, 로자린드는 동생이 정원으로 들어왔고, 어머니 저택 쪽으로 통하는 샛길로 종종걸음쳐 가는 것을 보았다. 그녀는 커튼을 완전히 내리고 엿볼 수 있는 틈만 남겼다. 파다타는 샛길을 통해 이쪽으로 오면서, 손에 있는 물건을 코앞에 바짝 들어올리며 뭔가를 살피는 것 같았다. 어머니 저택에 도착하자 그녀는 발길을 멈추고 손에 있는 물건을 다시 살폈고 이번에는 그것을 입술로 가져가는 것이 아닌가.

가엾게도 로자린드는 서서히 걸음을 옮기어 의자로 돌아왔고 경대 앞에 털썩 주저앉았다. 그때 만약 그처럼 방심(放心)을 하지 않고 거울을 들여다보았더라면 아름다운 자신의 얼굴이 질투로 인하여 일그러져 있는 것을 발견하였으리라.

잠시 후 그녀 뒤쪽의 문이 열렸고 동생이 방안으로 들어왔다. 숨을 헐떡이며 들어오는 그녀의 볼은 차가운 외기(外氣) 탓인지 빨개져 있었다.

"언니, 언니는 엄마와 같이 있는 줄 알았는데……."

그녀가 말했다. 어머니는 부인들의 차(茶)모임에 가기로 되어 있었다. 이런 경우에는 두 딸 중 한 사람이 어머니의 나들이 옷차림을 도와주도록 되어 있었다. 파다타는 방안으로 들어오다가 난처한 듯 우물쭈물하고 서있었다.

"들어와, 들어오라구."

로자린드가 말했다.

"아직, 한 시간 이상이나 남았어. 내 머리 좀 두어 번 빗겨 줄래?"

그녀는 동생이 이 방에 더 있기를 싫어한다는 마음을 잘 알고 있었다. 방안에 한 발짝 들어선 동생의 동작이 거울에 모두 비쳐졌던 것이다.

"머리 손질을 좀 도와달라니까. 손질이 끝나는 대로 엄마에게 갈 거야."

로자린드는 말했다.

파디타는 마지못해 들어와서 브러시를 손에 잡았다. 그녀는 언니의 눈길이 거울 속에서, 자기 두 손에 고정되어 있는 것을 보았다. 그녀가 언니 머리를 세 번도 채 빗기기 전에 로자린드는 자기 오른손으로 동생의 왼손을 덥썩 잡으며 의자에서 일어섰다.

"이거, 누구 반지니?"

그녀는 호되게 소리치면서 동생을 밝은 곳으로 데리고 갔다.

동생의 약지(藥指)에는 아주 조그마한 사파이어가 박힌 예쁜 금반지가 빛나고 있었다. 파디타는 이미 자기 비밀을 지켜야 할 필요가 없어졌다고 생각했고, 또 이제는 당당하게 공언(公言)해야겠다고 결심했다.

"이거 내 거야."

그녀는 자랑스럽게 대답했다.

"누가 네게 준 거니?"

상대가 큰 소리로 추궁해 왔다. 파디타는 잠깐 망설이다가 말했다.

"로이드씨가."

"로이드씨는 선심쓰기 좋아하나 보구나. 느닷없이 이런 걸 주다니."

"어머, 천만의 말씀. 느닷없이 준 게 아니야! 그분은 한 달 전에 이미 반지를 주겠다고 언약을 했었는걸."

"그래? 그래서 너는 그런 반지를 받기 위해서 한 달 동안이나 졸랐단 말이냐? 나 같으면 상대방이 주겠다고 사정을 해도 두 달 안에는 받지를 않겠다."

로자린드는 그 조그마한 장신구를 보면서 말했다. 과연 그 반지는 이 주(州)의 보석상인이 취급하는 반지 중 최상품임에 틀림없었지만 그다지 우아한 것은 못되었다.

"반지가 중요한 게 아니라구. 반지의 의미가 중요한 거야!"

파디타가 대답했다.

"네가 조신하지 못한 계집애란 의미야! 말해 봐. 엄마는 네 부정행위를 알고 계시니? 버나드 오빠도 알고 있니?"

로자린드는 고함을 쳤다.

"엄마는 언니가 말한 내 '부정행위'를 찬성해 주셨다구. 로이드씨는 나에게 결혼 약속을 해달라고 했어. 그리고 엄마는 그것을 허락해 주신 거야. 언니도 그분이 청혼해 오기를 바라고 있었잖아?"

로자린드는 상대방의 얼굴을 선망과 슬픔에 가득 찬 눈길로 오랫동안 바라보고 있었다. 그리고 새파래진 얼굴을 옆으로 돌렸다. 파디타는 분위기가 험악하다는 것을 충분히 알고 있었지만 그것은 언니가 나쁘기 때문이라고 생각했다. 그러나 자매는 얼른 평소의 긍지를 되찾고 마주 향하여 섰다.

"진심으로 축하한다는 말을 하겠다. 네 행복과 장수(長壽)할 것을 기도드리겠어."

그녀는 공손히 머리를 숙이며 말했다.

"그런 어조(語調)로 말하는 것, 제발 그만둬."

파디타는 소리쳤다.

"솔직하게 나를 욕하라구! 하지만 언니, 그분이 우리 두 사람과 결혼을 할 수는 없잖아?"

파디타는 대들듯이 쏘아붙였다.

"진심으로 기뻐한다."

로자린드는 다시 돌아앉아서 거울을 들여다보며 기계적으로 같은 말을 되뇌었다.

"그리고 언제까지나 장수하면서 아이도 많이 낳으라구!"

이 말에는 어딘가 모르게 파디타를 조롱하는 말투가 섞여 있었다.

"적어도 1년은 살도록 기도해 주는 게 어떻겠어? 1년 지나면 최

소한 아들이든 딸이든 하나는 낳을 수 있을 게 아냐. 만약 또 한
번, 언니의 헤어브러시를 건네준다면 머리를 고쳐 주겠는데……."
그녀는 말했다.

"고마워."
로자린드는 말했다.
"너는 엄마에게 어서 가는 게 좋겠다. 남편감이 있는 숙녀가, 남편
감도 없는 처녀의 시중이나 든다면 모양새가 안좋으니 말이다."
"나는 아더의 시중을 받을 거야. 언니는 나를 시중드는 것보다 내
시중을 받는 편이 훨씬 더 필요할 거야."
파디타는 비위좋게 말했다.

그러나 언니는 동생에게 어서 나가라는 손짓을 했다. 파디타는 방
에서 나왔다. 그녀가 나가자마자 로자린드는 가엾게도 경대 앞에 가
서 양무릎을 세우고 앉아서 양팔로 머리를 괴었다. 그리고 하염없이
눈물을 흘리며 소리없이 울었다. 그녀는 이렇게 해서 슬픔을 마음껏
토로했으므로 도리어 기분이 상쾌해졌다.

동생이 돌아오자 그녀는 동생의 옷차림을 도와주었다 — 동생에
게 제일 아름다운 장식을 달아주기도 했다. 그녀는 자기가 가지고
있던 레이스 천 조각을 동생에게 억지로 주기도 했다. 그리고 이제
곧 결혼을 하기로 정했으니 약혼자의 마음에 들도록 제일 멋진 옷
을 입고 멋지게 보여야 한다는 말도 분명히 했다.

로자린드는 입을 꼭 다문 채 침묵을 지키며 동생의 시중을 들어
주었다. 그러나 두 사람은 이런 식이었으므로 사과와 보상 등의 의
무를 이행하지 않으면 안되었다. 로자린드는 그밖의 것은 어느 한가
지도 의무로 생각하지는 않았다.

이제 로이드는 이집 가족들로부터 공인된 구혼자로서 맞아들여졌
으며 단지 결혼 날짜를 잡는 일만이 남아있었다. 그것도 다음 달인

4월로 예정되어 있어서 그때까지 여러 가지 결혼 준비를 해나가야 했다.

로이드는 자기 나름대로 상업상의 거래라든가 그가 소속되어 있는 영국의 큰 상사(商事)와의 통상관계(通商關係)를 세우기 위해 분주했다. 그런 까닭에 그는 정혼한 후 몇달 동안은 윙그레이브 부인의 저택을 빈번하게 방문할 수 없었다. 그래서 불쌍한 로자린드도, 걱정했을 만큼, 연인끼리 서로 애무하는 광경에 번민하지는 않을 수 있었다.

그의 장래 처형에 관하여 로이드는 양심적으로 일말의 미안한 감정도 가지지 않았었다. 두 사람 사이에 사랑의 말을 속삭인 적은 한 번도 없었고 그가 그녀에게 심한 타격을 주었으리라고는 꿈에도 생각하지 않았었다. 그는 실로 태연자약했으며 기쁘기만 했다.

그의 인생은 가정적으로도 경제적으로도 전도가 양양했다. 영령 식민지(英領植民地)의 대반란은 아직 기미도 없었다. 자기네들 부부의 행복이 비극적 운명으로 바뀐다는 것은 상상도 할 수 없었으려니와 그런 생각을 한다는 것 자체가 우스꽝스런 일이었다.

그러는 동안에 윙그레이브 부인의 저택에서는 전에 없이 비단 옷감을 마르는 소리가 들려왔다. 가위 소리와 재봉틀 돌리는 소리는 더한층 바빠졌다. 부인은 자기 돈으로 사들인 혼수감들, 이 주(州)에서 준비할 수 있는 것 중 최상품의 혼수감들을 장만하여 딸에게 줄 결심을 했다. 이 주에서 손꼽히는 솜씨꾼들은 모두 모였다. 그들의 취미는 모두 일치하여 파디타의 옷장에 시선이 집중되었다.

로자린드의 입장은 분명 부러워하는 것만은 아니었다. 불쌍한 이 처녀는 누구보다도 의상(衣裳)을 좋아하는 사람이었고 또 세상에서 흔히 볼 수 없는 고상한 취미를 가지고 있었는데 이런 점은 그녀의 동생도 충분히 알고 있었다.

로자린드는 키가 크고 당당한 기품에 시원시원한 성품이었다. 그녀는 딱딱하고 뻣뻣한 면직물이라든가 숱한 레이스 천 등 마치 부호(富豪)의 아내가 사용하는 화장실에나 비치하는 것 같은 의상을 운반해야 했다. 그러나 로자린드는 아름다운 팔로 팔짱을 끼고 머리를 돌린 채, 저만치 떨어져서 앉아 있었다. 한편 그녀의 어머니와 동생, 그리고 앞에서 말한 부인들은 여러 가지 재료에 당혹하고 찬탄하며, 그 대량의 물자에 압도당하고 말았다.

어느 날, 성스러운 청색과 은색으로 금직(錦織)한 아름다운 백견(白絹)이 신랑감에게서 보내져 왔다. ― 당시는 선택받은 미래의 남편이 신부감에게 혼수감을 보내는 것을 그른 일이라고 생각하지 않았었다. 파디타는 눈이 부실 정도로 빛나는 이 훌륭한 천을 충분히 활용하여 좋은 옷을 지어야겠는데 아무래도 좋은 생각이 떠오르지 않았다.

"저어 언니, 청색은 나보다도 언니에게 어울리는 색이야. 언니 것이 아니어서 참으로 유감스러워. 언니라면…… 이것으로 어떤 옷을 어떻게 지어야 좋을 것으로 생각해?"

파디타는 호소하는 눈길로 말했다.

로자린드는 의자에서 일어서서 의자 등받이에 펼쳐놓은 고급 천을 뚫어지라고 바라보았다. 그러다가 그녀는 그것을 두 손으로 들어 올리어 만져보았다. ― 자못 애석해하는 심정으로 ― . 파디타는 그 심정을 짐작할 수가 있었다 ― 언니는 그것을 든 채로 빙그르 몸을 돌리어 거울을 향했다.

그녀는 천을 발에까지 늘어뜨리고, 한쪽 끝자락을 자기 어깨에 걸친 다음, 팔꿈치까지 드러낸, 새하얀 팔로 허리에까지 천을 끌어올렸다. 그녀는 머리를 힘껏 뒤로 젖히고 거울에 비치는 자신의 이미지를 응시했다. 그러자 한자락 다갈색 머리털이 호사스런 비단 표면에 치렁치렁 늘어졌다. 그것은 자기 눈을 의심할 정도로 아름다운 한폭의 그림이었다.

"이것 봐요, 이것 좀 보라구요!"

주변에 모여 서있던 여자들은 자신들도 모르는 사이에 경탄의 절규를 올렸다.

"그래요. 맞아요. 청색은 나에게 잘 어울린다니까요."

로자린드는 조용히 말했다.

그러나 파디타는 그녀의 상상력이 드디어 발동하기 시작했다는 것, 그리고 그녀가 당장에라도 옷짓기에 착수하여 비단 직물의 모든 수수께끼를 풀어 줄 것을 알아차렸다. 과연 동생이 짐작했던대로 그녀는 실로 기가 막히게 움직이기 시작했다. 언니가 부인모(婦人帽)라든가 머리장식을 무척이나 좋아한다는 것을 잘 알고 있는 파디타가 — 당장에라도 단언할 수 있는 그대로였다.

몇야드나 될는지 헤아릴 수도 없는 길이의 광택나는 비단과 공단하며, 모슬린, 벨벳이라든가 레이스 천이, 그녀의 교묘한 바느질 솜씨를 거쳐서 꿰매졌는데, 질투하는 말은 단 한마디도 그녀의 입에서 나오지 아니했다. 열심인 그녀의 바느질 덕분에 결혼 날짜가 다가왔을 때 파디타는 뉴잉글랜드의 목사로부터 지난날 성스러운 축복을 받았던, 그래서 가슴 두근거렸던 어느 신부보다도 허영의 꽃을 제일 많이 입을 준비가 되어 있었던 것이다.

젊은 부부는 집을 나가서 결혼생활의 최초 수일간을 어느 영국 신사 — 높은 지위에 있는 사람으로서 아더 로이드의 가장 친한 친구 — 의 저택에서 보낼 준비가 이미 되어 있었다. 이 사나이는 독신이었다. 그는 자기 저택을 빌려주는 것을 크게 기뻐한다고 단언했다. 교회에서 결혼식이 끝난 다음 — 식은 영국인 목사가 집례했다 — 젊은 로이드 부인은 혼례 의상을 승마복으로 갈아입기 위해 어머니의 저택으로 서둘러 돌아왔다.

로자린드는 동생을 도와 옷을 갈아입혀 주었다. 그곳은 작고 소박한 방으로서 두 사람이 어렸을 때 같이 생활했던 곳이었다. 그런 다음 파디타는 어머니에게 작별인사를 하기 위해 뒤따라올 로자린드를 남겨둔 채 허둥지둥 나갔다. 작별인사는 금방 끝났다. 말[馬]은 현관에 대기하고 있었고 아더는 출발하자고 재촉했다.

그러나 로자린드가 따라오지 않았다. 그래서 파디타는 서둘러 방으로 돌아왔고 문을 벌컥 열었다. 로자린드는 평소에 그랬듯이 거울 앞에 있었다. 그러나 그 모습은 상대방을 아연실색케 만들었고 발길을 못박게 했다.

그녀는 파디타가 벗어놓은 혼례복과 베일, 꽃다발 등을 몸에 걸치고 그 목에는 동생이 남편으로부터 결혼선물로 받은, 여러 개의 진주가 박힌 목걸이를 걸고 있었다. 이런 것들은 워낙 시간이 없던 터라 그자리에 벗어놓은 것들로서 파디타가 시골에서 돌아온 다음 정리하려고 했던 것이다.

현란한 옷차림을 한, 이 부자연스러운 모습으로 로자린드는, 거울 앞에 서있었다. 그녀는 언제까지라도 거울 속에 시선을 쏘아 보내며 그 누구도 알 수 없는 대담한 환상을 꿈꾸고 있는 것이었다.

파디타는 소름이 끼치면서 몸이 떨렸다. 그것은 지난날 두 사람이 겨루었던 연적(戀敵)의 싸움이 다시 살아난 무서운 모습이었다. 그녀는 베일과 꽃다발을 빼앗으려고 언니를 향해 발걸음을 내디뎠다. 그러나 거울 속에 비친 언니의 눈과 마주치자 멈칫 그자리에 섰다.

"안녕, 언니!"

그녀는 말했다.

"언니는 내가 집에서 완전히 나갈 때까지 기다려 주었더라면 좋았을걸."

144

그렇게 말하고 그녀는 방에서 서둘러 나갔다.

로이드는 보스톤에 집을 한 채 사놓고 있었다. 그집은 당시 사람들의 취미에 꼭 맞도록 살기 편하게 지었고, 그래서 아주 우아하게 보였다. 결혼 후 친구집에서 며칠을 보낸 젊은 부부는 이집에 와서 생활하게 되었다. 이렇게 해서 그는 장모의 집으로부터 20마일 떨어진 곳에서 별거하게 된다. 20마일이라고 하면 그무렵 도로라든가 교통수단이 원시적인 시대임을 감안할 때 오늘날의 100마일에 필적하는 대단한 거리이다.

그래서 윙그레이브 부인은 작은딸이 결혼한 후 12개월 동안은 거의 그 딸을 만날 수가 없었다. 부인은 파디타가 집에 없었기 때문에 적지않게 괴로워했다. 그리고 로자린드가 심한 우울증에 걸려 있었으므로 전지요양(轉地療養)을 하든가 교제하는 친구를 바꾸지 않는 한 건강을 되찾지 못할 것이라는 사정 때문에 부인의 고통은 줄지 아니했다.

이 젊디젊은 처녀가 의기소침해 있는 원인을 독자 제현은 금방 알아차렸을 것이다. 그러나 윙그레이브 부인과 그녀의 친구들은 그녀의 병을 흔한 육체의 고장에 지나지 않을 것으로 믿고 있었다.

그래서 어머니는 이 딸을 위해 뉴욕에서 살고 있는 아버지 쪽 친척으로서, 뉴잉글랜드에 사는 조카들을 자주 만날 수 없다고 오랫동안 푸념을 해오던 사람들을 방문하도록 권했다. 로자린드는 적당한 사람을 따라 곧 그 친척들에게로 갔다.

그리고 몇달 동안 머무르면서 그 친척들과 함께 생활했다. 그러는 사이에 이미 법률사무소를 개업한, 오빠 버나드가 결혼을 하기로 결정했다. 로자린드는 그 결혼식에 참석하기 위해 집으로 돌아왔는데 언뜻 보기에도 그의 마음의 병은 나은 것 같았다. 그녀의 얼굴에는 장미와 백합과 같은 윤기가 흐르고 있었으며 그 입술에는 자랑스런 미소가 머금어 있었다.

아더 로이드는 처남의 결혼식을 보기 위해 보스톤에서 일부러 찾아왔는데 아내는 데리고 오지 않았다. 아내는 머지않아 그에게 자녀를 낳아주게 되었기 때문이다. 로자린드가 그와 만난 것은 거의 1년만이었다. 그녀는 ─ 왜 그러는지 자신도 몰랐지만 ─ 파디타가 자기 집에 남아있는 것이 기뻤다. 아더는 행복한 것처럼 보였는데, 그러나 결혼하기 전보다 훨씬 관록이 붙어서 의젓하게 보였다.

그녀는 그가 '흥미를 자아내는 : Interesting' 표정을 짓고 있다고 생각했다 ─ 왜냐하면 이말 그 자체는 당시 지금과 같은 의미로 사용되지는 않았지만 이런 분위기는 분명 있었던 것으로 믿어지기 때문이다(Interesting은 1711년 샤프벨리가 처음으로 '重大'란 뜻으로 사용했고 1768년에 스탱이 비로소 '흥미있다'란 의미로 사용했다).

사실은, 그는 단지 아내의 신상이 걱정되었고 머지않아 있을 출산의 고통을 걱정하고 있었던 것뿐이었다. 그렇기는 했지만 그는 결코 로자린드의 아름다움이라든가 옷치장의 멋스러움을 놓치지 아니했으며, 또 그녀가 미안스럽게도 올케감에게, 자신의 아름다움으로 신부의 아름다움을 가리게 했는지도 놓치지 아니했다. 파디타가 즐겨 의상을 사들이던 용돈을 지금은 언니가 쓰게 되었다. 언니는 그 돈을 놀랄 만큼 활용하고 있는 것이었다.

결혼식을 끝낸 다음날 아침, 그는 보스톤에서 올 때 데리고 온 하인의 말에 부인용 안장을 얹고, 젊은 처형과 함께 승마를 했다. 1월의 춥고 맑은 아침이었다. 땅바닥은 강추위로 얼어붙었으나 말은 기운차게 달려 나갔다. ─ 로자린드의 컨디션이 좋았음은 두말할 나위도 없었다. 깃털이 달린 모자를 쓰고 가죽으로 가장자리를 두른, 짙은 청색의 승마복을 입은 그녀는 매혹될 만큼 아름다웠다.

두 사람은 오전 내내 승마를 하다가 그만 길을 잃고 말았으므로 하는 수 없이 어느 농가에 말을 세우고 식사를 하지 않을 수 없었다. 두 사람이 집에 돌아왔을 때는 겨울철의 황혼이 이미 진 다음이었다. 윙그레이브 부인은 마음이 불편한 듯, 얼굴을 찡그리고 그들을 맞이했다. 로이드 부인(파디타)에게서 온 심부름꾼이 이미 정오에 도착해 있었던 것이다.

그녀는 산통이 시작되어 있었으므로 남편에게 속히 돌아와 달라고 했다는 것이다. 젊은 남편은 그처럼 시간을 낭비하지 않고 부지런히 말을 달리어 갔다면 지금쯤은 아내와 함께 있었으리란 것이 부인의 생각이었다. 그는 저녁식사를 하는둥 마는둥 하고 즉시 하인의 말에 올라타고 쏜살같이 달려갔다.

로이드는 한밤중에야 집에 도착했다. 아내는 이미 딸을 분만한 다음이었다.

"아아, 당신은 왜 내 옆에 있어 주지 않은 겁니까?"

그가 아내의 베개맡에 왔을 때 아내는 말했다.

"심부름꾼이 도착했을 때, 나는 집에 없었소. 나는 로자린드와 함께 있었다오."

로이드는 무심코 사실 그대로 말했다. 로이드 부인은 신음을 했다. 아주 작은 소리로 —. 그러나 그녀는 충분히 몸조리를 했다. 그리고 1주일 동안은 그런대로 몸이 회복되는 듯했다. 그러나 먹은 것이 체했는지 아니면 찬바람을 쐬었는지 부인은 안타깝게도 급속도로 용태가 나빠질 뿐이었다.

로이드는 절망하고 말았다. 이윽고 머지않아 그녀가 숨을 거두게 될 것은 뻔한 일이었다. 로이드 부인은 자기가 죽을 날이 가까워졌음을 알아차리고 말았다. 그리고,

"나는 죽음을 각오했어요"

라며 분명하게 말했다. 그녀의 용태가 심히 변화된 지 3일째 되던 날 밤, 그녀는 남편에게,

"오늘 밤을 넘기지 못할 것 같아요"
라고 분명히 말했다. 그녀는 하녀들을 돌려 보내고 어머니에게도 자리를 비켜 달라고 했다 — 윙그레이브 부인은 그 전날 도착해 있었다.

그녀는 아기를 자기 옆의 침대에 눕히고 있었으므로 자신은 모로 누워서 아기를 가슴에 꼭 껴안은 채 남편의 두 손을 잡고 있었다. 밤새도록 켜놓을 램프는 침대의 무거운 커튼 뒤에 숨기듯 놓아두었는데 난로에 피운 장작불빛이 밝게 비추고 있었다.

"저처럼 활활 타오르는 불 옆에서 생명이 뜨겁게 타오르지 못하다니 정말 이상하군요"
젊은 아내는 미소를 띠려고 무진 애쓰며 말했다.

"만약 내 피 속에 저런 불꽃이 조금이라도 남아있다면……. 하지만 내 불꽃은 이처럼 희미해진 생명의 불빛이 되고 말았습니다."
그렇게 말한 그녀는 아기에게 눈길을 주었다. 그런 다음 눈을 들어 남편의 얼굴을 쳐다보았다. 그 마음속을 꿰뚫어보려는 듯 남편의 얼굴에서 눈길을 떼지 않는 그녀였다. 그녀의 가슴속에 아직도 응어리져 있는 최후의 감정은 의심의 마음이었다.

그녀는 아더 로이드로부터 받은 그 쇼크에서 아직도 헤어나오지 못하고 있었다. 즉 그녀가 진통으로 괴로워하고 있던 바로 그때 남편 로이드가 언니 로자린드와 함께 있었다고 남편이 들려준 일 말이다.

그녀는 남편을 사랑하고 있었던 것과 거의 같을 정도로 남편을 믿고 있기도 했었다. 그러나 영원한 이별을 고하지 않으면 안될 이 마당에 언니와 남편의 관계는 차디찬 공포를 느끼게 했다. 그녀는

마음속으로 로자린드는 자기의 행복을 언제까지나 질투하고 있는 것으로 생각했다.

그리고 행복하고 평안했던, 지난 1년 세월 동안에도, 자기 결혼의 상을 걸치고, 거짓 승리감에 도취되어 미소를 지어보였던 언니의 얼굴을 지워 버리지 못했음을 스스로 인정하지 않을 수 없었다. 아더가 혼자 남게 될 지금, 로자린드는 과연 무슨 짓을 할까? 그녀는 예쁘고 아름다우며, 사람을 끄는 힘이 있다. 어떤 기교인들 그녀가 쓰지 않겠는가?

젊고 상처입은 사나이의 마음에 어떤 인상인들 그녀가 심어주지 않겠는가? 로이드 부인은 입을 다문 채 남편의 얼굴을 응시했다. 결국 남편의 정조(貞操)를 의심한다는 것은 곤란할 것으로 생각했다. 그의 아름다운 눈에서는 하염없이 눈물이 흐르고 있었다. 울고 있는 그의 얼굴은 일그러져 있었다. 굳게 잡은 그의 두 손은 따뜻하게 정열이 넘치고 있었다. 그 고상한 얼굴, 그 부드러운 마음씨, 그 성실한 태도, 그 얼굴은 또 얼마나 성실해 보이는가!

'아니야, 그러지 않을 거라구.'

파디타는 이렇게 생각했다.

'이 사람은 로자린드와 같은 그런 사람이 아니야. 이 사람은 결코 나를 잊지 않을 거라고. 그리고 또 로자린드는 진심으로 이 사람을 사랑하고 있는 게 아닐 것이고⋯⋯. 그녀는 그저 허영심만 있어서 그 화려한 의상과 보석에 탐을 내고 있을 뿐이야.'

그리고 그녀는 눈길을 내리깔고는 남편이 아낌없이 그 숱한 반지를 끼어주었던 자기의 하얀 두 손을 보았다. 이어서 잠옷 가장자리를 두르고 있는 레이스의 주름을 보았다.

'언니는 내 남편을 탐내는 것보다도 내 반지와 레이스를 탐내는 거야. 그런 것들이 탐나서 견딜 수가 없는 거라구.'

욕심꾸러기 언니를 생각한 이순간, 그녀와 그녀의 어리고 작은 딸 사이에 어떤 음침한 그림자가 투영되고 있는 것처럼 느껴졌다.

"저어, 아더!"

그녀가 불렀다.

"당신은 내 반지를 모두 빼두지 않으면 안됩니다. 나와 함께 장사 지내면 안된다는 말입니다. 언젠가 우리 딸에게 그런 것들을 — 내 반지와 레이스와 비단 옷들을 — 끼워주고 입혀주는 것입니다. 나는 오늘 이런 것들을 모두 꺼내서 이 아이에게 보여주었습니다. 그것들은 아주 훌륭한 의상입니다 — 그런 의상들을 가지고 있는 사람은 온 나라를 통틀어도 없을 것입니다. 이미 나에게는 무용지 물이 되어 버린 지금, 결코 자만하기 위해서 이런 말을 하는 것은 아니라구요.

이 아이가 자라서 처녀티가 나게 되면 그것은 우리 딸에게 있어 소중한 유산이 될 것입니다. 그중에는 결코 두번 다시 살 수 없는 것도 있습니다. 그러므로 일단 그것을 없애 버린 다음에는 똑같은 것을 구하려고 해도 찾지를 못할 것이라구요. 그러니 여보, 정신을 바싹 차리고 그것들은 지켜주십시오.

우리 언니 로자린드에게는 여러 벌의 옷을 주었습니다. 그리고 엄마에게 그것을 모두 말했습니다. 그 청색과 은색의 의상은 언니에게 주었습니다. 그것은 언니가 입었어야 할 의상이었습니다. 나는 꼭 한 번 입었을 뿐인데 나에게는 어울리지도 않는 의상입니다. 그러나 나머지는 모두 이 어린아이를 위해 소중하게 보관해두지 않으면 안됩니다.

하느님은 정녕 이 아이가 내 개성의 색과 똑같은 색이 되도록 은총을 베푸실 것입니다. 그러므로 이 아이는 내 의상을 입을 수 있습니다. 이 아이는 엄마의 눈을 닮았습니다. 그리고 똑같은 유행이 20년마다 되돌아온다는 것은 잘 알고 계시지요. 이 아이는 내 의상을 그대로 입을 수 있을 것입니다.

그러니 옷들은 모두 지금 지어진 상태로 이 아이가 자라날 때까지 그대로 두는 것입니다. ── 장뇌(樟腦)와 장미 꽃잎에 싸서 아름다운 향기가 배어 있는 어두운 곳에 두어 색깔이 바래지 않도록 보존해야 합니다. 이 아이는 검은 머리가 될 것입니다. 이 아이에게는 내 카네이션 색깔의 공단옷을 입히도록 하자구요. 그래요. 저어 아더, 나에게 약속해 줄 수 있지요? 아더?"

"아니 무엇을 약속하라는 게요?"

"당신의 불쌍한 아내의 옛 의상들을 잘 간수해 두겠다는 약속을 하는 것입니다."

"내가 그 옷들을 팔아먹을까 걱정이 되는 거요?"

"아닙니다. 그게 아니라 옷가지들이 여기저기 흩어질지도 모른다는 말입니다. 우리 엄마가 그 옷들을 잘 포장해서 주실 겁니다. 그러니 당신은 그것에 이중 자물쇠를 채워가지고 소중히 보관하지 않으면 안됩니다. 다락방에 쇠로 만든 밴드가 달려 있는 궤가 있지요? 그 속에 넣어두면 오래 두어도 문제될 것이 없습니다.

당신은 그 속에 의상들을 가득 담는 겁니다. 엄마와 가정부가 담아줄 것이고 열쇠를 당신에게 건네줄 것입니다. 그러면 당신은 그 열쇠를 당신 책상 서랍 속에 보관하십시오. 그리고 그 열쇠는 이 아이 이외에는 그 누구에게도 건네주시면 안됩니다. 당신은 나와 약속해 주실 수 있겠지요?"

"알았어요. 나는 약속하겠소."

로이드는 말했지만 아내가 이런 것까지 세심하게 생각하는 그 집념에 그만 어안이벙벙해질 뿐이었다.

"틀림없이 맹세해 준 거지요?"

파디타는 반복해서 말했다.

"좋소, 맹세하겠소"

"아이 좋아라 — 나는 당신을 믿습니다 — 믿고 있다구요"

이 불쌍한 아내는 그렇게 말한 다음 그의 눈을 응시했는데 만약 그 아내의 눈에 떠오른 아주 희미한 불안의 그림자를 그가 알아차렸더라면, 그녀가 분명하게 언명한 호소가 무엇인지 읽어낼 수 있었으리라.

로이드는 아내와의 사별(死別)에 대하여 이성적(理性的)으로 그리고 사나이답게 참아나갔다. 아내가 세상을 떠난 후 한 달이 지났을 때 그는 영국에 건너갈 일이 생겼다. 그는 이 기회를 이용하여 자기 마음의 방향을 전환코자 했다. 그는 거의 1년 가까이 미국으로 돌아오지 않았다.

그가 없는 동안 그의 어린 딸은 외할머니 손에서 깊은 애정을 받으며 자라났고 또 보호를 받았다. 그는 돌아오자마자 곧 집안을 원상태로 개방했다. 그리고 그의 아내가 살아 있을 때와 똑같은 상태로 원상복구할 생각이라고 천명했다.

이윽고 머지않아 그가 재혼할 것이라는 소문이 나돌았다. 그리고 최소한 젊은 아가씨 후보자가 6명이나 나타났었는데 그가 귀국한 지 6개월이 지나도 그 소문은 실현되지 않았다. 그것은 결코 아가씨들의 죄가 아니었다고들 말한다.

이 기간동안 그는 어린 딸을 여전히 윙그레이브 부인에게 맡겨두고 있었다. 부인은 그에게 이처럼 어린 나이에 주거지를 옮기는 것은 유아의 건강에 위험하다고 단언했던 것이다. 그러나 결국 그는 자기 생각으로는 아무래도 딸과 함께 있어야 한다고 고집을 부렸고, 그러므로 딸을 보스턴으로 꼭 데려가겠다고 우겼다.

152

그는 딸을 데려가기 위해 자신의 대형 사두마차(四頭馬車)와 가정부를 처가로 보냈다. 윙그레이브 부인은 보스톤으로 가는 도중 어린 외손녀에게 어떤 재난이라도 일어나는 게 아닌가 하여 심히 걱정했다. 그러자 이 외할머니의 뜻을 받아들이어 로자린드가 아기와 함께 가겠노라고 했다. 갔다가 다음날에는 돌아오겠다며 ── . 그래서 그녀는 어린 조카딸과 함께 보스톤으로 갔다.

그러자 로이드는 로자린드를 자기 집 현관에서 맞아들였고 그녀의 친절에 감사하는 한편 딸을 만난 아버지의 기쁨을 한껏 표현했다. 로자린드는 다음날 돌아가기는커녕 주말까지 보스톤에서 묵었다. 그러다가 그녀가 자기 집에 모습을 나타낸 것은 자기 옷을 챙기러 왔을 때였다.

아더 로이드가 그녀의 귀가를 만류했고 아기도 이모가 돌아가는 것을 울음으로 반대했던 것이다. 이 어린 아이는 만약 로자린드가 자기 옆에서 잠시라도 떠나기만 하면 울어댔고 그러다가 숨이 넘어갈 정도였던 것이다. 이처럼 어린 딸이 울어대는 것을 본 아더는 제정신이 아니었다. 그는 아이가 이렇게 울다가는 죽고 말 것이라고 단언했다. 결국 어린 조카가 좀더 자라서 낯선 사람들과도 어울릴 때까지 이모인 로자린드가 보살펴 주는 수밖에 없을 것 같았다.

이런 일이 완전하게 이루어지기까지 두 달이 걸렸다. 왜냐하면 두 달이 지나서야 비로소 로자린드가 제부(弟夫)로부터 휴가를 얻어가지고 집으로 돌아갔기 때문이다. 윙그레이브 부인은 딸이 집을 나가서 돌아오지 않는 일에 반대하고 있었다. 그녀는 그런 행위가 보기에 안좋을 뿐 아니라 그런 짓을 하다가는 이 지방에서 반드시 이상한 소문이 나돌게 될 것이라고 단언하는 것이었다.

그러던 부인이 마침내 체념을 하게 된 이유는 단 한 가지, 딸이 남의 집을 방문하고 있는 동안 가족들은 모처럼 평화로운 시간을 즐길 수 있었기 때문이다. 버나드 윙그레이브, 즉 로자린드의 오빠는 결혼한 후 아내를 집에 데려다가 살고 있었는데 시누이 올케 간에는 놀랄 정도로 애정이 없었다. 로자린드는 결단코 천사(天使)일 수 없었다. 그러나 평소의 일상생활에서 그녀는 심지가 착한 처녀였었다.

그렇기는 했지만 버나드 부인, 즉 올케와 싸움을 하게 되면 노하지 않을 수만은 없었다. 그러나 그녀는 싸울 때면 철저하게 싸웠다. 곤란한 일은 이 싸움이 두 당사자의 스트레스만이 아니란 점이다. 이런 간단없는 논쟁과 다툼을 방관하는 두 사람에게 있어서도 실로 곤혹스런 일이었던 것이다.

그런 까닭에, 로자린드가 제부 집에 있으면서 그 지긋지긋한 싸움 상대를 보지 않게 되는 것만도 아주 기쁜 일이었을 것이다. 그리고 그 때문에 지난날 열정의 불길을 태웠던 상대방 남성의 곁에 있을 수 있다는 점에서는 이중으로 — 아니, 열 갑절이나 — 즐거운 일이었던 것이다.

로이드 부인의 그 예리한 의념(疑念)은 거의 적중하고 있었다. 로자린드의 감정은 처음에는 정열이었다. 그리고 정열인 채로 머물러 있었다. — 그 정열의 복사열(輻射熱)이 로이드의 미묘한 상태인 감정에 조절되었고 마침내 그는 그 영향을 느꼈다.

앞에서 잠깐 언명한 것처럼 로이드는 현대의 페트라르카(14세기 이탈리아 최대의 시인, 人文主義者. 1304~1374)는 아니었다. 그는 정조(貞操)의 이상을 지키고자 하는 사나이는 아니었다. 그가 죽은 아내의 언니와 한집에서 살기 시작한 지 얼마 안되어서, 그녀는 당시의 말로 표현한다면 '마성(魔性)의 미녀'인 것을 마음속으로 믿게 되었다. 언니가 틀림없이 그렇게 할 것이라고 동생이 예측했던 그 교활한 기교를 로자린드가 실제로 했는지 안했는지는 더이상의 설

154

명이 필요치 않겠다.

그녀는 가장 유리할 것으로 생각되는 수단을 간파했다고 하면 충분한 설명이 될 것 같다. 그녀는 매일 아침, 식당의 벽난로 앞에 앉아서 비단 천에 수를 놓으면서 어린 조카딸을 카펫 위에서 놀게 하든가 또는 그녀의 치마폭에서 놀게 하곤 했다.

만약 로이드가 이 아름다운 한폭의 그림이 지니는 암시에서 아무것도 느끼지 못했다고 한다면 그는 실로 둔감한 사나이였다고 할 수밖에 없다.

그는 이 어린 딸을 그야말로 익애(溺愛)하고 있었다. 그리고 그 아이를 안아준다든가 번쩍 쳐들어 줌으로써 어린 딸아이가 자지러지게 웃도록 해주는데 이런 놀이에 싫증을 느낄 줄 몰랐다. 그러나 늘 그러했지만 그는 이 어린 딸이 견디어내지 못할 정도로 장난치기도 했다. 그럴 때면 어린아이는 갑자기 큰 소리로 울면서 짜증을 부리곤 했다.

이렇게 되면 로자린드는 수놓던 도구를 살며시 내려놓고 젊은 처녀답게 미소를 띠면서 아름다운 두 팔을 뻗곤 했는데 친어머니가 친자식을 달래는 것과 똑같았다. 숫처녀의 머리에서 어떻게 그런 생각이 나오는지 보는 이들은 혀를 내두를 정도였던 것이다.

그러면 로이드가 어린 딸을 건네준다. 두 사람의 눈과 눈이 마주치고 손과 손이 닿는다. 로자린드는 가슴에 꽂고 있던 눈같이 하얀 손수건을 뽑아서 아이의 눈물을 닦아주고 달래곤 하였다. 그녀의 품위는 완벽했다. 그녀가 제부로부터 호의적인 대접을 받을 경우의 태도만큼 신중한 태도는 없었다.

아마도 그녀의 조심스러운 태도에는 거의 무정(無情)이라고 해도 좋은 것이 포함되어 있었다고 해도 좋을는지 모르겠다. 로이드는 그녀와 한지붕 밑에 있으면서도 가까이 할 수 없다는 점에 대하여 초조하고 안타까운 감정을 가지고 있었다.

기나긴 겨울밤을 맞게 되었을 때다. 저녁식사가 끝난 지 반시간쯤 되자 그녀는 촛불들을 켜고, 로이드에게 공손히 인사를 한 다음 침대로 걸어갔다.

만약 이런 것이 그녀의 연기(演技)라고 한다면 그녀는 수준급 배우가 되어 있었다. 그러나 그 연기의 효과는 지극히 평온하고 또 지극히 속도가 더디어서 이 젊은 홀아비의 상상력을 지극히 미묘하게 유도하다가 점차 강하게 작용하도록 계산한 것으로서, 독자 제현도 보아온 바에 따라 그 귀추를 짐작할 수 있을 것이다.

그후 몇주일도 지나기 전에 로자린드는 자기 생가(生家)에 왕복하더라도 여비(旅費) 정도는 보상받을 수 있다는 확신을 가지기 시작했다.

만에 하나도 자기 예측이 빗나가는 일이 없다고 확신했을 때 그녀는 여행 가방에 짐을 챙겨넣고 어머니의 저택으로 돌아왔다. 그리고 사흘동안 그녀는 기다렸다. 나흘째 되던 날, 로이드는 나타났다 ─. 은근하기는 했지만 성급한 구혼자였다.

로자린드는 그의 말을 끝까지, 아주 신중하게 들은 다음, 어디까지나 정숙하게 그의 구혼을 수락했다. 죽은 로이드 부인(파디타)이 자기 남편에게 허락했다고 상상하는 것은 곤란하다. 그러나 무엇인가 그녀의 분노를 누그러뜨리는 것이 만약 있었다고 하면 그것은 이 두 사람의 꾸준한 절제(節制)였을 것이다.

로자린드는 연인에게 짧은 유예기간을 두도록 했다. 두 사람은 그렇게 하는 편이 좋았을 것이지만 ─ 거의 비밀스럽게 하는 가운데 ─ 결혼을 했다. 그러나 그것은 그 당시 소문이 파다하게 났듯이, 아마도 죽은 로이드 부인의 귀에 들어가지 않도록 희망했었기 때문이리라.

두 사람의 결혼은 어느 모로 보든 행복할 것 같은 결혼이었다. 남자측도 여자측도 각각 바라고 있던 바를 얻었다 — 로이드는 이른바 '마성(魔性)의 미녀'를 얻었고 로자린드는 — 그러나 로자린드의 원망(願望)은, 이미 독자 제현들은 짐작하고 있겠지만 모든 것이 수수께끼에 싸여져 있는 채였다.

두 사람의 행복에는 두 가지 오점(汚點)이 있었다. 그러나 시간은 어쩌면 그 오점을 벗겨줄 것이다. 결혼한 지 3년 동안 로이드 부인은 엄마가 될 수 없었다. 그녀의 남편은 또 남편대로 금전상 심각한 손실을 보았다. 이 후자(後者)의 사정에 의해 지출면에서 부득이 물자를 대폭 절감하지 않으면 안되었다. 그러나 그녀는 어떻게 해서든 상류사회의 부인다운 체면을 유지해 보려고 안간힘을 썼다.

그녀는 훨씬 이전부터 죽은 동생의 화려한 의상이 그 어린 딸을 위해, 먼지투성이인 다락방 어둠침침한 구석에 보관되어 있다는 것을 확인하고 있었다. 이런 우아한 의상이, 다리가 높은 의자에 앉아서 나무 숟가락으로 우유에 적신 빵이나 먹고 있는, 어린 조카딸의 만족을 위해 썩어가고 있다는 생각을 하니 불유쾌하기 짝이 없었다.

그러나 로자린드는 몇달이 지나도록 그 문제에 대해서는 내색도 하지 않을 정도의 마음을 가지고 있었다. 그러던 그녀도 몇달 후에는 조심조심 그 문제를 남편에게 털어놓았다.

"그렇게 많은, 예쁘고 아름다운 옷을 그냥 썩혀두다니 너무 아깝잖습니까?"

그리고 그렇게 그대로 두면 퇴색되고 좀먹고 유행에 뒤지는 등, 그래서 그냥 버리는 것과 마찬가지일 것이라고 덧붙였다. 그러나 로이드는 그녀에게 퉁명스럽게, 그리고 단호하게 거절했으므로 당분간 그녀의 계획은 시행에 옮길 수 없음을 알게 되었다.

그러나 6개월이 지나고 나자 그동안에 다시 꼭 필요하다는 새로운 꿈이 싹트게 되었다. 로자린드의 생각은 집요할 만큼 동생의 유품(遺品)에서 떠날 줄을 몰랐다. 그녀는 위층으로 올라가서 동생이 남긴 의상이 담겨져 있는 궤를 물끄러미 바라보았다.

궤를 잠그고 있는 3개의 커다란 자물쇠와 쇠로 만든 밴드에 불쾌한 반항을 느낀 그녀는 그것들에게서 도리어 탐욕의 마음을 통감하기도 했다. 튼튼하여 불후부동(不朽不動)인 그 궤의 모습에는 어쩐지 짜증을 느끼게 해주는 것이 있었다.

실로 그것은 주가(主家)의 비밀에 완강히 입을 다물고 말을 하지 않는 반백(半白)의 노황족(老皇族)과 비슷한 면이 있었다. 그런데다가 그 궤는 너무 컸다. 로자린드가 자신의 작은 구두 끝으로 걷어차 보니 내용물이 꽉 차있는 소리가 들려왔다. 그래서 그녀는 희망이 깨진 것 같았다. 그녀의 얼굴은 빨갛게 상기되었다.

"빌어먹을⋯⋯!"

그녀는 절규했다.

"괘씸하군! 심술궂고!"

그래서 그녀는 즉시로 남편에게 다시 한번 건의해 보기로 결심했다. 이튿날 저녁식사가 끝나고 로이드가 포도주를 마신 다음 그녀는 과감하게 말을 꺼냈다. 그러나 그는 혹심하게 그녀의 이야기를 도중에서 딱 끊었다.

"이것으로 그 얘기는 끝이야. 로자린드! 그런 것은 문제가 되지 않는다구. 두번 다시 그런 얘기를 하면 나는 심히 분노할 거야!"

그는 말했다.

"좋아요!"

그녀가 말했다.

"그만큼 나를 소중히 여긴다니 고마워요. 정말로 고마운 일입니다."

그녀는 소리쳤다.

"나는 정말 행복한 여자라니까요. 자신이 변덕스러움에 의한 희생자가 된다고 생각하는 것은 기분 좋은 일입니다."

이렇게 연거푸 쏘아붙인 그녀의 눈에는 분노와 실망의 눈물이 가득 괴어 있었다.

로이드는 원래 성격이 좋은 사람이었으므로 여자의 울음은 그의 아픈 곳을 찔렀다. 그래서 그는 변명하려고 애썼다. ─ 그러나 그것은 서투른 방법에 지나지 않았다.

"알겠소? 그것은 변덕도 아니고 아무것도 아니오. 그것은 약속일 뿐이라구 ─ 그리고 맹세요."

라고 그는 말했다.

"맹세라고요? 맹세하기에는 아주 훌륭한 재료로군요! 그런데 누구와 맹세를 한 것입니까? 말해 보세요!"

"파디타와 맹세한 거요."

로이드는 이렇게 말하고 잠시 눈을 치켜떴다가 곧 눈을 감아 버렸다.

"파디타라구요? 으응, 바로 파디타와 맹세를 한 것이로군요!"

로자린드는 이렇게 말한 다음 갑자기 눈물을 펑펑 쏟았다. 그녀의 가슴은 흐느낌으로 태풍이 부는 것처럼 파도쳤다.

그 흐느낌은 그녀가 동생의 약혼자를 처음 보았던 그날 밤에 흐느껴 울었던 바로 그 발작과 같았고, 그후 오랫동안 휴면(休眠)한 후의 재발이었다. 그녀의 기분이 좋았을 때는 그런 질투를 하지 말아야겠다고 원했었다. 그러나 이 경우 그녀의 질투는 자꾸 머리를 들고 일어나서 지울 수가 없었다.

"그렇다면 말해 보세요. 도대체 파디타에게 어떤 권리가 있기에, 당신이 그토록 비참하고 비천하게 지내야만 하는 건가요? 아아, 그래요. 나는 훌륭한 지위를 차지할 것입니다. 그리고 아주 아름답고 눈에 띄는 복장을 입을 것입니다! 파디타가 남긴 것은 모두 내 마음대로 할 거예요. 그러나저러나 무엇을 그애가 남겼다는 것입니까? 나는 지금까지 그것을 전혀 모르고 있었습니다. 무엇을 남겼다는 것인가요? 아무것도 없습니다. 아무것도요!"

이것은 조리에 안맞는 이론이었다. 그러나 '활극(活劇)'으로서는 대단한 성과가 있는 것이었다. 로이드는 아내의 허리에 팔을 돌리어 키스를 하려고 했는데 그녀는 완강하게 뿌리치며 경멸의 눈길을 보냈다.

가련한 사나이! 그는 앞뒤를 생각하지 않고 '마성(魔性)의 미녀'를 탐냈었고 그리고 미녀를 손에 넣었었던 것이다. 바로 그 미녀로부터 경멸을 당한 그는 참을 수가 없었다.

그의 귀에서는 갑자기 이명(耳鳴)이 일었다 — 어떻게 할까 망설이던 그는 마음의 평정을 잃은 채 뚜벅뚜벅 걸어서 서재 쪽으로 갔다. 바로 눈앞에 그의 책상이 있었다. 그 책상 서랍 속에는 그가 자기 손으로 궤를 잠그어 둔 삼중 자물쇠의 열쇠들이 있었다. 그는 서랍을 열고 자신이 직접 문장묘화법(紋章描畵法)으로 봉인한 조그만 보자기에 싸여진 열쇠를 꺼냈다.

문장에 기록된 제명(題名)은 프랑스어로 '내가 보관한다'라고 되어 있었다. 그러나 그는 그것을 원상태대로 보관한다는 것은 이제 부끄러울 뿐이었다. 그는 아내 옆에 있는 테이블 위에 그 열쇠 꾸러미를 집어던졌다.

"원래 있던 곳에 그냥 두세요!"

그녀는 소리쳤다.

"나는 그런 것 탐나지 않습니다. 그 따위 것은 싫단 말이에요!"

"나는 그것에서 손을 떼겠소! 하느님, 바라옵건대 저를 용서해 주시오소서!"

그녀의 남편은 외쳤다.

로이드 부인은 화를 내며 어깨를 한번 으쓱해 보였다. 그리고 발딱 일어나 방으로 들어갔다. 그 사이에 젊은 남편은 다른 문을 통해 나갔고 — .

그로부터 10분쯤 지나서 로이드 부인이 돌아와 보니 그 방에는 어린 조카딸과 애보는 사람만이 있었다. 그런데 아까 그 열쇠 꾸러미는 테이블 위에 없었다. 그녀는 어린아이에게 얼른 눈길을 돌렸다. 그녀의 귀여운 조카딸은 의자 위에 올라앉아서 두 손으로 열쇠 꾸러미를 싼 포장을 들고 있었다. 어린아이는 자신의 조그만 손으로 봉인을 뜯어 버렸다. 로이드 부인은 당황하여 열쇠 꾸러미를 뺏었다.

평상시의 저녁식사 시각에 아더 로이드는 자기 회계사무실에서 돌아왔다. 때는 6월 — 아직 밝은 때에 저녁식사 준비가 끝이 났고 식탁에는 요리들이 가지런히 차려졌다.

그런데 로이드 부인의 모습이 안보였다. 주인의 명령을 받고 부인을 데리러 갔던 하녀가 돌아오더니 그녀의 방에는 아무도 없었고, 또 다른 여인들도 점심식사가 끝난 후로는 그녀를 본 사람이 없다고 하더라며 확신을 가지고 보고했다.

실제로 모두들, 그녀가 눈물을 흘리면서 울고 있는 것을 보았고, 또 침실에 틀어박혀 있는 것도 알아차렸었지만 훼방이 될까봐 그녀를 혼자 있도록 내버려 두었던 것이다. 그녀의 남편은 집안 구석구석까지 돌아다니며 부인의 이름을 불러보았지만 대답이 없었다.

마침내 다락방으로 올라가 찾으면 혹 그곳에 있을는지 모르겠다는 생각이 떠올랐다. 이런 생각을 한 그는 불유쾌하고 불길한 마음이 들었다. 그는 자기가 아내를 찾고 있는 장면을 하인들에게 보여주고 싶지 않아서 하인들은 따라오지 못하도록 명령했다. 그는 제일 위층에 올라가는 계단 아래까지 와서 한쪽 손으로 손잡이를 잡고 선 채, 큰 소리로 아내의 이름을 불렀다. 그의 목소리는 떨리고 있었다.

좀더 큰 소리로, 그리고 좀더 분명한 소리로 아내의 이름을 불렀다. 쥐죽은 듯 조용한 정적을 깨는 소리라고는 오직 그가 지르는 소리뿐 ― . 그 소리가 처마 밑으로 울려퍼져 나왔다. 그런데도 불구하고 그는 계단을 올라가 봐야겠다는 생각이 들었다.

계단은 넓은 거실을 지나게 되어 있는데 그곳에는 반침이 즐비하게 있었다. 그 끝자락에는 창문이 나있는데 석양빛이 그곳으로 흘러들어오고 있었다. 그 창문 정면에 의상을 담아둔 예의 궤가 놓여 있었다.

그런데 이게 웬일이란 말인가! 그 궤 앞에서 무릎을 꿇고 있는 자기 아내의 모습을 발견한 젊은 남편은 기겁을 하고 말았다. 그순간, 그는 입도 떨어지지 않았다. 그는 아내 곁으로 다가갔다. 궤 뚜껑은 열려 있었고 향수 냄새가 나는 냅킨 한복판에 여러 가지 직물(織物)과 보석 등 귀중한 것들이 흐트러져 있었다.

로자린드는 무릎을 꿇은 자세였다가 뒤로 벌렁 누우면서 한손으로는 자기 몸을 떠받치고, 한손으로는 가슴을 부둥켜안은 채 쓰러져 있었다. 손과 발은 이미 굳어져 있었고 ― .

그리고 그녀의 얼굴에는 희미해지는 석양빛이 비추고 있었는데, 시체보다도 더 무서운 면영(面影)이었다. 그녀의 입술은 애원하고, 낭패하고 고민한 끝에 혜벌려져 있었다. 그리고 그녀의 새하얀 이마와 볼에는 복수심에 타오르는 원령(怨靈)의 두 손으로 인하여 만들어진 10여 군데의 무시무시한 상흔(傷痕)이 빨갛게 남아있었다.

미소짓는 사람들

그집에서 가장 두드러지는 것은 조용함이었다. 그레핀이 현관의
문으로 들어올 때도, 연 다음 뒤에서 슬며시 닫히는 문의 기름먹은
침묵은 마치 여닫는 꿈 — 고무 쿠션 위에서 윤활유에 잠기어, 서서
히 실체(實體)도 없이 시작되었다가 끝나는 사건을 연상시켰다. 그
자신이 최근에 깔아놓은 복도의 이중 카펫은 그 위를 밟고 걸어도
소리가 전혀 나질 않는다.

밤늦게 바람이 집을 흔드는 일은 있을지언정, 차양이 덜그덕거린
다든가, 창틀이 잘 안맞는 창문이 흔들릴 걱정은 없다. 방풍창(防風
窓)도 모두 손수 점검을 했다. 망창(網窓)은 반짝거리는 신품 물림
쇠로 단단히 고정시켜 놓았다. 난방로(暖房爐)는 노킹도 하지 않았
으며, 따뜻한 바람이 난방계통의 깊은 속에서 한숨만 내쉴 뿐이다.
서있는 채로 혹심한 오후의 추위에서 몸을 덥히고 있는 그의 바지
단을 그 바람이 살짝 흔들고 있다.

침묵의 무게를 작은 귀 속에 있는 놀라운 저울로 재면서 그는 만
족스럽게 고개를 끄덕였다. 침묵은 멋지게 통일되고 또 완성되어
있다. 이전에는 쥐가 벽의 틈새를 휘젓고 다니던 밤도 있었다. 그러
나 쥐덫과 쥐약 등의 덕택으로 벽도 이제는 조용해졌다. 큰 시계조
차도 운동을 정지했다. 그 놋쇠 진자(振子)는 그것이 들어 있는 서

양삼나무 관(棺) 속에서 얼어붙은 듯 정지해 있으면서 둔하게 빛나고 있다.

네 사람은 식당에서 기다리고 있다. 그는 귀를 기울였다. 소리를 내는 것은 없었다.

"됐어. 이제 완성이다."

그는 겨우 조용히 하는 것을 배운 것이다. 배우는 데 시간은 걸렸지만 그 또한 가치는 없었다. ― 식당에서는 나이프와 포크 소리 하나 들려오지 않았다. 그는 두툼한 회색 장갑을 벗어 버리자 차가운 오버코트와 모자를 옷걸이에 걸고 주저와 초조의 표정을 띠면서 멈춰 섰다. ……무엇을 하면 좋을까…….

그레핀은 집안 사정을 속속들이 다 안다는 자신감 넘치는 걸음걸이로 식당에 들어갔다. 식사 준비가 다 된 테이블 앞에는 가족 4명이 몸을 조금도 움직이지 않으면서 무언(無言)으로 앉아 있었다. 들리는 것은 그의 구두가 두꺼운 카펫을 밟는, 그러나 문제가 되지 않을 정도의 미세한 소리뿐이었다.

평소와 마찬가지로 그의 눈은 테이블의 가장석(家長席)에 앉아 있는 부인에게로 향했다. 그 옆을 지나가면서 손가락 한 개를 그녀의 볼 가까이에서 흔들었다. 눈을 깜박이지도 않는다.

로즈 숙모는 가장석에 버티고 앉아 있다. 티끌 한 개가 천장에서 가볍게 떨어진다면 그 눈은 그 티끌이 날아가는 곳을 따라갈까? 매끈매끈한 눈꺼풀 속에 있는 그 눈은 무표정하게, 그러나 정확하게 빙글빙글 돌 것인가? 만약 티끌이 하필이면 그 촉촉한 눈동자에 떨어진다면 눈은 움직일까? 근육이 이완되어 속눈썹이 덮일까?

아니다.

로즈 숙모의 손이 식탁용 나이프류(類)처럼 테이블 위에 올려져 있다. 진귀하고 고급스런, 그러나 녹이 슨 골동품. 보풀이 인 리넨 아래에 감춰진 가슴 — . 그 유방이 사랑을, 아기의 입을 받아들이지 않은 지 어언 몇해나 된다. 지금은 그것이 천에 싸여져 영원히 저장된 미라에 지나지 않는다. 테이블 아래, 단추를 잠근 장화 속에 들어 있는 몽둥이 같은 다리는 거기서 올라가, 섹스가 없는 절구통 드레스 속으로 사라진다.

그러나 실은 그 다리도 스커트 자락까지이고 그곳으로부터 위쪽은 밀랍과 지스러기뿐인, 백화점의 마네킹일 것은 상상하고 남음이 있다. 먼 옛날에는 남편이 그녀를 마치 윈도우의 마네킹인 양 껴안았던 적이 있었을 것임에 틀림없다. 그에 대하여 그녀도 밀랍처럼 차가운 동작과 마네킹 인형의 열의(熱意)로 보응했을 것인데 무반응과 무구(無口)에 혐오감을 느낀 남편은 이불 속에서 등을 돌리고, 차츰 더해가는 욕망에 떨면서 지낸 밤이 얼마나 많았을까.

그는 이윽고 저녁 산책을 나가는 척하며 묵묵히 마을 자락, 골짜기 건너편에 있는 작은 집으로 발길을 옮기게 되었다. 그곳에 가면 핑크색 커튼을 드리운 창문에 불을 밝히고, 그가 누르는 벨소리에 맞추어 젊은 부인이 응답을 해주었기 때문이다.

그렇다. 그 로즈 숙모가 앉아서 그레편을 똑바로 바라보고 있다. 그리고 — 그는 웃음을 씹어 삼키자 조소라도 하듯 두 손을 모으며 손뼉을 쳤다. — 그녀의 코 밑에 먼지가 앉아 마치 턱수염처럼 보이는 게 아닌가.

"굿이브닝, 로즈 숙모님."

인사를 한 다음 그는 또 숙부 쪽을 바라보았다.

"굿이브닝, 디미테이 숙부님."

역시 공손하게 인사를 했다.

"예, 아무 말도 하지 않겠습니다."

한쪽 손을 올리면서 또 말했다.

"아무에게도, 무슨 말도…… 하지 않겠어요"

그런 다음 그는 옆자리에 있는 아가씨들에게도 인사를 했다.

"아아, 굿이브닝 라일라와 그리고 레스터!"

사촌인 라일라는 왼쪽에 앉아 있다. 그녀의 머리는 선반(旋盤)에 간 놋쇠 관(管)의 금색 찌꺼기 같다. 그 건너편에 있는 레스터는 머리카락으로 사방팔방을 가리키기라도 하듯 뻗쳐 있었다. 두 사람 모두 젊다. 레스터가 14세, 라일라는 16세 ─.

두 사람의 아버지(그러나 아버지란 말은 얼마나 싫은 말일까?) 디미테이 숙부는 라일라 옆에 자리잡고 앉았다. 가장석에 앉으면 틈바람에 맞서서 몸에 나쁘다며 로즈 숙모가 그를 낮은 자리로 옮겨 앉도록 한 것은 벌써 오래된 이야기이다. 로즈 숙모도 참으로 딱한 분이다!

그레핀은 꼭 끼는 바지에 싸인, 작은 엉덩이 아래로 의자를 잡아당기자 리넨에 되는대로 팔꿈치를 놓았다.

"얘기하고 싶은 게 있습니다. 아주 중요한 얘기입니다. 벌써 몇주일 동안이나 연기해 왔던 것입니다. 더이상 연기할 수가 없어요. 저는 지금 사랑을 하고 있습니다. 그것은 지난번에 얘기했었지요. 그래요, 모두를 미소짓게 한 그날에 얘기했었지요"

의자에 앉은 네 사람은 눈 한번 깜박이지 않았다. 손도 움직이지 않았다.

그레핀은 내성적 성격이었다. 그가 한가족에게 미소를 가르쳐 준 그날 ─. 2주일 전의 일이었다. 집에 돌아와 식당에 들어간 다음 일동을 보고 그는 말했던 것이다.

"나, 결혼합니다!"

"뭘 한다구?"

로즈 숙모가 소리쳤다.

"애리스 제인 벨라드와 결혼한다구요."

몸을 비꼬면서 그렇게 말했다.

"축하한다!"

디미테이 숙부가 말했다. 그리고,

"글쎄, 어떨까?"

라며 아내의 얼굴을 살피면서 덧붙였다.

"하지만 아직은 너무 이른 것 같은데……."

다시 한번 아내의 얼굴을 살폈다.

"그래, 좀 이르다니까. 아직 찬성할 수 없다."

숙부가 말했다.

"이집은 너무 낡았고……."

로즈 숙모는 이렇게 말한 다음 잠시 뜸을 들였다가 말했다.

"아직 1년은 수리할 예정도 없는 형편이잖니."

"작년에도 그랬잖습니까. 재작년에도 그랬구요."

그레핀은 말했다. 그리고 이렇게 덧붙였다.

"누가 뭐래도 이곳은 내 집입니다."

로즈 숙모의 턱이 파르르 떨렸다.

"아니, 내가 그토록 돌봐주었는데…… 그런 나를 내쫓겠다는 거
냐? 어머어머!"

"내쫓는 게 아닙니다. 그런 표현은 하지 마세요."

그레핀은 화를 내면서 말했다.

"저어 로즈……."

힘이 없는 목소리로 디미테이 숙부가 말했다. 로즈 숙모는 두 손
을 내리면서 하소연하듯 중얼거렸다.

"그만큼 돌봐준 나를……."

그순간 그레핀은 이 네 사람을 어떻게든 처리하지 않으면 안되

겠다고 결심했다. 우선 안정을 시키고, 그런 다음에 미소짓는 것을 가르치고…… 그리고 짐짝처럼 처리해 버리는 것이다. 애리스 제인을 이 심술쟁이들이 득시글대는 집에 데려올 수는 없다. 어떤 방에 가더라도 로즈 숙모는 뒤따라온다 — 모습을 보여주지 않을 때조차도 —.

딸들은 어머니의 눈짓 하나로도 심술을 부린다. 세 번째 아이라고 해도 이상할 것이 없는 아버지는 충고를 그럴듯하게 해가면서 그레핀에게 독신으로 지낼 것을 권고한다. 그레핀은 그들 일동을 바라보았다.

그의 사랑이, 그리고 그의 생활이 이상해지고 만 것은 모두 저들 때문이다. 저들만 어떻게 처리해 버리면 — 그렇게 하면 매일 밤 꿈을 꾸는 — 사랑을 찾아 부드러운 지체(肢體)에 땀을 배게 하는 여인들의, 그 뜨거운 빛을 발하는 꿈도 손에 잡히게 되는지도 모른다. 그때야말로 이집은 그의 — 그리고 애리스 제인의 것이 되는 것이다. 그렇다, 애리스 제인의 —.

숙부도, 숙모도, 그리고 사촌동생들도 어디로든 보내지 않으면 안된다. 서둘러서 —. 지금까지처럼 그저 나가 달라고 하는 것만으로는 로즈 숙모가 색깔이 바랜 향주머니와 에디슨 축음기를 포장하는 데 20년이나 지날 것이다. 그전에 애리스 제인이 가버리고 말 것이고 —.

그레핀은 식칼을 집어들자 네 사람의 얼굴을 돌아보았다.

피곤하여 머리가 자꾸만 숙여졌다. 그레핀은 엉겁결에 눈을 떴다.
"응?"
그렇다. 그는 생각을 하다 말고 깜박 졸았던 것이다.
그 모든 일은 2주일 전에 일어났다. 2주일 전 밤, 결혼과 이사와,

애리스 제인에 대한 이야기가 화제에 올랐던 것이다. 꼭 2주일 전에 ─ . 그가 네 사람의 얼굴을 대하며 미소를 띠었던 것도 2주일 전의 일이었다.

회상에서 깨어난 그레핀은 입을 다문 채 꿈쩍도 않고 앉아 있는 네 사람에게 웃는 얼굴을 향했다. 그들도 기분을 전환하기 위한, 독특한 미소를 짓고 있었다.

"정말로 당신은 싫어요. 증오스러운 노파!"

그는 로즈 숙모에게 노골적으로 말했다.

"2주일 전에는 이런 말까지는 하지 않았지요? 그러나 오늘 밤에는…… 응, 그래요! 저어……."

그리고 고개를 돌린 그는 취한 것 같은 목소리로,

"디미테이 숙부님, 이번에는 내가 충고할 차례입니다!"

잡다한 이야기를 늘어놓으면서 그는 스푼을 들고 빈접시에 놓여 있던 복숭아를 먹을 준비를 했다. 아랫마을 레스토랑에서 돼지고기, 포테이토, 파이, 그리고 커피를 합친 식사를 끝마쳤던 그였다. 그러나 여기서 디저트를 먹을 준비를 하는 것은 즐거웠다. 그는 씹는 시늉을 했다.

"자아, 드디어 당신네들이 이사가야 할 밤입니다. 여러 가지를 고려하여 2주일 동안 기다렸다구요. 그렇게 장기간 이곳에 머무르도록 했던 것은, 어떤 의미에서는 당신네들을 바라보고 싶었기 때문인지도 모릅니다. 이사를 나가면 이제 나는……."

거기까지 얘기했을 때 그의 눈이 공포로 빛났다.

"만약, 만약에 말입니다. 한밤중에 찾아와서, 이집 주변에서 시끄러운 소리를 낼는지도 모르겠군요. 그것은 정중하게 거절하겠습니다. 이집에서 이상한 소리를 듣고 싶지 않다구요. 애리스가 와도 마찬가지입니다……."

발끝에 밟히는 이중 카펫은 두꺼워서 소리도 나지 않는다. 그것은 천만다행이고 즐거운 일이었다.

"애리스는 모레 이사온다고 했습니다. 물론 결혼은 할 거구요."

로즈 숙모가 이상하게도 악의에 찬 윙크를 했다.

"아아!"

그는 뛰어오르면서 소리쳤다. 그리고 눈을 접시처럼 크게 뜨고 바라보면서 입술을 떨었고 의자에 털썩 주저앉았다. 그는 웃으면서 긴장을 풀었다.

"뭐야? 파리잖아!"

파리는 로즈 숙모의 상아색 볼을, 분명한 걸음걸이로 또박또박 걷다가 날아갔다. 왜 하필이면 이런 때에, 파리는 그녀에게 이상하게도 윙크를 하게끔 했는가?

"내 결혼을 믿지 않겠다는 겁니까, 로즈 숙모님? 내가 결혼할 수 없으리라고 생각했나요? 사랑의 의무를 다할 능력이 없다고 보았나요? 여성에 대하여, 또는 여성이 원하는 것에 대하여 웃음거리가 될 만큼 미숙하다고 생각했습니까? 백일몽을 꾸고 있는 아기라고 보았나요?"

고개를 가로저으면서 그는 애써 자신을 진정시켰다.

"뭐야 ? 어떻게 된 거야 ?"

그는 자기자신에게 이렇게 말했다.

"그건 파리였잖아. 파리가 인간의 사랑에 훼살을 놓을 수는 없지. 그렇다면 숙모님이 파리를 이용하여 윙크를 했더란 말인가? 그럴 수가……"

그는 네 사람을 향하여 손가락질을 했다.

"이제부터 난로를 더 뜨겁게 할 것입니다. 한 시간쯤 지나면 당신네들은 모두 이집에서 나가지 않으면 안됩니다. 알고 있지요? 그래요. 잘 알고 계시군요."

밖에서는 비가 내리기 시작했다. 집을 축축하게 적시는, 차가운 비가 억수같이 쏟아졌다. 그레핀의 얼굴에는 초조한 표정이 떠올랐다. 빗소리만은 멎게 할 수가 없다. 듣지 않을 수가 없다. 새 경첩도, 윤활유도, 잠금쇠도, 아무 소용이 없다. 지붕에서부터 넓은 천을 덮어서 소리가 안나게 해볼까? 어리석은 짓이다. 그것은 안된다. 빗소리가 나지 않게 할 수 있는 것은 아무것도 없다.

조용한 것이 너무너무 탐이 났다. 지금까지의 인생에서 이토록 탐이 났던 적은 없었다. 소리 하나하나가 공포였다. 그것을 모조리 없애버려야 한다.

빗소리는 평평한 면을 두드리는, 흥분한 사나이의 주먹 소리와 같았다. 그는 다시 회상에 잠기어 자기를 잊고 있었다.

추억의 잔해가 마음에 떠올랐다. 그가 숙모네 식구들에게 미소를 가르친 2주일 전의 어느 날의…… 그리고 그후에 일어났던 일 ―.

그는 나이프를 들자 테이블 위에 있는 닭을 자르려고 했다. 평상시와 마찬가지로 한가족 모두는 엄숙한 청교도적 표정을 띠고 있었다. 딸들의 웃음을 로즈 숙모의 발이, 징그러운 벌레를 밟듯 밟아버리는 것이었다.

로즈 숙모가 닭을 자르는 그레핀의 팔꿈치 위치에서 잔소리를 했다. 그리고 또 한마디, 닭 자르는 솜씨가 틀렸다고 덧붙였다. 그렇다. 나이프의 날이 무디어진 것이다. 그래서 그는 회상하는 것을 일단 중지하고 눈동자를 뱅글뱅글 돌리며 씨익 웃었다.

그런 다음 그레핀은 숫돌에 나이프를 갈아가지고 다시 닭을 자르기 시작했다. 몇분이 걸려 그 대부분을 자른 다음 천천히 눈을 들어, 마뇌(瑪瑙)의 눈이 달린 푸딩을 생각나게 하는, 네 사람의 굳어 있는 얼굴을 바라보았다.

　잠시동안 그렇게 하고 있었는데 문득, 자기가 자르고 있는 것이, 껍질 벗겨진 메추라기가 아니라 발가벗은 여자인 것을 알아차린 것처럼, 나이프를 들고 쉰 듯한 목소리로 소리쳤다.

　"왜, 당신네들은 미소짓는 일이 없습니까? 좋아요, 미소를 짓도록 만들어 줄 겁니다."

　그는 나이프를 들고 몇번인가 마술사의 지팡이처럼 휘둘렀다. 그러자 시간이 얼마 흐르기도 전에 ― 한사람 남김없이 미소를 짓는 것이었다.

　그는 추억을 둘로 쪼개어, 꼬깃꼬깃 말아가지고 버렸다. 그리고 힘차게 일어서자 복도로 나갔고, 복도에서 부엌으로, 그곳에서 어둠침침한 계단을 내려가 지하실로 들어갔다. 그는 지하실 난방로(暖房爐) 입을 열자 불을 조금씩 요령있게 피어 불꽃이 타오르게 했다.

　지하실에서 올라오자 그는 주변을 살폈다. 청소부를 불러서 이 빈 집을 깨끗이 정리할 필요가 있다. 장식사(裝飾師)를 불러서 헌 커튼을 떼내고 반짝이는 새 천으로 커튼을 만들어서 치자. 바닥에는 새로 동양풍의 융단을 깔아야지. 그래야만 원하는 조용함이 확보될 것이다. 적어도 내달까지는 조용한 집안에서 살고 싶다. 그것이 채 1년간 계속되지 않는 한이 있더라도 ― .

　양쪽 귀를 손으로 더듬었다. 만약 애리스 제인이 집안을 돌아다니며 시끄러운 소리를 내면 어쩐다? 어디선가 그녀가 소리를 낸다면?

　그는 웃었다. 실로 우스운 일이다. 그 문제는 이미 해결되어 있었다. 애리스가 소리를 낼 염려는 없는 것이다. 그것은 어이가 없을 만큼 단순한 문제이다. 애리스 제인이 즐거움을 충분히 맛볼 수 있게 해주되 그 꿈을 망가뜨리는 소란과 불쾌함은 일체 없을 것이다.

조용함의 질을 올리는 데는 또 한 가지 첨가하고 싶은 것이 있다. 닫히는 문이 바람에 밀리면서 큰 소리를 내는 경우가 종종 있다. 그러므로 문 위에, 도서관 등에 있는 최신식 압축공기 브레이크를 장치하는 것이다. 그렇게 하면 레버가 닫히더라도 공기가 새는 미세한 소리밖에 나지 않을 것이다.

식당을 가로질러 갔다. 사람의 그림자는 처음의 위치에서 조금도 움직이지 않는 채이다. 그들의 손은 평소의 자세로 머물러 있다. 그들에 대한 무관심은 예의를 잊었기 때문이 아니다.

가족들이 이사를 시작함에 있어 그는 옷을 갈아입기 위해 계단을 올라갔다. 아름다운 커프스 단추를 떼었을 때 그는 고개를 갸우뚱했다.

음악!

처음에는 신경을 쓰지 않았다. 얼굴이 서서히 천장을 향함에 따라 뺨에서는 핏기가 가시어 갔다.

집 지붕에서 음악이 울려온다. 한음절 한음절, 그는 전율을 느꼈다.

수금(竪琴)의 줄을 하나하나 뜯는 듯한 음색(音色). 완전 고요 속에서 그 작은 소리는 점점 크게 들렸고, 마침내는 어이없을 정도로 과장되어 무음(無音)의 공간에 미친 듯 퍼져나갔다.

손 속에서 폭발이 일어나더니 문이 열렸고 그와 동시에 다리는 3층으로 달려 올라가고 있었다. 꽉 잡고, 느슨하게 놓고 미끄러지고, 쥐고, 잡아당기는 손 속에서 손잡이가 닳고닳은 기다란 뱀처럼 몸부림쳤다! 처음 올라온 계단은 뒤쪽으로 사라지고 더 길고 높고 어두운 계단으로 바뀌었다.

흔들리는 다리로 천천히 올라가기 시작했지만 이제는 전속력으로 변했다. 비록 그 앞에 돌연 벽이 버티고 있다 하더라도 그 벽에 피투성이의 손톱자국이 새겨질 때까지 전진하려고 했을 것임에 틀림없다.

그로서는 자기가 거대한 방울 속을 달리는 쥐처럼 생각되었다. 방울의 공동(空洞) 높이에서 수금의 줄이 한 개, 부웅 소리를 내며 물결치고 있다. 그것이 그를 끌어들이고 소리의 탯줄에서 그를 사로잡으며 공포에 양분과 생명을 주면서 그에게 자비를 베푼다. 공포가 어머니와 보채는 갓난아기 사이를 어지럽게 만든다.

두 손으로 그 접속을 끊으려고 하지만 안된다. 탯줄에서 물결치던 것이 전해오듯 하며 그는 넘어지고 몸부림을 쳤다.

또 한 개, 분명하게 — 줄을 튕기는 소리, 그리고 또.

"그만 해!"

그는 고함을 쳤다.

"이집에 소리가 있을 리 만무해! 2주일 전부터 — . 소리는 나지 않는다고 했었지……. 그러므로 — 있을 수 없는 거야! 그만 해!"

지붕 밑 다락방으로 올라갔다.

안도(安堵)는 격정(激情)의 방아쇠를 당긴다.

지붕의 통풍구(通風口)에서 방울져 떨어지는 빗방울이 키높이의 스웨덴풍 커트글라스 꽃병에 튕기어 나는 것이었다.

그는 힘껏 발길로 걷어차, 그 꽃병을 깨버렸다.

방에서 셔츠와 바지를 갈아입으면서 그는 피시식 웃었다. 음악은 없다. 통기구는 막혔고 꽃병은 1천 조각이 날만큼 부서졌으며 고요는 다시 확보되었다.

침묵과 고요에는 무수한 종류가 있다. 그리고 각각 독특한 개성을 가지고 있는 것이다. 여름밤의 고요함 — . 그것은 고요가 아니다. 수없이 겹쳐지는 벌레들의 합창과 인기척이 없는 시골길에 쓸쓸하게 걸려 있는 전등이, 탐욕한 밤의 어둠 속에서 약하디약한 빛을 던

174

지면서 천천히 흔들리는 소리 — . 여름밤의 고요가 진짜 고요하기 위해서는 듣는이의 태만과 부주의와 무관심이 필요하다. 그런 것이 고요 속에 있을 리 만무하다!

그리고 겨울의 고요함. 그러나 그것은 폐쇄된 고요함이다. 봄의 첫 수긍(首肯)에 금방 폭발한다. 모든 것을 밀어제치고 불쑥 솟아오르는 태양과 가깝다는 느낌을 지니고 있다. 거기서는 고요함 자체가 소리이다. 동결은 완벽하여 모든 것이 차임이 되며 한밤중의 다이아몬드처럼 대기(大氣) 속에 토해내는 숨결 하나하나가, 하는 말 하나하나가 폭발이 된다. 그렇다. 그런 것을 고요라고 부를 수는 없다.

다른 종류에서는 예컨대 — 연인 사이의 침묵, 말을 필요로 하지 않을 때 말이다. 볼에는 색깔이 물들고 그는 눈을 감았다. 그것은 아주 멋진 침묵임에 틀림이 없다, 비록 완전하지는 않다 하더라도 — . 왜냐하면 여자란 것은 다소의 압박을, 혹은 압박이 없는 것을 투덜대며 금방 입밖에 내어 침묵을 깨기 때문이다. 그는 미소지었다. 그러나 애리스 제인에 관한 한 그럴 걱정은 없다. 모든 것에 신경을 썼다. 모든 것이 완벽한 것이다.

속삭임 — .

바보처럼 기성(奇聲)을 지른 것을 이웃사람들이 듣지 않았을까, 그는 신경이 쓰였다.

아주 희미한 속삭임.

그런데 고요라는 건 말인데 — 최고의 고요는 개인, 즉 여기서는 그 자신이 만들어 내는 것임에 틀림이 없다. 결정체의 연결이 부서진 것처럼, 전등에 모여드는 벌레가 울지 않는 것처럼 — 인간의 마음은 모든 소리, 모든 사태에 대처할 수 있다. 그처럼 완전한 고요가 달성되었을 때에는, 손 안에서 세포가 조성(組成)되는 소리까지도 들릴는지 모른다.

속삭임.

머리를 가로저었다. 속삭임 따위는 들리지 않는다. 집안에 있는 것은 그 한 사람뿐이었기 때문이다. 땀이 주루룩 흘러내린다. 턱이 흔들리고 눈은 눈꺼풀의 속박을 피한다.

속삭임. 나지막한 이야기 소리.

"결혼한다고 했었지요?"

약하고 무기력하게 그는 말했다.

"거짓말……"

이라고 하는 속삭임.

턱을 가슴에까지 내리고 목을 굽히어 머리를 수그렸다.

"이름은 애리스 제인이라고 했지."

부드럽고 촉촉한 입술 사이에서 그런 말이 나왔다. 말은 형태가 되지 않는다. 모습이 없는 손님에게 눈짓으로 신호를 보내기라도 하듯 한쪽 눈꺼풀이 아래위로 움직였다.

"그만두려고 해도 어쩔 수가 없습니다. 사랑하고 있으니까 — ."

속삭임.

그는 무턱대고 한걸음 내디뎠다.

구석에 있는 통기구의 격자(格子)에까지 오니 한쪽 바지 가랑이가 흔들렸다. 따뜻한 바람이 바지 가랑이를 둥글게 펼쳤다. 속삭임.

난방로(暖房爐)이다.

계단 아래로 가던 도중, 바깥 문을 노크하는 소리가 들렸다.

그는 멈칫 섰다.

"누구십니까?"

"그레핀씨?"

그레핀은 긴장하며 대답했다.

"그렇습니다만."

176

"들어가도 되겠습니까!"

"누구신가요?"

"경찰입니다."

바깥의 사나이는 말했다.

"용건은요? 나는 지금 식사하려던 참이었는데요."

"이야기 좀 하고 싶습니다. 이웃집에서 전화가 걸려왔거던요. 당신의 숙부님과 숙모님을 만나지 않은 게 벌써 2주일이나 됐다면서요? 조금 전에 소리가 — ."

"아무것도 아니었습니다."

그는 억지로 미소를 지었다.

"그렇다면……."

바깥에서 목소리가 이어졌다.

"마음 편하게 이야기할 수 있을 겁니다. 문만 열어 주면 됩니다."

"미안합니다."

그레핀은 거절했다.

"나는 지금 몹시 피로합니다. 배가 고프거던요. 내일 와주십시오. 내일에는 이야기하겠습니다."

"이쪽에도 생각이 있습니다, 그레핀씨."

그들은 문을 두드리기 시작했다.

그레핀은 기계적으로 어색하게 발길을 돌렸다. 그리고 복도의 차가운 시계 앞을 지나 잠자코 식당으로 들어갔다. 그는 자기 자리에 가서 앉자, 처음에는 천천히, 그리고 이윽고는 빠른 말로 이야기하기 시작했다.

"문밖이 시끄러워서요. 로즈 숙모님, 당신께서 얘기해 주세요. 돌아가라고 말해 주세요. 식사시간이 아닙니까? 모두 함께 먹으면서 그대로 즐기고 있으면 들어오더라도 바로 돌아갈 것입니다. 로즈 숙모님, 이야기해 달라니까요. 자아, 이제 일어날 일이 일어난 것이니 모두에게 이야기하겠습니다."

뜨거운 눈물이 두세 방울, 아무 이유도 없건만 흘러내렸다. 그것이 하얀 리넨에 떨어지고 퍼져서 사라지는 것을 내려다보았다.

"애리스 제인 벨라드란 여자 따윈 모른다니까요. 애리스 제인 벨라드란 이름은 들은 적도 없습니다. 모두 ─ 모두 ─ 뭐라고 해야 좋을지 모르겠네요. 사랑하고 있다, 결혼하고 싶다고 했었지요? 그러면 모두가 미소지어 줄 것으로 생각하고 ─ 그렇습니다. 모두가 싱글벙글하는 얼굴이 보고 싶었던 것입니다. 이유는 그것뿐입니다. 연인(戀人) 따위가 생길 리 없습니다. 그런 것은 몇해 전부터 알고 있었다구요. 포테이토를 이리 주세요, 로즈 숙모님."

정면의 문이 우지끈 무너지면서 쓰러졌다. 여러 사람이 걸어오는 무거운 발걸음 소리가 복도에서 들려왔다. 그리고 경찰관들이 식당으로 난입했다.

망설였다.

경사(警査)가 당황하며 모자를 벗었다.

"아이구, 실례합니다!"

그는 사과했다.

"식사중이신데 소란을 떨 생각은 아니었습니다만……."

경찰관들이 돌연 발길을 멈추자 방이 흔들렸다. 그 여세로 로즈 숙모와 디미테이 숙부의 몸이 카펫 위에 뒹굴었다. 그곳에 누워 있던 두 사람의 귀 밑에 반달 모양의 상처가 빠끔히 나있었다. ─ 그 것이 테이블에 앉아 있는 두 딸을 포함하여 ─ 미소의 무서운 환영(幻影)을 만들고 있다. 너무 늦은 도착을 환영하며, 단순한 표정으로 모든 것을 말하는, 째진 미소…….

달을 그리는 화가(畵家)

　내가 경영하는 '사립(私立) 정신병환자 양호의원(養護醫院)'의 대지 안에 이 24시간 동안 병원 사람들의 이목을 곤두세우는 사건 따위는 전혀 없었다. 나는 편안하게 앉아서 과거에 진료한 바 있는 환자들의 흥미진진한 기록부를 살피는 데 몰두하고 있었다.

　존 모(某) ── 자기를 말[馬]이라고 믿고는 맑은 날에는 틀림없이 말 매는 말뚝에 자신을 묶어놓는 환자이다.

　칼빅 부인 ── 6년 전, 완치될 가능성이 없다는 진단을 받고도 계속 이곳에 있었던 중증 환자였는데 남편의 헌신적 간호로 회복된 사례의 환자이다.

　앤더스 부인 ── 이 사람은 과거에 대하여 보상받을 수단도 없는 큰 죄를 범했다고 생각하며 하루에 30번이나 손을 씻지 않고는 견디지 못했던 환자이다.

　그러나 이런 실례(實例)들은 모두 과거의 것들이며 이미 망각 저쪽으로 사라졌다고 해도 좋은 예들이었다. 따라서 이런 것들을 되짚어 본다고 해서, 따분하기만 한 오늘 오후가 별안간 활기차게 될 리가 없다. 그러나 세상일은 이상하여, 오늘쯤에는 바싹 긴장해야 하는 사건이 일어날 것이라고 생각했던 내 예감은 기막힐 정도로 실현되었던 것이다.

이야기는 속기(速記)를 담당하고 있던 여비서가, 방문자의 명함을 들고 내 사무실로 왔을 때부터 시작된다. 방문자의 이름은 존 루드빅이라 했으며 명함 겉면에 주소가 간결하게 '빈'이라고 적혀 있었다. 그 왼쪽 구석에 '신경정신병(神經精神病) 학자(學者)'라고 부기(附記)되어 있었다.

나는 그 '신경정신병 학자'란 것에 신경이 쓰여서 일부러 사무소 문에까지 걸어갔고 그를 맞을 준비를 했다. 그만큼 수고할 가치가 있을 것으로 생각한 것은 그 직함에 있었던 것 같다. 실제로 빈에 사는 루드빅씨가 먼길을 마다않고 미국 사람을 면회하러 왔다는 것은 그다지 흔한 일이 아니었던 것이다.

그런데 막상 만나보니 이 사람은 지식이 많은 사람에게 어울리지 않을 정도로 키가 작은 땅딸보였다. 그리고 이상하게도 그 연구 분야에 어울리지 않는 한 권의 화집(畵集)과 그림 그리는 데 사용하는 대형 화가(畵架)를 옆구리에 끼고 있었다.

나는 이 이상한 짐들을 바닥에 내려놓는 것을 도와주고 손님의 모자를 공손히 받아든 다음, 평소에 언제나 내가 애용하고 있는 안락의자를 그에게 권했다.

"아이구, 미안합니다. 이런 수고까지 끼치게 되어 죄송합니다."

손님은 다소 침체된 말투였지만, 듣기에 편한 영어로 말하기 시작했다.

"오늘 내가 찾아온 것은 다름이 아닙니다. 드릴 말씀이 있어서 왔는데 그 얘기가 좀 길 것입니다. 귀중한 시간을 내주실 수 있을는지요?"

"좋습니다. 하고 싶은대로 충분히 말하십시오 내 사정은 걱정하지 마시고……."

나는 대답했다.

"고맙습니다. 그럼 해럴드 제임스라는 화가(畵家)의 병증(病症)에 대한 이야기를 하겠는데 원장 선생께서는 물론 그일을 알고 계시겠지요?"

"예, 그 환자라면 알고 있을 정도가 아닙니다. 그는 이 병원에 여러 해 동안 입원하고 있었고…… 실은 그 사람이 죽은 곳도 바로 이곳입니다."

"나도 그렇게 알고 있습니다. 그래서 일부러 여기까지 찾아온 것입니다. 그렇다면 그 사람의 직업이 그림 그리는 화가였다는 것도 알고 계셨던가요?"

나는 대답한 다음 이렇게 덧붙였다.

"그의 작품을 몇점인가 본 적이 있습니다. 예를 들면 메트로폴리탄의 화랑에 걸려 있는 그림 등인데 그것은 당신도 알고 계시리라고 생각합니다만……."

"예, 본 일이 있습니다. 그 복제(複製)가 바로 이 화집 속에 실려 있습니다. 즉 여기 가지고 온 화집에는 그의 전작품(全作品)의 복제가 수록되어 있답니다. 하기야 전작품이라 해도 겨우 20점에 지나지 않습니다만 ─. 그렇습니다, 천재(天才)는 일찍 죽는다고 하는 말도 있잖습니까."

"예, 그가 젊은 나이에 죽은 것도 잘 알고 있습니다."

나는 동의하면서 다시 말을 이었다.

"그러나 그의 작품수가 적은 것은 그 때문만은 아닙니다. 만족할 만한 그림이 그정도이고 그 나머지 작품들은 가차없이 파기되었다는 것이 진상일 것입니다. 또 그의 어머니가 아주 신랄한 비평가였었구요."

"아니, 원장 선생께서는 그의 어머니에 대해서까지 알고 계십니까?"

"예, 잘 알고 있지요. 아들을 보러 늘 병원에 와있다시피 했었으니까요. 어머니는 그 아들에게 큰 실망을 했었던가 봐요. 그렇겠지요. 그 어머니는 아들을 어떻게 해서든 대화가(大畵家)로 키워내려고 했던 것 같아요 — 그 기대도 허무하게 — 당사자인 아들은 정신이상이 되었고 결국에는 죽고 말았으니 그런 점에서는 동정할 여지가 있습니다만……."

"그러나 적어도 20점의 그림은 남아있지 않습니까."

루드빅은 힘주어 말했다.

"결국 그 젊은이는 위대한 화가였다고 할 수도 있겠습니다. 정신이상이라는 것 자체가 화가에게 있어서는 필요 불가결인 자질이라고 하잖습니까. 어쨌든 그 문제는 나중에 말하기로 하고 지금부터 이 화집 속의 그림을 좀 보여 드리고 싶은데 어떠십니까?"

"좋습니다. 보기로 하지요."

손님은 화가(畵架)를 세워놓더니 그 위에 그림을 한 장씩 정성껏 올려놓았다. 나는 의자를 끌어당겨놓고 그 그림을 한장 한장 열심히 살펴보았다. 20점의 그림을 모두 소개한 다음 그는 다시 두 점의 그림을 뽑아서 그것을 화가 위에 꽂아놓았다.

"어떻습니까? 한차례 본 결과, 뭔가 특별한 것을 느끼지 않으셨나요?"

그가 물었다. 그의 어조는 마치 학생에게 질문을 하는 대학교수의 그것을 방불케 하는 것이었다. 나는 물론 그 대답을 준비하고 있었다.

"그렇군요. 그 어느 그림에도 세 가지가 공통적으로 그려져 있네요. 달과 남성과 여성 — ."

"그렇습니다."

"그리고 그 달인데…… 달이 차고 이지러진 상태가 그림에 따라 다르군요."

"아이구, 원장 선생의 그 혜안(慧眼)에는 감동하지 않을 수 없네요. 그토록까지 문제의 핵심을 찌르시다니 — 앞으로 할 이야기가 충분히 통할 것 같군요. 그럼 이 두 점의 그림에 주의해 주십시오. 먼저 이쪽의 그림인데 하늘에는 초승달, 땅에는 꽃향기가 그윽한 사과나무가 그려져 있습니다. 이 그림의 계절은 봄이고, 울타리에 기대고 있는 남녀는 연인인 것으로 생각됩니다.

소녀는 소매가 없는 옷을 입고 있으며 한쪽 팔을 남성의 몸에 걸치면서 그의 목에 입맞춤하는 장면입니다. 그런데 이 그림을 빈에서 상세하게 연구한 결과 여성의 팔이 이상하게 긴장하고 있다는 점 — 즉 안겨 있는 남성의 몸을 자신에게서 한발짝도 떼어놓지 않으려는 것이 판명되었다는 것입니다."

"다분히 남성 쪽에서도 그녀로부터 떨어지고 싶지 않았을 테지요."

"아닙니다. 나는 그렇게 생각하지 않습니다. 그러나 그 천착은 뒤로 미루기로 하고, 다음 그림을 보시지요. 이번의 그림은 겨울 그림입니다. 쌓인 눈의 무게를 견디다 못하여 반쯤 휘어져 있는 소나무나 솔송나무들이 빼곡하게 서있는 게 보이시지요. 달은 하현(下弦)입니다. 아주 예쁜 여성이 눈 위에 누워 있는 남성의 시체 앞에 무릎을 꿇고 있습니다. 여성의 입술은 빨갛게 물들어 있는데 — .

한편 남성 쪽을 살펴보면 양팔을 직각으로 펼치고 있어서 마치 십자가에라도 걸려 있는 표정입니다. 그리고 이번에는 그의 목줄기를 자세히 보십시오. 이빨 자국이 분명하게 나있는데 핏기는 전혀 없습니다. 더구나 여성은 만족스럽다는 웃음을 띠고 있는데 — 이 정경은 도대체 무엇을 의미하고 있는 것일까요? 원장 선생은 아시겠습니까?"

나는 일부러 시치미를 떼면서,

"모르겠는데요."

라고 대답했다.

"그건 아주 의외인데요. 이 환자는 실제로 이 병원에서 치료를 받았던 것이니…… 원장 선생께서는 그것을 모르실 리 없겠는데요."

그래서 나는 다음과 같은 질문을 던져서 일부러 화제를 바꾸기로 했다.

"당신은 아까 그림수가 20점이라고 말씀한 것으로 기억합니다만……."

"예. 주의를 충분히 기울이면서 찾았습니다만 발견된 것은 그것뿐이었습니다."

"그럼, 또 한 장, 다른 그림이 또 한 장 있다고 하면?"

"예? 그런 그림이 대체 어디에 있다는 것입니까? 원장 선생은 그것을 어디서 보셨나요? 그 그림을 나로 하여금 복제케 해주실 수 없겠습니까? 그것은 어쩌면 지금까지 풀리지 않았던 수수께끼를 해명해 낼 수 있는 중대한 열쇠가 되는지도 모르겠습니다."

"그게 말이지요, 실은 이곳에 있었던 겁니다. 21점째 그림은 이 병원에서 그려진 것이지요. 나는 이 두 눈으로 보았습니다. 그러나 유감스럽게도 복제를 할 수는 없습니다. 지금 와서 생각해 보면 그 그림은 분명 모든 수수께끼를 풀어 낼 수 있는 열쇠를 쥐고 있었던 것 같습니다만!"

"그렇습니까? 그것을 보기만 해도 일부러 미국에까지 찾아온 값어치가 있을 것 같은데요. 바로 이 이야기의 자세한 것을 알고 싶어서 먼길을 마다하지 않고 찾아왔습니다. 원장 선생께서는 아마 알아차리셨을 것 같습니다만…… 실은 내가 무엇을 숨기겠습니까? 해럴드 제임스의 전기(傳記)를 정신분석학적 견지에서 집필해 보려고…… 그래서 말씀인데 그 그림을 어떻게 해서든 손에 넣어야겠습니다. 단 한 부만 복제를 해도 좋습니다. 부탁이니 허락해 주십시오."

"유감스럽게도 내 힘으로는 안됩니다. 어쨌든 그 이유를 말씀드리지요. 자아, 마음을 편안하게 가지시고, 이제부터 내가 얘기하는 ― 한 사나이자 화가이기도 했던 해럴드 제임스란 인물의 신상에 관한 이야기를 신중히 들으십시오. 알고 있는 한, 모든 것을 상세히 이야기하겠습니다.

이 사나이도 어렸을 적에는 당연한 일이지만 순진한 아이였습니다. 그런데 아버지는 그가 철이 들기도 전에 세상을 떠난 것 같고 어머니란 사람이 보통이 아닌 사람이어서, 어떤 이유에서인지는 몰라도 아들 해럴드를 어떻게 해서든 대화가(大畵家)로 키워내겠다는 비원(悲願)을 가지고 있었던 것이지요. 그런 식이어서 그녀는 모든 수단을 가리지 않고 아들에게 기능을 습득시키려고 필사적이었습니다.

몇년이란 세월을 두고 그 아들에게 있어서는 영감(靈感)이 없는 손이 되었고, 그와 동시에 어머니가 신랄한 비평가로 변신한 이유도 거기에 있었던 것입니다. 그려낸 그림이 어머니를 기쁘게 해줄 만한 것이라면 그녀도 서둘러 화상(畵商)에게 달려가서, 그 그림을 매각하려고 했던 것 같은데, 조금이라도 마음에 안들면 용서없이 그 캔버스는 찢겨지고 말았던 것 같더군요.

그림을 그리는 것은 분명 그였지만 ― 파기하는 것은 오로지 그의 어머니였던 것입니다. 이 화가는 물론 세계 이곳저곳을 여행하고 돌아다녔는데 사정이 이러하여 어디를 가든지 어머니의 손에서 떠났던 일은 한번도 없는 상태였습니다. 미술계는 미술계대로 그의 재능을 인정하고 갈채를 보내는 자리까지 마련한 것은 좋았지만 그곳에도 어머니의 치맛바람이 작용할 정도였답니다.

이런저런 일이 있는 동안에 그 역시 사람인지라 연애에 빠지게 된 것입니다. 그런데 그것이 어머니에게 발각되었고 어머니는 그들 사이를 억지로 떼어놓았다 하니 심적으로 큰 고통을 받게 되었던 것이지요. 이런 일이 있은 후 얼마 안되어 그는 명백한 정신병으로 고생을 하게 되었으며, 결국에는 이 병원으로 실려오게 된 것입니다. 그 이후 줄곧 나는 이 환자의 치료를 떠맡게 되었던 것이구요.

당연한 일이지만 그 어머니는 자기 아들의 회복을 바라는 마음 하나로, 쉴 틈도 없이 우리 병원을 찾았습니다. 아들이 입원하고 있는 병실에 언제나 흔들의자를 침대 옆에 놓고, 그곳에 앉아 있는 것이 습관처럼 되었습니다.

그런데, 어머니는 이런저런 얘기를 간단없이 했지만 어찌된 까닭인지 환자는 한마디 말도 하지 않는 것이었습니다. 아들은 오로지 침대 위에 큰 대자로 누워 잠을 자거나 잠을 자지 않을 때는 꼼짝도 하지 않았습니다. 두 팔은 마치 십자가처럼 양옆으로 뻗고 눈 한번 깜박이지 않은 채로 말입니다. 두 눈을 크게 뜨고서 — . 정신병리학상의 용어로 말한다면 이것은 분명 긴장병의 징후인 것입니다.

그런데 어머니가 찾아오지 않을 때면 그는 예(例)의 흔들의자에 등을 동그랗게 구부리고 앉아 있거나, 또는 침대에 누워 있으면서 도무지 움직이려고 하지 않았습니다. 그리고 아주 재미있는 사실이 숨겨져 있는 것을 알아냈습니다.

그렇습니다. 달이 하현(下弦) 상태에서 점차 둥글어지기까지의 사이에는 틀림없이 흔들의자에 앉아 있는데, 달이 이지러지는 상태로 접어들면 마치 사람이 바뀐 것처럼 그 의자를 무서워하는 것입니다. 어떻습니까? 이런 사실도 당신이 하고자 하는 일에 도움이 될 것 같습니다만 —.

그러던 어느 날, 어머니가 재미있는 것을 병실로 가지고 왔습니다. 그것은 고급스런 액자에 들어 있는 호이츨러의 '어머니상(像)' 대형 복제였습니다. 나는 그 어머니의 부탁으로, 그 그림을 벽에 걸어 주었습니다. 그리고 안도하고 있자니, 어머니는 다음으로 유화(油畵) 세트를 사들고 오는 것이었습니다.

캔버스에 붓, 그리고 그림물감 등을 사다가 테이블 위에 늘어놓았습니다. 이렇게 하면 아들이 회복되었을 때 곧바로 창작을 시작할 수 있을 것으로 생각했던 것이겠지요. 그러나 막상 당사자는 그림도구에도, 어머니에게도 전혀 아무런 주의를 기울이려고 하지 않는 것이었습니다.

그런데 어느 날 나에게 전보가 날아들었습니다. 읽어 보니 '어머니 사망'이라고 적혀 있는 겁니다. 수신자 이름이 그 환자로 되어 있기 때문에 나는 전보를 받자마자 그의 병실로 가지고 가서 그 소식을 전해주었습니다. 그러자 놀랍게도 그는 살며시 눈을 감으며 자못 안도했다는 듯한 얼굴로 잠들어 버리는 것이었습니다.

그런 다음 한 30시간이나 눈을 뜨지 않고 계속 잠을 잤습니다. 이윽고 눈을 뜨자 그는 '옷을 주십시오'라고 말하더군요. 어떻습니까? 이런 행동은 아주 재미있지 않습니까?"

"예, 대단히 재미있는 이야기로군요. 어서 그 다음 얘기를 계속해 주십시오."

"그래서 나는 병원에 근무하고 있는 직원들에게 명령해 두었습니다. 그 환자가 자살할 기색을 보이지 않는 한, 그가 하는 짓에 방해를 하거나 잔소리를 하지 말라고요. 물론 나도 세심한 주의를 하면서 환자를 관찰했습니다.

그가 제일 먼저 했던 행동은 침대를 움직이어, 언제든 벽에 손이 닿을 만한 곳까지 잠자리를 이동시킨 일입니다. 그런 다음 예(例)의 호이츨러 그림을 액자에서 떼어낸 것인데, 유리와 빈 나무틀을 떼어내는 데는 상당한 수고를 해야 했었습니다. 그 다음에 무슨 말을 했는가 하면 '나이프 좀 빌려 주세요'라고 부탁을 하는 것이었습니다. 그러나 이것만은 함부로 줄 수가 없었지요.

그래서 그는 하는 수 없이 엄지손가락의 손톱을 사용하여 호이츨러의 그림에서 의자에 앉아 있는 어머니상(像)만을 잘라냈습니다. 그 작업이 끝나자 이번에는 잘라낸 것을 하얀 벽의 왼쪽 아래 구석에 붙이더군요. 이 작업까지 끝을 내더니 드디어 21점째의 그림이 — 벽 위에 그려지게 된 것입니다."

"아니 그럼, 그 그림은 지금 그곳에? 원장 선생은 아까 그림을 볼 수 없다고 말씀하셨는데, 그것은 또 어떤 이유에서입니까? 즉 복제를 하는 것만은 곤란하다는 의미인가요?"

"그점에 대해서는 좀더 나중에 설명하겠습니다. 그전에 우선 이야기의 결말을 말씀드리지 않으면 이야기의 연결이 안되겠어서 드리는 말입니다. 그런데 그는 그날 낮부터 작업을 착수하여 다음 날도 줄곧 그림을 그려나갔습니다. 계속해서요. 작업은 우선 어머니상(像)에서부터 시작했는데 재미있는 것은, 그는 그 부분을 하나의 기점(基点)으로 하여 위를 향해서 삼각형의 공백을 남겨두고 칠해나가는 것이었습니다.

그렇습니다. 바로 벽 오른쪽 위 구석에서 끝나고 있었습니다. 그런 다음 이번에는 여백(餘白)으로 남아있던 삼각형의 양쪽 옆에 여러 나무들을 그려넣었습니다 — 나뭇가지에는 눈이 가볍게 내려 쌓여 있었는데 나무의 종류는 대부분이 바늘전나무라든가 소나무, 솔송나무들이었는데, 그래도 자세히 살펴보니 이곳저곳에 떡갈나무가 그려져 있는 것이었습니다. 낙엽이 나뭇가지에 붙어 있는 것까지 상당히 극명하게 그려져 있던 것으로 기억합니다.

다음으로 삼각형의 정점 부분인데 이곳에는 하현달이 그려져 있었습니다. 그리고 이번에는 하늘인데 이것 또한 짙은 청색 일색이었고 적지않은 별들이 빛나고 있었던 것으로 생각됩니다.

여기까지만 얘기해도 그가 그린 그림이 어쩐지 으스스하고 무서운 분위기였던 것은 분명하지요? 나는 한 번 보았을 뿐으로도 오한이 나더라구요. 해럴드 제임스라는 젊은이가 굉장한 화가였었던 것은 이 그림만 보더라도 틀림없었음을 알 수 있습니다. 내 의견을 듣기만 해도 병원 벽에 그려졌던 그 그림이야말로 그의 최고 걸작이라고 할 것임을 믿어 의심치 않습니다. 그의 그림은 이미 완벽에 가깝다고 할 수 있었으니까요.

그런데 이번에는 칠하고 남은 삼각형의 공백 부분에 붓을 댈 차례가 되었는데 그는 우선 그 정점(頂点)에 해당하는 곳에 2피트쯤의 여백을 새로이 남기는 것이었습니다. 그런 다음에 일군(一群)의 여성상(女性像)을 정성껏 그려 넣기 시작했습니다. 먼저 제1열째에는 1870년대의 이브닝 드레스를 입은 여성으로서 사람 수는 두 사람이었습니다.

그 뒤에 펄럭이는 스커트를 입은 여성을 네 사람 배치하고, 이하 한 세대 이전의 의상을 입은 여성이 8명, 그 뒤에 16명…… 이런 식으로 뒤쪽에 가면 갈수록 여성들의 상(像)은 작아지게 되어 있었습니다.

결국 이렇게 되어가는 등차수열(等差數列)은 최후의 곳에서 한 점(點)으로 응집되는 것인데 훨씬 뒤쪽을 살펴보면 그 일대의 여성들은 곰의 모피(毛皮)를 거칠게 몸에 둘렀을 뿐인 야만적 모습으로 그려져 있는데 막판에 가서는 늑대를 사냥개 대신 끌고 가는 꼬리 없는 원숭이 암컷의 모습이었답니다.

달 바로 밑에 있는 여성에 이르러서는 — 그랬었군요 — 환각적인 색채를 입힌 유사(有史) 이전의 짐승 암컷과 조금도 다를 것이 없었습니다. 정말 으스스한 모습이었지요.

그는 땅 위에도 눈을 그려넣었습니다. 여자들은 각각 그 위에 서서 신발을 신었다든가, 아니 심지어는 맨발로, 그리고 나중에는 뒷다리라고밖에 할 수 없는 것으로 눈을 밟고 있었습니다. 그런 맨발들은 동상에 걸리게 마련이어서 피가 흐르기도 했지요. 그래서 여기저기에 피 웅덩이가 생겼습니다.

이 여성들은 모두가 매력적인데다가 고귀한 냄새까지 풍기고 있었는데 어찌된 일인지, 그 아름다운 모습의 어느 곳을 보든지 증오의 마음이 생기는 것이었습니다. 그와 동시에 그녀들의 의식적인 냉담성이 가만있어도 으스스할 정도의 광경을 보여주더니, 한층 더 참을 수 없는 냉혹함으로 바뀌어가는 느낌이 들었습니다. 이 와중에서 단 한가지, 그래도 따뜻하고 우아함을 비장하고 있는 것은 예의 호이츨러의 '어머니상(像)'뿐이었습니다.

그런데 여기까지 그려나가는 데 며칠이나 걸렸답니다. 해럴드는 입을 열지 않았지만 식욕은 왕성했고 수면도 정상적으로 취하는 것 같았습니다. 아참, 그가 어머니의 흔들의자를 복도에 내놓았다는 이야기는 했었지요? 그 덕택에 나는 그것을 복도에 놓아둔 채 그가 작업하는 모습을 관찰할 때 아주 요긴히 사용할 수 있었습니다.

이런 식으로 작업이 진행되었고, 나머지는 이제 호이츨러의 '어머니상'과 연결되는 벽의 하얀 부분, 즉 2피트 정도의 공백을 메우는 것뿐이었습니다. 그는 제일열(第一列)째에 그려넣은 여성두 명의 발밑에, 얼굴을 숙이고 눈 위에 양팔을 펼친 채 누워 있는 남성의 몸을 칠하기 시작했습니다.

이 남성은 피부에 무수한 파열상을 입고 있는데 이상하게도 상처 주위에 피 같은 것은 한방울도 떨어져 있지 않은 것입니다. 그가 그 그림을 완성한 것은 며칠 후의 오후 늦게였다고 생각됩니다. 그는 저녁식사를 하지 않고 옷도 갈아입지 않은 채 잠이 들고 말았으니까요. 내가 저녁때, 맥박과 호흡을 조사하러 갔을 때도 한참 잠을 자는 중이었습니다. 다행하게도 맥박과 호흡에는 이상이 없었으므로 나는 그대로 자게 내버려두었습니다.

그날 밤 나는 사무실 달력을 보고 오늘 밤이 하현(下弦)달에 해당한다는 것을 알았습니다. 밖에는 눈이 흩날렸으며 그야말로 1분마다 추위가 더 심해지는 밤이었습니다.

'제임스를 밤새 지켜봐주지 않으면 안되겠군.'

나는 이렇게 생각했습니다. 그 그림이 완성되었을 때 아무래도 무슨 일이 일어날 것만 같은 예감이 들어서 가만있을 수가 없었거든요. 이런 밤에는 긴장병(緊張病) 환자가 자살하기에 안성맞춤이란 생각을 나는 문득 했던 것입니다.

그래서 나는 곧 병실로 달려가서 당직 간호사를 귀가시키기로 했습니다. 복도에 나와 있는 예의 흔들의자를 이용하여 내가 불침번을 서겠다는 구실을 대자, 간호사는 곧 귀가했습니다. 그런 다음 환자의 상태를 관찰했더니 그 역시 깊은 잠에 빠져 있는 것 같아서, 나는 모포를 머리에 뒤집어 쓰고 회중전등빛을 밝히어 병실 안을 둘러본 다음 의자에 편히 앉았습니다. 그리고 그대로 잠에 빠져들었습니다.

정신을 차리고 보니 손목시계는 벌써 오전 2시를 가리키고 있었습니다. 병실은 퇴색된 것처럼 뿌옇게 된 달빛이 비추고 있었는데, 그 밝기는 아무래도 하늘에 떠있는 달이 비추는 빛이 아니라 벽에 그려져 있는 달 그림에서 나오는 것 같았습니다. 어쩐지 으스스해지더군요.”

“가만 계십시오. 이건 또 흥미진진한 이야기로 발전하겠는걸요.”

루드빅은 흥분으로 눈을 반짝이고 몸을 내밀며 중얼거렸다.

“실내를 비추고 있는 빛은 이미 달빛 따위처럼 간단한 것이 아니었습니다. 그 빛이 내뿜고 있는 것은 벽에 그려진 달임에 틀림없었기 때문입니다. 그리고 해럴드가 갑자기 침대에서 일어난 것도 바로 이때였습니다. 그는 다리를 슬쩍 뻗자 침대 위에 일어섰습니다. 나는 이 눈으로 그의 얼굴을 확실히 보았는데 거기에는 몽유병자에게 특유(特有)한 그 멍청한 허탈한 표정이 나타나고 있었습니다.

이윽고 그는 파자마 상의를 벗어 버리더니 그것을 차곡차곡 개키어 침대 발치 쪽에 놓는 것이었습니다. 묘한 짓을 하는구나 생각하고 있자니, 바로 뒤이어서 더욱 불가해한 일이 일어났습니다. 벽에 붙여 놓았던 ‘어머니상(像)’이 돌연 일어났던 것입니다. 더구나 그에게 호응이라도 하듯이 그림물감으로 칠해 놓았을 뿐인 여성군(女性群)까지 속속 벽을 빠져나오기 시작했던 것입니다.

나는 몇초 동안, 그저 아연실색하며 서있었을 뿐입니다. 그 운명의 몇초 동안에 나는 몇번이고, 나 자신이 당장에라도 악몽에서 깨어나, 지금까지 바라보고 있던 광경이 스르르 사라지는 것이 아닌가하는, 기묘하고 이상야릇한 감각에 빠져 있었지요.

그러나 부드럽고 따뜻한 여성의 손이 내 두 팔을 들어올리면서 몸조차 움직일 수 없도록 내 몸을 짓누르자 그런 환각(幻覺)은 거품처럼 사라져 가는 것이었습니다. 이렇게 되면 고함도 지를 수 없어집니다. 더구나 어디서 달려왔는지, 두 마리의 늑대까지 그

192

무서운 이빨로 내 뒤꿈치를 물려고 덤벼드는 것이었습니다."

"잠깐만 기다려 주세요. 원장 선생은 그것이 늑대란 것을 어떻게 아시게 되었습니까?"

"냄새 때문이지요. 습한 모피(毛皮)에서 썩은 고기의 냄새가 풍기더라구요. 그놈들이 이빨을 내밀고 으르렁대는 것을 실제로 들었던 것으로 기억하고 있습니다. 그리고 내 입을 막은 여성에 대해서인데 그녀의 머리털이 내 얼굴에 마구 흐트러졌을 때, 뭐라고 표현할 수 없는 냄새가 풍겼던 것도 잊을 수가 없습니다. 그러나 눈만은 아직도 분명히 볼 수가 있어서 해럴드가 돌연 몸을 비틀어대는 것을 목격했습니다.

근육과 근육을 긴장시키고, 그 얼굴에는 절망과 공포가 뒤섞인, 무서운 표정이 떠올랐는데 볼만한 광경이었습니다. 그가 몸을 아무리 비틀어대도 어떤 무서운 힘이 그를 몸채로 공중에 띄웠고 얼굴을 바닥으로 향하도록 한 채, 그림 아래 부분에 엎드리도록 했다니까요. 그자리에 엎드러진 그는 두 팔을 직각으로 뻗었는데 이제 소리 하나 낼 수 없는 상태가 되었습니다.

그 사이에도 벽에서는 여성들의 행렬이 속속 빠져나왔고 늑대가 멀리서 짖는 소리는 점점 높아져서 우리의 생명은 그야말로 풍전등화(風前燈火)가 되었습니다. 그러자 별안간 방이 암흑에 싸이고 말았습니다. 지금까지 내 몸을 짓누르고 있던 손이 무슨 이유에선지 그 힘을 느슨하게 하며 멀어져 가고 있었는데 나는 구사일생(九死一生)했다는 생각이 들었습니다. 그래서 그 와중에서도 손을 뻗어 회중전등불을 켰습니다."

거기까지 애기했을 때 루드빅이 돌연 입을 열었다.

"그럼 그 해럴드 제임스는 죽었습니까?"

"예, 죽었습니다. 나는 크게 당황하여 방으로 돌아왔고 그의 몸을 복도까지 끌어냈는데 역시 틀렸습니다. 그뒤 나는 문을 단단히 잠그고 경보 벨을 울렸지요. 그의 상처를 조사해 보니 상처 자체는 모두 작은 것들이었습니다만 그 깊이가 상상 이상이었습니다. 치명적이었지요.

목줄기 오른쪽 등은 찢긴 듯한 상태로 손상을 입고 있었는데 ─ 단지 지금까지도 풀리지 않는 것은 어느 상처에서도 전혀 피가 흘러나오지 않았다는 점입니다 ─ ."

루드빅은 빙그레 웃었다. 과연 이 사람이 어느 정도나 이야기를 믿고 있는지, 나로서는 의심이 가지 않을 수 없었다. 그런데 그가 속삭이는 것 같은 목소리로 단적인 대답을 하는 것이었다.

"이것은…… 지금 우리가 하는 이야기는 중세(中世)의 요술로까지 빠져든 것 같습니다."

"믿고 싶지 않은 것은 당신 마음이겠는데, 피 한방울도 나오지 않았다는 점, 이점만은 신명에게 맹세하는, 진실입니다. 우리는 그 시체를 안치소로 옮겨가기 전, 검시관이 도착할 때까지 부러진 나이프로 그의 오른쪽 팔을 계속해서 찔러 보았다구요. 그리고 한 가지 당신에게 보여줄 것이 있습니다. 늑대가 내 뒤꿈치를 물었을 때, 제대로 물었던 것 같습니다. 다음날 아침 그 이빨 자국을 약을 발라서 태우지 않으면 안될 정도였던 것입니다. 어떻습니까? 그 흔적을 보시겠습니까?"

"아닙니다, 됐습니다!"

루드빅이 날카로운 목소리로 외쳤다.

"만약 내가 이 이야기의 일부라도 믿지 않으면 안될 처지라면 그때는 이미 전부를 그대로 믿는 것 외에 다른 도리가 없을 것 같습니다. 바라건대 그것만은 사양하겠으니 이해해 주십시오."

그는 의자에서 일어서자 내 책상 쪽으로 다가왔다.

"원장 선생, 나로 하여금 반신반의의 상태로 귀가하게 해주십시오. 그리고 끝으로 또 한 가지 — 예(例)의 그림 건인데요 — 어떻습니까? 이 화집(畵集)에 넣을 복제를 꼭 좀 하게 해주지 않으시렵니까? 화가는 내가 수배해 보겠습니다."

손님의 간청을 듣고 나는, 그것은 도저히 할 수 없다는 표현으로 손을 크게 벌려 보였다.

"그것은 할 수가 없습니다. 어쩌면 이 이야기도 안믿을 것 같습니다만, 그 다음날, 나는 문에 걸어두었던 자물쇠를 열고 실내에 들어가 보았습니다. 그런데 문을 열자마자 나는 질겁을 했습니다. 벽에 걸려 있던 그림이 감쪽같이 사라져 버린 것입니다. 남아있는 것은 단지 왼쪽 아래 구석에 붙여져 있던 호이츨러의 '어머니상(像)'뿐이었습니다. 그리고 새하얀 석회 벽이 이어지고 있을 뿐이었다구요"

"남아있는 것은 그것뿐이었단 말입니까?"

"예, 그 이외의 그림은 그야말로 운산무소(雲散霧消)였습니다. 그래서 그때는 한다하는 내 신경도 이상해졌다는 생각이 들었고 — 이것은 단순한 환각에 지나지 않는 것이겠지만 — 나에게는 아무래도 그 '어머니상'이 미소짓고 있는 것처럼 보이는 것이었습니다. 또 그녀의 입가에는 어떤 빨간 것이 붙어 있는 것 같았다구요."

"피였습니까?"

"아닙니다. 그것까지는 확실히 알 수가 없습니다. 아마도 그림물감이든가 아니면 다른 것이었겠지요. 그런데 나는 그 잘라낸 것을 태워서 완전히 재로 만들고 말았습니다."

핼핀 프레이저의 죽음

1

죽음이 만들어 내는 변화만큼 큰 변화를 나타내는 것도 없다. 일반적으로 육체를 떠난 영혼은, 때로는 스스로 원하여 되돌아, 더러는 살아있는 사람에게 목격되게(본디 육체를 가지고 있었던 형태로 나타난다) 마련인데, 그래서 영혼이 잠들어 있어야 할 시체가 걸어다니는 일도 종종 있다. 이처럼 살아 돌아온 시체는 생존시의 애정도 없으려니와, 아무런 기억도 없고, 단지 미움만이 있다는 것은, 그것에 대하여 말하며, 오랫동안 그것과 만났던 사람들이 증언을 하고 있다. 그런가 하면 또 이 세상에 살 때는 온화했던 영혼 중에는 죽음에 의해 악한 것이 되는 일도 있음도 잘 알려져 있다.

-해리-

한여름의 어느 날 밤, 한 사나이가 숲속에서 꿈도 안꾼 잠에서 깨어나자 지면(地面)에서 머리를 쳐들었다. 그리고 잠시 어둠을 바라보며,

"캐더린 럴!"

이라고 말했다. 그랬을 뿐 아무 일도 없었다. 그말만 왜 입밖에 냈

196

는지 그 사나이로서도 그 이유를 알 수가 없었다.

그 사나이는 핼핀 프레이저라고 했다. 이전에는 세인트 헤리나에 살고 있었는데 지금은 어디에 살고 있는지 모른다. 왜냐하면 그는 죽었기 때문이다. 그의 밑에는 낙엽과 습한 지면밖에 없고, 그의 위에는 잎이 떨어진 나뭇가지와 그 나뭇가지 사이로 빼꼼히 올려다보이는 하늘밖에 없다. 그런 숲속에서 항상 잠자고 있는 자에게는 장수(長壽)를 바랄 수가 없다.

프레이저는 벌써 32세라는 나이에 달하고 있다. 세상에는 이 나이를 노년(老年)이라고 보는 사람이 수백만 명이나 있다. 그중에서도 특히 선량한 자들이 그렇게 본다. 그것은 아이들이다. 인생의 항해를, 출발하는 항구에서 바라보는 자들로서는 상당한 거리를 항해한 배는, 이미 멀고 먼 바다 건너 목적지에 곧 도착할 것으로 보이는 법이다. 그런데 핼핀 프레이저가 해골이 되고 죽음에 이르렀다는 것은 확실치가 않다.

그는 하루 온종일 나파강(江) 유역 서쪽에 있는 구릉에 들어가 비둘기라든가 계절에 맞는 사냥감을 찾으며 쏘다니고 있었다. 늦은 오후가 되자 하늘에는 구름이 두껍게 드리워졌고 그는 방향을 잃고 말았다. 시종(始終) 언덕을 내려가기만 했더라면 좋았을 것을 ─ 어느 곳이든 간에 길을 잃었을 때는 그것이 안전한 방법인 것이다 ─ 오솔길도 나있지 않았기 때문에 시간을 허비했고, 숲속에서 미처 빠져나오기도 전에 밤이 되고 말았다.

캄캄한 어둠 속에서 가시덤불을 헤치고 나갈 수도 없어서 진퇴양난, 피로곤비에 빠져 있다가 마침내 마드로냐 거목(巨木) 뿌리 가까이에 누워, 그대로 꿈도 안꾸는 잠에 빠져들고 말았다.

그리고 수각(數刻)이 지난 다음, 한밤중에 때마침 하느님의 신비한 사자(使者) 중 하나가 헤아릴 수 없을 정도의 큰 무리의 선두에

서서, 한줄기 서광을 비춰줌과 동시에 서쪽을 향하여 미끄러지듯 떠나갈 때, 잠자고 있는 사나이의 귀에 '잠 깨라'라는 말을 했다. 사나이는 일어나자 웬지 모를 그 이름을 입밖에 냈던 것인데 사나이는 그 이름이 누구 이름인지도 몰랐다.

헬핀 프레이저는 이렇다 할 철학자도 아니려니와 과학자도 아니었다. 숲속에서 한밤중에 깊은 잠에서 깨고, 자기 기억에도 없는가 하면 거의 외워둔 일도 없는 이름을 입밖에 냈다 하여, 이 기묘한 현상을 조사해 보고 싶은 호기심이 발동하는 일도 없었다. 기묘한 일이라고는 생각했지만, 밤에는 무척 춥다는 계절적 추정(推定)에 순순히 따르려는 듯, 몸서리를 친 다음 다시 누워 잠이 들었다. 그런데 이번에는 꿈을 안꾸는 잠이 아니었다.

여름 밤, 짙게 내려앉은 어둠 속에 하얗게 피어오르는 먼지투성이의 길을 걷고 있는 것 같았다. 그 길이 어디서 어디로 통하는지, 그리고 왜 길을 걸어가는지 그로서는 알 수가 없었다. 그러면서도 꿈속에서 흔히 그러하듯, 모든 것은 단순하고 또 자연스럽게 생각되었다.

왜냐하면 '침상(寢床)의 저쪽 나라'에서는 놀라움은 걱정을 정지시키고, 판단이 멎기 때문이다. 이윽고 그는 갈림길에 도착했다. 가도(街道)에서 갈려나온 길은, 길가는 사람도 적은 것 같고, 아니, 사실은 길가는 사람의 발길이 끊어졌고, 오래도록 버려져 있던 것처럼 보였는데 그것은 분명 무언가 악(惡)으로 통하는 길이기 때문이라고 그는 생각했다. 그래도 아무 주저없이 무언가 일각(一刻)이라도 유예할 수 없는 필요성에 쫓기듯 그는 그 길로 접어들었다.

앞으로 서둘러 나아감에 따라 어떤 것인지 분명하게 상상을 할 수는 없지만, 눈에 보이지 않는 존재가 따라오는 것을 알 수 있었다. 길 양쪽의 나무들 사이에서 소곤거리는 소리가 들려왔다. 그 소리는 무슨 소리인지 확인할 수가 없었다. 모르는 말로 소곤거리기 때문인데 귀를 기울여 듣노라니 부분적으로는 이해되었다. 그에게는 그 속삭임이 자신의 육체와 영혼에 대하여 꾀하는 비도(非道)한 음모를 중얼대는 것으로 생각되었다.

밤이 된 지도 어언 많은 시간이 흐른 것 같았다. 그래도 그가 걷고 있고, 끝이 안보이는 이 숲은 반짝반짝 명멸하는 파랗고 흰빛으로 빛나고 있었는데 그것은 사방으로 빛을 비춰주지는 않았다. 그 신비한 빛을 받으면서도 그림자 하나 만들어 내지 못하고 있기 때문이다. 낡은 수레바퀴 자국과 같은 도랑에, 최근에 내린 비가 괴어 있는 듯한, 얕은 물이 새빨간 빛을 띠면서 그의 눈길을 사로잡았다. 그는 웅크리고 앉아서 한쪽 손을 물에 담그었다. 손가락이 빨갛게 물들었다. 피였던 것이다!

정신을 가다듬고 보니 사방이 온통 피투성이였다. 길가에 빽빽이 나있는 잡초도 그 잎사귀마다 반점을 이루고 있는 것은 피였다. 두 개의 바퀴자국 사이에 있는 마른 땅 이곳저곳에 새빨간 비라도 뿌린 것처럼 빨간 방울이 튀어 있었다. 나무마다 그 큰 줄기들은 커다란 선혈(鮮血)의 반점이 튀어 있었고, 잎사귀마다 이슬방울이 맺힌 것처럼 핏방울이 튀어 있었다.

이상과 같은 일을 그는, 당연히 예측하고 있던 대로 되었다는 생각과 조금도 모순되지 않는 공포심을 가지고 관찰했다. 그런 것 모두는 자기가 죄를 범한 의식은 있다 하더라도 도저히 해결할 수 없는 범죄의 보상인 것처럼 생각되었다. 위협인 것도 같고, 수수께끼인 것도 같고, 주위의 무서운 광경에 더하여 죄를 범한 의식은 더욱 무서웠다. 그는 기억 속에서 과거의 생활을 더듬어 보고 죄를 범했을 때를 재현해 보고자 했으나 소용이 없었다.

여러 가지 장면과 사건이 소연하게 어우러지면서 마음에 떠올랐다. 한 개의 장면이 나타나서 다른 장면을 지워 버리거나, 그것과 겹쳐지거나 하여 혼란스러워지고 애매해질 뿐, 어디에도 그가 찾고자 하는 광경의 편린(片鱗)조차 잡을 수가 없었다. 할 수 없다고 생각하니 공포는 더해갔다.

상대가 어떤 사람인지 모르고 이유도 모르는 채 살인을 범한 자와 같은 느낌이 들었다. 상황은 실로 머리털이 곤두서는 것 같았다 — 무언(無言)의 무서운 위협을 가하며 불타오르는 빛, 칙칙한 식물(植物), 누가 보아도 한눈에 알 수 있는 음울하고 악취에 가득 찬 성격을 띠고 있는 나무들, 그런 것들이 눈앞에서 공공연하게 그의 평안을 파괴하고자 기도(企圖)하고 있다.

머리 위에서도, 전후좌우에서도 확실히 들을 수 있는, 등골이 오싹해지는 속삭임 소리와, 분명 이 세상의 생물이라고는 생각되지 않는 모습이 육박해 온다 — 그는 이제 그 무서움에 더이상 견딜 수 없게 되었다. 목소리도 낼 수 없고 몸도 움직일 수 없을 정도로 자신의 모든 기능을 단단히 묶어놓은, 사악한 주문(呪文)에서 벗어나기 위해 필사적인 노력을 하며 있는 힘을 다해서 고함쳤다.

목구멍이 찢어지도록 낸 목소리는 마치 무수한 괴성(怪聲)이 되고 더듬거리는 편언(片言)이 되어, 멀리 숲 끝으로 퍼지다가 마침내는 사라지고 조용해졌다. 그러자 주변은 다시 원래의 상태와 똑같이 되었다. 그러나 그는 저항을 시작했고 기력이 솟아났다. 그는 말했다.

"내가 이대로 묵묵히 물러설 수는 없지. 이 저주받은 길을 지나가는 사람 중에는 악의가 없는 사람들도 많이 있을 것이야. 나는 그 사람들에게 증거를 써서 남기어 호소하리라. 이처럼 심하게 당한 것을, 그리고 내가 참아내고 있는 이 박해를 꼭 전해줄 것이다 — . 나는…… 단지 무력한 인간, 회개한 자, 아무런 해(害)

도 주지 않는 일개 시인(詩人)이지만!"

핼핀 프레이저는 회개할 때만 시인이었다. 꿈속에서이지만 — .

주머니 속에서 작은 빨간 가죽지갑을 꺼냈다. 그 반쯤은 메모용지가 들어 있었다. 그러나 연필이 들어 있지 않다는 것을 알아차렸다. 풀숲 속에서 작은 나뭇가지를 잘라 가지고 그것에 피를 찍자 재빨리 적기 시작했다.

그러나 나뭇가지 끝이 종이에 닿는 순간, 나지막하고 미치광이 같은 웃음소리가, 헤아릴 수 없는 먼곳에서 들려오더니 점점 커졌으며 조금씩 다가오는 것 같았다. 생기도 없고 냉혹하며 응달에 잠긴 웃음소리, 그것은 깊은 밤에 호반(湖畔)에서 한 마리 거위가,

'끼룩!'

하고 우는 소리를 연상케 했다. 웃음소리는 가까워지더니 바로 가까이에서, 이 세상 것으로는 생각되지 않는 절규로 변했으며, 이윽고는 차츰 작아지다가 사라져 갔다. 그것은 마치 웃음소리를 냈던 그 꺼림칙했던 것이, 원래 그놈이 있었던 저 세상으로 돌아가는 것과 같았다. 그러나 이 사나이에게는 그렇게 느껴지지는 않았다. — 아직도 가까이에 있으면서 움직이지 않고 그대로 있는 것으로 생각되었다.

이상한 느낌이 그의 심신(心身)에 서서히 퍼져나가고 있었다. 자신의 어떤 감각이 영향을 받고 있는 것일까? — 만약 그런 일이 있다고 한다면 — 그 자신도 알 수 없었으리라. 감각이라고 하기보다 오히려 의식이라고 생각되었다 — 무엇인가 압도적인 힘을 가진 것이 있다는 확신과 비슷한 신비스런 정신의 기능 — 주변에 무리지어 꿈틀거리고 있는, 눈에 안보이는 유(類)와는 또다른, 힘에 있어서도 우세한, 무엇인가 초자연적인 악의(惡意)가 있다고 확신했다.

그놈이 그 등골이 오싹해지는 웃음을 웃었다는 것을 알았다. 그놈

이 이번에는 다가오는 것 같았다. 어느 방향에서 오는지는 알 수가 없었다 ― 짐작조차 할 수가 없었다. 지금까지의 공포는 깨끗이 잊어버렸는데 어쩌면 그를 꽁꽁 묶어놓았던 거대한 공포감에 녹아 버린 것인지도 모른다. 그것과는 별도로 지금은 오직 한 가지 생각밖에 나지 않았다.

망령(亡靈)이 득시글거리는, 이 숲을 지나가는 선량한 사람들에게 호소하는 글을 써내는 것이다. 만약 만에 하나라도 사멸(死滅)의 저주를 받지 않고 이것을 할 수 있다면 그 사람들이 언젠가는 자기를 구출해 내줄는지도 모르기 때문이다. 그는 아주 빠른 속도로 써나갔다. 손에 쥐고 있는 작은 나뭇가지는 피를 떨어뜨리고 있어서 다시 피를 찍을 필요도 없었다.

그런데 도중까지 써나갔을 때 갑자기 마음먹은대로 손이 움직이지 않더니 양팔이 옆구리 쪽으로 축 늘어지면서 지갑이 땅바닥에 툭 떨어졌다. 움직이려고 해도, 소리치려고 해도 힘이 빠져서 뜻대로 되지 않았다. 문득 정신을 차리고 보니 자기 어머니의 심히 일그러진 얼굴과 죽은 사람 같은 얼빠진 눈을 뚫어지라고 바라보고 있는 것이었다. 어머니가 염습을 하여 묶어놓은 모습으로 파랗게 질리어 잠자코 서있었다!

2

청년이었을 때 헬핀 프레이저는 테네시주(州) 내슈빌시(市)에서 부모와 함께 살고 있었다. 프레이저가(家)는 남북전쟁이 가져다준 파괴에도 용케 버티어 낸, 상류 지위에 있는 부유한 집안이었다. 아이들은 그 시대와 그 지역에 어울리는 사교적·교육적인 기회를 충분히 향유하여 올바른 예의범절과 교양이 있는 사고방식을 몸에 익혔고, 훌륭한 사교와 교육에 응하고 있었다.

핼핀은 막내아들이었는데 그다지 건강하지도 못했었으므로 아마도 응석받이로 자라났을 것이다. 그는 어머니의 과보호와 아버지의 방임(放任)이라는 이중적 불리(不利)를 겪어야 했다. 아버지 프레이저는 남부의 자산가라면 누구나 그러했듯이 정치가였었다.

그가 속해 있는 지방 — , 속해 있는 지방이라고 하기보다 그가 사는 지역과 주(州)는 횡포할 만큼, 그의 시간과 주의(注意)를 요구했으므로 가족들에 대해서는 귀를 — 정계 보스들의 귀까지도 먹게 만드는 열변이라든가 그 자신도 포함한 절규 따위에 의해 거의 귀머거리가 된 귀를 — 다소 기울이는 것이 고작이었다.

젊은 핼핀은 꿈꾸기 쉬운 태만의 — 이라기보다 로맨틱한 — 경향이 있었으며, 그가 그것을 직업으로 삼아야 하도록 교육받아 온 법률보다는 오히려 문학(文學)에 열중하고 있었다. 현대적인 유전학상의 신념을 주장하는 친척들 사이에서는 어머니의 증조부(曾祖父)인 고(故) 마이어런 벤이 달 아래의 지상(地上)에 재림한(셰익스피어의 《햄릿》의 대사) 것처럼 그는 외고조부(外高祖父)의 성격을 닮았다고 했었다 — 벤은 재세중(在世中) 달의 궤도를 돌면서 식민지 시대의 상당히 저명한 시인(詩人)인 체했었던 것이다.

이 조상의 시집(詩集 : 自費로 인쇄한 것으로서 냉대를 하던 시장에서 옛날에 회수했지만) 호화본(豪華本)의 자랑스러운 소유자가 되지 못했던 프레이저가(家) 사람들은 — 분명 프레이저가의 일원(一員)으로서는 드문 일이었지만 — 정신적 후계자의 신분이면서도 (이치에 맞지 않는 이야기지만) 그 훌륭한 고인을 존경하지 않고 있다는 것은, 특별히 신경을 써가며 보지 않더라도 쉽게 알 수 있었다.

핼핀은, 시가(詩歌)를 읊어대면서 순한 흰 양무리에 섞여 있는 부끄러움을 모르는 검은 양처럼 지적(知的)인 이단자(異端者)로 낙인이 찍히어 상당히 많은 사람으로부터 비난을 받았다. 테네시주의 프레이저가(家)라고 하면 실제파(實際派)였다 — 비열한 영리에 열을 올리는 속된 의미에서의 실제파가 아니라 정치라고 하는 건전한 직업에는 맞지 않는 사나이의 성질을, 완강할 정도로 경멸하는 집안이었다.

젊은 헬핀을 위해 공평하게 한마디 말해둔다면, 역사와 일가(一家)의 전통을 참고로 하여 근원을 더듬어 볼 때, 식민지 시대의 그 유명한 시인의 것이라고 할 수 있는 정신적, 도덕적 특징의 대부분이 어느 정도는 충실하게 헬핀 속에서 재현되어 있다고는 하지만, 그 천부적 재능이라든가 능력을 그가 이어받았다고 하는 설은, 오로지 추측에 의한 것이었다고 말할 수 있으리라.

그는 시(詩)의 여신(女神)에게서 사랑을 쟁취하는 등은 꿈에도 모르고 있었을 뿐 아니라 실은 '현인(賢人)도 뇌살(腦殺)시키는 자'로부터 내 몸을 지켜내기 위해 단 한 줄의 운문(韻文)조차도 정확하게 만들어 내지 못했을 것이다. 그래도 잠자고 있는 재능이 언제 눈을 뜨고 칠현금(七絃琴)의 곡조를 연주할는지 그것은 신(神)이 아닌 자가 알 수 있는 것이 아니었다.

어쨌든 이 젊은이는 칠칠치 못한 사람이었다. 그와 어머니 사이에는 그이상 없을 정도의 완전한 공감대가 있었다. 왜냐하면 이 부인은 스스로, 지금은 세상을 떠난 대(大)마이어런 벤의 열렬한 제자임을 자인하고 있었기 때문이다. 그렇기는 했지만 여성으로서 지극히 일반적이고 또 당연히 상찬받아야 할(빈틈이 없는 것은 본질적으로는 교활한 것과 같다고 주장하는 무식한 중상자가 있었던 것이지만) 것으로 모든 사람의 눈에서 자신의 약점을 감추도록 항상 신경을 곤두세우고 있었다.

그러나 같은 약점을 가지고 있는 아들에 대해서만은 달랐다. 그것에 대한 두 사람의 공통된 꺼림칙함이, 두 사람을 붙잡아매는 끈을 더욱 강화시켜 주었다. 만약 핼핀이 소년시절에 어머니가 응석을 받아주는 대로 처신을 했다고 한다면 응석받이가 된 그 자신에게도 어느 정도의 책임이 있었던 것은 틀림이 없다.

선거 결과가 어떻게 되든, 그런 것에는 신경도 쓰지 않는다는 남부인이, 성장한 다음에는 어떻게 될까? 그런 어른으로 핼핀이 성장해 감에 따라 이 예쁜 어머니 — 어렸을 때부터 그는 이 어머니를 케이티라고 불렀었다 — 와의 사이에 애정이 해마다 더 강해지고 섬세해져 갔다.

이 두 사람의 로맨틱한 성질에는 한 가지 징후로서, 일반 세간에서 경시하고 있는 현상, 즉 이 세상의 모든 인간관계에 있는 성적(性的) 요소의 지배가 나타났던 것인데 이것은 혈족(血族)관계조차도 강화시키고 부드럽게, 또는 아름답게 하는 것이다. 두 사람은 거의 붙어다녔다. 남들이 이 두 사람을 보고 있으면 이따금 연인(戀人) 사이로 오해하는 수까지 있었다.

어느 날, 핼핀 프레이저는 어머니의 사실(私室)로 들어가서 어머니의 볼에 키스를 했다. 그리고 꽂고 있던 핀에서 흐트러져 있는 검은 머리카락을 잠시 만지작거렸는데 분명 마음을 안정시키기 위해 입을 열었다.

"저어 케이티, 만약 내가 2, 3주일 동안 볼일 때문에 캘리포니아에 간다면 신경이 쓰이실까요?"

그 질문에 대하여 케이티가 대답하기를 기다릴 것도 없었다. 숨기려고 해도 그녀의 볼이 금방 대답을 대신 하고 있었기 때문이다. 그녀는 분명 마음에 걸리는 듯했다. 더구나 확실한 증거로 그 커다란 다갈색 눈에는 눈물이 괴어 있었다.

'아아, 역시!'

그녀는 무한한 사랑을 머금으며 아들의 얼굴을 뚫어지라고 바라보았다.

"언젠가는 이런 일이 올 것으로 각오하고 있었어야 했어. 내가 거의 밤을 지새우며 울었던 적이 있었지? 밤중에 벤 할아버지가 꿈속에 나타나서 자신의 초상화 옆에 서계시며 — 그 초상화처럼 젊고 깨끗했었지 — 그리고 같은 벽에 걸려 있는 네 초상화를 가리키신 일이 있었어. 내가 바라보니 어쩐지 네 얼굴이 분명하게 보이지 않는 것 같았다. 왜 그랬을까? 네 얼굴에 헝겊 조각이 씌워져 있는 채로 그려졌기 때문이야. 죽은 사람에게 씌우는 헝겊 조각 같은 것을 — .

아버지는 나를 비웃었지만, 그러나 너와 나에게는 그 꿈이 보통 꿈이 아닌 것을 알았었지. 그리고 그 헝겊 조각 끝자락 쪽에 있는 네 목에 손가락 자국이 있는 것을 발견했었다 — 이런 얘기를 해서 미안하다. 하지만 우리 두 사람은 이런 일을 서로 숨긴 적이, 지금까지는 없었다. 너로서는 틀림없이 다른 해석이 있을 수도 있을 것이다. 그것은 분명 네가 캘리포니아에 가는 것을 가리키고 있지 않는 것인지도 모른다. 그야 어쨌든 나도 함께 데리고 갔으면 좋겠는데……."

방금 알게 된 일에 비유한 이 교묘하기 짝이 없는 꿈의 해석은, 아들의 보다 논리적인 머리에 모두 입력되지 않았다. 그것만큼은 분명히 밝혀두고 넘어가지 않으면 안되겠다. 적어도 한순간은, 태평양 해안으로 떠나는 여행보다 훨씬 단순하고 절박한 — 비록 비극적인 것은 아니라 하더라도 — 재앙의 전달이라고 그는 확신했다. 자기는 어차피 태어난 고향에서 교살(絞殺)당하는 운명이라는 것이 핼핀 프레이저가 안고 있던 인상이었다.

"캘리포니아에는 질병을 낫게 해주는 온천이 있는지 모르겠다."

프레이저 부인은 아들이 꿈 해몽을 하고 그것을 설명할 틈도 주지 않고 다시 말을 이었다.

"류머티즘이나 신경통 환자가 낫는 온천 말이야. 이것 좀 봐라 ─ 이 손가락이 굳어진 느낌이 든다. 자는 동안에도 몹시 아파서 견딜 수가 없다니까."

그녀는 두 손을 내밀어 아들에게 보여주었다. 아들 입장에서는 미소를 지으며 속마음을 숨기는 것이 최선의 방책이라고 생각했는지도 모르는, 이 어머니의 증상에 대하여, 필자는 사실가(史實家)로서는 어떤 진단도 내리지 않겠다. 그러나 아래와 같은 얘기 정도는 해두지 않으면 안되겠다고 생각한다.

그다지 굳어진 상태도 아니고 다소 아플 것으로 보이는 통증의 증거조차도 보이지 않는 손가락이라면, 제아무리 새로운 처방을 원하는 미녀 환자라 하더라도 의사의 진찰을 받아본 적이 없을 것이다.

일이야 어떻게 진전되어가든, 이상야릇한 의무감을 가지고 있는 이 두 명의 이상한 인물 중 한쪽은 의뢰인의 이해관계의 필요상 캘리포니아로 향했고, 다른 한쪽은 그녀의 남편이 손님 접대를 해달라는 바람에 따라 집에 머물러 있기로 했다.

샌프란시스코에 체재하던 중, 핼핀 프레이저는 어느 어두운 밤에 시(市) 해안으로 따라가는 길을 산책했다. 그때 자신도 어안이병병하며 까닭모를 정도로 당돌하게 선원이 되고 말았다. 실은 그가 술에 취하여, 아주 멋진 배에 끌려갔고, 강요에 의해 선원이 되었고, 멀고먼 이국(異國)을 향해 출범했던 것이다.

그의 불운은 이 항해에서 시작되었다. 배가 남태평양의 어느 섬에 끌어 올려졌기 때문이다. 살아남은 사람들은 모험을 좋아하는 스쿠너형(型)의 무역선에 인도되었고, 샌프란시스코에 되돌아온 것은 그로부터 6년 뒤의 일이었다.

주머니 사정은 안좋았지만 프레이저는 이제 수십 년이나 된 옛날

일로 생각되는 그 6년 전과 조금도 다름없이 기품만은 높았었다. 남으로부터 도움을 받는 일은 전혀 하지 않았다. 그리고 남은 동료 한 사람과 세인트 헤리나의 교외에서 자기집으로부터 오는 편지와 송금(送金)을 기다리며 살고 있을 때, 그는 총을 들고 사냥터에, 그리고 꿈을 꾸러 나갔던 것이다.

3

물체가 괴상하게 움직이는 숲속에서 이 꿈을 꾸고 있는 사나이와 상대하고 있는 망령(亡靈) — 어머니와 똑같으면서도 닮았는지 닮지 않았는지 분간이 안되는 — 은 등골에 식은땀이 날 정도로 무서웠다! 그것은 그의 마음에 이미 애정도, 사모의 마음도 불러일으키지 않았다. 그것은 화려했던 과거의 추억도 동반하지 않은 채 찾아왔다 — 어떤 감상(感傷)도 불러오지 않았고, 어떤 아름다운 감각조차도 공포 속에 집어삼키고 말았다.

그는 몸을 돌리어, 그놈 앞에서 도망치려고 했다. 그러나 다리는 납처럼 무거웠다. 지면(地面)에서 다리를 쳐들 수도 없었다. 두 팔은 양쪽으로 축 늘어져 있는 채였다. 눈만이 아직 의지대로 움직여 주었는데, 그 눈을 망령의 빛이 없는 안구(眼球)에서 피하려고 하지는 않았다.

그 망령이란 것이, 육체를 잃은 영혼이 아니라, 이 물체들이 괴상하게 붙어다니며 숲을 황폐화시키는 것들 가운데 제일 무서운 것임을 알았다 — 영혼이 없는 육체인 것이다! 그 노려보는, 얼빠진 눈초리에는 애정도 없고 번민도 없고 지성(知性)도 없었다. — 그런 것에게 자비를 호소한들 무슨 소용이 있으랴. '항소(抗訴)는 성립되지 않으리라'고 그는 의미없이, 지난날의 직업용어(職業用語)를 사용한 다음에 생각하니, 마치 시거의 불이 묘(墓)를 비추는 것처럼 사태는 더한층 무섭게 보였다.

잠시동안, 그러나 그것은 세상 모든 사람들이 노령(老齡)과 죄 때문에 백발이 되어 버릴 정도로 길게 느껴지는 시간 — 그리고 물체들이, 괴상한 숲이, 이 어이없는 공포의 정점(頂點)에 달하여 그 목적을 다 이룸과 동시에, 그의 의식에서 갖가지 형상과 소리와 함께 사라지고 말았다고 느껴졌는데, 망령만은 떨어지지 않은 곳에 서있으면서 야수(野獸)처럼 지성(知性)이 없는, 흉악한 눈초리로 그를 노려보고 있었다.

그리고 망령은 불쑥 두 손을 내미는가 했더니 몸이 자지러질 정도로 흉악한 형상으로 그에게 덤벼들었다! 그 행위는 그의 몸에서 정력을 풀어놓았는데 묶여져 있는 의지는 그대로였다. 사고(思考)는 여전히 주박(呪縛)당해 있었지만 힘센 몸과 민첩한 사지(四肢)는 그 자체의 감각을 잃은 맹목적인 생명을 받아, 완강하게 잘도 저항했다.

그순간 그에게는 마치 자기가 구경꾼이 되어, 죽은 지성(知性)과 호흡하고 있는 기계장치가 싸우고 있는 그 부자연한 시합을 구경하는 듯한 느낌이 들었다 — 꿈에서는 그런 환상이 흔히 있는 법이다. 이윽고 그는 마치 일거에 자신의 체내(體內)로 뛰어들어온 것처럼 본래의 자기로 되돌아왔다. 그리고 열을 올리는 자동인형은 그의 흉악한 적에게 뒤지지 않을 정도로 민활하고 광포한 의지를 작동시켰다.

그러나 어떤 인간이 꿈속의 생물에게 대항할 수 있겠는가? 있지도 않은 적을 만들어 내는 상상력은 이미 패배하고 있는 것이다. 싸움의 결과는 싸움의 원인이기도 하다. 필사적으로 싸웠는데도 불구하고 — 헛수고로 끝내지 않겠다며 세차게 활약했는데도 불구하고, 차가운 손가락이 목을 짓누르는 것을 느꼈다. 지면에 짓눌리게 된 다음, 자기 손의 폭 넓이도 안되는 바로 위쪽에 죽은 사람의 일그러진 얼굴이 보였다. 그리고 모든 것은 암흑으로 변했다.

멀리서 북을 치고 있는 것 같은 소리 ― 무리지어 모여드는 갖가지 목소리가 들려왔고 모두에게 잠자코 있으라고 신호를 보내는 것 같은 소리 등등 ― . 유달리 날카로운 소리가 멀리서 들려왔다. 이렇게 해서 헬핀 프레이저는 자신이 죽은 꿈을 꾸었던 것이다.

4

무덥고 맑은 밤이 지나자 축축히 젖을 것 같은 안개가 자욱히 긴 아침이 되었다. 전날 오후 중반쯤에 어렴풋이 끼었던 아지랑이. ― 대기(大氣)가 짙어진 것처럼 보였고 약간의 엷은 구름이 세인트 헤리나 산(山) 서쪽, 산봉우리 가까이를 따라 끼어 있었다. 그것은 아주 엷고 투명하여, 신경과민 때문에 그처럼 보이는 것 같았으므로,

"잘 봐. 곧 사라지고 말테니까."

보고 있던 사람이 있었더라면 그렇게 말했을는지도 모른다.

그런데 그것은 금방 넓게 퍼지면서 짙어져 간다는 것을 알아차렸다. 일단(一端)은 산에 찰싹 달라붙어 있는데 다른 일단은 낮은 사면(斜面) 상공으로 점점 펼쳐져 나갔다. 그와 동시에 그것은 남북으로 펼쳐졌고 아주 똑같은 산허리에서, 흡수될 것을 알고 기도(企圖)했다는 듯, 나타나는 안개 덩어리를 차례로 삼켜 나갔다.

이렇게 해서 안개는 점점 커졌고 마침내는 골짜기에서 산봉우리를 볼 수 없게 만들었다. 이윽고 골짜기 위의 하늘도 희미한 빛으로 덮여졌다. 골짜기 깊숙한 곳 가까이, 산자락에 있는 칼리스트가 마을에서는 별이 안보이는 밤과 태양이 안보이는 아침을 맞아야 했다. 안개는 골짜기 속에까지 내려와서 목장을 차례로 집어삼키고 남쪽으로 퍼져나가더니, 마침내는 9마일이나 떨어진 세인트 헤리나 마을

까지 덮어 버리고 말았다.

길에서는 흙먼지가 날아오르지 못했고, 나무들은 물방울을 떨어뜨렸다. 새는 날개를 펴서 몸을 감싸고 있었다. 아침 햇살은 색채를 빛내지도 못했고 푸르둥둥했으며 생기도 없었다.

두 사나이가 동이 틀 무렵에 세인트 헤리나 마을을 나서서, 칼리스트가로 향하는 골짜기를 올라가는 길로 북쪽을 향해 걸어가고 있었다. 이 두 사람은 총을 메고 있었는데 이런 일에 지식이 있는 사람이라면 누구나, 이 두 사람을 새나 짐승을 잡는 사냥꾼으로 착각하지는 않을 것이다.

그들 중 한 사람은 나파군(郡) 보안관 대리(代理)이고, 또 한 사람은 샌프란시스코의 탐정이었다. — 이름은 호커와 자랄슨이었다. 두 사람이 할 일은 인간 사냥이었다.

"얼마나 더 가야 해?"

그들이 발짝을 크게 떼면서 걸을 때 호커가 물었다. 두 사람의 발은 길의 축축한 표면 밑에서 흙먼지를 뿌옇게 일으키고 있었다.

"흰 교회라고 했지? 반 마일은 더 가야 해."

상대편이 대답했다.

"말이 나온 김에 하는 말인데……."

그는 덧붙였다.

"그것은 희지도 않지만 교회도 아니야. 그것은 폐교된 교사(校舍)인데 오랫동안 방치해 두어서 회색으로 변했다네. 그리고 한때는 그곳에서 예배를 드린 적도 있었지 — 하얬을 때는……. 또 시인(詩人)들이 좋아할 것 같은 교회묘지도 있다네. 왜 하필이면 자네에게 오게 하여 무장을 하도록 했는지 짐작조차 안되는걸."

"이것 봐. 나는 그런 것으로 자네를 괴롭힌 적이 없어. 단 한번도 말야……. 자네는 언제나 적당한 기회를 보아 비밀을 털어놓곤 했었지. 이번에는 내가 한 가지 힌트를 줄까⋯⋯. 그 교회묘지의 시체 중 어떤 것인가를 체포하는 데 도움을 주라는 것이겠지."

"브랑스콤을 기억하고 있겠지?"

자랄슨은 장기인 기지를 적당히 발휘하며 말했다.

"자기 여편네 목을 자른 놈 말인가? 그놈을 잊을 리가 있겠나. 그놈 때문에 나는 1주일 동안 헛수고만 했었지. 도시락을 싸가지고 다니면서 말야⋯⋯. 지금은 5백 달러의 상금이 걸려 있지만 아무도 그놈의 그림자도 모양도 본 자가 없다는 게야. 설마 자네, 그놈을 붙잡자는 것은 아니겠지."

"그놈을 잡자는 거야. 그놈은 처음부터 줄곧 자네들 바로 코앞에 있었어. 밤이 되면 하얀 교회의 옛 묘지에 온다더군."

"빌어먹을 놈! 거기는 그놈의 여편네가 묻혀 있는 곳이잖나!"

"그래, 그건 그렇고 자네들은 그놈이 언젠가는 제 여편네 묘지에 돌아올 것이란 생각도⋯⋯ 그 정도의 생각도⋯⋯ 그 정도의 의심을 해보는 감이 없었더란 말인가?"

"설마 그런 짓을⋯⋯ 그놈이 무덤에 돌아오리라는 생각을 하는 자가 어디 있겠나?"

"하지만 자네들은 그밖의 곳에서는 이잡듯 했잖나? 그것이 실패로 끝난 것을 알자 나는 그곳에 그물을 쳐놓은 거야."

"그래서, 그놈을 발견했나?"

"그것이 분통 터질 일이네. 그놈이 나를 발견한 거야. 그 악당놈이 먼저 총을 들이대는 거였어 ─ 마지막에는 나를 홀업시키고 마구 끌고 다녔지. 그놈이 나를 쏘지 않았던 것은 실로 하늘의 도우심이고 ─. 자아, 어쨌든 그놈은 만만한 놈이 아닐세. 그리고 나는 그 상금 중 반만 줘도 괜찮아. 자네 사정이 어렵다면⋯⋯."

호커는 상냥하게 웃으면서, 자기 채권자들은 그토록 시끄럽게 조르지는 않는다고 설명했다.

"나는 다만 자네에게 그 장소를 보여주고, 함께 계획을 짜보려고
했던 것뿐일세."

라고 탐정은 설명했다.

"그리고 비록 대낮이라 하더라도 무장을 하고 있는 게 좋을 거야."

"그놈은 틀림없이 미친놈일 거야."

보안관 대리는 말했다.

"상금은 그놈을 체포하고 유죄판결이 난 다음에야 받게 된다구.
그놈이 미친놈이라면 유죄가 안될는지도 모르지."

호커는 그처럼 재판에서 지는 일도 생각하니 마음이 불안해졌다.
그는 길 한복판에서 걸음을 멈추었는데 곧 다시 걷기는 했지만 열
의는 어느 정도 식어 버렸다.

"그렇게 말하니 그럴 것 같기도 하군."

자랄슨도 맞장구를 쳤다.

"먼 옛날 천하에 이름을 떨쳤던 부랑자라면 또 모르겠는데, 그처
럼 수염이 덥수룩하고 머리도 덥수룩하고 몸에 걸친 것들도 더럽
고……. 모든 것이 보잘것없는 놈은 본 적이 없네. 그런 점만은
인정해 줘야겠어. 그러나 나는 지금까지 그놈에게 푹 빠져 왔었
지. 그놈을 놓치고 싶지는 않네. 어쨌든 잡기만 하면 우리로서는
큰 공을 세우는 게 되지 않겠나. 다른 사람은 누구 한사람, 설마
그놈이 '달의 산맥(애팔래치아 山系 속의 화이트 산맥의 別稱)'
이쪽에 있다는 것을 모를 테니 말일세."

"알겠네."

호커는 말했다.

"어쨌든 가서 그 장소를 확인해 보자구."

그리고 나서 즐겨 사용되고 있던 묘비명(墓碑銘)의 문구를 인용

하며 말했다.

"'머지않아 그대가 누워 있는 곳으로'라고 했겠다. ― 즉 그 브랑스콤이 자네와 자네의 성가신 간섭에 진절머리를 내고 있지 않나 하는 점일세. 그런데 지난번 들은 이야기인데 브랑스콤이란 것은 그놈의 본명이 아니라지 뭔가."

"그럼 뭐래?"

"그것이 생각나지 않는 거야. 그놈에 대해서는 흥미를 완전히 잃고 말았으니까. 그리고 기억의 테이프 속에 단단히 수록해 두지 않았으니까 ― 퍼디 뭐라고 했던 것 같은데⋯⋯. 그놈이 목을 자르다니⋯⋯ 악취미를 가지고 있었던 게야. 그 상대편 여인은 놈과 만났을 때는 과부였었어. 그 여인은 친척인지 누군지를 찾으러 캘리포니아에 왔다는구먼 ― 이따금 그런 짓을 하는 인간이 있는 법이지. 하지만 이런 것들은 자네도 알고 있지 않은가?"

"당연하지."

"하지만 이름을 제대로 알지 못하는 채⋯⋯ 어떤 행운의 영감(靈感)으로 진짜 묘를 찾아낸 거야? 그놈의 본명을 가르쳐 준 사나이의 말에 의하면 묘표(墓標)에는 본명이 새겨져 있었던 것 같지만⋯⋯."

"진짜 묘는 모르지만 말일세."

자랄슨은 그의 계획에서 중요한 점에 대하여 아주 무지했던 바를, 조금씩 마지못해 인정하는 것 같았다.

"대체적인 것은 언제나 주의하며 보아왔었네. 오늘 아침에 우리가 할 일 중 하나는 그 묘의 정체를 확인하는 것이겠지. 자, 하얀교회에 도착했네."

그때까지 길은 줄곧 양쪽이 들판이었는데 지금은 왼쪽에 떡갈나무와 마드로나 나무와, 안개 속에서 밑둥만이 희미하게 귀신처럼 보이는 전나무의 거목들이 숲을 이루고 있었다. 나무 아래로는 여기저기 잡초가 밀생하고 있는데 마음놓고 발을 디딜 만한 곳은 한군데도 없었다.

한참동안 그들에게는 건물다운 것이 하나도 눈에 들어오지 않았다. 그러나 두 사람이 길을 따라 숲속으로 들어가자 안개가 다소 걷히면서 큼직한 희미한 회색 윤곽이 그들 앞에 드러났다. 그들은 몇 걸음 더 앞으로 나아갔다. 그러자 팔을 뻗으면 닿을 만한 곳에 안개에 젖은 거무스레한 건물이 확실하게 드러났다.

생각했던 것보다 크지는 않았다. 건물은 시골 학교 모습을 하고 있었다. — 컨테이너식 건축이었다. 축대의 돌은 무너졌고 지붕에는 잡초가 나있으며 창문은 열려져 있는데, 창문틀도 유리도 이미 옛날에 망가지고 빠져 버린 형편이었다.

그것은 폐허처럼 되어 있었는데 폐허는 아니었다 — 이웃 지방 가이드북 업자에게 ‘과거의 기념비’로 알려져 있는 대용물(代用物)로서 캘리포니아의 전형적인 것이었기 때문이다. 이 으스스한 건물에는 별로 눈길도 주지 않고 자랄슨은 앞쪽의 잡초 속으로 들어갔다.

“그놈이 어디서 나에게 총을 쏘았었는지 가르쳐 주지.”

그는 말했다.

“이곳이 묘지야.”

풀숲 속 여기저기에 몇개의 묘를, 때로는 단 한 개의 묘를 가운데에 두고 작고 낮은 흙담이 둘러쳐져 있었다. 그런 것들이 무덤인 것을 알 수 있는 것은, 더럽게 찌든 돌이라든가 여러 방향으로 기울어진, 그리고 아래 위쪽이 썩어 버린 널빤지라든가, 그런 것들을 에워싸고 있는 말뚝 울타리라든가, 혹은 숫자는 적지만 낙엽 사이에서 자갈을 드러내고 있는 무덤 따위들 때문이었다.

대부분의 경우 가련한 인간의 흔적 — 그것은 ‘커다란 테두리를 이루며 슬퍼하는 친구들'을 내버려 두고 떠나고, 이번에는 그들로부터 방치당하고 만 자들 — 이 누워 있던 장소를 나타내는 것은 아무것도 없었다. 단지 있다면 복상(服喪)했던 사람들의 마음속에 잠긴, 한탄하기보다는 영속(永續)되면서, 지면(地面)에 가라앉은, 그래서 움푹 패인 곳 정도였다.

오솔길은 — 비록 오솔길이 나있었다 하더라도 먼 옛날에 없어져 버렸다. 꽤 커다란 나무들이, 무덤에서 나고 자랄 수 있게 한 뿌리와 가지들이 주위에 목책(木柵)을 이루고 있었다. 주변 일대에는, 잊혀진 사자(死者)의 마을에 이토록 어울리고, 이토록 의미있게 보이는 곳은 어디에도 없을 것 같은 으스스한 공기가 감돌고 있었다.

두 사람이 — 자랄슨이 앞에 서고 — 어린 나무 숲을 헤치며 나아갈 때, 이 탐험심이 풍부한 사나이는 돌연 발길을 멈추더니 산탄총(散彈銃)을 가슴에 대고,

"쉿!"

하며 경고의 신호를 보냈다. 그리고 그자리에 서있는 채 전방의 무엇인가를 응시했다. 뒤따르던 호커는 숲이 시야를 가리어 아무것도 보이지 않았지만 자랄슨의 자세를 본받아 가만히 서있는 채 불의의 사태에 대비하고 있었다. 그러나 자랄슨은 곧 주의깊게 전진했고 뒤따르던 호커도 그뒤를 따랐다.

큰 전나무 아래에 한 사나이의 시체가 누워 있었다. 두 사람은 묵묵히 그옆에 서있었는데 우선 먼저 주의를 끄는 특징을 조사하기 위해 내려다보았다 — 얼굴, 자세, 복장 등 모든 것이 — 입밖에 내지는 않았지만 표정과 호기심이 뒤범벅이 된 의문에 대하여, 즉석에서 명백하게 대답하고 있었다.

시체는 벌렁 누워 있었고 두 다리를 벌리고 있었다. 한쪽 팔은 위쪽으로 튀어나와 있고, 또 한쪽 팔은 옆쪽으로 튀어나와 있었다. 그

러나 후자(後者)는 예각(銳角)으로 구부러져서 손이 턱 바로 밑에 있었다. 양손 모두 꼭 쥐어 있었다. 자세 전체는 필사적이긴 했지만, 무익한 저항을 했던 것 같았다 — 하지만 도대체 무엇에게 저항을 했던 것일까?

가까이에는 산탄총과 사냥감 자루가 뒹굴고 있었다. 사냥감 자루의 그물눈에서 사냥감인 새의 깃털이 삐져나와 있었다. 그 일대에 격심한 격투를 벌였던 흔적이 남아있었고 — . 담쟁이덩굴의 어린 가지가 마구 흐트러져 있었는데 그 잎사귀와 줄기 껍질이 떨어져 있었다. 썩은 낙엽이 시체의 발 양쪽에, 시체의 발이 아닌 다른 발로 수북하게 쌓아놓은 듯 덮여 있었다. 허리 부근에는 다른 인간이 무릎을 꿇었던 흔적이 뚜렷하게 남아있었고 — .

격투가 어떤 것이었는지는 시체의 목과 얼굴을 보니 일목요연하게 알 수 있었다. 가슴과 두 손은 하얗고 목과 얼굴은 자색(紫色), 아니, 거무칙칙하다는 표현이 맞겠다. 어깨는 나지막한 흙무덤 위에 놓여 있었다. 머리는 상상할 수 없을 정도의 각도로 돌려져 있었다. 크게 뜬 눈은 오그라들었고 발의 반대쪽을 노려보고 있었다.

열려진 입 가득한 거품에서 검게 부풀어 오른 혀가 맥없이 튀어나와 있었다. 목구멍은 심한 타격의 흔적을 나타내고 있었다. 단순한 손가락의 흔적뿐 아니라 부드러운 살 속까지 파고들어간 것이 분명했다.

더구나 죽은 후에도 한참동안 강력한 두 손으로 힘껏 누른 듯 멍자국과 열상(裂傷)까지 나있었다. 가슴·목구멍·얼굴 등은 축축하게 젖어 있었고 의복도 흠뻑 젖어 있었다. 안개가 모여서 만들어진 물방울이 수염과 머리에 방울방울 맺혀 있었다.

이상의 사실을 두 사나이는 대화도 하지 않은 채 한눈으로 판별했다. 이윽고 호커가 말했다.

"가엾게도……. 너무 참혹하군."

자랄슨은 조금도 방심하는 일 없이 주변 숲을 감시하고 있었다. 산탄총을 양손에 들고 방아쇠에 손가락을 걸고 있었다.

"이것은 미친놈의 소행이야."

그는 주변의 숲에서 눈길을 떼지 않으며 말했다.

"범인은 브랑스콤이야 — 퍼디라구!"

지면의 밟혀진 낙엽에 반쯤 묻히어 보이지 않았던 무엇인가가 호커의 주의를 끌었다. 그것은 빨간 가죽지갑이었다. 호커는 그것을 집어가지고 열어 보았다. 그 속에는 메모용 백지 다발이 들어 있었다.

첫 페이지에 '핼핀 프레이저'라는 이름이 적혀 있었다. 그 다음 몇 페이지에 빨간색으로 물든 — 마치 황급하게 갈겨쓴 것 같아서, 겨우 판독할 수 있었다 — 이하와 같은 시(詩)가 있었다. 그것을 호커는 소리내어 읽어 나갔다.

그러는 동안 그의 동료 자랄슨은, 두 사람만의 좁은 세계의 어둑한 부근을 계속 경계했고 여기저기 여러 나뭇가지에서 떨어지는 물방울 소리에까지 신경을 곤두세우고 있었다.

불가해(不可解)한 마력(魔力)에 주박(呪縛)되어 있는 나는
마법의 숲 어두컴컴한 어둠 속에 이르다
숲의 노송과 도금양(桃金孃)은 서로 가지를 얽히고 있었다
의미는 있으나 불길(不吉)한 형제 사이처럼

생각에 잠긴 버드나무는 주목(朱木)에 속삭이고 있었다
그 아래에는 간규(茛葵)와 운향(芸香)이
기괴하고 음울한 형태로 짜맞춰진 부조화(不凋花)와
무시무시한 자초(刺草)와 함께 무성하게 나있었다

218

새가 지저귀는 노랫소리도 없고 꿀벌의 웅웅대는 소리도 없다
어린 잎은 오직 튼튼하여 미풍에도 흔들리지 않고
공기는 가라앉아 있었다, 정적(靜寂)만이
나무들 사이에서 숨쉬는 생명이었다

음침한 가운데 기도(企圖)하는 영(靈)은 어슴푸레한 밤에 속
삭이고
묘장(墓場)의 고요한 밀어(密語)가 반쯤 들려온다
나무들은 모두 피를 떨어뜨리고, 나뭇잎은
또렷하게 붉게 빛나는 마녀(魔女)의 빛을 띠며 번쩍이고 있었다

나는 크게 외쳤다! ── 더구나 주문(呪文)은 풀리지 않고
내 기력도 의지에 덮치니
정(精)도 없고 뿌리도 없고 희망도 없이 버림을 받아
나는 괴이(怪異)한 흉조(凶兆)와 싸웠다

여기까지 읽었는데 마침내 보이지 않는다 ──

호커는 읽기를 그만두었다. 이미 읽을 수 있는 것이 없었기 때문
이다. 원고는 행(行) 도중에서 끊어져 있었다.

"마이어런 벤을 생각나게 하는 어조(語調)로군."

자랄슨은 말했다. 이 사람은 그 나름대로 다소 시(詩)를 배워 알
고 있었던 것이다. 경계심은 이미 늦춰져 있었고 시체를 응시하고
있었다.

"마이어런 벤이라니? 그게 누구야?"

호커는 이렇다 할 호기심도 없다는 듯 지나가는 말로 물었다.

"우리나라 초기에 혁혁한 명성을 얻었던 자이지. 지금으로부터 백 년이나 이전에 — . 무서울 만큼 음침한 시를 썼었어. 이 시는 그의 작품집에는 들어 있지 않지만 어떤 실수로 굴러다니는 시인 것 같아."

"아이 춥다."

호커는 말했다.

"철수하세. 그리고 나파에 가서 검시관을 데려오자구."

그가 덧붙였다.

자랄슨은 아무 말도 하지 않은 채, 동의(同意)하고 걸었다. 시체의 머리와 어깨가 놓여 있는, 소복한 흙더미 옆을 지나갈 때, 숲속 썩은 나무 잎사귀 밑에 파묻혀 있던, 뭔가 딱딱한 물체에 한쪽 다리가 걸렸다. 그는 일부러 그것을 걷어차고 그 물체를 들여다보았다. 그것은 쓰러진 묘표(墓標)로서 가까스로 판독할 수 있는 문자가 페인트로 적혀 있었다. '캐더린 럴'이라고 — .

"럴, 럴이다!"

호커가 돌연 활기찬 목소리로 외쳤다.

"그래, 이것이 브랑스콤의 본명이야 — 퍼디가 아니었다구. 그리고 — 이건 좀 이상한데! 방금 생각해 냈는데…… 죽음을 당한 여자의 이름은 본래는 프레이저였다구!"

"그렇다면 여기에는 무엇인가 비밀이 있겠는걸."

자랄슨 탐정이 말했다.

"이런 상대는 딱 질색이라구."

안개 속에서 — 아주 먼 데서 — 웃음소리가 두 사람이 있는 곳에까지 들려왔다. 낮고, 서서히, 생기가 없는 웃음소리 — 사냥감을 찾아서 오밤중에 사막을 헤매다니는 하이에나의 울부짖는 소리와도 비슷한 웃음소리가, 소름이 끼칠 것 같은 웃음소리가 들려왔다.

220

그 웃음소리는 서서히 높아지면서 각일각(刻一刻) 커져 갔고 더욱 확실하고 더욱 명료해졌으며, 무서워지면서 마침내는 두 사람의 좁은 시야 바로 밖에까지 육박해 오는 것으로 느껴졌다. 너무나도 부자연하고, 비인간적이고 악마와 같은 웃음이었으므로, 신경이 무디기로는 남에게 뒤지지 않는 이 두 명의 인간 사냥꾼들도 뭐라고 표현할 길이 없는 공포감에 사로잡혔다.

두 사람은 총을 겨냥하기는커녕 총이 있다는 것조차 생각해 내지 못했다. 이 무서운 목소리의 위협은 총 따위로 대항할 수 있는 것이 아니었다. 그것은 정적(靜寂)에서 생겨난 것처럼, 다시 정적 속으로 사라져 갔다.

마치 두 사람의 코앞에서 일어난 것 같은 극한의 절규에서, 점점 멀어져 가더니 마침내는 최후까지 생기가 없는 기계적 어조를 유지하면서 약해져, 깊고 무한히 먼 정적 속으로 사라져 갔다.

검은 베일의 비밀

　밀포드 교회의 현관에서 종을 치기 위해 종 줄을 힘껏 잡고 있는 사나이가 있었다. 마을 노인들은 허리를 굽히고 도로를 따라 걸어오고 있었고, 아이들은 해맑은 얼굴로 즐겁다는 듯 부모를 따라오며 이리 뛰고 저리 뛰는가 하면, 새로 지어 입은 나들이옷을 의식하는 듯 차분하게 어른들 걸음걸이를 흉내내는 아이도 있었다.

　멋지게 차려 입은 총각들은 처녀티가 나는 소녀들을 곁눈질로 힐끗힐끗 보면서 안식일(安息日)의 햇빛은 평일보다 더 소녀들을 아름답게 만들어 준다고 생각했다. 이런 군중들이 거의 다 교회 현관으로 들어섰을 때 종을 치던 집사(執事)는 후버 목사가 교회 입구에 들어서는 것을 바라보았다. 이 목사가 나타났다는 것은 이윽고 종을 그만 치라는 신호와 같았다.

　"아니, 그런데 후버 목사님은 얼굴을 왜 저렇게 가린 것일까?"

　집사는 깜짝 놀라며 소리쳤다.

　이말이 들리는 곳에 있던 사람들은 모두 고개를 돌렸다. 그들은 교회를 향하여 서서히 걸어 들어오는 후버 목사의 모습을 보았다. 그는 무언가 깊은 생각에 잠겨 있는 것 같았다.

　사람들은 낯모를 목사가 후버 목사의 성단(聖壇) 의자에 놓여 있는 방석을 털려고 먼저 온 것일까, 아니면 다른 일을 하러 먼저 온 것일까라며 수군거렸다. 어떤 사람은 그저 놀라움으로 눈을 크게 뜨기도 했다. 어쨌든 그들은 목사가 교회 안에 들어서자 일제히 일어섰다.

"집사님, 저분은 우리 목사님이 틀림없습니까?"

글레이가 종치는 집사에게 물었다.

"분명, 후버 목사님입니다."

종치는 집사가 대답했다. 그리고 이렇게 덧붙였다.

"실은 후버 목사님은 오늘 웨스트벨리의 슈트 목사님과 교환 설교를 하게 되어 있었는데 슈트 목사님이 돌연 장례식 설교를 하게 돼서, 그 계획이 어제 취소되었답니다."

사람들이 이렇게 깜짝 놀란 원인은 아주 하찮은 데서 시작되었다. 즉 후버 목사는 30세 정도인 인품이 좋은 사람이며, 아직 독신이었다. 그런데 사려 깊은 동네 부인들이 목사복 하얀 깃에 풀을 먹여주고 나들이옷은 1주일에 한 번 먼지를 털어 주는 등, 신경을 써주는 까닭에 목사다운 상큼한 복장을 하고 다녔다.

그런데 이날, 그의 복장은 평소와 다른 점이 한 가지 있었다. 후버 목사는 이날, 시커먼 베일로 얼굴을 완전히 가리고 있었는데 그 베일은 그가 호흡을 할 때마다 흔들리고 있었다. 가까이 다가가 보니 그것은 쫄쫄이 천을 겹친 것 같았는데 입과 턱 이외에는 얼굴을 완전히 가리고 있는데 유생무생(有生無生)의 모든 것들을 보아도 그저 시커멓게 보일 것 같았다. 그 이상 그의 시각(視覺)을 차단하는 것 같지는 않았다.

이 음침한 베일로 앞을 가린 후버 목사는 방심하고 있는 사람이 그러하듯, 다소 몸을 앞으로 숙이고 땅위를 바라보면서 걸었다. 그러나 교회의 계단에 선 그는 자기를 기다리고 있는 신도들의 잡다한 인사에 서서히 답례하면서 조용히 발걸음을 옮겼던 것이다. 사람들은 하도 놀란 나머지 누구 한사람 후버 목사를 똑바로 바라보지 아니했다.

"후버 목사님의 얼굴이 쫄쫄이 천 안에 있을 것이라고는 도저히 생각되지 않는데요"

종치는 집사가 말했다.

"아이, 보기 싫어."

나이 지긋한 여성이 발을 끌듯하면서 교회에 들어오다가 중얼거렸다.

"목사님은 얼굴을 가렸을 뿐이건만, 뭔가 무서운 것으로 변한 것 같다구요"

"우리 목사님은 머리가 돈 것 같아."

글레이는 문지방을 넘어 목사의 뒤를 따르면서 속삭이듯 중얼거렸다.

후버 목사가 들어오기에 앞서, 무언가 정체를 알 수 없는 일이 일어났었다는 소문이 교회 안에 돌았으므로 그 소문이 회중 전체를 웅성거리게 만들었다. 문 쪽으로 고개를 돌리지 않는 자가 거의 없었다. 대부분의 사람들은 일어서서 후버 목사 쪽으로 시선을 집중시켰는데, 몇몇 아이들은 의자에 기어올라가 시끄럽게 떠들다가 다시 내려갔다.

목사가 입장할 때면 반드시 기립해야 하고 정숙하게 맞아야 하는 것과는 정반대로 큰 소동이 — 여자들의 옷자락 스치는 소리와 남자들의 발 구르는 소리가 일어났다.

그러나 후버 목사는 사람들의 이런 소요에 신경을 쓰고 있는 것 같지 않았다. 그는 거의 소리가 안나는 발걸음으로 들어왔고 통로 양쪽 좌석에 있는 사람들에게 공손히 머리를 숙였다. 그리고 통로 중앙의 안락의자에 앉아있는 백발 노인, 즉 제일 나이 많은 성도 앞을 지나며 인사를 했다.

늦게서야 목사의 모습이 이상해진 것을 알아차린 이 노인의 표정은 실로 기묘했다. 그는 후버 목사가 계단을 올라가 성단에 선 다음, 검은 베일을 사이에 두고 회중을 바라볼 때까지 휘둥그래진 두 눈을 껌벅이고 있었다. 그리고 이 이상한 표정은 결코 한차례도 바뀌지 아니했다.

목사가 찬송가를 부를 때 베일은 그 호흡 때문에 다소 흔들렸다. 성경을 낭독할 때 그것은 그와 성경 사이에 검은 그림자를 만들어 주었다. 그리고 기도를 드리는 동안 베일은, 위쪽을 향한 그의 얼굴에 겹쳐져 있었다. 기도를 드린 대상인 하나님에게 그는 자기 얼굴을 감추려고 했던 것일까?

단 한조각의 쯜쯜이 천이 발휘한 위력은 이런 식이었다. 그래서 신경이 약한 대부분의 여성들은 교회에서 나오지 않을 수 없었다. 그러나 검은 베일이 회중에게 아주 무섭게 보인 것과 마찬가지로 안색이 바뀐 회중의 얼굴은 목사에게도 무섭게 보였으리라.

후버는 훌륭한 설교자라는 명성을 얻고 있었는데 강력한 설교자란 명성은 없었다. 그는 알기 쉽고 조용하게 설교하여 사람들을 천국으로 인도하고자 노력하는 사람이었지, 하나님의 말씀의 강력한 힘을 빌어서 무리하게 천국으로 밀어넣는 사람은 아니었다.

이때 그가 한 설교도 예의 연속설교의 웅변과 아주 똑같은 특색을 가진 대화(對話)식이었는데, 설교 그 자체의 감정 때문이었는지 아니면 청중의 상상력 때문이었는지는 알 수가 없지만 평소와는 다른 것이 있었다. 그 때문에 이 설교는 지금까지 이 목사님의 입술을 통해서 들은 설교 가운데 제일 훌륭한 설교가 되었다. 또 이 설교는 후버 목사의 온화한 성품과 다소 어두운 기질로 인하여 더욱 음울하게 들렸다.

설교의 주제는 비밀스런 죄악, 즉 우리의 근친자에게도 또는 제일 사랑하는 자에게도 숨기는 비밀이 있지만 결국에는 전지전능하신 하나님에게 발각되고 말 것임을 잊고, 자기 마음에까지 숨기려고 하는, 그래서 슬프기 짝이 없는 여러 가지 비밀에 관한 것이었다.

일종의 미묘한 힘이 그의 설교 속에 함축되어 있다. 순진한 아가씨라든가 완고한 사나이 등은 목사가 무서운 베일을 뒤집어 쓰고 자기네에게 슬며시 다가와 자기네의 행위라든가 생각 속에 싸여진 죄를 적발하는 것 같은 느낌이 들었다.

대부분의 사람들은 꼭 쥐고 있던 손을 가슴에 댔다. 후버 목사의 설교 자체에는 아무 무서운 것이 없었다. 적어도 광포(狂暴)스런 면, 즉 혼내주는 면은 전혀 없었던 것이다. 그러나 청중은 그의 어두운 기질에서 나오는 떨리는 소리 한마디 한마디마다 벌벌 떨어댔다. 자아내려고 하지도 않은 애절한 감정이 공포와 함께 일어났던 것이다.

그래서 청중은 목사의 감정을 이심전심으로 느끼게 되었다. 그들은 견딜 수가 없어서 바람이라도 한줄기 불어와 그 베일을 벗겨주었으면 하는 생각까지 하기에 이르렀다.

그 모습, 그 몸짓, 그 목소리는 틀림없는 후버 목사의 그것이긴 했지만, 그 베일 속에는 틀림없이 낯모를 사람의 얼굴이 드러나게 될 것임이 확실하다고 믿으면서 말이다.

예배가 끝났으므로 사람들은 입밖에 내지 못하고 있던 놀라움을 털어놓을 생각으로, 그리고 검은 베일을 보지 않으면 마음이 가벼워질 것이라 생각하고 서둘러 교회에서 나왔다. 어떤 사람들은 둥글게 원을 그리며 모여서 모두들 수다를 떨기에 바빴다. 어떤 사람은 깊이 묵상을 하면서 홀로 귀가길에 올랐다. 어떤 사람은 목청을 돋우며 말했고, 듣기에도 거북할 정도로 큰웃음을 쳐서 안식일을 모독했다.

더러 어떤 사람은 비밀을 꿰뚫어보았다는 모습으로 고개를 끄덕이기도 했다. 또 한두 사람은 후버 목사의 눈이, 한밤중에 등불 밑에서 공부하느라 약해졌기 때문에 햇빛을 차단하기 위해서 베일을 쓴 것일 뿐, 그 이외에는 별로 이상할 것이 없노라고 단언했다.

잠시 후 후버 목사도 회중들의 뒤를 따라서 나왔다. 그는 베일을 쓴 얼굴을 이 무리에서 저 무리로 돌리며 고개를 끄덕이어 인사를 했고, 백발 노인에게는 더욱 경의를 표했다. 또 중년 사람들에게는 친구로서, 그리고 정신상의 지도자로서 친절하고 엄숙한 인사를 했고, 청년에게는 권위와 사랑이 섞인 태도를 가지고 인사했으며 어린 아이들의 머리에 손을 얹어 축복해 주기도 했다.

이것은 안식일에 후버 목사가 언제나 하는 인사였다. 그러나 이날 그가 이런 식으로 늘 해오던 인사를 했던 것에 비하여 사람들은 단지 의아하다는 표정으로 답례를 할 뿐, 지금까지 그래왔던 것처럼 목사 옆에서 나란히 걸어가는 영광을 원하는 사람은 하나도 없었다.

샌더스 장로는 우연하게도 이날 후버 목사를 위한 점심식사 초대를 잊었다. 그는 이곳에 부임한 이후로 거의 매주 일요일에는 샌더스 장로집에 초대를 받아 그집을 축복해 주곤 했었다. 그러나 이날만은 샌더스 장로가 잊고 있었기 때문에 후버 목사는 곧바로 목사관(牧師館)으로 돌아갔다.

그리고 문을 닫을 때 그는 자기를 바라보고 있는 군중들을 향해 몸을 돌리고 손을 흔들었다. 쓸쓸한 미소가 검은 베일 속에서 희미하게 지어졌다.

"여자가 모자에 걸쳐서 쓰는 것과 같은 한장의 베일이 목사님 얼굴을 가리니 그처럼 무서워지는군요. 정말 이상한 일입니다."

한 부인이 말했다.

"그것은 분명 후버 목사님의 뇌수(腦髓)에 어떤 장해가 있다는 증거요."

마을 의사인 그 부인의 남편이 말했다.

"하지만 더 이상한 것은, 나같이 성실한 사람에게까지 그 해괴한 일이 영향을 주었다는 점이오. 그 검은 베일은 목사님 얼굴만 감싸고 있었는데 그것이 목사님의 전신(全身)에 힘을 미치더라구. 머리에서부터 발끝까지 마치 목사님을 유령처럼 만듭디다. 당신은 그런 생각 들지 않습디까?"

"나도 그랬어요."

부인은 대답했다. 그리고 이렇게 자기 의견을 부연했다.

"그리고 나는 도저히 그분과 단둘이 있을 수는 없을 것 같습니다. 그리고 나는 그분이 혼자 있는 것도 무섭다는 생각이 듭니다."

"사나이에게는 그런 수도 있는 법이오."

남편이 말했다.

오후 예배도 똑같은 사정이었다. 예배가 끝났을 때, 어린 소녀의 장례식을 위한 종이 울렸다. 친척과 친구들만 교회 안에 들어갔고 나머지 지인(知人)들은 문 양쪽에 서서, 모두 세상을 떠난 사람의 착했던 성질에 대해서 이야기를 나누었는데, 그때 역시 검은 베일을 쓴 후버 목사가 왔으므로 이야기는 중단되었다.

그러나 그것은 그 장소에 어울리는 행위였다. 목사는 시체가 안치되어 있는 방으로 들어가 죽은 사람에게 최후의 고별(告別)을 하기 위해 몸을 숙였다. 몸을 구부렸을 때 그의 베일이 그의 이마에서 수직으로 늘어졌을 때 만약 죽은 소녀의 눈동자가 영원히 감겨지지 않았더라면 그녀는 목사의 얼굴을 보았을는지도 모른다. 후버 목사가 서둘러 검은 베일을 매만져가며 고쳐 쓴 것을 보면, 그는 소녀의 눈길을 두려워했던 것은 아닐는지?

이 죽은 사람과 살아 있는 사람의 회견장면을 본 어떤 사람은, 목사의 얼굴이 폭로되는 순간 그 시체는 평정을 잃지 않는 용모 그대로였지만 하얀 수의(壽衣)와 모슬린 모자가 살랑살랑 흔들리는 소리와 함께 시신이 약간 움직이더라며 주저하지 않고 단언했다. 이 괴사건을 목격한 사람은 미신을 잘 믿는 노파였으며 그밖에는 아무도 그러한 것을 본 사람이 없었다.

후버 목사는 관(棺) 앞을 떠나 회장자(會葬者)들이 있는 방으로 갔고 그곳에서 장례식을 위한 기도를 하려고 계단 위로 올라갔다. 그것은 사랑이 듬뿍 담긴 기도, 마음도 녹일 수 있는 기도로서 슬픔에 가득 차있기는 했지만, 하늘에 올라가는 희망으로 물들어 있었기 때문에 죽은 사람의 손가락으로 치는 하늘의 소금(小琴)의 묘악(妙樂)이, 목사의 슬픈 기도 속에서 은은하게 들려오는 것으로 생각될 정도였다.

목사가,

"이곳에 있는 사람들도, 나 자신도, 그리고 모든 인류들도, 그 얼굴에서 베일을 벗겨내는, 무서운 임종(臨終) 때의 준비를 이 소녀처럼 할 수 있도록 하시오소서."

라고 기도했을 때, 목사의 말이 확실하게 들리지는 않았지만 회장자들은 모두 몸을 떨었다. 관은 멘 인부들이 무거운 걸음으로 나갔다. 그리고 회장자들은 죽은 사람 바로 뒤에서 따라갔고, 검은 베일을 쓴 목사가 그 뒤를 따랐다. 가도(街道)를 완전히 슬픔의 도가니로 만들면서 행렬은 앞으로 나아갔다.

"당신은 왜 뒤돌아보는 거요!"

라며 행렬에 끼어가던 한 사람이 자기 아내에게 말했다.

"나는 목사님과 이 하나님의 딸의 영혼이 손을 잡고 걸어가는 것 같은 느낌이 듭니다."

아내가 대답했다.

"그말을 듣고 보니 나 역시 방금 그런 생각을 했었소"

남편이 말했다.

밀포드 마을에서도 제일가는 미남과 미녀가 그날 밤 결혼식을 올릴 계획이었다. 후버 목사는 원래 어두운 기질의 사람으로 생각들 했었는데 혼례식 같은 경우에는 상냥하고 쾌활한 면이 있었다. 그러므로, 그다지 큰 소리로 웃거나 하지는 않았지만 남들이 기뻐하면 자기도 기뻐하고 이따금 미소를 짓기도 했다. 이러한 기질만큼 남을 사랑해야 하는 사람에게 어울리는 것도 없다.

그야 어쨌든 결혼식에 참석한 사람들은 오늘 하루, 후버 목사의 몸에서 일어났던 그 불가사의한 공포도 이제는 사라졌을 것으로 생각하며, 그가 오기만을 기다렸다. 그러나 결과는 뜻밖이었다.

후버 목사가 들어왔을 때, 사람들의 눈에 제일 먼저 띈 것은, 앞서 있었던 장례식 때의 그 어두움에 더하여, 이 혼례식에서는, 화(禍)외에, 아무것도 될 수가 없는 그 무서운 검은 베일이었다. 그결과는 즉시로 손님들 위에 나타나서 마치 일단(一團)의 구름이 검은 베일 밑에서 솟아올라 촛불을 어둡게 만든 것처럼 생각되었다.

신랑과 신부는 목사 앞에 서있었는데 신부의 차가운 손가락이 신랑의 떨리는 손 안에서 벌벌 떨고 있었다. 그리고 신부의 시체처럼 창백해진 얼굴은 몇시간 전 장사지낸 소녀가 결혼을 하기 위해 무덤 속에서 나왔노라고 속삭이고 있었다. 만약 이처럼 음침한 결혼이 또 있었다면 그것은 결혼식 때에 장례식의 종을 울렸던 그 유명한 결혼일 것이다. 그야 어쨌든 예식이 끝난 다음 후버 목사는 잔을 입술에 대고 신혼부부를 축하해 주었다.

난로에서 나는 기분 좋은 불빛처럼 손님들의 얼굴에 활기를 주었어야 할 온화한 기쁨의 어조로 —. 그순간 검은 베일이 거울에 비쳤는데 자신의 모습을 한번 보고는, 다른 모든 사람들을 무섭게 만든, 그 공포 속으로 자신의 정신을 밀어넣고 말았다.

그의 몸은 떨렸고 입술은 하얗게 되었으며, 아직 마시지 않은 술을 융단 바닥 위에 엎지르더니 돌연 어둠 속으로 돌진했다. 왜냐하면 바닥도 검은 베일을 뒤집어 썼기 때문이다.

다음날, 밀포드 마을 사람 모두가 후버 목사의 검은 베일 이야기로 시끌벅적했다. 베일과 베일 속에 숨겨져 있는 비밀은, 거리에서 만나는 사람들 사이에, 혹은 창문을 열어놓고 수다를 떠는 여자들 사이에 화제를 제공해 준 것이다.

여관집 주인이 손님에게 이야기하는 진담(珍談)의 첫 번째 화제가 이것이었다. 아이들은 학교에 가는 길에서 이 사건을 지껄여댔다. 남의 흉내를 내기 좋아하는 장난꾸러기는 시커먼 헌손수건으로 자기 얼굴을 가리고 놀이친구들을 놀라게 해주다가 그것이 너무 심했던 나머지, 자기자신도 무서워져서 그만 거의 기절을 할 정도였다.

주의해서 볼 일은 교구(敎區) 안에 살고 있는, 남의 일에 참견하기 좋아하는 사람들과, 남의 발목잡기 좋아하는 사람들 중에, 누구 한사람, 후버 목사에게 왜 그런 짓을 하는 것인지, 솔직하게 캐물으려는 사람이 없었다는 점이다. 지금까지는 그런 간섭을 조금일지언정 필요로 하는 경우에는 언제나 꼭 그에게 충고하는 사람이 있었고, 또 충고한 사람의 판단에 따르기를 싫어하지 않았던 후버 목사였다.

만약 후버 목사에게 무엇인가 잘못된 점이 있다면 그것은 그에게 자신감이 결핍된다는 점이었다. 또 조금이라도 남에게서 비난을 받기라도 하면 그것이 대수롭지 않은 동작이더라도 죄악처럼 생각하는 목사였다. 그러나 교구내 사람들은 후버 목사의 이런 약점을 잘 알고 있기는 했지만 누구 한사람 검은 베일을 쓰고 다니는 건에 대하여 호의를 가지고 간(諫)하려 들지 않았다.

이때 각자의 가슴속에는, 터놓고 얘기하지는 않지만, 그렇다고 해서 마음속 깊이 숨기고 있지도 않은, 일종의 공포 감정이 있었고, 그것 때문에 각각 남에게 그 책임을 전가했던 것인데, 마침내 그들은 이 사건이 더 커져서 세상의 웃음거리가 되기 전에 그 비밀에 대하여 후버 목사와 교섭을 벌이기 위해 교회의 위원(委員)을 파견하기로 의견을 모았다.

그러나 이 위원들은 그만 큰 실수를 하고 말았다. 목사는 우선 반갑게 그 위원들을 영접했는데 그들이 의자에 앉자 입을 꽉 다물었다. 즉 중요한 용건에 대하여 입을 열어야 하는 책임을 손님들에게 떠넘겼던 것이다. 상상컨대 그들이 어떤 문제를 들고 왔는지는 충분히 짐작할 수 있었던 것이다.

검은 베일은 후버 목사의 이마에 매어져 있었고 그의 온화한 입에서부터 위쪽 눈과 코를 완전히 덮고 있었다. 위원들은 가까스로 목사의 입 언저리에 그 어두운 미소를 띠는 것을 볼 뿐이었다.

그런데 이 쭐쭐이 천 조각은 위원들이 상상한 바에 의하면 후버 목사와 그들과의 사이에 한가지 무서운 비밀의 상징으로서 그들의 심장 앞에 늘어져 있는 것처럼 생각되었다. 이 베일만 걷어치운다면 위원들은 그 베일에 대해서 자유롭게 말할 수 있었는지도 모르겠는데 그것을 걷어치울 때까지는 이야기할 수가 없었던 것이다.

이렇게 해서 그들은 상당한 시간 동안 한마디 말도 없이, 갈팡질팡하며 후버 목사의 눈길을 불안스럽게 피하면서 앉아 있었다. 후버 목사의 눈이 그들에게는 보이지 않는 곁눈질로 그들을 노려보고 있는 듯한 느낌 때문에 안절부절못할 수밖에 없었다.

드디어 위원들은 이 문제는 너무나 중대한 사건이어서 종교대회(宗敎大會)까지는 요하지 않는다 해도 교회회의(敎會會議)를 열지 않는 한, 도저히 어쩔 수가 없다고 입을 모은 채, 얼굴을 붉히며 나와서 그들을 선출한 사람들에게로 돌아갔다.

그런데 누구나 모두 무서워했던 그 검은 베일을 아무렇지도 않게 생각한 여인이 그 마을에 한 사람 있었다. 위원들이 한마디 질문도 하지 못하고, 한가지 설명도 요구하지 못한 채 돌아왔을 때 이 여인은 냉정한 성격으로 목사의 신변에 각일각 어둠의 도(度)를 더해가고 덮어가는 것으로 생각되는 괴상한 구름을 헤쳐 버려야겠다고 결심했다. 원래 이 여인은 후버 목사의 약혼녀였으므로 검은 베일이 감추고 있는 비밀을 알아내는 것은 당연히 그녀의 권리였던 것이다.

그러므로 이 여인은 후버 목사의 첫 방문을 받았을 때, 목사를 위해서도, 그리고 자기를 위해서도 이 일이 쉽게 풀려나가도록, 솔직한 태도로 임하면서 이 문제를 화제로 들고 나왔다.

후버 목사가 앉자 그녀는 베일을 뚫어지라고 노려보았는데, 사람들을 그토록 무서워하게 만든, 음침한 그림자는 도저히 찾아낼 수가 없었다. 그것은 단지 그의 이마에서 입까지 늘어져 있는 쫄쫄이 겹의 천이었으며 호흡을 할 때마다 그것이 움직이고 있는 데 지나지 않았다.

"어머, 이 쫄쫄이 천에는 아무것도 무서운 것이 없는데요……. 내가 언제나 보고 있었던 얼굴을 감추고 있을 뿐인데……."

그녀는 소리치며 미소를 보냈다.

"자, 어서요…… 당신, 구름 속에 숨어 있는 해님을 내보이세요. 우선 그 베일을 벗으시라구요. 그런 다음 왜 당신께서 그런 물건으로 얼굴을 가리고 다니시는지 말해 보세요."

후버 목사의 미소가 희미하게 반짝이고 있었다.

"안돼요. 언젠가는 우리 모두 자기네들의 베일을 벗어 버리지 않으면 안될 때가 틀림없이 올 것입니다. 그때까지 내가 이 쫄쫄이 조각을 걸치고 다닌다하여 머리가 어떻게 된 게 아니냐고 생각한다면 곤란합니다. 아시겠습니까?"

그는 말했다.

"당신이 하시는 그 말씀 자체도 이상합니다."

젊은 여인은 아리송하다며 이렇게 말을 이었다.

"우선 그 베일부터 벗으세요"

"엘리자베스, 내 맹세의 허락을 받는다면 그렇게 하겠습니다."

그는 또 이렇게 덧붙였다.

"그리고 이 베일은 하나의 틀이며 표시란 것을 알아주십시오. 나는 밝은 곳에서도, 어두운 곳에서도, 혼자 있을 때도, 사람들 눈앞에서도, 친한 친구들과 있을 때도, 모르는 사람들과 있을 때도, 마찬가지로 언제나 이것을 가리고 다니지 않으면 안됩니다. 어떤 사람의 눈도 이것이 벗겨지는 것을 보지 못할 것입니다. 이 무서운 차양(遮陽)이 언제나 세상 속에서 나를 격리하고 있지 않으면 안됩니다. 엘리자베스, 당신조차도 이 베일 속에 결코 들어올 수 없습니다!"

"당신이 그런 식으로 영구히 눈을 숨기고 있는 것을 보니…… 도대체 어떤 슬픈 불행이 당신에게서 일어난 것입니까?"

그녀는 열심히 물었다.

"만약 이 베일이 상장(喪章)이라면 나 역시 대다수 세상 사람들과 마찬가지로, 검은 베일이 상징하는 숱한 슬픔, 어둡고 괴로운 슬픔을 간직하고 있다는 뜻이 될 것입니다."

후버 목사는 대답했다.

"하지만 그것이 죄가 없는 슬픔의 표시란 것을 세상 사람들이 믿지 않는다면 어떻게 되는 겁니까?"

엘리자베스가 추궁했다. 그리고 계속해서 타협했다.

"당신은 아무리 사람들로부터 사랑을 받고 존경받는다 하더라도 무엇인가 비밀스런 죄 때문에 기가 꺾이어 얼굴을 숨기는 것이란 소문이 나지 말라는 보장도 없습니다. 제발 당신의 그 성스러운 실무(實務)를 위해 그런 추태는 그만 부리도록 하세요."

이렇게 말하면서 그녀는 그동안 마을 안에 퍼져 있는 소문의 본체(本體)를 풍자했을 때, 자기 얼굴이 빨개지는 것을 느꼈다. 그러나 후버 목사의 온화한 성격은 자기자신의 행위를 포기할 생각이 아니었다. 그는 미소까지 지었다. ─ 베일 속의 그늘에서 발하는 희미한 불빛처럼 ─ 언제나 보여주는 그 슬픈 미소를⋯⋯.

"내가 슬픔 때문에 얼굴을 가린다고 그들이 말하더라도 거기에는 충분한 이유가 있는 것입니다."

그는 대답했을 뿐이다.

"그리고 만약 내가 비밀스런 죄 때문에 얼굴을 가리고 있다 하더라도 그것을 숨겨줄 사람이 누구겠습니까?"

그렇게 말한 그는 부드럽기는 하지만 도저히 어떻게도 할 수 없다는 고집으로, 그녀의 모든 간구(懇求)에 저항했다. 마침내 엘리자베스는 그자리에 앉아서 입을 다물고 말했다. 이렇게 몇초 동안 그녀는 도저히 어찌할 바를 몰라 궁리에 궁리를 거듭하는 것 같았다. 대체적으로 어떤 새 방법을 취한다면 이 연인(戀人)을 이런 어두운 공상에서 구해낼 수 있을 것으로 생각했던 것이리라(그 공상은 다른 의미가 없었더라면 정신병의 징후였다).

원래 엘리자베스는 후버 목사보다 훨씬 다부진 성격의 여성이었지만 한없이 눈물이 흘러 볼을 적셨다. 그러나 그녀는 슬픔 대신 새로운 감정이 일었는 듯 상대방의 검은 베일을 노려보았다. 그때 홀연히 공중에 퍼지는 박명(薄明)처럼 그녀에게서 베일에 대한 공포가 떨어져 나갔다. 그녀는 일어섰고 후버 목사 앞에 떨면서 섰다.

"그래서 마침내 당신도 그런 생각이 듭니까?"

그가 슬픈 어조로 말했다.

그녀는 대답도 하지 않은 채 손으로 눈을 가리고 돌아서서 나가려고 했다. 그는 허겁지겁 다가와서 그녀의 팔을 잡았다.

"엘리자베스, 나를 용서해 줘요"

그는 절규했다.

"비록 이 베일이 이 세상에서 우리를 떼어놓지 않으면 안된다 하더라도 나를 버리지 말아 주세요. 내 아내가 되어 주세요. 그렇게 하면 미래에는 내 얼굴에 아무것도 가리지 않게 될 것이며, 우리의 혼과 혼 사이에는 아무런 어둠도 없게 될 것입니다. 이것은 이 세상에 있을 때에 한하여 쓰는 베일에 지나지 않습니다 — 영구한 것이 아닙니다! 오오! 이 검은 베일의 그늘에 나 혼자서 있는 것이 얼마나 쓸쓸하고, 외롭고 무서운 것인지 당신은 모릅니다! 영구히 이런 어둠 속에 나를 방치하지 말아 주시오!"

"단 한 번만 그 베일을 들어올리고 내 얼굴을 보아 주세요"

그녀는 말했다.

"안됩니다. 그것은 도저히 안됩니다!"

후버 목사는 대답했다.

"그럼 하는 수 없습니다. 안녕!"

엘리자베스는 말했다.

그녀는 목사의 손에서 자기 팔을 빼내고 천천히 돌아서서 나가다가 문앞에서 발길을 멈추고 검은 베일의 비밀을 거의 간파했다는 듯, 오랫동안 그를 응시하고 있었다. 그러나 이 검은 베일의 무서움이 정 깊은 연인들 사이를 검게 칠해 놓았다고는 하지만, 자기를 행복에서 떼어놓은 것은 유형(有形)의 한 가지 행위에 지나지 않는다고 생각한 후버 목사는 슬픔 속에서도 미소를 지었다.

그때부터, 어느 누구도 후버 목사의 검은 베일을 벗기려고 시도한다든가, 직접 후버 목사에게 말하여, 그것이 숨기고 있을 것으로 상상되는 비밀을 알아내려는 시도도 하지 않았다. 보통사람들이 가지는 편견에 사로잡히지 않겠다고 생각하는 사람들은, 후버 목사가 검은 베일을 걸치는 것은, 단지 일종의 광상(狂想)에 지나지 않는 것이라고 생각했다.

그 광상이란 것은, 그밖의 점에 있어서는 합리적인 사람들의 진실된 행동과 이따금 혼합되어, 그 미친듯한 행동을 채색하는 법이다. 그러나 수많은 사람들에 대하여 후버 목사는 돌이킬 수 없는 괴물이 되었다. 마음 약한 겁쟁이는 목사를 피하기 위해 길을 돌아서 다녔고, 그밖의 사람은 목사가 왕래하는 길로 다니는 것을 용감한 행위로 생각한다는 것을 알게 된 목사는 안심하고 길을 다닐 수가 없었다.

특히 후자(後者)에 속하는 사람들의 무례(無禮) 때문에 그가 저녁때마다 언제나 습관적으로 묘지(墓地) 쪽을 걷는 산책도 중단하지 않을 수 없게 되었다. 왜냐하면 묘지 문앞에 서있으면 숱한 사람들이 그의 검은 베일을 응시하기 위해 묘석(墓石) 뒤에 나타나곤 했기 때문이다.

그후 후버 목사의 모습은 묘지에서 보이지 않게 되었는데 그것은 죽어서 묻힌 사람들의 응시가 그를 그곳에서 쫓아냈다는 소문이 퍼졌다.

아이들은 후버 목사가 다가오는 것을 보면 그 어두운 모습이 아직 멀리 떨어져 있는데도 불구하고, 가장 즐기는 놀이까지도 포기하고 날아가듯 도망치곤 했다.

그러는 아이들을 보면 인정 많은 그는 가슴이 아플 정도의 슬픔을 느꼈다. 아이들이 본능적으로 검은 베일을 무서워 하는 것은, 검은 베일의 실에 무엇인가 초자연적인 무서움이 함께 짜여져 있기 때문임을 누구보다도 후버 목사는 잘 알고 있었다.

실제로 그 자신도 그것을 아주 싫어했다. 그는 결코 거울 앞을 지나가려고 하지도 않았고, 또 조용히 괴어 있는 수면(水面)에 비치는 자기 그림자에 놀랄 것이 두려워서 몸을 구부리고 물을 먹는 일도 없었다.

그리고 이 사건은 후버 목사의 양심이, 도저히 숨길 길이 없는, 그래서 너무나 무서운, 그러면서도 알 길이 없는 큰죄, 암시라도 하는 수밖에 없으며, 달리는 숨길 수도, 떨쳐 버릴 수도 없을 정도로 두려운 큰죄 때문에 자책(自責)하는 것이라고 말하는 사람들의 수군거림을 사실로 받아들이게 되었다.

이런 식이어서, 검은 베일 속에는 죄이든 슬픔이든 간에 어떤 애매한 것, 즉 일단(一團)의 구름이 양지 쪽에 흘러들어 이 불쌍한 목사를 둘러싸고 있었으므로, 사랑도 동정도 그에게 도달할 수가 없던 것이다. 유령과 악마가 베일 속에서 그와 교감하고 있다는 소문이 나돌았다.

이렇게 해서 그는 자신의 전율과 남의 공포를 몸에 지니고, 혹은 자기자신의 혼 속을 암중모색(暗中摸索)하고, 혹은 온세상을 어둠으로 만드는 베일을 통해 응시하면서 계속 베일의 그늘에 싸여 걷고 있었다. 바람조차도 그의 무서운 비밀을 꺼리어 베일을 날려 버리지 않는다고 사람들은 믿었다. 그러나 후버 목사는 의연하게, 사람들 사이를 지나갈 때마다 사람들의 창백한 얼굴을 보고 슬프게 미소짓곤 했다.

검은 베일은 모든 악(惡)의 힘을 가지고 있었는데 베일을 쓰고 있는 사람을 굉장한 공덕(功德)이 있는 목사로 만든, 한가지의 바람직한 힘이 있었다. 후버 목사는 이 신비스런 표시의 도움으로 — 달리는 분명한 원인이 아무것도 없었으므로 — 죄로 번민하는 사람들에 대하여 무서운 권력을 가지는 사람이 되었다.

그로 인하여 회개한 사람들은 비유적으로 말했는데 목사가 자신들을 천국의 광명으로 인도해 주기 전에는 자기네들도 역시 목사와 함께 검은 베일을 쓰고 있었노라고 단언하면서, 그들 특유의 공포심을 가지고 언제나 목사를 바라보고 있었던 것이다.

실제로 검은 베일의 암흑(暗黑)은 후버 목사에게 여러 어두운 감정과 동감하도록 만들었다. 임종하는 죄인은 반드시 후버 목사를 불러 인도를 받고 싶다 했고, 그가 보지 않는 동안에는 숨을 끊지 못했다. 후버 목사가 위안의 말을 하고자 몸을 구부리면 자기 얼굴 가까이에 얼굴을 갖다대는 복면을 보면서 으레 그들은 전율을 하기는 했지만 말이다.

사신(死神)이 얼굴을 드러낼 때조차도 검은 베일의 두려움은 변하지 않았던 것이다! 그런데 낯모르는 사람들은 후버 목사의 얼굴을 보지 못하도록 금하고 있었기 때문에 그의 모습이라도 굳이 보겠다는 목적을 가슴에 안고 그의 회당에서 행해지는 예배에 출석코자 먼곳에서 찾아왔다. 그러나 대부분의 사람들은 집에서 나오기 전에 전율을 느끼지 않을 수 없었다.

한번은 베르치아 지사(知事)가 통치하고 있을 때, 후버 목사는 선거 설교를 맡았었다. 이때도 그는 예의 검은 베일을 얼굴에 쓰고, 지사와 참사(參事), 의원(議員)들 앞에서 아주 큰 감동을 주었기 때문에, 이해의 여러 입법안(立法案)은 옛날 조상들 시대의 모든 경건함을 회복시키게 되었다.

이런 식으로 후버 목사는, 외부의 행위에 있어서는 무엇 한가지 비난받을 일이 없었는데, 언제나 기분이 언짢은 의문 속에 싸여서 남들로부터 사랑받지 못할 뿐 아니라 두려움의 대상이 되었다.

그러나 남들에게는 친절했고 애정을 쏟았다. 그러면서도 남들과는 격리된 생활을 했다. 그를 멀리하던 사람들은 대개 건강한 때라든가 즐거운 때는 멀리했지만 고민이 많을 때라든가 임종시에는 그의 도움을 청했다. 어쨌든 후버 목사는 장수했다.

세월이 흐름에 따라 흰머리가 검은 베일 위를 덮었다. 그는 나이가 들어감에 따라 여러 교회 사이에서 유명인이 되었다. 그래서 각 교회에서는 그를 교부(敎父)라고 불렀다. 그가 교회에 처음 부임해 왔을 때, 혈기왕성했던 거의 모든 교구민(敎區民)들은 여러 차례나 그가 집례하는 장례식에 의해 세상을 떠났다.

그는 아직도 회당(會堂) 안에 일단(一團)의 회중(會衆)을 모으고 있었지만 공동묘지 안에는 더욱 많은 회중을 가지고 있었다. 그리고 이렇게 늙은 나이까지 열심히 일을 해왔고 그 임무를 잘 수행했던 후버 목사였으므로 이제는 그도 안심하고 쉴 차례가 되었다.

노목사(老牧師)가 임종하는 방에는 몇몇 사람들이 모여 있었다. 덮개를 가린 촛불이 방안을 비추고 있었다. 목사에게는 혈연(血緣)이 있는 사람이 한명도 없었다. 회복될 가능성이 없는 이 환자의 마지막 고통을 덜어 줄 목적밖에 가지고 있지 않은 의사가 있었다. 그 의사는 태연했지만 엄숙했다.

교회의 집사들과 아주 경건한 믿음을 가진 평신도들도 있었다. 또 세상을 떠나는 목사 옆에서 기도를 해주기 위해, 서둘러 말을 타고 온 젊은 목사, 즉 웨스트벨리의 클라크 목사도 있었다. 그밖에 간호사도 있었다. 이 간호사는 임종을 위해 고용한 호스피스가 아니라 오랫동안 혼자서 은밀히 이 노목사의 냉대(冷待)를 참아내며 돌봐주었고, 임종때가 되어서도 식지 않는 사랑을 베푸는 사람이었다.

바로 옛날의 약혼녀였던 엘리자베스였던 것이다.

후버 교부(敎父)의 하얀 머리는 베개에 걸쳐 있었다. 언제나 그랬듯이 검은 베일이 이마에서부터 늘어져 있어서 얼굴을 가린 채로 있었는데 그가 약하나마 호흡을 할 때마다 그것이 조금씩 들먹이고 있었다.

거의 한평생을 두고 그 쫄쫄이 천이 그와 세상 사이를 가로막고 있었던 셈이다. 그것은 즐거운 우정과 약혼녀와의 사랑에서 그를 격리시켜 왔었고, 또 모든 감옥 가운데 가장 슬픈 감옥(그 자신의 가슴이라고 하는 감옥) 속으로 그를 밀쳐 넣었다. 그리고 지금 그 베일은 그의 어두운 방안의 음침함을 한층 더해 주었으며 영원한 빛에서 그를 차단하려는 듯 그의 얼굴 위에 덮여 있는 것이다.

이보다 조금 전, 그의 마음은 이상하게도 흔들리어, 과거와 현재 사이의 기억 속에서 갈피를 못잡았다. 그러는 와중에서 내세(來世)의 혼돈 속으로 들어가는 것 같은 생각이 들었다. 그는 심한 신경의 충격으로 인하여 전전반측하느라고 조금밖에 남아있지 않았던 힘까지 모두 써버렸다.

그러나 한차례 심한 경련이 일었을 때도, 그리고 다른 사상(思想)이 힘을 잃고 말았을 때도, 뇌수(腦髓)의 제일 심한 광란이 일었을 때도, 그는 의연하게 검은 베일이 미끄러져 떨어지는 것을 몹시 걱정하고 있는 것 같았다.

그의 흐트러진 영혼은 잊었다 하더라도, 그의 베갯머리에는 그 충실한 부인(과거의 약혼녀)이 있었기 때문에, 한창때의 얼굴이 아닌, 지금의 노안(老顔)을 보여주기 싫어서였을 것이다. 이렇게 해서 마침내 죽음이 임박해진 이 노목사는 마음도 몸도 완전히 지쳐 있었고 그저 조용히 누워 있을 뿐이었다.

맥박은 이제 거의 뛰지 않는 것처럼 희미해졌으며 호흡도 점차 약해져 있다. 다만 길고 깊고 불규칙하게 내뿜는 숨만이 그의 영혼이 떠나는 서곡(序曲)인양, 이따금 들릴 뿐이었다.

웨스트벨리의 젊은 목사가 침대 옆으로 다가왔다.

"경애하는 후버 교부님, 당신께서 해방되실 순간이 가까워졌습니다. 미래를 끌어올 수 있도록 ― 그리고 현재를 가로막고 있는 이 베일을 들어올릴 준비가 되어 있으십니까?"

그가 말했다.

후버 교부는 이말을 듣자 힘없이 고개를 가로저을 뿐이었다. 그리고 무엇인지 의미 모를 말을 하려고 했다.

"아니오…… 내 영혼은 …… 이 베일이…… 벗겨질 때까지…… 기다릴 것이외다."

그는 알아듣기 어려운 아주 희미한 어조로 말했다.

"그러시다면…… 인간의 판단력이 공언(公言)할 수 있는 범위 안에서 행위와 사상, 모두가 청결하셨던…… 무엇 한가지 흠잡을 데 없는…… 기도에 열중하셨고 그래서 남의 모범이 되셨던 분이, 또 교회의 교부로 추앙받던 분이…… 그런 순결한 생활을 캄캄한 어둠처럼 생각되는 그늘을…… 추억으로 남기신다는 것은 적절한 것이겠습니까?

경애하는 교부님, 부탁드립니다. 제발 그런 짓은 하지 말아 주십시오 이제 교부님께서는 미래의 포상을 받으러 가실 때의 자랑스런 모습을 보여주심으로써 우리를 기쁘게 해주십시오. 영원한 베일이 씌워지기 전에 당신의 얼굴에서 이 베일을 벗기도록 해주십시오!"

클라크 목사는 이렇게 말을 이었다.

이렇게 말하면서 클라크 목사는 그동안의 비밀을 폭로하기 위해 앞으로 나아가 몸을 구부렸다. 그러나 후버 교부는 보고 있던 사람들 모두를 아연실색케 했다. 그는 뜻밖의 힘을 내어 갑자기 두 손을 잠옷 속에서 빼더니 그 손으로 검은 베일 위를 감쌌다. 웨스트벨리의 목사가, 이제 다 죽어가는 자기와 싸우고자 한다면 끝까지 싸우겠다는 결심으로 — .

"안돼! 안된다구! 이 세상에서는!"

베일을 감싼 후버 목사가 외쳤다.

"정말로 딱하신 노인이시군! 당신께서는 어떤 무서운 죄를 가지고 하나님의 심판을 받으러 가시려는 겁니까?"

놀란 클라크 목사가 소리쳤다.

후버 교부의 호흡이 더 불규칙해지더니 인후 속에서 그르렁거렸다. 그러나 그는 안간힘을 써가며 두 손으로 자기 생명을 붙잡고, 자기가 하고 싶은 말을 할 때까지 그 생명을 연장시키는 것이었다. 그는 침대에서 몸을 일으키기까지 했다.

그 최후의 순간에도 그를 평생동안 공포의 대상으로 만들었던 검은 베일은, 그의 얼굴에 늘어뜨려져 있었는데 그는 이미 죽음의 손에 잡힌 듯, 떨면서 자리에 앉았다. 그러나 예의 희미한 그의 미소는 그때도 베일 속에서 지어지고 있었다.

"왜 당신네들은…… 나를 보기만 하면 전율하는 거요?"

빙 둘러 있던, 창백한 얼굴의 구경꾼들을 돌아보면서 그는 말했다. "당신네들도 서로 바라보면서…… 전율하는 게 좋을 것이오. 오늘날까지 사나이들은 나를 피해 왔고, 여인네들은 동정을 했으며, 아이들은 소리치며 도망치며 숨었던 것은 이 내 검은 베일 때문이었을까? 이 베일이 어렴풋이나마 표시한 것 비밀 이외에…… 무엇이 그토록 이 쫄쫄이 천을 무섭게 만들었단 말인가? 친구가 친구를 향하여 가장 깊은 마음속을 털어놓을 때……. 또 연인(戀人)이 제일 사랑하는 자에게 가장 깊은 마음속을 털어놓을 때……. 또 사람이 자기 죄의 비밀을 가까스로 감추면서 조물주의 눈을 억지로라도 무서워하지 않을 때……. 그런 때야말로 평생 동안 내 얼굴을 가리고, 이제 그대로 죽어가는 이 베일로 인해, 나를…… 괴물이라고 생각해도 좋소이다. 주변을 살펴보면…… 아아, 어서 살펴보시오! 모든 사람들 얼굴에 하나같이…… 검은 베일이 늘어져 있지 않소!"

듣고 있던 사람들은 모두 질겁을 했다. 서로 얼굴들을 마주 보고 있는 사이에 후버 교부는 입가에 희미한 미소를 머금으며 복면을 한 시체가 되어 베개 위로 쓰러지고 말았다.

그래서 사람들은 베일을 늘인 채로 그를 입관(入棺)했고 복면을 한 시체로 그를 묘지에까지 운구했다. 그후 많은 세월이 흐르는 동안 묘지 위에서는 풀이 났고 시들었으며, 비석에는 이끼가 끼게 되었다. 그 훌륭했던 후버 목사의 얼굴은 티끌이 되고 말았고 ─. 그러나 그 얼굴이 검은 베일 밑에서 썩었을 것을 생각하면 역시 등골이 오싹해질 정도로 무섭다!

기피(忌避)당한 집

1

제아무리 무시무시한 공포라 하더라도 거기에 아이러니가 없는 경우는 거의 없다. 때로 그것은 사건의 구조 속에 직접 포함되어 있는 경우도 있고, 또 때로는 인물과 장소 사이에 단지 우연한 관계로 연결되었을 뿐인 경우도 있다.

후자(後者)의 경우에 있어서는 1840년대 초기인 옛날, 에드거 앨런 포가 천부적인 시인(詩人)인 화이트만의 부인에게 이루지 못할 사랑을 불태우고 있었던 무렵, 늘 산책을 했었다고 하는, 이 고도(古都), 프로비던스에도 한 가지 실례(實例)가 있는데 이것이 또한 실로 훌륭한 전형을 제시하고 있다.

산책을 할 때마다 앨런 포는 대개 비네피트가(街)에 있는 맨션하우스 ― 그 옛날에는 골든볼정(亭)으로 불렸던 여관으로서 이곳에는 워싱톤이라든가 제퍼슨이라든가 라파예트가 머물렀다고 하는데 ― 앞에서 발길을 멈추었다. 그리고 그곳에서 같은 길을 북쪽으로 향하여 걸어가고 화이트만 부인의 집에 도착하는 것이다.

바로 그 옆에는 언덕에 마련된 세인트 존 묘지(墓地)가 있었는데 그곳에 18세기에 세운 묘석(墓石)이 또한 기묘한 매혹을 가지고 있어서, 그의 흥미를 심히 끌었다고 한다.

그런데 아니러니가 여기에 있다. 몇번이고 몇번이고 반복했던 이 산책에서 공포와 기괴에 관계되는 ─ . 세계 유일의 거장(巨匠) 앨런 포는 길의 동쪽 옆에 있는 한 채의 집 앞을 언제나 지나가지 않으면 안되었다.

어쩐지 이상하게 낡아있고 지저분한 이 건물은 깎아지른 듯한 언덕 중턱에 서있었다. 그리고 그 가장자리 일대는 아직 들판의 모습을 띠고 있어서 여기저기에 잡초가 무성하게 자라나 있었고 역시 잡초가 우거진 뒤뜰이 딸려 있었다.

앨런 포가 이집을, 책에서 묘사했었는지 혹은 얘기를 했었는지는 알 수가 없으며, 더구나 그가 이집에 흥미를 가지고 있었는지 어쨌는지도 분명치가 않다.

그러나 그집은 어떤 확실한 정보를 수집해 가지고 있는 우리 두 사람에게 있어서는, 아무것도 모르는 채 수없이 그집 앞을 지나다던 그의 귀재적(鬼才的) 묘사의 환상(幻想) 속에서 공포의 대상으로, 필설(筆舌)로는 다 표현할 수 없는 추괴(醜怪)한 것 모두를 나타내는 심벌과 같은 무시무시한 표정으로 가로(街路)를 노려보고 있는 것처럼 보이는 것이었다.

그집은 ─ 물론 지금도 그러하지만 ─ 호기심이 강한 사람들에게 일종의 이상한 매혹감을 주는 건물이었다 ─ 원래는 반(半) 농가(農家)로 지은 건물인데 18세기 중엽에 일반적인 뉴잉글랜드 식민지풍의 건물로 개조한 것이다 ─ 한때 많이 지었던 그 첨탑형(尖塔型) 지붕과 채광이 없는 다락이 있는 2층 건물로서 조지왕(王)풍의 현관길과 당시의 취미를 반영한 실내의 벽에는 널빤지가 가지런하게 붙여져 있었다.

건물은 남향인데 박공(牔栱)이 한 개 붙어 있고 급경사진 동쪽 언덕이 계단 아래의 창까지 집어삼킬 듯한 세(勢)로 둘러싸고 있다.

또 한쪽 면은 가로 쪽을 향하여 집의 주춧돌까지 드러내고 있었다. 150년 전의 옛날, 마침 근처에서 하던 도로확장과 직진공사(直進工事) 때문에 건물은 개수(改修)되었다.

그것은 이 비네피트가(街) ─ 처음에는 배크가(街)로 불렸었는데 ─ 는 초기 입식자(入植者)들의 묘지(墓地) 사이를 구불구불 뻗어가고 있었던 오솔길이었으므로 그것이 곧은 가로로 개수된 것은 구입식자(舊入植者)의 시신들을 노스 베리얼 그랜드 묘지로 모두 이장하여 그 고가(古家)의 정원 끝을 가로질러서 가더라도 지장이 없게 된 다음의 일이었다.

처음에는 급한 이사면(泥斜面)을 보강하는 서쪽 벽이 노면에서 20피트 정도의 높이로 죽 뻗어 있었다. 그런데 프랑스혁명이 있었던 무렵 도로폭을 넓히는 공사가 있어서 서쪽 벽 중간 근처를 거의 깎아냈고, 그집도 토대(土臺) 둘레가 보일 정도가 되었다. 그 때문에 다시 공도(公道)와 가까운 지하실 벽을 벽돌로 쌓아올리고 노면에서 위로 나온 부분에 문 한 개와 창 두 개를 내었다. 원래 지면보다 훨씬 낮았던 지하실에서 직접 가로로 나오도록 보수하지 않으면 안되는 처지에 놓였었다.

그로부터 1세기 전에 새 보도(步道)가 부설되었을 때 저택은 마침내 추녀 밑에까지 공도(公道)가 침범하게 된 것이다. 그러므로 앨런 포는 산책을 하면서 이 단조로운 회색 벽돌벽이 보도 위에 서있는 광경을 그저 막연하게 바라보았을 것임에 틀림없다. 그리고 이 무렵 벽돌벽 위에는 낡고 낭창거리는 저택의 본체가 10피트나 솟아 있었을 것이다.

농장으로도 착각할 수 있는 그 인근의 땅은 뒤쪽 언덕을 향하여 상당히 위쪽에까지 뻗었는데, 거의 호이튼가(街)에까지 뻗어 있었다. 비네피트가에 면한 그집의 남쪽 자락은, 물론 지금 나있는 보도

(步道)보다 훨씬 위쪽에 위치하고 있어서 습한 이끼가 붙어 있는 돌로 에워싸인 테라스를 형성하고 있다.

그 돌 사이를 높고 경사가 급한 돌계단이 가로지르고 있으며 협곡(峽谷)과 같은 지면(地面)의 길을 만들면서, 언덕 위에 펼쳐지는 호젓한 잔디밭과, 습한 벽돌벽과 풀이 우거진 정원으로 통하고 있다.

정원에는 깨진 시멘트제 항아리가 있는가 하면 녹슨 물통이, 옹이 투성이인 나뭇가지 세 개를 맞춰서 만든 삼발이에 떨어져 있고, 정면의 문에서 떨어져 나온 것으로 짐작되는 부채꼴과 비슷한 쇠붙이가 있고, 무너진 이오니아풍의 벽기둥과 벌레먹은 벽채의 널빤지들이 흩어져 있다.

그 '기피당한 집'에 대해서 젊었을 때 들은 이야기로도, 나의 경우, 그곳에서 놀랄 만큼 많은 사람들이 죽어갔다는 것 정도밖에 알지 못한다. 원래의 소유주가 집을 지은 지 20년 정도만에 다른 곳으로 이사간 것도 실은 그것이 이유였던 것 같다.

그곳은 분명 건강한 장소는 아니었다. 아마도 지하실에 나있는 하얀 솜과 같은 균(菌)과 습기와, 저택 전체에서 나는 구역질이 날 것 같은 악취와, 그리고 현관 입구에서 들어오는 틈새 바람과, 우물이라든가 펌프물의 수질 때문이리라.

어쨌든 위에서 거론한 것은 누구에게 물어도 심하다고 하며, 지인(知人)들 사이에서도 평판이 아주 나쁘다. 옛날의 하인들이라든가 질박한 마을 사람들이 기억하고 있는 전설의 저류(底流)를 이루고 있었던, 그 어둡고 아련한 추론(推論)이라든가, 그리고 그런 것들이 용케도 내 귀에까지 전해진 것은, 고가(古家)를 유난히 좋아하던 숙부(叔父) 에류 피플이 남긴 노트를 통해서였다. 그것은 프로비던스가 변천해 가는 과정에서 신이민(新移民)의 거도(巨都)로 발전되었을 때, 대부분 잊혀진 당시의 독특한 추측이었지만 ─.

그런데 일반적으로 알려져 있는 사실이란 다음과 같은 것들이다. 즉 그 저택은 원래 공동체의 상류계급에게, 다소라도 '유령이 나온 다' 등등, 뒷손가락질을 받을 만한 일이 없었다는 점, 재깍재깍 쇠사슬 소리가 들려온다든가 차가운 공기가 슬며시 흘러 들어온다든가, 촛불이 갑작스럽게 꺼진다든가, 창가에 사람의 얼굴이 나타난다는 등 흔히 말거리가 될 만한 것 등은 한가지도 없었다.

극단적인 말을 하는 사람 가운데는 당시 그집은 '불운에 휘말렸다'고 하는 사람도 있었지만 그것도 일반적으로 세상에서 받아들여지는 의견은 아니었다. 어쨌든 진실이어서 논박의 여지가 없었던 사실로는, 그곳에서 놀랄 만큼 많은 사람들이 죽었다는 것 ──, 아니 좀더 정확하게 말한다면 그 기괴한 사건이 60년 전에 일어난 이후로 지금에 이르기까지 그 저택은 세드는 사람도 없었으므로, 놀랄 만큼 많은 사람이 '과거에' 죽었다는 것이다.

그렇다고 해서 죽은 사람 모두가 급격한 어떤 원인에 의해 돌연 생명을 빼앗겼던 것은 아니다. 도리어 조금씩조금씩 활력을 잃다가 나중에는 천명을 다 누리기 훨씬 이전에 죽고 만 것 같다는 점이다. 그리고 생명을 잃기까지는 앓았던 사람들도 정도의 차이는 있지만 각각 빈혈증이라든가 신경쇠약, 피로감의 징조를 나타냈다고 하며 그중에는 정신기능 장해를 일으킨 사람도 있었다.

그 어느 경우에도 건물이 가지는 건강도(健康度)가 아주 낮았음을 증명하고 있다. 그런데 이상한 일은 이집과 나란히 있었던 집들에서는 이런 나쁜 풍문이 일어난 집은 한채도 없었다는 것을 덧붙이지 않으면 안되겠다.

이상과 같은 이야기는 내 집요한 질문에, 입을 다물고 있던 숙부가, 우리 두 사람이 그 무시무시한 탐색(探索)에 나서게 되는 원인이 되었던, 비밀의 서류를 보여주었을 때 이미 들어 알고 있었다.

내가 아직 어렸을 때 그 '기피당한 집'은 완전히 빈집으로서, 새도 날아오지 않는 높직한 테라스 모양의 뒤뜰에는 열매조차 맺지 않는 옹이투성이의 나무와, 길고 기묘하게 생긴 하얀 풀들과, 보기에도 기분 나쁜 모양의 잡초가 우거져 있었다. 어린아이였던 우리는 이 집 앞을 자주 지나다녔다. 어렸을 적에도 무서웠던 것은 이 기괴한 식물들이 내뿜고 있는 불건전한 분위기뿐만이 아니었다.

탐험심이 많고 건장한 젊은이들을 여러 명이나, 자물쇠가 걸려 있지 않은 그집 문안으로 유인하여 들였고, 죽어가게 한 점과 그 황폐한 집에서 내뿜고 있는 기묘한 분위기와 냄새 또한 공포의 대상이었던 것이다.

작은 유리를 낀 창문도 지금은 거의 모두 깨어져 있었다. 불안정하게 된 칸막이 널빤지와 무용지물이 된 덧문, 벗겨진 벽지와 떨어져 나간 칠, 삐걱거리는 계단과 아직도 남아있는 망가진 가구 조각들 주변에는 이름조차 알 수 없는 황폐의 파편들이 안개처럼 깔려 있었다.

먼지와 거미집이 그 무서움을 한층 더해 주었다. 이런 폐가의 사닥다리를 스스로 올라가서 맞배지붕으로 기어들어가는 아이가 있다면 그 아이는 실로 용감한 아이임에 틀림없다. 지붕 안에는 헤아릴 수 없는 세월의 퇴적(堆積)을 지나, 으스스한 지옥과 같은 모양으로 변한 잡동사니 물레하며 의자하며 궤짝들이 잔뜩 쌓여 있었다.

그러나 결론을 말한다면 이 지붕 속은 이집에서 제일 무서운 곳은 아니었다. 우리에게 제일 격렬한 반발심을 안겨준 것은 축축하고 후덥지근한 증기가 괴어 있는 지하실이었다. 비록 그 지하실이 사람들의 왕래가 끊기지 않는 포도(鋪道)와 놋쇠문 한 개, 그리고 작은 창문이 나있는 벽돌벽 하나로 막혀져 있고 가로 쪽은 이미 지상에 완전히 노출되어 있는 명색뿐인 지하실이라 해도 말이다.

우리는 당시, 무서운 것을 보는 한이 있더라도 그 지하실로 출입을 해야 할 것인지, 아니면 자신의 영혼과 정신상태를 위해 그곳을 피해서 가는 것이 좋은지 아무래도 결심을 할 수 없었다. 한 가지 확실한 것은 그집에서 풍겨 나오는 악취가 그곳에서 제일 강하게 난다는 사실이었다. 그리고 또 한 가지, 장마철이 되면 굳은 바닥에서 하얀 솜과 같은 균(菌)이 피어나는 것도 보기에 싫었다.

이 솜같은 균은 바깥 뒤뜰에 나는 식물과 같이 기분 나쁜 모양을 하고 있어서 언뜻 보기만 해도 소름이 끼칠만큼 무서웠다. 말굽버섯이라고도 하고 인디언파이프라고도 하는 버섯은 물론 다른 곳에서는 흔히 볼 수 있는 것이 아니었다.

더구나 그 균은 금방 썩곤 하는데 어느 시기에는 아주 희미한 형광(螢光)을 띠는 것이었다. 그때문에, 한밤중에 이 근처를 지나간 사람은 악취가 코를 찌르는 곳에서, 즉 깨진 유리창 너머에서 반짝이는 도깨비불을 보았다는 등의 황당한 소문을 퍼뜨리는 경우도 여러 번 있었다.

우리는 할로윈축제가 한창이어서 잔뜩 들뜬 기분이 되었을 때조차 — 이 지하실을 밤중에 찾아가려는 생각 따위는 하지 않았다. 하지만 해가 아직 높직하게 떠있는 한낮에는 지하실에 들어가는 일도 있었는데 특히 비라도 내려서 어둠침침한 날에는 그곳이 뿌옇게 형광을 발하고 있는 것을 본 적도 있었다.

또 이것은 우리가 그렇게 생각했던 것뿐인지는 몰라도 그밖의 더 미묘한 현상을 그곳에서 보았었다 — 어쩌면 단지 암시적인 것이었는지는 모를 일이지만 어쨌든 기묘한 현상을 말이다. 그것은 다소 더러워진 바닥 위에 희미하고 하얀 얼룩이 떠있었던 것으로서 — 지하의 부엌에 있는 대형 난로 가까이에 나있는 드문드문한 균류 한복판에서 보이는 곰팡이거나 초산칼리의 흔적과 비슷한, 그래서 분명치 않고 불안정한 부착물이 그 정체였다.

어디서 그런 연상(連想)을 끌어냈는지는 모르겠지만 그 얼룩 자국이 몸을 이중으로 꺾어서 구부린 인체(人體)처럼 보이기도 하고, 또 때로는 하얀 얼룩이 전혀 안보이는 수도 있었다. 이 수수께끼와 같은 반점(斑點)이 평소보다 분명하게 나타난 어느 비오는 날 오후, 좀더 구체적으로 말한다면 그때 나는 그 초산칼리로 만든 반점이 검은 입을 벌리고 있는 난로를 향하여 노란색 기체(氣體)를 토해내고 있는 것을 본 것 같았는데, 어쨌든 그때 나는 지하실에서 있었던 사건을 숙부에게 이야기했다.

숙부는 이 기묘하기 짝이 없는 생각을 듣고 웃고 말았지만 그 웃음에는 아무래도 숙부의 피부에 와닿는 것이 있다는 뉘앙스가 섞여 있었다. 나중에 들은 바로는, 그것과 아주 비슷한 이야기가 마을 사람들의 황당무계한 옛이야기 속에도 나오는 것 같다는 것이었다. — 큰 굴뚝에서 나온 연기가 귀신과 같은, 혹은 이리와 같은 모양을 공중에 그려냈다든가, 벌어진 초석(礎石) 사이로 뻗은 나무 뿌리의 일부가 묘한 모습을 하고 있었다든가 그런 유(類)의 이야기가 유포되고 있었다.

2

숙부는 그 기피당한 집에 관계되는 기록과 자료를 수집해둔 것을 내가 성인이 되기까지 보여주지 않았다. 숙부인 피플 의사(醫師)는 옛것을 소중히 하는 고도파(古道派)의 의사인데 이 지방에 대하여 그가 쏟는 흥미의 정도는, 불가사의한 것에 경도해가는 젊은 마음에 힘을 줄 만큼 열렬한 것은 아니었다.

그의 지론(持論)이라고 하더라도, 그것은 단지 불건전한 요소를 가지고 있는 건물이라든가 장소에 기초를 두고 있는 정도의 것으로

252

서 그 자체가, 불가사의한 것과는 아무런 상관이 없었다. 다만 그가 이것은 재미있겠다고 느끼는 정경(情景)에 대해서는 어쩐지 까닭모르게 무서운 것에 대하여 모든 공상적 그림을 그리듯 연상하는, 그 상상력이 뛰어난 어린 마음에 부채질을 해줄 만한 매혹이 있다는 것을 그 자신이 잘 알고 있었다.

피플 의사는 독신이었다. 이미 머리는 하얗게 세어 있었는데 면도를 깨끗이 하는 전통적 신사로서 이 지방에서는 이름이 알려진 역사가(歷史家)로 통하고 있었다. 시드니 S. 라이더라든가 토머스 W. 비크넬과 같은 완고하기 짝이 없는 전설의 수호자들과 설전(舌戰)을 벌였던 일도 적지 아니하다.

그는 하인 한 사람을 고용하여 먼 옛날 벽돌로 만든 오솔길이라든가 개척자 주택과 가까운 노스코트가(街)의 깎아지른 듯한 낭떠러지 자락에, 위태롭게 서있는 노커와 쇠로 만든 손잡이가 있는, 조지아조(朝)풍의 농가에 살고 있었다.

낡은 개척자 주택의 유적은 그 옛날, 그의 할아버지 — 1772년에 대영제국의 스쿠너형(型) 전함(戰艦) 개스피호를 불태워 버린 역사상 이름높은 사략선(私略船)의 수령(首領)이었던 피플 선장의 손자인데 — 가 1776년 5월 4일에 로드아일랜드 식민지 독립의 결의안에 투표한 장소였다.

그의 주변과 관계되는 것들을 진열한 도서관 — 곰팡이가 핀 판자와 조각품들이 묵직하게 장식된 벽난로와 작은 유리를 낀 창문이 있는, 그리고 낮은 천장에 축축한 도서관이다. 그곳에는 피플의 옛 가계(家系)와 관계되는 유품(遺品)이라든가 옛날의 기록들이 즐비하게 진열되어 있었다. 그중에는 비네피트가(街)의 '기피당한 집'에 관한 기괴하기 짝이 없는 옛 기록도 몇가지인가 포함되어 있었다.

옛날 페스트 오염지구는 그곳에서 멀지 않은 곳에 있었는데, 비네피트가(街) 그 자체는 지붕과 같은 모양으로 개척자 주택의 바로 위에 있는 제1차 입식기(入植期)의 개척 구역이었던 낭떠러지 옆으로 나있었다.

이윽고 나도 성인(成人)이 되었다. 그래서 장기간 내가 졸라왔던 지식 문제에 숙부는 드디어 기괴한 연대기(年代記) 하나를 나에게 보여주었던 것이다. 그 연대기의 총체적인 것은 장기간에 걸쳐 이어온 통계학적·유전학적인 기록이었는데, 거기에는 일관하여 무겁고 집요한 공포와 초자연적인 사악감(邪惡感)이 실타래처럼 얽혀 있었다. 그리고 그것이 친절한 숙부보다도 훨씬 더 강렬한 인상을 나에게 주었다.

하나하나의 사건이 어느 것이나 모두 무서울 만큼 일치부합되어 있었는데, 설령 일치되지 않는 사건의 세부사항도 깊이 검토해 보면 두려운 가능성의 맥을 그 속에 비장하고 있다는 것을 알았다. 불타오르는 것 같은 호기심이 새롭게 내 가슴속에서 자라났다. 그 최초의 계시는 악전고투의 조사와 연결되었고, 최후에는 내 자신과 내 주위에 심한 파멸을 가져다 준 그 소름끼치는 탐색(探索)으로 이어졌다.

왜냐하면 숙부는 내가 시작한 조사에 가담할 것을 군이 고집하면서, 실제로 그 저택에서 밤을 지샌 하룻밤의 조사활동 이후에도 결코 나를 혼자 있게 하지 않았기 때문이다. 오랜 세월동안 오로지 명예와 인덕과 고상한 취미와 자애(慈愛)와 면학(勉學)으로 일관해온 숙부의 훌륭한 모습이 없어진 지금, 나는 심히 고독하다.

그래서 나는 숙부를 떠올리기 위해 세인트 존 공동묘지에 대리석 묘지를 만들었다 — 그곳은 앨런 포가 사랑했던 장소인 — 언덕 위의 커다란 미루나무가 울창하게 서있는 은밀한 숲이었다. 비네피트가(街)의 제방벽이라든가 집들이 즐비하게 늘어서 있는 교회가 서

있는 곳, 그 사이에 묘석과 비석이 어깨를 나란히 맞대고 서있는 장소이다.

마치 미로(迷路)처럼 뒤얽힌 세월의 틈새를 누비듯 전개되어가는, 이집의 역사는 그것을 세운, 부유하고도 자랑스러운 가족에 관해서, 그리고 건물 자체에 관해서도, 기괴한 소문의 흔적을 전혀 밝혀주지 않고 있다. 하지만 거기에는 처음부터 기화(奇禍)의 조짐이 나타나 있어서 이윽고는 그것을 간과할 수 없게 될 것만은 분명했다.

숙부가 세심한 주의를 기울이어 편찬해 놓은 기록은 1763년의 저택 건축으로부터 시작하여 이상할 만큼 극명하게 이 저택의 역사를 더듬고 있다. 기록에 의하면 '기피당한 집'에 살았던 최초의 사람은 윌리엄 해리스 일가(一家)였었다.

아내인 로비 덱스터와 그 아이들 ─ 1755년생인 엘카나, 1757년생인 아비게일, 1759년생인 윌리엄 주니어, 그리고 1761년생인 루이스가 그 일가의 구성원이다. 해리스는 신용이 좋았던 상인(商人)이었을 뿐만 아니라 서인도 교역(交易)에도 일가견이 있는 바다의 사나이였으며 오바디아 브라운 동족회사(同族會社)와도 관계하고 있었다.

1761년, 브라운이 세상을 떠난 다음에 생긴 어콜라스 브라운 신사(新社)가 프로비던스에서 건조한 120톤급 마스트 2개인 배, 프루덴스호(號)의 지휘를 그에게 맡겨 주었기 때문에, 그는 마침내 결혼 이후로 항상 꿈꾸어 왔던 새 농장을 세우는 신분이 되었던 것이다.

그가 선택한 신거주 예정지 ─ 최근에 완전히 정지(整地)되고 말았지만 잡답(雜沓)한 티프사이드 지구 위쪽에 있는 언덕 중턱을 달리는 모던하고 아담한 배크가(街)의 한쪽 자락이었다 ─ 는 그의 일가(一家)로서는 실로 희망했던 장소였다. 거기에다가 건물도 지형을 기막히게 이용한 건축이었다.

흔히 있는 자재와 공법을 사용한 건축물로서는 최고의 것으로서, 해리스는 다섯째 아이가 태어나기 전에 서둘러 새집으로 이사해 왔다. 아이는(아들이었는데) 12월에 태어났다. 그러나 사산(死産)이었다. 그후 한 세기(世紀) 반에 걸쳐 이집에서 무사히 태어난 아이는 끝내 하나도 없었다.

이듬해 4월에는 아이들 사이에 묘한 질병이 돌았다. 그달이 다 가기 전에 아비게일과 루이스가 죽었다. 조브 이브 의사는 일종의 유아열(幼兒熱)이 원인이라고 진단했는데, 다른 의사 중에는 사인(死因)으로 단순한 쇠약과 피곤을 드는 자도 있었다. 그러나 어느 경우에도 그 질병이 전염성을 나타내는 것만은 분명했다.

예를 들면 저택에 고용되어 있던 두 명의 하인 중 한 사람인 한나 브라운은 같은 병으로 동년(同年) 6월에 사망했다. 또 한 명의 고용인인 엘리 라이디아슨은 언제나 건강이 나쁘다고 호소했는데, 한나의 후임자로 고용된 메하타벨 피아스가 일의 공백을 메워주지 못했기에 망정이지 만약 그렇지 않았더라면 레호보스에 있는 아버지 농장으로 돌아갔을 것이다. 그 역시 다음해에 죽었다.

이해는 완전히 비참한 한 해라고 할 수밖에 없었다. 수십 년이라는 상당히 오랜 기간 일을 하기 위해 체재했던 말티니크의 기후병에 의해 몸이 많이 쇠약해졌던 윌리엄 해리스 자신도 이해에 세상을 떠났기 때문이다.

미망인이 된 로비 해리스는 남편의 죽음이라는 충격에서 벗어나지 못했다. 그로부터 2년 후에 일어난 장남 엘카나의 죽음은 그녀의 이성(理性)에 있어 최후의 타격이 되었다. 1768년에 중간 정도의 정신착란증을 일으킨 그녀는 그후 줄곧 그집 위층에 연금당하는 몸이 되었다.

그집 살림은 그녀의 여동생으로서 아직 미혼인 머시 덱스터가 와서 이것저것 보살펴주게 되었다. 머시는 아주 순박하고 체격이 좋은 여장부였다. 하지만 그녀도 이 저택으로 온 후로 자신의 눈으로도 확인할 수 있을 만큼 건강이 나빠졌다. 그녀는 불행했던 언니를 진심으로 동정하여, 아이들을 친엄마처럼 돌봐주었는데, 특히 윌리엄에게는 각별한 애정을 쏟았다.

그무렵 윌리엄은, 튼튼했던 유아기의 모습이 일변하여 잔병치레를 자주 하는 아주 허약한 젊은이로 자라 있었다. 그해에 하녀 메하타벨이 죽었다. 그리고 남은 하인인 '만년청년(萬年靑年)' 스미스도 핑계 아닌 핑계 ― 이집의 냄새가 싫다는 불평과 상궤(常軌)를 일탈한 이야기 ― 를 마구 해대고는 집을 나가고 말았다. 그런 까닭에 당분간 머시는 남의 손을 빌어 쓸 수 없게 되었다.

어쨌든 5년이란 단기간에 7명의 사람이 죽어 나갔고 한 명은 미치광이가 되어 있었으니, 그것이 동네 우물가에서 아낙네들이 모여 입방아를 찧는 화제가 되었던 것도 무리가 아니다. 이런 소문은 이윽고 아주 무시무시한 이야기로 부풀려졌다.

하지만 그녀는 가까스로 마을 밖에서 하녀를 구해왔다. 한 사람은 앤 화이트인데 북(北)킹스타운, 지금은 익제터 군구(郡區)로 분구되어 버린 지구에서 온 사람으로서 성미가 까다로운 여자였다. 그리고 또 한 사람은 즈이너스 로우라고 하는, 유능한 보스톤 사람이었다.

마을 사람들로부터 제일 먼저 기분 나쁜 소문을 분명히 들은 사람은 앤 화이트였다. 머시로서는 누즈네크힐 지구에서 사람을 고용해 들이는 일에 신중을 기했어야 했다. 왜냐하면 그 멀리 떨어진 산골지역은, 지금도 그러하지만 당시에도 가장 불유쾌한 미신이 유행되던 곳이었기 때문이다.

익제터 마을에서는 1892년까지 시체를 묘지에서 파내는 의식이 행해졌던 듯한데 그것은 마을의 건강과 평화를 해치는 종류의 마물(魔物)이 출몰하지 못하게 하기 위하여, 죽은 사람의 심장(心臟)을 불태워 버리는 습속이 있었던 것이다. 1768년 당시 그 지구가 얼마나 미신을 많이 믿고 있었으리란 것은 상상하기 어렵지 않으리라.

그 앤이 얼마나 입방아를 찧으며 소문을 퍼뜨리고 다니는지 견딜 수가 없었다. 한다하는 머시도 몇개월 후에는 그녀를 해고하지 않을 수 없는 처지에 놓였다. 그래서 그녀 대신 뉴포트에서 의리심이 강하고 상냥한 여장부 마리아 로빈스를 고용하게 되었다.

한편 불행한 로비 해리스는 정신착란이 심한 가운데, 더이상 무서울 수 없는 꿈이야기라든가 망상(妄想)의 이야기를 했다. 때로는 그녀가 지르는 비명이 어찌나 크고 험악한지 견딜 수가 없을 정도였다. 너무나 장시간 그녀는 공포의 체험을 떠들어대는 것이었다. 그래서 새로 지은 대학 교사(校舍)에서 그다지 떨어져 있지 않은 곳, 즉 프레스 바이테리안 레인에 있는 조카, 페레그 해리스네 집으로 한때 아들을 피난시킬 필요가 생길 정도였다.

몇번이고 조카집으로 피난시킨 아들은 그후 어느 정도 건강을 회복한 것 같았는데, 만약 머시가 호인(好人)뿐만이 아니라 좀더 현명한 여인이었더라면 그 아이를 페레그네 집에서 영구히 살도록 손을 썼을 것이다. 해리스 부인의 광기(狂氣)어린 절규가 너무 심해서였던지 그점에 대한 전설은 그다지 기록을 해놓지 않았다.

아니, 그녀가 하는 이야기가 너무나 황당하여 제대로 다룰 수 없었다는 극론(極論)을 적어놓은 경우도 있다. 그것은 그랬을 것이다. 더듬거리는 프랑스어로, 그리고 교육을 많이 받지 못한 그녀가 앞뒤가 안맞아서 지리멸렬하는 프랑스어를 구사하며 몇시간씩 무시무시한 말을 토해냈을 것이니 말이다. 어느 때는 혼자 연금되어 있는 상태에서, 번쩍이는 눈을 가진 괴물에게 물렸다든가 피를 빨렸다는 등의 이야기를 해대어 이런 황당한 일이 또 있겠느냐고 생각했으리라.

1772년에 하인인 즈이너스가 죽었는데 그말을 들었을 때 해리스 부인은 평상시의 그녀라고는 상상도 할 수 없는 기괴한 기쁨을 나타내며 깔깔대고 웃었다. 그리고 그 이듬해에 그녀 자신이 이 세상을 떠났고, 노스 베리얼 그랜드 묘지에 남편과 나란히 눕게 되었다. 그녀의 장례는 후하게 치러졌다.

1775년에 대영제국과 말다툼이 벌어졌을 때, 윌리엄 해리스 주니어는 당시 16세가 되었을 뿐이었다. 그는 수척한 몸매의 젊은이였는데 열심으로 청원하여 그린 해군 장군이 지휘하는 정찰대에 입대했다. 그가 건강적으로도 신분적으로도 착실하게 향상을 나타내기 시작한 것은, 이 시기 이후였다.

윌리엄은 1780년 앙겔 대령 지휘하에 있던 뉴저지 지구 로드아일랜드군(軍)의 지휘관에 임명되었다. 그는 엘리자베스 타운 출신인 피브 헤트필드라고 하는 여성과 교제하다가 그녀와 결혼하고, 다음해에 명예 제대를 했으며, 그길로 프로비던스로 귀향했다.

젊은 병사의 귀향은, 그러나 행복에 싸여 있었던 것은 아니었다. 그의 집은 분명 아직 살아갈 만한 상태였지만 가로(街路)는 폭이 넓혀졌고, 이름도 매크가(街)에서 비네피트가(街)로 바뀌어 있었다. 옛날에는 단단했던 머시 덱스터의 몸이 그런 흔적을 찾아볼 수 없을 만큼 이상하게 쇠약해져서 지금은 맥없는 목소리와 창백한 안색을 한, 그리고 허리가 굽은 보잘것없는 노파로 변해 있었다.

그녀의 이런 쇠약한 몸은 이제 단 한 사람 남아있는 하녀 마리아에게도 그대로 적중되었다. 1782년 가을에 헤트필드 해리스가 장녀를 사산(死産)했다. 그리고 그 이듬해 5월 15일, 머시 덱스터가 그 엄격하고 후덕하고 근면했던 일생을 마쳤다.

이렇게 해서 자기 집안에 연관된, 무시무시한 불건강(不健康)을 깨끗이 인정하게 된 윌리엄 해리스는 그곳에서 살지 말아야겠다는 결의를 굳히고 영구히 집문을 닫아 버렸다. 아내와 둘이 임시로 기거할 곳을 당시 신축된 골든볼정(亭)이라는 여관으로 정한 다음, 해리스는 우선 그레이트 브리지 지구 건너편에 있는 신흥도시 한자락인 웨스트민스터가(街)에, 이전보다 더 호화로운 건물을 신축하는 작업에 착수했다.

그곳에서 아들 듀티가 1785년에 태어났다. 한가족은 그곳에서 살았는데 이윽고 상업세력에 밀려나서 강 건너로 옮겼으며, 다시 언덕을 하나 넘는 엔젤가(街)로 이사했다. 그곳은 줄곧 새로 형성되어온 이스트사이드 주택지역으로서 고(故) 아처 해리스가 1876년에 호화롭기는 하지만 으스스할 만큼 기분이 안좋은 프랑스형(型) 대저택을 지은 곳이기도 했다.

그런데 윌리엄과 피브 헤트필드는 1797년에 부부 모두 황열병(黃熱病)에 걸려 사망했고 아들 듀티는, 페레그의 아들로서 그와는 친척간이 되는 래스본 해리스란 사람의 손에서 자라났다.

래스본은 대단한 실제가(實際家)로서, 윌리엄이 그토록 살기 싫어했던 비네피트가(街)의 집을 서슴없이 차가(借家)했다. 그는 친척 동생인 듀티가 자유로워질 수 있는 재산을, 자신을 위해 활용하는 것 정도는 당연한 보상이요 보은이라고 생각했다.

그리고 그는 그토록 숱한 거주자들이 죽어간 사인(死因)이라든가 병인(病因) 따위에 대해서는 생각해 보지도 않았고, 그집이 이제 온동네 사람들의 비난의 대상이 되어 있는 것도 생각해 본 일이 없었다.

그런 까닭에 1804년, 어쩌면 그때는 진정되었을 열병의 잔재에 휘말리어 죽어간 4명의 사자(死者)로 인하여 마을 전체가 논의했을 때, 즉각 그집을 유황과 타르와 장뇌(樟腦)로 훈증(燻蒸) 소독하라는 시의회(市議會)의 명령조차도 그에게는 먹혀들지 않았다. 마을 사람들은 그의 집을 가리켜 그곳에는 열병의 냄새가 난다고들 했던 것 같다.

그런데 듀티는 자기 소유의 집에 대하여 진지하게 생각하는 일이 없었다. 그도 그럴 것이 그는 성인(成人)이 된 다음, 사략선(私略船)의 승무원이 되었으며 1812년의 전쟁에서 케이플 선장 지휘하에 있는 비지랜트호(號)에 타고 정찰의 무훈을 세우기에 바빴었다.

그는 무상(無傷)으로 개선하자 1814년에 결혼을 했고, 1815년 9월 23일이라는 특필해야 할 날 밤에 한 아기의 아버지가 되었다. 어쨌든 그날 밤은 태풍이 몰아쳐서 만(灣)의 바닷물이 마을을 반쯤이나 집어삼켰었다.

운두가 높은 슬루프형(型) 범선(帆船)이 웨스트민스터가(街) 한복판에 높이 떠있었기 때문에 그배의 마스트가 자칫했더라면 해리스네 집 창문을 부술 뻔했다. 마치 신생아(新生兒) 웰컴이 뱃사람의 아들인 것을 상징적으로 공언(公言)하는 것 같은 사건이 있었던 밤이었다.

웰컴은 아버지보다도 먼저 이 세상을 떠나긴 했지만, 1862년 프레데릭스버그에서의 그의 전사(戰死)는 화려한 것은 아니었다. 그도 그랬고 그후 그의 아들인 아처도 그랬거니와 '기피당한 집'에 대해서는, 그곳이 악취 때문에 살기 어렵다는 사실 이외에는 아무것도 몰랐다 ― 그 악취도 집을 오래도록 수리하지 않았기 때문에 생긴 곰팡이라든가 장독(瘴毒)이 원인일 것으로 생각하는 정도였다.

분명 그집은 1861년에 일어났던 연속적인 죽음과 사건을 정점으로 하여 사람이 살지 않게 되었는데 그 사망사건도 남북전쟁의 흥분으로 곧 잊혀지고 마는 운명이었다. 부계(父系)의 마지막 혈연자

(血緣者)인 칼린튼 해리스도, 내가 내 체험담을 그에게 들려줄 때까지 그집에 대하여 — 지금은 잊혀지고 있지만 당시에는 이목을 집중시켰던 전설의 중심지였다는 정도의 지식밖에 가지고 있지 않았었다.

그는 집을 완전히 헐어내고 그곳에 새로운 아파트식 건물을 세울 계획이었는데 내 애기를 듣고는 마음을 바꾸어 그대로 방치해둔 채로 내부에 칸막이를 하여 여러 집에 임대할 것을 결심했다. 그리고 칸막이를 한 좁은 공간들에 들어와서 살 임차인을 찾기는 그다지 어렵지 않았다. 옛날의 공포는 그때 이미 사라지고 말았기 때문이다.

3

해리스가(家)의 연대기에 내가 어느 정도나 강한 영향을 받았는지는, 더이상 여기에 쓸 필요도 없을 것으로 생각한다. 이처럼 연면(連綿)히 이어지는 기록 속에는 지금까지 생각조차 해보지 못했던, 자연계의 섭리를 초월하는, 그래서 멸절되는 일이 없는 사악(邪惡)한 것의 호흡이 분명 맥박치고 있는 것 같다. 무엇인가 사악한 것이 이 집안에서 틀림없이 감돌고 있는 것이다. 해리스가의 사람들이 아니라, 이집 자체에 말이다.

이런 인상은 숙부가 보여준 갖가지 잡다한 데이터에서도 증명이 된다 — 하녀의 여러 가지 증언에서 인용한 전설이라든가 신문의 스크랩이라든가 동료 의사에게서 얻은 검시(檢屍) 소견집 등에서 말이다. 이러한 자료 모두를 여기에 인용한다는 것은 나로서는 도저히 할 수 없는 일이고 할 필요성도 느끼지 않는다.

어쨌든 숙부는 고물 수집의 귀재라고 불릴 정도의 인물이었고 '기피당한 집'에 대해서는 당시로부터 보통사람들의 추종을 불허하는 흥미를 가지고 있었다. 그 숱한 자료를 소개할 수는 없다 하더라도 여러 정보원(情報源)에서 나온 보고 가운데 중복 기록하고 있는 굵직굵직한 사건에 대해서는 여기에 몇가지쯤 소개해 두는 것도, 괜찮을 것이라는 생각이 든다.

예컨대 그집 중에서도 나쁜 풍문의 근간(根幹)을 이루는 장소로서, 버섯과 같은 실곰팡이가 나는 불건강한 지하실을 꼽는다는 점에서는 마을 사람 누구라도 동조하고 있다.

하녀들 ─ 그중에서도 특히 앤 화이트의 경우인데 ─ 가운데는 지하실의 부엌을 사용하고 싶지 않다는 자가 있었고, 최소한 출처가 알려져 있는 세 가지 전설이 있었다. 그 지하에서 나는 곰팡이의 얼룩이라든가 나무뿌리가 어쩐 일인지 기묘한 반인반수(半人半獸)의 형태를 이루고 있다든가, 악마의 윤곽과 비슷하다는 기록을 하고 있다.

나도 어렸을 적에 사람의 모양을 본 일이 있으므로 그런 전설에 마음이 몹시 끌렸었다. 그러나 그 어느 경우도 모두 지방에 남겨져 있는 유령전설과 교묘하게 혼합되고 쓸데없는 꼬리가 붙여져서 본래의 의미 대부분이 사라져 버린 것이 유감스럽다.

익제터 지방의 미신을 안고 왔던, 앤 화이트는 어느 누구보다도 황당한 얘기를 꾸며냈는데, 그와 동시에 앞뒤가 맞는 이야기도 남기고 있다. 그녀에 의하면 이 저택 밑에는 흡혈귀(吸血鬼)가 하나 매장되어 있음에 틀림없다는 것이었다 ─ 흡혈귀란 살아 있는 사람의 피와 숨을 들여마시면서 혼과 육체를 유지시켜 나가는 사인(死人)을 가리킴이다 ─ 그들이 살고 있는 지역에서는 밤마다 피에 굶주린 귀신이라든가 영혼이 모습을 나타내는 것이다.

이 흡혈귀를 죽이는 데는(이 대목은 할아버지의 옛날이야기에 흔히 나오는 것이지만) 그놈을 묘지에서 파내어 심장을 불태우거나 혹은 상대방의 알몸에 말뚝을 박아야 한다. 그리고 지하실 안을 구석구석까지 모두 개축할 것을 강력하게 요구했던 것이, 앤 화이트를 해고한 가장 큰 요인이었었다.

그런데 그녀의 이야기에는 듣는 사람들을 매혹시킬 만한 힘이 있었고, 그집이 원래 매장지(埋葬地)였던 장소에 건축했다는 사실 때문에 점점 더 일반인 사이에 침투하기 쉬워지기는 했었다.

내 인상으로는 마을 사람들의 흥미는 이런 환경에 있는 것이 아니라 오히려 그집에서 나오려고 했던 '만년청년(萬年靑年)' 존이 무엇인가의 이유로 하룻밤 사이에 숨을 거두었다든가, 1804년에 핏기를 잃고 죽은 4명의 희생자를 검시한 차드 홉킨스 의사의 보고서라든가, 반투명 유리와 같은 눈과 날카로운 이빨을 가진, 정체불명의 괴물에 대하여 떨면서 이야기한 로비 해리스의 지리멸렬한 증언록(證言錄) 등등의 것에 기울고 있는 것 같았다.

나는 내 자신을 허황된 미신 때문에 마음이 흔들리는 그런 사나이가 아니라고 믿어 왔지만, 그런 괴이한 얘기를 들음에 따라서 기묘한 감각을 은밀히 느끼게 되었다. 그리고 그 감각은 '기피당한 집'에서 일어난 사망사건을 보도하고 있는 여러 신문사의 스크랩 기사 두 장에 의해 더욱 굳어졌다.

스크랩 중 한 장은 1815년 4월 12일자 〈프로비던스 가제트 & 컨트리 저널〉지(誌)에서 떼어낸 것이며, 또 한 장은 1845년 10월 27일자 〈데일리 스크립트 & 클로니클〉지에서 떼어낸 것이었다. 그 어느 것도 놀랄 만큼 중복된 형태로 소름이 끼칠 것 같은 사건의 내용을 보도하고 있었다.

그 기사들을 보면 쌍방 공히 한 빈사상태인 인물로 아주 무섭게 변신했다는 내용을 보도하고 있는데, 1815년의 경우는 스태포드라고 하는 온순한 중년 부인, 1845년의 경우는 엘리자 더피라고 하는 중년 교사(教師)로 되어 있었다.

두 사람 모두 유리구슬과 같은 눈을 부릅뜨고 임상의사(臨床醫師)의 목을 물어뜯으려 하고 있었던 듯하다. 그러나 그집의 마지막 차가인(借家人)이었던 사람의 경우는 더욱 불가사의했다. 그 환자의 정신착란이 진행되고 마침내 그가 친척들의 목과 손목을 할퀴어 교묘하게 생명을 뺏으려고 한 다음에, 마을 안에서는 빈혈증으로 죽어가는 사람이 속출했던 것이다.

이 사건은 1860년부터 1861년에 걸쳐서 일어났던 일로서, 숙부가 마침 개업의(開業醫)를 시작했던 때에 해당한다. 숙부에게서 들은 바에 의하면, 그는 개업의로 출발하기 전에도 전문의(專門醫) 학교에서 이 사건에 대하여 들었던 듯하다.

그 가운데서 실로 이해가 되지 않는 것은 그 사건들의 희생자 전부 — 악취가 진동한다는 악평이 높은 집이었으니 그런 집을 빌려서 산다는 것은 무지한 인간들뿐이었다 — 가 한마디도 배웠을 리 없는 프랑스어로 저주의 말을 지껄여댔다는 점이었다.

그것은 당연한 일이지만 거의 1세기 전에 불행하게 살다가 세상을 버린 로비 해리스의 사건을 떠올리게 했다. 숙부는 심히 마음에 동요를 일으키어, 전쟁에서 돌아온 직후 체이스 및 호이트만 의사로부터 직접 체험담을 들은 것을 필두로 하여, 그집에 관한 역사적 자료들을 본격적으로 수집하기 시작했다. 숙부가 얼마나 진지하게 이 문제를 고찰(考察)하고 있었는지는 나도 능히 알 수 있었다.

내가 똑같은 문제에 흥미를 가지고 있다는 것을 알았을 때, 기뻐했던 것도 충분히 이해할 수 있었다 — 편협한 틀에 사로잡히지 않는, 그리고 시종일관하는 내 흥미에 숙부가 기뻐했었기에 그는 마음을 열고, 다른 사람이라면 웃어넘기고 말 것 같은 문제를 나와 대화했던 것이다.

그의 상상은 나의 그것보다 더 그곳에 미치지는 못하고 있었다.

하지만 그는 그곳이 상상력을 자극하는 희귀한 장소인 것을, 괴기 (怪奇)와 요이(妖異)의 분야에 연관되는 영감(靈感)이라든가 연상 (連想)의 근원으로 보아 주목할 가치가 있는 장소임을 피부로 느껴 알고 있었다.

한편 나는 진지한 태도로 이 문제에 관계되는 모든 자료와 씨름 을 해보자는 생각으로 증거를 검토할 뿐만 아니라 가능한 한 데이 터를 추적시켜 나가는 작업에 착수했다. 당시 그집의 소유자였던 아 처 해리스 노인에게는 1916년 그가 죽을 때까지 몇번이나 면회를 신청했었고 또 직접 만나서 이야기도 했다.

그리고 숙부가 모아놓은 그 일가(一家)의 자료는 틀림없는 진실 들이었음을 해리스 노인과, 지금도 살아 있는 그의 여동생 이야기로 확인했다. 그런데 그집에서 일어났던 사건에 프랑스와 프랑스어가 왜 연관되었겠느냐는 질문에는 두 사람 모두 나와 마찬가지로 당혹 감과 무지(無知)의 표정을 표출하는 것이었다.

아처는 아무것도 몰랐다. 미스 해리스가 들려준 이야기로는 그녀 의 조부인 듀티 해리스가 들려준 옛날 이야기가 어쩌면 서광을 비 춰줄지도 모른다는 것뿐이었다. 아들 웰컴이 전사(戰死)한 후 2 년을 더 살아오면서 그 노선원(老船員)은 전설 그 자체를 알고 있 었던 것은 아니었지만, 그가 아주 어렸을 적에 돌봐주었던 유모인 마리아 로빈스라는 노인이, 로비 해리스가 지껄여댔던 프랑스어의 헛소리를, 그 무시무시한 의미가 있는 것 같은 전설을 들려준 일이 있었다고 술회했다.

마리아는 그 불행한 여인이 만년(晚年)에 반복해서 지껄인 헛소 리를 귀담아 들었을 것임에 틀림없다. 마리아가 그집에 살고 있었던 기간은 1769년에서 1783년에 한가족 모두가 이사갈 때까지였으며 머시 덱스터의 죽음도 보았었다.

그녀는 언젠가 한번, 어린 듀티에게 머시 덱스터가 죽어갈 때 일어났던, 다소 기묘한 상황에 대해서 이야기했었는데 그녀는 그 이야기가 아주 이상한 내용이었다는 인상만을 마음속에 간직하고 있을 뿐, 중요한 것은 깨끗이 잊어버렸다는 것이다. 그러한 조부의 추억담을 손녀딸에게서 더듬어내도록 시켜졌던 것이니 그녀로서도 기억의 실마리를 풀어낸다는 것은 불가능했을 것이다.

그녀도, 그리고 그녀의 오빠도 결국에는 현재 그집의 소유자로서 나에게 체험담을 이야기한 아처의 아들, 칼린튼만큼의 관심을 그집에 대해서 가지고 있었던 것은 아니었다.

해리스가(家)에 관한 정보로서 수집할 수 있는 것은 모두 검토한 다음, 나는 초기의 지방사(地方史) 자료와 사건부(事件簿)에 눈길을 돌리고, 숙부가 제시한 것 이상의 진지한 정열을 그 연구에 쏟았다. 저택이 서있는 그 장소의 모든 역사를 1636년 — 만약 낼라간세트 인디언에게 자료가 될 만한 전설이 남아있다면 더 거슬러 올라가겠지만 — 의 제1차 입식(入植)으로부터 빠짐없이 추적해 보고 싶었던 것이다.

그러자 작업을 시작하는 순간부터, 그곳이 원래는 존 토로크모튼 소유의 장대(長大)한 사유지(私有地)에 포함되는 한쪽 자락이란 것을 알았다. 타운가(街)에서 시작하여 강을 따라 뻗었고 언덕을 넘어 현재는 호프가(街)로 불리는 근처까지 연결되는 대상(帶狀)의 사유지가 당시에는, 그것말고도 많이 있었는데 토로크모튼의 토지는 그중 하나였었다.

물론 토로크모튼의 토지는 그후 여러 필지로 분할되어갔는데 특히 후대(後代)가 되어 배크가(街)와 비네피트가(街)가 부설된 지구(地區)의 추적에는 시간과 근기를 요했다. 그 결과 한쪽 자락이 옛날의 풍설 그대로 토로크모튼가(家)의 묘지였다는 것을 밝혀냈다.

그러나 그곳에 있었던 비석을 자세히 조사해 보니 모두 포터키트 웨스트 로드에 있는 노스 베리얼 그랜드 묘지로 이장을 했다.

이렇게 해서 나는 — 이것은 기록의 주류(主流) 부분에서 벗어나 있으므로 발견하지 못했더라도 이상할 것은 없었으니 실로 우연이 었지만 — 사건을 구성하는 가장 기묘한 몇몇 부분에 부합되어, 내 흥분을 절정에까지 끌어올리는 어떤 사건과 맞닥뜨렸다. 그것은 1697 년에 맺어진 토지임대차(土地賃貸借) 계약의 기록이었다.

에티엔느 루레와 그 아내에 대하여 토지의 일부를 빌려준 문서이 다. 마침내 프랑스의 요소(要素 : 에티엔느 루레는 프랑스풍의 이름) 가 나타난 것이다. — 그뿐 아니라 그 이름은 공포이단(恐怖異端) 의 문헌독파(文獻讀破)에 소비한 시기 가운데서도 제일 어두운 시 대의 퇴적(堆積)에서, 아주 깊은 공포를 내 마음속에서 불러일으켜 주었다.

나는 열병에 걸린 사람처럼 1747년부터 1758년에 걸쳐 배크가 (街)가 우회로(迂回路)에서 직선로(直線路)로 정비되어 지세(地勢) 가 바뀌기 전의 지역도(地域圖)를 연구했다.

그러자 절반쯤은 예측하고 있었지만 지금 그 '기피당한 집'이 서 있는 장소에는 루레가(家)가 다락방이 있는 허술한 평가(平家)를 한 채 부속건물로 세운 묘지를 만들었었음을 알아냈다. 그런데 생각 했던 대로 루레가의 묘지가 이장되었다는 기록은 없었다.

그 문서는 아주 애매한 형태로 잘려나가 있었다. 그래서 에티엔느 루레라는 이름에 대응되는 지방사(地方史)의 단편을 발견하기까지 는 로드아일랜드 역사협회라든가 시에플리 도서관 등 두 곳을 돌아 다니지 않으면 안되었다.

그러던 중 나는 어떤 사실을 파악했다. 애매하기는 하지만 '기피당 한 집'의 지하실을 다시 한번 새로이 진지한 눈길로 조사하러 가지 않고는 견딜 수 없는 중요한 사실을 말이다.

　루레가(家)는 1696년에 이스트 그리니치에서 낼라간세트만(灣) 서해안을 내려와 이주(移住)해 온 듯하다. 원래는 코데 출신인 유그노 교도(教徒)로서 프로비던스의 행정위원(行政委員)으로 입식(入植)을 허가받기까지 상당한 마찰을 불러일으켰노라고 기록되어 있다.

　이스트 그리니치에서의 평판은 아주 나빴었다. 이 일가(一家)는 낭트 칙령(勅令) 폐지가 있은 다음인 1686년에 건너왔는데 그 일가를 싫어하는 감정은 단순한 인종적 국가적 편견을 뛰어넘었었다는 풍설이 있으며, 다른 프랑스인 이민과 영국인의 대립까지 불러일으켜, 앤드로스 지사(知事)조차도 수습할 수 없는 지방 논쟁이 일어났던 것 같다.

　하지만 그들 일가의 열렬한 프로테스탄티즘 — 열렬하기가 너무 지나쳤었다는 풍문도 있었는데 — 과 마을에서 쫓겨나면 곤란하다는 명백한 고민의 호소가 하늘에까지 통하여, 거무튀튀한 피부를 가진 에티엔느 루레는 농업보다도 묘한 책을 읽는다든가 묘한 도형(圖形) 그리기를 더 좋아한다는 기질을 인정받아, 타운가(街)보다 훨씬 남쪽에 있는 파든 테일린개스트 부두에 세운 창고에서 사무직을 얻게 되었다.

　그러나 그후 어떤 소동에 연루되었던 것으로 보이며 — 노(老) 루레가 죽은 지 40년은 경과되었을 것으로 생각되는데 — 그 이후는 아무도 그 일가의 소식을 들은 일이 없다는 것이다.

　이러한 상황에서 고찰할 때 루레가(家)는 1세기 이상 동안이나 지방인들의 기억에 확실히 남아있었던 것 같으며 뉴잉글랜드 해만(海灣)의 평온한 일상(日常) 속에서 마치 어제 있었던 일처럼 화제가 되어 왔었다. 에티엔느의 아들에 포르라는 무뚝뚝한 젊은이가 있었는데 그 일가가 쫓겨나는 결과를 초래한 소동은 아무래도 이 사람이 자아낸 엉뚱한 행동에 있었던 것 같다. 나에게 있어 그는 상당한 숙고(熟考)의 대상자가 되었다.

프로비던스는 그곳에서 가까운 퓨리탄 입식지역(入植地域)에서 있었던 마녀(魔女) 사냥과는 전혀 인연이 없었는데 고로(古老)들의 옛날 이야기에 의하면 이 포르란 사나이의 기도는 드려야 할 시간에 드리는 것도 아니고, 또 드려야 할 대상에 드리는 것도 아니었다고 한다. 이러한 풍설이 전부 모여서, 마리아 로빈스 노인이 알고 있던 전설의 모태(母胎)는 형성되었을 것임에 틀림없다.

단, 그것이 로비 해리스를 위시한 '기피당한 집' 주민들의 입에서 나온 프랑스어와 어떤 관계가 있었는지, 그 의문에 관해서만은 새로운 발견이라든가 뛰어난 상상력이라도 일어나지 않는 한 풀린 것 같지 않았다. 나는 고개를 갸우뚱하며, 그 전설을 알고 있는 사람 중 몇몇 사람이나 내 광범위한 문헌조사에서 찾아낸 공포와 가중(加重)된 연관성에 대해서 이해하고 있을까라는 생각에 잠겼다.

지금에 와서는 코데 출신의 재크 루레라는 요물(妖物)에 대하여 설명한 지극히 불건전한 공포의 연대기(年代記) 속의, 그 불길한 항목을 기억하고 있는 사람을 찾는다는 것은 무리였다. 그 사나이는 1598년에 흉악범으로 사형선고를 받았는데, 그후 파리 의회(議會)의 힘으로 책형(磔刑 : 옛날에 죄수를 나무기둥에 묶어놓고 찔러 죽이던 형벌)은 면제받고 정신병원에 감금당했다.

그러나 두 마리의 이리에게 피습당한 소년 한 명이 갈갈이 찢기는 사건이 일어난 직후, 그는 온몸이 피투성이가 되고 자디잔 살점 부스러기 상태로 숲속에서 발견되었다. 이리 중 한 마리는 상처도 입지 않고 도망치는 것이 목격되었다고 하는데, 이런 것 등은 이름과 장소에 기묘한 의미를 가지는 노변(爐邊)의 화제였을 것임에 틀림없다.

그러나 프로비던스의 풍설은 일반적으로 사건의 본질과는 동떨어
진, 단순한 풍문에 지나지 않는 것 같았다. 만약 그들이 사건의 본
질을 이해하고 있었더라면, 명칭의 일치(一致)는 광열적으로 공포에
치닫는 행동을 불러일으켰을 것이므로 ― 그 은밀한 소문은 루레
일가(一家)를 마을에서 모두 몰아낸 그 최후의 소동을 예측하고 있
지 못했던 것일까?

나는 이제, 이전보다 더 자주 '기피당한 집'을 찾고 있었다. 정원
에 심어져 있는 나무들, 보통 것으로는 생각되지 않는 식물들을 검
사하고, 건물의 벽들을 샅샅이 조사했으며 땅바닥이 드러나 있는 지
하실 바닥을 1인치도 남기지 않고 돌아보았다.

마지막으로 칼린튼 해리스의 허락을 받아, 지금은 사용하고 있지
않지만 비네피트가(街)에서 직접 지하실로 들어갈 수 있는 문의 열
쇠까지 꽂아놓았다. 어두운 계단을 올라가 1층의 홀을 지나가는 것
보다, 밖에서 직접 지하실로 들어가는 편이 쉬웠기 때문이다. 다행
스럽게도 문은 아직 여닫을 수 있었던 것이다.

불건전함이 아주 짙게 깔려 있는 지하실을 나는 긴긴 오후동안
조사하며 돌아다녔다. 그런 때 조용한 바깥 보도(步道)에서 몇피트
도 떨어져 있지 않은, 그리고 거미집투성이인 지상의 문에서 태양빛
이 스며드는 것이 그리웠다.

그러나 노력은 보상되지 않았다 ― 언제나와 마찬가지로 숨막힐
것 같은 곰팡이 냄새, 시큼한 유독(有毒) 냄새, 그리고 바닥에 떠오
르는 하얀 윤곽 ― 모두가 변함이 없는 현상뿐이었다. 길을 지나가
던 사람들은 이런 내 행동을 깨진 창문을 통하여 수상하다는 듯 기
웃거렸을 것이다.

이렇게 해서 마침내 나는, 숙부의 조언에 따라, 그 지점을 심야에

조사해 볼 결의를 굳혔다. 그리고 태풍이 불던 어느 날 밤, 회중전등빛이, 그 기분나쁜 하얀 윤곽과 형광빛을 발하고, 마디진 균(菌)을 자라나게 한, 곰팡이 냄새 나는 바닥 위를 돌아다녔다.

그날 밤 나는 지하실에서 기묘한 기분에 사로잡혔다. 그리고 하얀 부착물들 사이에 그 '무릎을 껴안은 듯한 모양을 한' 모습을 실로 선명하게 보았다 ― 아니, 보았다고 생각들었을 때 나는 거의 조사준비를 완료하고 있었다. 그것은 어렸을 때부터 의심을 품어왔던 모양새였다.

윤곽의 선명함은 놀랄 정도로서 이토록 분명하게 떠올라 있는 것을 본 적은 처음이었다. ― 그것을 응시하고 있자니 먼 옛날 축축하게 비가 내리는 초저녁에 나를 놀래주었던, 그 노랗고 반짝반짝 빛나는 증기(蒸氣)가 다시 눈에 떠오르는 느낌이었다.

그것은 노변(爐邊) 가까이에 나있는 곰팡이가 만들어 내는 사람 모양의 무늬 위에서 흔들리고 있었다. 희미하고 불건전하며 더구나 형광을 발하는 것 같은 증기가, 축축한 대기 속에서 흔들흔들 꿈틀거릴 때마다 어렴풋이 들어오는데 충격적인 형태가 조금씩 연결지어 가는 것처럼 보였다.

그것은 꼬리를 끌듯이 하여 하얀 부식물(腐蝕物) 속으로 녹아들고, 커다란 굴뚝의 어둠 속에 악취를 남기면서 소리도 없이 빨려들어갔다. 그것은 실로 무시무시한 광경이었다. 이 장소의 역사를 알고 있는 나에게는 한층 더 무서웠다.

하지만 도망치고 싶은 발길을 필사적으로 멈추고, 사라져가는 형태를 지켜보았다 ― 다시 자세히 보고 있노라니, 반대로 그 형태 쪽에서 ― 눈에 보인다기보다 마음으로 느껴지는 것 같은 ― 두 눈으로 이쪽을 노려보고 있다는 것을 오감(五感)으로 느꼈다. 그런 것들을 숙부에게 보고하자 그는 마음속에서 심한 동요를 느낀 듯, 심한 긴박감에 가득 찬 숙고 끝에, 확고하고 광열적인 단정을 내리는 것이었다.

숙부는 마음속으로 사실의 중요성을 저울질하다가 그것이 우리와 어떤 관계를 가지고 있는 것인지를 평가하고 나서, 어쨌든 우리 두 사람이 그 곰팡이와 균으로 가득한, 지하실에서 하룻밤, 혹은 그 이상 동안 머무르면서 '기피당한 집'에서 어떤 일이 일어나는지를 시험해 보자고 열렬히 주장했던 것이다.

4

1919년 6월 25일, 그날은 목요일이었는데 칼린튼 해리스로부터 정식으로 양해를 얻은 다음(사실은 우리가 발견하고자 하는 것에 대해서는 그에게 한마디로 밝히지 않았지만) 나와 숙부는 상당히 무겁고 조립이 복잡한 과학기계와 함께 캠프용 의자 두 개와 캠프용 침대(접었다 폈다 할 수 있는 침대) 두 개를 '기피당한 집' 안으로 가지고 들어갔다.

낮 동안에 그런 필수품들을 지하실로 운반해 가고, 창마다 종이를 바른 다음, 야근 첫째 밤이 시작되는 저녁 무렵에 그곳으로 돌아올 계획을 세웠다.

집의 문은 지하실에서부터 1층까지 하나 남기지 않고 자물쇠를 채워놓았다. 바깥 길로 통하는 지하실 문을 여닫는 열쇠가 있었기 때문에 값비싸고 정밀한 기기(機器)를 남겨두어도 걱정할 것은 없었다 ─ 우리는 어쨌든 극비리에 그 기기류를 입수했으며 그것에 들인 돈도 막대했었다 ─ 그건 그렇고 이번에 하는 야근이 며칠이나 걸릴지는 알 수가 없었다.

우리의 계획은 두 사람이 견딜 수 있는 시각까지 늦도록 살피다가, 새벽녘까지는 두 시간씩 교대하기로 했다. 순번은 내가 먼저 근무하고 그런 다음에 숙부가 하기로 했는데 비번인 사람은 침대에서 휴식을 취하기로 했다.

브라운 대학 실험실과 클라스톤가(街)에 있는 병기고(兵器庫)에서 기기류를 입수한 다음, 두 사람의 모험 방향을 본능적으로 예측한 숙부가, 그 장소에서 보여준 선천적 리더십은 81세의 노인이 가진 잠재적 활력과 회복력이란 이런 것일까하여 혀를 내두를 정도였다. 숙부 에류 피플은 의사로서 위생법(衛生法)의 보급에 힘을 기울였고, 또 그것에 따라서 살아왔던 인물이었다.

만약 그날 밤 야근을 한 끝에 일어난 사건만 없었더라면 지금도 건강하게 살고 있었을 것이다. 그날 밤에 일어났던 일에 대해서 알고 있는 사람은 단 두 사람 ―, 즉 칼린튼 해리스와 나 자신밖에 없다. 그는 그집의 소유자이며 그곳에서 어떤 것이 빠져나갔는지를 알 권리가 있었기 때문에 나로서도 사건의 일부시종(一部始終)을 보고하지 않을 수 없었다.

더구나 조사에 착수하기 전, 이야기를 해두었으므로 숙부가 죽었다는 말을 듣자 그는 상황을 이해했으며 공적(公的)으로 필요한 때는 나를 도와 해명해 주겠다는 말도 했다. 그는 그 얘기를 듣고는 얼굴이 새파랗게 질렸는데 나를 도와주겠다는 동의를 한 다음, 이제는 안심하고 그집을 사용하겠다는 결단을 내렸다.

그 비가 구질구질하게 내리던 날 밤의 야근에서 우리 두 사람이 평안하고 침착했었다고 한다면 그것은 과장된 말일 것이다. 앞에서도 언급한 대로 우리는 어리석은 미신가(迷信家)와는 거리가 먼 인간들이었는데 오랜 세월에 걸친 과학 연구와 고찰로, 인간에게 알려져 있는 삼차원(三次元)의 우주 등, 물자(物資)와 에너지가 구축하는 전우주(全宇宙)에서 보면 먼지와 같다는 것을 배워 알고 있었다. 이 경우 신뢰할 수 있는 무수한 정보원(情報源)으로부터 모은 증거는 인간의 견해에서 본다면 궁극적 악(惡)을 의미하는 어떤 종류의 거대한 힘의 영향이 집요하게 지속될 수 있다는 것을, 압도적으로 우위(優位)에 지적하고 있다.

우리가 흔히 흡혈귀(吸血鬼)라든가 인랑(人狼)을 믿는다고 말할 때 그 어의(語義)는 부주의에 지날 만큼 포괄적인 것이다. 그런 것이 아니라 생명체라든가 피폐된 물질이 때로 분류 불가능한 어떤 종류의 새로운 변체현상(變體現象)을 불러일으킬 수 있다고 하는 설(說)을, 우리는 부정할 입장이 아니라고 해야 할 것이다.

그런 생명체는 보통 것보다 훨씬 더 친밀하게, 다른 공간단위와 연결지어 있기 때문에 삼차원 공간에서는 극히 드물게밖에 존재하지 않지만 그래도 우리의 생활관계에서는 충분히 얻을 수 있을 만큼 가까이 있어서, 그것을 올바르게 파악할 수 있는 입장에 있지 않은 우리에게는 이해할 수 없는 현상을 이따금 눈앞에 드러내는 법이다.

좀더 간략하게 말한다면 숙부와 내가 모은, 의론의 여지가 없는 사실의 나열(羅列)이 제시하고 있는 바는 아무래도 그 '기피당한 집'에 있는 어떤 종류의 '힘'이 줄곧 존속하고 있다는 결론이었다. 2세기나 전에 살고 있었던 악평이 높은 프랑스 이민 가족의 일원으로 소급해 올라가는 '힘'이 원자(原子)와 전자(電子)의 운동에 관계되는, 아주 드물게 작용하는 미지의 법칙에 따라 아직까지도 영향을 계속해서 끼치고 있는 것이다.

루레가(家) 사람들이 보통사람들이었다면 공포와 혐오밖에 느끼지 않는 외연공간(外緣空間)과 이상(異常)에 질(質)을 평등하게 하는 요소를 지니고 있었다는 것은 그들 일가의 역사가 증명해 주고 있는 것 같았다.

그렇다면 흘러간 1730년대에 일어났던 소동이 일가의 구성원 ──

특히 흉포한 포르 루레 ─ 의 이상한 대뇌(大腦)에 있는 어떤 종류의 운동지배 중추(中樞)를 움직이는 계기를 만들어 주었고, 그 기능이 죽음을 당한 육체를 은밀히 보존시키어, 주위의 공동체가 나타낸 이상할 정도의 미움에 의해 결정된, 생전으로부터의 역적(力的) 작용방향에 따라 다원(多元) 공간의 어딘가에서 계속하여 기능해 왔던 것은 아닐까?

상대성이론(相對性理論)이라든가 원자내반응(原子內反應)의 이론을 포함하는 현대과학의 빛에 조명해 보면 그런 현상은 물리적으로도 생화학적으로도 불가능하다고는 말할 수 없다.

형태가 있건 없건 간에 물질이나 에너지의 이질적인 핵(核)이, 다른 좀더 물질다운 물질에서 생겨난 생명 에너지라든가 생체세포(生體細胞)라든가 체액(體液)에서, 그것과 모르는 사이에 조금씩 비물질적(非物質的)인 요소를 흡수해 감으로써 생겨나고 자라난다는 가능성을 상상한다는 것은 어렵지 않을 것이다.

그러한 핵이 생체내에 침투하고 그 생체의 조직과 완전히 일체화되고 마는 것이다. 이런 행위는 적극적으로 적의(敵意)에서 행해지는 것인지 모르겠지만 또 단순히 맹목적인 자기보존의 욕구에서 일어나는 것인지도 모른다. 어느 쪽이든 간에 이런 괴물은 지상의 물질의 영위(營爲)에 있어 장해물이며 침입자이다. 그리고 지상의 생명과 건강과 질서를 존중하는 인간이라면 누구든 이런 존재를 없애버리려는 절대적 의무를 지는 법이다.

우리의 머리를 고민케 만든 것은 그런 존재와 만난 경우, 그들이 도대체 어떤 모습으로 우리의 눈에 비칠 것인지 상상할 수조차 없는 일이었다. 정상적인 인간이 그런 것을 목격한 예는 없고, 그 존재를 피부로 느낀 적지않은 인간들도 그 감각은 극히 한정적이었다. 그것은 어쩌면 순수한 에너지 ─ 물질의 영역을 초월한 실체가 없는 형태 — 인지도 모른다.

혹은 부분적으로 물질을 갖추고 있는지도 모른다. 고체(固體), 액체, 기체 또는 그 어느 쪽이라고도 할 수 없는 상태에 그 운상물질(雲狀物質)을 뜻대로 변화시킬 수 있는 가변성(可變性)을 갖춘 미지(未知)로서 불확정한 '덩어리'인지도 모른다.

바닥에 있었던 곰팡이로 형성된 인간의 모습, 그리고 노란색 증기(蒸氣)의 모습, 옛 전설에 나오는 나무뿌리의 이상한 나선형으로 구부러진 모습, 그런 것들은 모두 최소한 인간의 모습과 멀리 연결진 유사성을 암시하고 있었다. 하지만 그 유사성이 어느 정도까지 상징적이고 보편적인 것인지, 그것을 어느 정도라도 해명할 수 있는 인간은 누구 한사람도 없다.

우리는 그 존재에 대항하기 위한 무기를 두 가지 생각해냈다. 하나는 강력한 배터리로 작동시키는 크룩스관(管 : 진공관의 일종)으로서 그 존재가 강한 파괴성이 있는 방사물질(放射物質)에 견디어 낼 수 없는 경우에 사용되는 특수한 스크린과 반사경을 병설시킨 것이다.

그리고 또 하나는 제1차 세계대전에서 사용했던 군용 화염방사기(火焰放射器)가 두 대 — 이것은 적이 부분적인 물질이어서 기계적인 파괴력이 효과를 발휘한다는 것을 알았을 때에 반복 사용하는 무기였다. — 그것은 예컨대 그 미신성이 깊은 익제터 지구 주민들처럼 우리도 만약 불로 태울 수 있는 심장을 적(敵)이 가지고 있다면 그것을 태워 버리려는 심산이었기 때문이다.

우리는 이런 공격용 기기들을 몰래 지하실로 운반했고, 침대와 의자의 위치에 맞추어 주의깊게 그 배치장소를 정했다. 곰팡이가 기괴한 형태를 만들어 낸 난롯가를 선택한 것이다.

덧붙여서 적는다면 문제의 곰팡이 선(線)은 그날, 우리가 무기와 비품을 준비했을 때는 어렴풋이 떠올랐을 뿐이었고, 저녁때가 되어 야근하기 위해 돌아와서 보아도 여전히 확실치가 않았다. 그 때문에 나는 한순간 이 선이 그처럼 선명하게 떠올라서 우리 눈으로 볼 수 있었던 것이 사실이었었는지, 내 눈을 의심할 지경이었다.

지하실에서의 야근이 시작된 것은 서머타임으로 오후 10시 —. 야근을 계속하고 있었지만 수상한 사건이 일어날 조짐은 찾아볼 수 없었다. 내린 비로 축축해진 바깥의 외등에서 희미하게 스며드는 불빛과 그 저주스러운 균이 내뿜는 형광이 물기가 흥건한 벽돌을 비추고 있었다.

벽은 이미 모든 칠이 벗겨져 있다. 그리고 더러워 보이는 균을 키우는 습기를 머금고 있는 불건강한 곰팡이에 물들어 있는 딱딱한 땅바닥도 보였다.

원래는 가구라든가 의자, 테이블, 갖가지 집기류였던 것들이 이제는 썩어 버린 잔해(殘骸) —. 머리 위를 덮는 1층의 무거운 천장 판자와 굵은 들보 —. 이집 별채에 만들어진 지하방과 창고로 통하는 일그러진 판자문 —. 썩은 나무 손잡이가 달려 있는, 닳고닳은 돌계단 —. 시커멓게 변색된 벽돌조 동굴과 같은 헐어빠진 난로 —. 그리고 그 옆에 팽개쳐져 있는 부젓가락과 부삽 등등이 빨갛게 녹이 슬어 있었다.

그리고 그런 것들과 함께 우리의 침대와 캠프용 의자와, 사가지고 온 묵직하고 정밀한 각종 파괴기기들이 놓여 있었다.

우리는 앞서 조사했을 때와 마찬가지로, 가로(街路)에 통하는 문은 자물쇠를 열어놓은 상태로 두었다. 이렇게 해놓으면 만에 하나라도 적을 우리 힘으로 처리할 수 없는 경우가 발생할 때 도망칠 수가 있다. 이렇게 해놓고 며칠이고 간에 야근을 한다면 그것이, 지하실에 숨어 있는 사악한 존재를 유인해 내는 미끼가 될 것이라고 우리

두 사람은 생각했던 것이다.

그리고 무기가 준비되어 있으므로 상대방을 발견하고 그 성질을 충분히 해명한 다음에는 자력(自力)으로 그놈들을 처리할 수 있을 것이다. 그러나 어느 정도나 야근을 해야 적을 유인해 낼 수 있을지는 눈대중도 서지 아니했다. 그런데다가 이 모험은 결코 안전한 것이 아니다. 적이 어떤 힘을 발휘할는지조차 알 수 없기 때문이다.

하지만 이 게임이 도전할 가치가 있다는 것을 우리는 확신하고 있었다. 그저 혼자서 무서워 할 일이 아니라 위험에 몸을 던져볼 만큼 가치가 있다는 것을 믿고 있었다. 외부에 구원을 요청한다 하더라도 냉소가 있을 뿐이고, 자칫하다가는 이 기도에 대한 패배가 있을 것이라고 생각했다.

그날 밤 두 사람은 이런저런 얘기를 나누면서 그런 마음가짐을 굳혔다 — 그리고 동이 터올 무렵이 되어 숙부가 졸기 시작했을 때, 그를 2시간쯤 쉬게 해줘야 할 시간이 된 것을 나는 문득 알아차렸다.

동트는 시간에 혼자서 우두커니 앉아 있는 동안에 나는 공포와 흡사한 것이 엄습해 와서 오싹 소름이 끼치지 않을 수 없었다. — 나는 방금 혼자 있었다고 썼는데 옆에 사람이 있었다 하더라도 그가 잠이 들어 있을 경우라면, 그것은 혼자 있는 것과 마찬가지였기 때문이다.

어쩌면 잠들어 있는 사람보다 일어나 있는 사람이 더 고독한 법이다. 숙부는 숨을 깊이 쉬고 있었다. 깊은 호흡이 바깥의 빗소리와 섞이고, 집안 어디선가 들려오는 물방울 소리 — 이집은 건조한 계절에도 축축하게 젖어 있는 터이니 그날 밤처럼 태풍이 불고 비가 쏟아지는 밤이면 마치 늪처럼 되어 버렸다 — 등등 신경에 걸리는 소리가 박자를 맞추듯 조절하고 있었다.

나는 균의 빛과 창 틈으로 새어 들어오는 가로등의 약한 불빛을 의지하면서 완전히 이그러져 있는 벽채의 돌들을 조사해 보았다. 그리고 악취가 내 가슴을 두근거리게 만들었을 때, 나는 한차례 문을 열고 가로(街路) 좌우를 휘둘러 보았는데 낯익은 광경들이 눈에 들어왔다. 나는 건강한 공기를 가득 들여마셨다. 변함없이 야근은 진척이 없었다. 나는 몇번이고 하품을 했다. 피로가 몰려와서 감각까지도 둔해지려고 했다.

그때 숙부가 가위눌린 듯, 갑자기 내는 신음 소리에 주의를 환기했다. 최초의 1시간, 특히 그 후반 부분은 아주 편안한 자세로 침대 속에서 전전반측하면서 잠을 잤던 숙부였다. 그런데 지금은 숨소리마저 거칠어졌고, 이따금 한숨을 길게 내쉬는데 심한 경우에는 질식하지 않을까 걱정될 만큼 헐떡이고 있었다.

나는 회중전등을 켜서 그에게 댔는데 그의 얼굴은 새파랗게 질려 있었다. 나는 깜짝 놀라서 침대 건너편을 이곳저곳 비춰본 다음 숙부가 무엇인가로 고통을 호소하는 것 같아서 다시 한번 그의 얼굴에 회중전등의 불빛을 대보았다.

그때 내가 목격한 것은 사소한 일이었음에도 불구하고 내 마음을 심히 동요시켰다. 아마도 그것은 우리의 사명과 이 장소가 가지고 있는 무서운 성질이 만들어 낸, 이 이상한 상황에 있어 불길한 연상(連想)에 지나지 않는 것이었으리라. 왜냐하면 그 환경 자체에는 전율이라든가 이상(異狀)의 요소가 한가지도 없었기 때문이다.

그런데 내가 목격한 것은 요컨대 숙부의 얼굴에 떠오른 표정이었다. 틀림없이 이 상황에서 자극받은 기묘한 꿈에 가위눌리어, 심하게 마음이 동요됨으로써 평소의 숙부라고는 생각되지 않는 표정을 짓고 있었던 것이다. 평소의 숙부라면 친근감이 있고 부드럽기만 한 얼굴인데 지금은 갖가지 잡다한 감정이 그의 내부에 도사리고 있는 것 같았다.

곰곰이 생각해 보니 나를 놀라게 만든 주원인은 실로 숙부의 그 잡다한 표정이었던 듯하다. 거칠은 소리를 내다가 갑자기 피부를 적실 정도로 땀을 흘리고, 이제는 눈을 뜨고 있는 숙부가 한 인간이 아닌 여러 명의 인간으로 보였다. 평소의 숙부와는 거리가 먼, 기묘한 성격을 드러내고 있었던 것이다.

그러다가 돌연 중얼거리기 시작했다. 숙부가 중얼거릴 때의 입과, 치아의 움직임이 나로 하여금 혐오감을 느끼게 했다. 처음에는 그가 하는 말을 알아들을 수 없었지만 이윽고 — 그것도 아주 크게 놀람과 동시에 — 그중 몇마디는 이해할 수가 있었다.

그말을 들으면서, 숙부가 받은 교육의 폭이라든가 〈도우몬데스 평론(評論)〉에 게재되었던 인류학(人類學)과 고고학(考古學) 기사를 번역했던 장대한 업적을 생각해 내기까지 나는 등골이 오싹해지는 공포로 떨었다.

왜냐하면 경애하는 에류 피플 숙부는 프랑스어를 지껄였기 때문이다. 그리고 내가 들은 적지않은 문절(文節)로 미루어 볼 때 아무래도 숙부의 말은 그 유명한 파리의 정기간행물에서 옛날에 역출(譯出)했었던 암흑의 신화와 연관이 있었다.

잠들어 있는 그의 이마에서 갑자기 땀이 흘렀다. 그리고 반쯤 눈을 뜨고 거침없이 일어났다. 프랑스어의 헛소리가 영어의 절규로 바뀌었고 거친 목소리로 이렇게 소리쳤다.

"내 숨이, 내 숨이!"

그러더니 눈을 완전히 떴고 얼굴 표정도 이전처럼 온화해졌다. 숙부는 내 손을 잡자 조금 전까지 꾸었던 꿈이야기를 하기 시작했다. 나는 몸을 벌벌 떨면서 그 이야기를 들었으며 겨우 그 꿈의 진의(眞意)를 추측할 수 있을 정도였다.

막 잠이 든 숙부는, 아주 당연한 꿈을 꾸기 시작했는데, 이윽고 지금까지 내가 써온 것 가운데, 어떤 것과도 관계가 없는 불가사의한 광경 속으로 들어갔다. 그곳은 이 세상이지 저 세상은 아니었다 — 많이 보아 눈에 익었을 것인데도 그런 것들이 이곳에서는 아주 새롭고, 두려움까지 느낄 정도의 감각으로 눈에 들어왔다. 어슴푸레하고 혼돈된 기하학 모양의 세계였다.

하나의 화면이 다른 화면과 겹치어 비치는 것 같은, 묘하게도 질서가 안잡히는 광경이 펼쳐지고 있는 느낌이었다. 시간뿐만 아니라 공간의 중요한 요소가 심히 비이론적인 법칙에 따라 서로 용해되어 뒤섞이고 있었다. 이 환상적인 이미지가 춤추어대는 만화경의 소용돌이 속에서 굉장히 선명하긴 했지만 설명을 할 수 없을 정도로 이질적인 영상의 스냅숏이 이따금 떠올랐다.

숙부는 한차례, 아주 거칠게 파놓은 구멍 속으로 자기가 넘어져 들어갔고, 산발한 머리를 한 얼굴에 뿔이 세 개 달린 모자를 쓴, 군중들이 노려보는 것 같은 기분이었다고 말했다. 그 군중들은 심히 노해 있었고 — .

그런 다음 또 한 채의 집안 — 이것 역시 낡은 집이었다 — 으로 돌아왔는가 생각했는데 집 구조의 세부(細部)라든가 주민들은 언제나 변화해 가므로, 인간의 얼굴 하나도, 가구의 종류 하나도, 아니 방의 상황 하나까지도 분명히 기억해 낼 수가 없었다. 심지어는 문도 창도 마치 흐물흐물한 물질과 마찬가지로 그 모양을 유동(流動)시키고 있었다는 것이다.

기묘했다 — 불길할 정도로 기묘했다. — 그곳에서 본 기묘한 얼굴의 대부분이 해리스가(家)의 특징을 분명히 갖추고 있었다고 말하는 숙부의 말투는 마치, 남들이 듣고 일소에 부쳐 줄 것을 반쯤 기대하고라도 있는 것처럼 소곤거렸고 힘이 들어 있지 않았다.

더구나 그 이야기를 하는 동안, 내내 숙부는 마치 체내에 침입한 것이 그의 몸속에서 세력을 뻗치며, 그의 생명기능을 점유하려는 것을 알아차렸다는 듯 헉헉거리며 거칠게 숨을 내쉬었다. 나는 81년 간에 걸쳐 기능을 다해오면서 피폐해진 숙부의 생명기능이 젊음과 강력한 힘의 절정에 있는 생명기능조차도 대결하기를 겁내는, 미지의 힘과 싸우고 있는 광경을 상상하며 전율을 금치 못했다.

그러나 다음 순간에는, 아아 꿈은 역시 꿈이로구나라며 생각을 바꾸었다. 이처럼 불유쾌한 환영(幻影)은 요즈음 한껏 우리의 마음을 날아다닐 정도로 부풀게 했던 기대라든가, 조사에 따른 피로감에 대한 숙부의 반발에 지나지 않는다는 생각도 했다.

두 사람이 나눈 회화도 어쩐지 꺼림칙했던 내 마음을 풀어 주는 데 도움을 주었다. 이윽고 나는 하품을 했고, 순번에 따라 눈을 좀 붙이기로 했다. 숙부는 잠이 완전히 깬 것 같았다. 두 시간의 휴식이 악몽으로 인하여 설잠을 자다가 깼을 것인데도 불구하고 그는 근무시간이 돌아온 것을 환영하고 있었다. 나는 곧 잠에 빠져들었다.

그러자 그순간 불길하기 짝이 없는 꿈에 시달리게 되었다. 환영(幻影) 속에서 나는 이 세상이 아닌 지옥의 적막감을 맛보았다. 나는 어딘지 모를 독방으로 끌려갔는데 그 주위에는 격렬한 적의(敵意)가 소용돌이치고 있었다. 정신이 들자 내 수족은 결박되어 있었고 수건 재갈이 물려져 있는 것 같았다. 그리고 내 피돌기를 멎게 하는, 무수한 인영(人影)이 멀리서 내는 메아리와 같은 절규 속에 싸여져 있었다.

숙부의 얼굴이, 내가 깨어 있을 때와는 달리 더욱 평온한 표정으로 내 눈에 떠올랐다. 그리고 무익한 줄 알면서도 비명을 지르려고 하는 나 자신임을 깨달았다. 편안한 잠을 잤다고는 도저히 말할 수 없었다.

어디선가 메아리치는 비명이 돌연 내 꿈을 깨게 했고 놀람에 가득 찬, 그리고 생생한 현실세계로 되돌아왔을 때 나는 한순간 비명을 지를 수도 없었다. 눈을 뜬 내 앞에서는 현실에 뿌리를 내리고 있는 어떤 물체들도, 자연스런 선명함과 현실 이상의 감각을 갖추고 있는 눈에 비추어 왔다.

5

나는 숙부의 의자 쪽에서 얼굴을 돌리고 잤었다. 그 때문에 돌연 잠을 깨고 나 자신으로 돌아왔을 때, 내 눈에 비친 것은 가로(街路)로 통하는 문과, 그보다 더 북쪽으로 치우쳐 있는 창문, 방의 북쪽 자락으로 향하는 천장과 바닥과 벽뿐이었다.

그런 것들이 한순간 균(菌)의 형광과 바깥의 가로등보다 훨씬 밝은 빛 속에서 부자연할 만큼 선명하게 내 뇌리 속에서 불타고 있었다. 그것은 보통 말하는 강력한 빛이 아니었으며, 아니 보통 강도(强度)조차 되지 않는 빛이었다. 아마도 그런 빛으로는 보통의 책도 읽지 못했을 것임에 틀림없다.

하지만 그 빛은 나 자신과 침대의 그림자를 바닥에 투영하고 있었다. 노란 색채를 띠고 있어서 광도(光度)에 비해 훨씬 분명하게 물체를 비치게 해주는 침투성(浸透性)도 있었다. 오관(五官) 가운데 두 가지 감각까지가 흐트러져 있기는 했지만 나는 이상과 같은 것을 기묘하게 느낄 수 있었다.

왜냐하면 귀에서는 그 충격적인 비명이 반영하고 있었고, 코는 지하실을 가득 메운 악취에 완전히 노출되어 있었기 때문이다.

오관(五官)과 함께 차츰 민감해진 마음이 심상치 않은 주변의 상황을 인정했다. 나는 거의 반사적으로 일어나자 난로 앞에 펼쳐진 곰팡이투성이의 지면(地面)에 차려놓은 공격 기계에 달려가기 위해 몸을 돌렸다. 몸을 돌리는 순간 나는, 눈에 비치는 광경에 가슴이 철렁했다.

왜냐하면 그 비명은 숙부가 지르고 있었기 때문이다. 그리고 나는 나뿐만이 아니라 숙부의 생명도 보호하기 위해, 이제 어떤 위협과 대결하게 될 것인지 전혀 짐작조차 하질 못했다.

어쨌든 그 광경은 내가 공포를 느낀 것 이상으로 전율적이었다. 그곳에는 공포를 뛰어넘는 공포가 있었다. 이것은 저주받은 불행한 소수자(少數者)를 발광시킴으로써 가까스로 우주에 보호되어 온 꿈에 나타나는 모든 추악한 것, 그리고 그 중핵(中核)을 형성시키는 요소의 하나였다.

균(菌)이 난 지표(地表)에서 노랗게 병든 증기와 같은 시광(屍光)이 빛나고 있었다. 그 빛이 거품을 뿜어내듯 푸욱푸욱 용솟음치며 반인간(半人間) 반괴물(半怪物)의 어슴푸레한 외형(外形)을 연결시키면서 높이 올라가고 있었다. 빛을 통하여 건너편의 굴뚝과 난로가 보였다.

모든 눈 ─ 이리와 같이 굶주린 것도 있는가 하면 냉소를 머금고 있는 것도 있었다 ─ 과 곤충같은 딱딱한 머리가 상공(上空) 어딘가에서 안개처럼 엷은 빛줄기 속으로 녹아들어갔다. 그 빛줄기는 불길한 모양으로 뒤틀리다가 마지막에는 굴뚝 속으로 사라졌다.

나는 이 광경을 '목격했다'고 쓰고 있는데 실제로 그 무시무시한 물체가 분명한 형태를 갖추는 것을 추적한 것은 훨씬 후의 일로써 이 사건을 회상했을 때가 처음이었다. 사건이 일어난 순간 나는 불결하고 추잡스러운, 그러면서도 형광을 뿜고 있는 구름의 소용돌이를 보았을 뿐이었다.

그것이 확대되고, 이윽고는 녹아들고 변형되어 내 전신경을 집중시키는 어떤 물체로 변화되었다. 그 물체는 숙부였다 ─ 경애하는 에류 피플이었다. ── 검게 그을은 모습을 드러내고 그는 나를 바라보며 말이 안되는 말을 뱉어내는 것이었다. 물방울이 방울지는 손톱을 내밀며 이 공포가 가져다 준 격노 속에서 나를 마구 긁어대는 것이었다.

내가 광기(狂氣)에 빠져드는 것을 막아준 것은 나의 침착한 마음이었다. 나는 이런 위기일발의 순간에 대비하여 자신을 단련해 왔었다. 그 맹목적인 훈련의 성과가 나를 구해냈던 것이다.

그 거품이 이는 것 같은 마물(魔物)에는 물질이나 화학의 힘이 도저히 통하지 않을 것임을 깨달았다. 나는 왼쪽에 놓여 있던 화염방사기(火焰放射器)를 무시하고 크룩스관(管) 장치에 전류를 넣자마자 그 불사(不死)의 악마를 정조준하여, 인간 과학이 천연의 공간과 액체로 만들어 낸 최강의 방사기를 발사했다.

푸르고 하얀 섬광이 빠자작 소리를 냄과 동시에 한순간 주위를 환하게 비추었다. 노란 형광이 눈에 띨만큼 밝기를 잃고 있었다. 하지만 그 어두움은 단순한 비교의 문제밖에 안되었으며 기계에서 나온 광파(光波)는 아무런 효력도 내지 못하고 있었다.

그후 그 악몽과도 같은 광경 속에서 나는 새로운 공포를 목격했다. 그 공포가 내 입술에서 비명을 토해내게 했으며, 이렇게 된 이상 이제 아무리 이상한 공포를 이 세상에 퍼뜨리고 다녀도 좋다, 남들이 나를 어떻게 생각하고 어떻게 판단해도 좋다, 어쨌든 자물쇠가 열려 있는 문을 통해 조용히 길 쪽으로 도망치자며, 넘어지려는 몸을 손잡이에 의지하면서 문 쪽으로 향했다.

파란색과 노란색이 섞여 있는 어두운 빛 속에서는 숙부의 몸이, 무슨 말로도 그 본질을 표현할 수 없는, 구토증까지 일으키게 하며 액화(液化)되기 시작했다. 그 속에서 광인(狂人)으로밖에 생각되지 않는, 지극히 기괴한 개성(個性)의 변화가 녹아지려는 그의 얼굴 위에 반복해가며 펼쳐지고 있었다.

그는 악마이자 다수(多數)의 인간이기도 했다. 사취(死臭)가 스며드는 관(館)이기도 했고 숱한 인간의 열(列)이기도 했다. 색채가 뒤섞이어 불확실한 광선으로 비쳐지고 젤라틴처럼 용해된 그 얼굴은 12명 — 아니 20명 — 아니 100명 — 으로 다른 표정을 지어내고 있었다. 수지(獸脂) 초처럼 녹아가는 몸과 함께 지표(地表)로 가라앉으려는 그 얼굴은, 모르면서도 잘 알고 있는 인간 무리의 이상한 형태를 방불케 하면서 차가운 조소(嘲笑)를 띠고 있었다.

나는 그곳에서 해리스가(家)의 특징적인 얼굴을 발견했다. 늠름한 것도 있는가 하면 여성다운 것도 있었다. 어른도 있는가 하면 아이도 있었다. 그뿐만이 아니다. 나이가 든 것도 젊은 것도, 재주가 없는 것도 재주가 있는 것도, 본 적이 있는 얼굴도 본 적이 없는 얼굴도 그곳에 있었다.

한순간 디자인 미술관 부속학원에서 본, 그 불행한 로비 해리스의 미니어처는 심히 일그러진 영상으로 빛나고 있었다. 또 칼린튼 해리스관(館)에서 그림으로 보았던 머시 덱스터의 뼈만 앙상한 영상을 본 듯도 하다. 그 무서움은 감수성의 기능을 초월하고 있었다.

최후에 가까워지고 하녀와 유모들의 얼굴이 기묘하게 뒤섞이면서, 녹색 손가락이 널리 퍼진 균(菌)투성이 바닥에서 빛날 때, 그곳에서 현란하게 비치는 숱한 얼굴은 마치 동료들 간에 다투고 있는 것처럼 보였다.

숙부는 점잖은 얼굴과 비슷한 표정을 되돌리기 위해 필사적으로 싸우고 있었다. 그순간 숙부는 숙부 자신으로 존재한 것이라고 나는 생각하고 싶다. 그는 그때 나에게 작별을 고하고자 했던 것이라고 나는 생각하고 싶다. 그리고 나도 길 쪽으로 도망치려는 순간, 메마른 목구멍으로 기침을 하듯 작별의 인사를 짜냈던 것 같다. 그런데 그 가느다란 기름의 줄기가 나를 뒤쫓아서 문으로부터 나와 비에 젖은 보도(步道)에까지 연이어 있었다.

그후로는 단지 암흑과 전율의 연속이었다. 비에 젖은 가로(街路)에는 사람의 그림자 하나 없었다. 말을 걸고 싶어도 고양이 새끼 한 마리도 눈에 띄지 않았다. 나는 정처없이 남쪽으로 향하여 걸었다. 칼리지 힐과 그 학교를 넘어서 홉킨스가(街)를 내려가 다리를 건넜고 비즈니스가(街)로 들어섰다.

그 마을의 높다란 건축물이 마치 고대(古代)의 불건강한 경이(驚異)로부터, 이 세상을 보호하는 현대 물질주의의 방벽(防壁)인 양, 나를 공포로부터 지켜주는 것처럼 생각되었다. 이윽고 동쪽 하늘이 회색으로 변하더니 햇살이 비추기 시작했는데, 옛 언덕과 그곳에 서 있는 우아한 첨탑을 시커먼 형상으로 떠올린다. 그리고 나를 향하여,

'네 무서운 작업은 아직 끝나지 않았어.'

라고 외치는 것 같았다.

이렇게 해서 나는 이슬에 흠뻑 젖은 채 모자도 안쓰고, 몽유병자처럼 아침 햇살을 받으며 열어제쳐 놓은 비네피트가(街)의 그 무서운 문으로 다시 돌아왔다. 문은 아직도 그냥 열려 있었으며 새벽같이 일어나는 세대주들의 눈앞에 그 입구를 기분 나쁘게 헤벌리고 있었다. 나는 그들에게 이야기조차 걸 수가 없었다.

기름 줄기는 사라지고 없었다. 곰팡이투성이인 바닥은 다공질(多孔質)로서 통기성(通氣性)이 있었기 때문이다. 난로 앞에서는 초산(硝酸)칼리의 하얀 선(線)이 그려낸, '몸을 구부린 거인(巨人)의 모양도 사라지고 없었다. 나는 침대와 의자를, 그리고 기구들을, 또 팽개쳐 둔 내 모자와 숙부의 노란 밀짚모자를 발견했다.

현기증은 절정에 달해 있었다. 무엇이 꿈이고 무엇이 현실인지, 완전히 혼탁되어 생각해 낼 수조차 없었다. 그러다가 사고력(思考

力)이 조금씩 되돌아와서 나 자신이 꿈속에서 본 것보다 훨씬 더 무서운 현실을 목격하고 있다는 것을 깨닫게 되었다.

나는 허리를 굽히고 앉았다. 그리고 그곳에서 일어난 사건의 대강을 가급적 합리적으로 더듬어 나가고자 했다. 그것이 만약 현실적 사건이라면 공포를 어떻게 해서 파멸시켜야 좋겠는가? 그것은 물질도 아니려니와 우주를 가득 채우고 있는 에테르도 아니다. 대저 인간의 마음이 생각해서 얻을 수 있는, 어떤 존재와도 달랐다.

그렇다면 뭔가 이질적인 방사물(放射物) — 익제터 마을 사람들의 풍설에 나오는 것과 같은, 어딘가 공동묘지의 한자락에 쌓여져 있는 흡혈성(吸血性)의 증기(蒸氣) — 인 것일까?

나는 이것이 문제를 해결하는 단서가 될 것이라고 생각했다. 그렇게 생각하고 곰팡이와 초산칼리가 불가사의한 형태를 이루며 맺어져 있던 난로 앞자락 쪽으로 눈길을 주었다. 10분 사이에 마음이 정해졌다.

모자를 벗고 집으로 돌아온 나는 목욕을 하고 나서 식사를 했다. 그리고 곧 전화를 걸어서 곡괭이와 가래와 군용 삽과 황산(黃酸)병 6개를, 내일 아침에 비네피트가(街)에 있는 '기피당한 집' 지하실 문앞으로 모두 운반해 달라는 약속을 했다.

그런 다음 잠을 자려고 했으나 잠을 이룰 수는 없었다. 나는 하는 수 없이 책을 읽기로 하고, 지금의 마음가짐을 잊는 데 도움이 될만한 시(詩)에 곡(曲)을 붙이면서 몇시간이나 보냈다.

다음날, 오전 11시에 나는 발굴을 하기 시작했다. 햇살이 내리쪼이는 밝은 날이었는데 그것이 나로서는 기뻤다. 여전히 나 혼자였는데 추구하는 수수께끼의 존재에 굉장한 공포감을 느끼고 있는 주제에, 자신의 생각을 남에게 털어놓는다는 것이 더 무서웠다.

훨씬 이후에야 나는 필요에 의해, 해리스에게 이 이야기의 전모를 보고했지만 그것은 그가 노인들로부터 옛날의 전설을 이것저것 들었으면서도 그런 것들을 반은 웃음거리로 듣는 태도를 취해왔기 때문이다.

난로 앞의, 악취가 풍기는 검은 흙을 파나가자 가래 날에 의해 양단(兩斷)된 하얀 균(菌)에서, 끈적거리는 노란색 액체가 스며 나왔다. 나는 이제부터 파내려는 것을 몽롱히 상상하면서 몸서리를 쳤다. 땅속의 비밀 가운데는 인류에게 있어 유용하지 않은 것도 포함되어 있는데 어쩌면 이것도 그런 사악한 비밀 중 하나임에 틀림없었다.

내 손은 보기에도 분명 떨리고 있었는데 발굴작업만은 계속했다. 그리고 얼마 후 나는 파내려간, 커다란 구멍 속에 서있었다. 6피트 사방으로 판 구멍이 깊어짐에 따라 사악한 냄새는 더 심하게 났다. 그러는 가운데 내 의혹은 모두 사라졌고, 1세기 반에 걸쳐 이집에 감돌고 있던 방사물을 포함한 지옥의 물질에 틀림없이 접촉할 수 있다는 자신감이 넘쳐났다.

그것은 대체 어떤 모습을 하고 있을까 — 어떤 형태를 한 어떤 물질로 되어 있는 것일까 — 라는 생각을 나는 하고 있었다. 오랜 세월동안 수많은 생명체로부터 생명원(生命源)을 빨아들였을 것이니 얼마나 거대하게 부풀어 올랐을는지 짐작도 할 수 없었다. 마지막에 나는 구멍 안에서 뛰어 올라왔고, 주위의 흙더미를 평평하게 폈다.

그런 다음 구멍의 두 변(邊)을 선택하고 그 주변에 6개의 황산병을 늘어놓았다. 그렇게 해두면 필요한 때에 연속적으로 병의 내용물을 구멍 속에 흘려 넣을 수 있을 것이다. 그리고 병을 늘어놓지 않은 두 변 쪽으로 흙을 밀어놓은 다음 다시 한번 구멍파기를 시작했다. 이번에는 작업의 속도를 떨어뜨렸는데 악취가 심하게 나면 가스마스크를 착용했다. 구멍 속 바닥에서 자고 있을, 이름 모를 물체에 가까워짐에 따라 내 기력은 바닥이 날 정도였다.

돌연 가래가 흙보다 더 부드러운 것을 파냈다. 나는 몸서리를 치며 구멍에서 기어오를 자세를 취했다. 구멍은 이미 내 목에 찰 깊이까지 파내려 갔었다. 가까스로 용기를 되찾은 나는 준비하고 있었던 회중전등을 켜고 그 빛을 비추며 흙 표면을 조금 더 벗겨 보았다.

그곳에 나타난 것의 상피(上皮)는 비린내가 났으며 반투명했다 — 마치 삶은 한천(寒天)과 같았다. 나는 다시 흙을 파보았다. 이윽고 그 물체의 형태가 나타났다. 물체의 일부가 접혀져 있는 것 같은 곳에 금이 가있었다. 빛에 쬔 부분은 커다란데 언뜻 바라보니 원통형(圓筒形)의 모습이었다.

푸르고 하얀색을 띤 아주 유연한 스토브 파이프 두 개를 구부려 놓은 느낌인데 직경은 제일 굵은 쪽이 약 2피트 정도였다. 나는 집요하게 흙을 파헤쳤다. 그러다가 돌연 구멍에서 뛰어나와 그 수상쩍은 물체와 거리를 두었다.

그리고 미친 사람처럼 황산병 마개를 빼고 내용물을 흘려넣었다. 부식성(腐蝕性)인 액체를 연거푸 나락의 바닥에 흘려넣었다. 방금 그놈의 거대한 팔꿈치를 목격했지만 무엇에도 비유할 수 없는 이상체(異常體)를 침범해 갔다.

대량의 산(酸)이 흘러들어간 구멍에서 악취와 함께 콱 솟아오른 황록색 증기가 만들어 내는 소용돌이, 눈이 뱅글뱅글 돌 것 같은 큰 소용돌이는 평생을 두고 내 기억 속에서 사라지는 일이 없을 것이다. 구릉 부분 일대에 사는 사람들은 프로비던스강(江)에 버려진 공장 폐기물에서 무시무시한 유독연기가 발생했다며, 예(例)의 '노란 날'이라고 부르고 있다. 그 사건을 가리켜 이렇게 말하는데, 그러나 나는 그들 주민이 이 연기의 근원에 대하여 크게 착각하고 있다는 것을 잘 알고 있다.

주민들은 또 같은 날에 지하 가스관이라든가 수도관이 잘못되어 무서운 소리를 냈다고들 이야기하거니와 — 이점에 대해서도 나는 그들의 잘못을 지적하고 싶다. 그것은 필설(筆舌)로는 표현할 수 없는 충격적 사건이었다. 그런 광경 속에서 어떻게 살아남을 수 있었는지 지금도 이해가 안된다.

네 번째의 황산병을 들어올렸을 때 나는 실신하고 말았는데 그때는 유독연기 가스가 가스마스크에 스며들기 시작하여 작업은 실로 지옥의 양상을 띠고 있었다. 하지만 정신을 가다듬었을 때 구멍에서는 이미 새로운 증기가 발생하지 않는 것을 확인했다.

나머지 두 개의 황산병을 여는 데는 큰 힘이 들지 않았다. 그런 다음, 나는 구멍을 메워 버리는 편이 안전할 것으로 생각했다. 작업이 끝나기 전에 황혼이 깔렸다. 그러나 공포는 그 장소에서 떠났다. 습기도 심하지 않았다. 기묘한 균(菌)도 완전히 위축되어 무해(無害)한 회색 가루가 되어 재처럼 바닥에 흐트러져 있었다.

이렇게 해서 지하의 가장 깊은 공포 한 가지가 이 세상에서 사라졌다. 그리고 지옥이란 것이 만약 실재한다면 그 지옥은 마침내 부정한 존재에서 잡아뗀 악마적 혼을 손에 넣은 것이다. 나는 가래로 뜬 최후의 흙을 구멍 위에 뿌리면서 내가 가장 존경했고 사랑했던 숙부를 사모하며 흘리게 되는 최초의 눈물 한 방울을 그때 흘렸다.

이듬해 봄, 테라스형(型)이 된, '기피당한 집'의 정원에는 파랗고 하얀 풀과 기묘한 잡초들은 더이상 나지 않았다. 그리고 바로 후에 칼린튼 해리스는 이 땅을 남에게 임대했다. 집은 지금도 기분 나쁜 모습으로 남아있다. 그러나 그 기괴한 모습이 내 마음을 사로잡는 것이다.

만약 그집이 파괴되고 그 대신 멋스러운 점포라든가, 비속한 아파트가 세워진다면, 틀림없이 나는 인도하는 마음과, 아이러니하게도 회한(悔恨)의 정이 뒤얽히는 복잡한 심경을 맛보게 될 것이리라. 뒤 정원에 있는, 열매도 맺지 못하던 고목들이, 작기는 하지만 달콤한 사과 열매를 맺기 시작했다. 그리고 작년에는 그 구부러진 나뭇가지 에 새가 둥지를 틀었다.

악마에게 목을 걸지 마라

토레스의 돈 토마스는 그의 저서 《염소시집(艶笑詩集)》의 서문 속에서 이렇게 말하고 있다.

'만약 저자인 인간이 도덕적으로 순결하다면 그 저작이 도덕적으로 어떠하든 간에 그런 것은 문제되지 않는다.'

이런 말을 했었으니 지금쯤 돈 토마스는 아마 연옥(煉獄)에 있을 것이다. 그의 《염소시집》이 절판(絶版)되든가 혹은 독자가 없어져서 문자 그대로 책을 저장해 두기까지 그를 연옥에 머물도록 하는 것은 신상필벌(信賞必罰)이란 의미에서 현명한 반칙일는지도 모른다. 대저 문학작품이란 것은 교훈을 가지고 있어야 마땅하거니와, 또 고마운 일은 비평가들이 모든 문학작품이 사실로 교훈을 지니고 있다는 것을 발견해 주고 있다.

필립 메란히튼(16세기 독일의 종교 개혁자)은 〈개구리와 쥐의 싸움(그리스의 서사시 중 하나)〉에 관한 논문을 발표했는데 이 시인의 목적은 폭동에 대한 혐오의 정(情)을 환기시킴에 있었다는 것을 증명했으며, 피엘 라 세느는 다시 일보 전진하여, 작자의 의도가 청년들에게 음식을 절약할 것을 권하는 데 있다는 것을 증명하고 있다.

마찬가지로 자콥 푸고는 호머가 묘사한 유우니스에는 존 칼뱅을 목표로 하는 의도가 숨겨져 있었다고 주장함과 동시에 안티노우스는 마틴 루터를, 로토바고스(오디세이에 나오는 연꽃을 먹는 人種)는 일반 신교도(新教徒)를, 하비(오디세이에 나오는 그리스 신화의 욕심 많은 괴물)는 네덜란드인을 각각 빗대어 헐뜯는 것이라고 했다.

보다 근세의 주석가들도 안광(眼光)의 날카로움에 있어서는 그들만 못지않다. 그들은 〈태고(太古)의 사람들〉 속에 숨겨져 있는 의미를 입증했고, 〈바우하튼〉 속에 있는 우화(寓話)를 읽어냈으며, 〈쿡로빈〉 속에 있는 신사상(新思想)을 보았고, 〈난장이(샤를르 페로의 선녀 이야기 주인공)〉 속에 나오는 초절사상(超絶思想)을 발견했다. 요컨대 인간이 책상머리에 앉아서 글을 쓰면 반드시 그곳에는 실로 심원한 의도가 포함되어 있었음이 증명되었던 것이다.

이것에 의하여 일반적으로 문필가의 노고가 크게 경멸되었다. 예를 들면 소설가이다. 그는 이미 교훈 따위를 현려(顯慮)할 필요가 없어졌다. 그래도 교훈은 그곳에 — 즉 어딘가에 — 있게 마련이니까 — . 그리고 그 교훈과 비평가가 자기네들만으로 잘 조치해 주기 때문에 — .

이에 상당한 때가 오면 필자가 의도했던 것도, 그리고 의도하지 않았던 것도 모두 그가 의도했어야 하는 것, 분명히 의도할 생각이었던 것과 함께, 모든 것들이 다이얼지(誌 : 에머슨이 主筆로 근무했던 超絶主義의 기관지)라든가 다운 이스터지(誌) 등의 지상(紙上)에서 분명해진다 — 이렇게 해서 마지막에는 만사가 모두 결착(決着)되는 법이다.

그런 까닭에 나는 지금까지 교훈담(教訓譚)을 쓰지 않았다 — 보다 엄밀하게 말한다면 교훈을 가진 이야기를 쓰지 않았다 — 고 해서 무지몽매한 패거리들은 공격을 하는데, 이 공격에는 정당한 근거가 없는 것이다. 그들은 내 작품을 세상에 소개하고, 그것에 숨겨져 있는 내 교훈을 끄집어 보이도록 운명지어진 비평가는 아닌 것이다 ─ 비밀은 거기에 있는 것이다.

그러는 가운데 〈계간(季刊) 북아메리카 평범(平凡)〉이 그들에게 그런 무지를 깨닫게 해줄 것이다. 그때까지 내 처형(處刑)을 중지해 주기 바라고 또 내 형량(刑量)을 경감해 주기 바라는 마음에서, 아래의 슬픈 이야기를 나는 추가로 제출하는 것이다. 이 이야기에는 분명한 교훈이 있다는 것은 의심할 여지가 없을 것이다. 왜냐하면 문자로 분명히 그렇게 썼고 표제(標題)에도 언급했으며 일목요연한 것이기 때문이다.

이런 방법에 관해서는 나도 칭찬을 받을 자격이 있다고 생각한다 ─ 라 퐁텐(프랑스의 시인·우화 작가), 기타 사람들이 하고 싶은 말을, 최후의 최후까지 말하지 않았다가 우화의 막바지쯤에서 슬그머니 삽입하는 것보다는 얼마나 현명한지 모르겠다.

'죽은 사람을 부끄럽게 하지 말라'란 십이동표(十二銅表)의 일개조(一個條)이며, '선(善)한 일이 아니면 죽은 자에 대해서는 아무 말도 하지 말라'란, 이 또한 아주 훌륭한 금제(禁制)이다 ─ 비록 그 생명을 잃었다는 것이 생기(生氣)를 잃은 순한 맥주의 경우라도 말이다.

그렇다고 해서 지금은 죽고 없는 친구 토비 대미트(대미트는 'Damn it!' 즉 지긋지긋한 놈이라고 비꼬는 말)를 이제와서 새삼스럽게 헐뜯는 것은 내 본의가 아니다.

분명 그는 '이 개자식아!'라는 욕을 먹어도 어쩔 수 없는 사나이이며, 그의 죽음은 실로 개죽음이었지만, 그가 지니고 있던 갖가지의 악덕(惡德)은 그 자신 때문이 아니다. 이런 것들은 그의 어머니가 안고 있던 육체적 결함에서 연유한 것이다.

그녀는 그가 아주 어렸을 때에 최선을 다하여 때렸던 것이다. ─ 왜 그랬느냐 하면 잘 조정된 그녀의 마음이 명하는 바에 따르는 것은 언제나 상쾌한 일이었으며, 아이란 것은 질긴 고기라든가 근년의 그리스 올리브나무와 같아서 때리면 때릴수록 좋아지게 되어 있기 때문이다 — 그런데 슬픈 일은, 이 여인은 운(運)이 나쁘게도 왼손 잡이였던 것이다.

왼손잡이가 때릴 바에는 아이가 말을 안듣더라도 내버려두는 것만 못하다. 지구는 오른쪽에서 왼쪽으로 회전한다. 그러므로 아이를 왼쪽에서 오른쪽으로 때리면 아무 효과도 없다. 바른 방향으로 때리는 것이 한번만 때리더라도 나쁜 성질을 고치는 효과가 있다면, 그 반대 방향으로 때리는 것은 그때마다 사악한 것을 조장시키는 결과를 초래할 것이다.

토비가 처벌받는 현장에 나도 함께 있었던 적이 많았는데 그가 다리를 들고 사람을 걷어차는, 그 솜씨 한가지만 보더라도 그가 날마다 더 나빠지고 있다는 것을 잘 알 수 있었다. 그러는 동안에 그 심술꾸러기 녀석은 이제 구제될 수 없다는 것이, 눈물 젖은 내 눈에도 분명히 보였던 것이다. 그러던 어느 날의 일이다.

너무 많이 얻어맞은지라 그의 얼굴은 시커멓게 멍이 들어서, 마치 아프리카 흑인 아이처럼 되었는데도 불구하고, 때려 준 효과는 전연 오르지 아니했다. 그는 몸을 비틀면서 더욱 화를 냈다. 그것을 본 나는 더이상 참을 수가 없어서 털썩 주저앉아 소리를 지르되, 그의 파멸을 예언했던 것이다.

실제로 악덕에 대한 그의 조숙(早熟)에는 놀라운 면이 있었다. 생후 5개월만에 벌써 격정(激情)으로 인하여 입안에서 웅얼거리게 되었고, 6개월째에는 그가 한묶음의 트럼프를 들고 물어뜯는 것을 나는 이 눈으로 분명히 보았다. 7개월째에는 여자 아이를 보면 붙잡고 키스하는 버릇이 있었고, 8개월째에는 금주(禁酒)의 서약서에 서명하도록 해도 완강하게 거부했던 것이다.

이렇게 해서 그의 비행은 날이 갈수록 자라났는데, 이윽고 만 한 살이 되었을 때에는 아무래도 콧수염을 길러야겠다며 고집을 부렸다. 이처럼 뭐라고 말할 수 없는 악행을 부리고자 하는 버릇이 생겼고, 자기 의견을 강조할 때에는 무엇무엇을 걸어도 좋다며 내기를 하는 습관까지 몸에 배고 말았다.

신사들에게는 실로 어울리지 않는 이 최후의 습관 때문에 토비 대미트는 내가 예언했던 대로 마침내는 그몸의 파멸을 초래하기에 이르렀지만, 이 습관은, 그의 나이와 함께 자라났고, 그의 힘과 함께 세어졌다. 그래서 그가 어른이 되었을 때는 내기 이야기가 끼지 않고는 말을 한마디도 할 수 없을 정도에 이르고 말았다.

그렇다고 해서 그가 실제로 내기를 했던 것은 아니다. 그는 참께를 뽑는 일은 있어도 내기를 하는 사나이는 아니었다는 점을 분명히 말해두지 않으면 내 친구를 위해 심히 미안한 일이다. 그의 경우 내기를 한다는 것은 말버릇 — 즉 말버릇, 그 이상의 아무것도 아니었다. 실제적인 의미는 아무것도 없었다.

무색투명하다고까지는 말할 수 없지만 지극히 단순한 일종의 후렴 — 문장(文章)의 체재를 갖추는 형식적 장식이었던 것이다.

"나는 너와 이러저러한 내기를 해도 좋다."

라고 그가 말했다고 하자. 그럴 경우 그 내기의 상대가 되어 내기를 실제로 하겠다고 생각한 자는 지금까지 한사람도 없었지만, 나는 그런 짓을 그로 하여금 하지 못하도록 막는 것이 내 임무라고 생각하지 않을 수 없었다. 그런 짓을 하는 것은 야비한 일이다 — 그렇게 믿어 달라고 나는 그에게 부탁을 했다.

그것은 사회에서 빈축을 사게 되는 것이다 — 거짓이 아니다. 국가의 법률로도 금지하고 있는 것이다 — 거짓된 말을 하다니 말도 안된다. 그렇게 말하면서 나는 충고를 했건만 아무 효과도 없었다.

나는 예를 들면서 증명해 보였다 — 그러나 효험은 없었다.

나는 간청했다. 그러자 그는 미소지었다. 나는 애소(哀訴)했다 — 그러자 그는 조소했다. 나는 설론(說論)했다 — 그러자 그는 민소(憫笑)했다. 나는 협박했다 — 그러자 그는 매도했다. 나는 그를 걸어찼다 — 그러자 그는 경찰관을 불렀다. 나는 그의 코를 잡아당겼다 — 그러자 그는 코방귀를 뀌면서, 악마에게 목을 걸면서라도 두 번 다시 나에게 그런 시늉을 내지 못하게 하겠다고 말했다.

한편 대미트의 어머니가 그녀의 아들에게 남겨준, 그녀 고유의 구체적인 결점 — 그것은 빈핍(貧乏)이란 것이었다. 그는 실로 딱할 만큼 빈핍했다. 그가 내기 운운하며 버릇이 된 말을 하는 경우, 그것이 결코 금전적 색채를 띠지 않았던 것은 그 원인이 바로 여기에 있었던 것임에 틀림없다. 그가,

"1달러 걸어도 좋다."

따위의 말을 하는 것을 나는 단 한 번도 들은 적이 없다. 그는 대개,

"네가 좋아하는 것을 걸어도 좋다."

라든가,

"네가 걸 수 있는 것을 걸어도 좋은데."

라든가 아니면 더 심각하게,

"악마에게 이 목을 걸어도 좋다."

라고 하는 것이었다.

이 마지막 방법, 이것이 그는 마음에 제일 드는 것 같았다. — 어쩌면 이렇게 내기를 거는 것이 그로서는 가장 위험이 적었기 때문이었으리라. 왜냐하면 대미트는 대단히 인색한 사람으로 변해 있었던 것이다. 만약 어떤 사람이 그의 내기에 응해 오더라도 그의 목은 적었으므로 그의 손실도 적을 것으로 계산했던 것이리라.

그러나 이것은 나 자신의 추측일 뿐 그 역시 틀림없이 그렇게 생

각했다고 단언할 자신은 없다. 어쨌든 이렇게 하는 말은 날이 갈수록 그의 마음을 사로잡아갔다. 그야 어쨌든 지폐(紙幣)라든가 그런 것 따위보다 자기 목을 건다는 것은 온당치 못한 이야기이지만 그것이 고집불통인 내 친구에게는 도저히 납득하지 못하는 대목이었다. 그러는 사이에 그는 다른 말은 모두 버리고, 오로지 '악마에게 이 목을 걸어도 좋은데'란 말만 오로지 애용하게 되었다.

나는 놀라기보다도 오히려 불유쾌할 정도였다. 나는 나 자신이 납득할 수 없는 언행에 부딪치면 틀림없이 불유쾌해지는 사람이다. 대개 그런 언행은 인간을 사고(思考)로 끌어넣고 건강을 해치게 마련이다. 불가해한 점은 대미트가 욕설을 토하는 경우, 그 토해내는 꼴이라니, 뭐라고 할까 — 지금은 달리 적절한 말이 없으므로 '묘(妙)한'이란 말로밖에 표현할 수가 없는데 — 이 묘한 점이 있었던 것이다.

처음에는 재미있다고 생각했었는데 그러는 동안에 점차 나는 그 점이 자꾸 신경이 쓰이게 되었다. 콜리지(영국의 시인·철학자) 등은 신비적(神秘的)이라고 형용했을 것임에 틀림없다. 칸트라면 범신론적(汎神論的)이라고 했을 것이다. 그리고 에머슨이라면 아마도 초환요적(超幻妖的)이라고 하지 않았을까?

나는 그러는 동안에 이런 느낌이 싫어서 견딜 수 없게 되었다. 대미트의 혼(魂)은 위기에 직면해 있다. 변설(辯舌)의 한계까지 힘써서 이 사람을 구해주자, 나는 그렇게 결심했다.

아일랜드의 전설 속에서 성(聖)패트릭이 개구리에게 온힘을 기울였다는 것처럼, 나도 그를 위해 해주리라 — 즉 '그의 눈을 뜨게 해주어, 자신의 있는 그대로의 모습이 보이도록 해주리라' — 나는 그렇게 마음속으로 다짐을 했다. 다시 한번 나는 그에게 충고를 하러 갔다. 모든 힘을 다시 결집시키어 나는 그에게 최후의 훈계를 시도

했던 것이다.

내 말이 끝나자마자 그는 수상한 표정을 보여주기 시작했다. 얼마 동안은 잠자코 내 얼굴을 노려보고 있었지만 그러는 사이에 머리를 한쪽으로 구부림과 동시에 양쪽 눈썹꼬리를 잔뜩 올리는 것이었다. 그리고 두 손바닥을 펴면서 어깨를 으쓱해 보였다.

그런 다음 오른쪽 눈으로 윙크를 해보이는가 했더니 이번에는 같은 윙크를 왼쪽 눈으로 했고 결국에는 양쪽 모두 굳게 감다가 별안간 눈을 크게 뜨는 바람에, 나는 무슨 짓을 할지 몰라서 깜짝 놀랐다.

그런 다음 그는 엄지손가락을 콧등에 대더니 다른 손가락으로 뭐라고 표현할 수 없는 동작을 하면서도 그것이 지당하다는 것 같았다. 그리고 마지막으로 두 팔을 허리에 대고 어깨를 쭉 펴면서 하는 수 없이 대답하겠다는 자세로 입을 열었던 것이다.

이때 그가 해명한 말의 요점밖에 나는 기억하지 못한다. 나에게 향하여 자네의 이야기 따위는 받아들이지 않겠노라고 말했다. 내 충고 따위는 듣기도 싫다고 했다. 남의 일을 우회하여 비아냥대거나 귀에 거슬리는 말을 했다가는 재미가 없다. 아직 자기를 어린 대미트로 생각하느냐? 자기 성질에 트집을 잡을 생각이냐? 자기를 모욕할 생각이냐? 등등 말했다.

그리고 자네 어머니는 자네가 요컨대 집을 나왔다는 것을 모르고 있는 게 아니냐라고 말하는 것이었다. 또 이렇게 묻는 것은 자네를 정직한 사람으로 간주하고 묻는 것이니, 자네의 대답을 그대로 믿겠다는 것은 맹세를 해도 좋다.

다시 한번 묻겠는데 자네 어머니는 자네가 밖으로 나가고 집에 없는 것을 알고 있는가? 어때? 낭패스런 표정을 짓고 있는 것을 보니, 대답을 듣지 않아도 이미 다 알고 있다. 악마에게 이 목을 걸어도 좋거니와 자네 어머니는 모르고 있는 게 틀림없다 — 라고 그는 말했던 것이다.

대미트는 나에게 대답할 틈도 주지 않고 빙그르 뒤돌아서더니 그 대로 내 앞에서 가버렸다. 그러나 그러는 편이 그를 위해서는 좋았던 것이다. 나는 감정이 심히 상해 있었기 때문이다. 그리고 가슴 속은 분노로 불타고 있었기 때문이다. 이때만은 나도 실례 따위는 생각할 겨를도 없이 그의 내기에 응하려는 생각을 하고 있었던 것이다.

내기를 했더라면 아마도 마귀에게 건 대미트의 작은 머리를 떨어지게 했을 것이다. 그리고 우리 어머니는 내가 한때 집을 비우고 있다는 것을, 사실은 잘 알고 있었다.

그러나 마호메트교도들이 남에게 발을 밟혔을 때의 대사(臺詞)는 아니지만 Khoda Shefa midêhed — 하늘은 용서해 주신다. 내가 모욕을 받은 것도 내가 의무를 수행했기에 그렇게 된 것이라고 생각한 나는 이 모욕을 사나이답게 감수했다. 그러나 그와 동시에 이 딱한 인간에 대해서는 나도 이상으로 내가 해야 할 일은 다했다는 생각이 들었다.

그래서 더이상 충고 따위를 하여 그를 고민스럽게 하는 일 없이, 그의 일은 그의 양심에 맡겨두기로 결심했다. 그러나 주제넘은 충고는 하지 않더라도 그와의 교제를 완전히 끊겠다는 생각은 도저히 할 수가 없었다. 그뿐 아니라 그의 악의없는 변덕에는 어떻게든 분위기를 맞춰야겠다는 생각을 했고 또 그렇게 하도록 노력을 했던 것이다.

그러므로 이따금, 마치 매운 것을 칭찬하는 미식가(美食家)처럼 눈물을 머금고 그의 비위를 맞춘 적도 있었다. 그런데 그의 독설은 내 눈에 눈물이 괴도록 나를 슬프게 했던 것이다.

화창하게 갠 어느 날의 일이었다. 팔짱을 끼고 어슬렁거리며 걷고 있던 우리는 발끝이 가는 대로 걸어가다가 어떤 강 앞에 당도했다. 그곳에는 다리가 놓여 있었는데 우리는 그 다리를 건너가기로 했다.

다리에는 비바람을 막기 위해 지붕이 쫙 덮여 있었다. 그리고 그 터널과 같은 모양을 한 다리의 벽에는 거의 창문이란 나있지 않았다. 그래서 그 속은 기분이 으스스할 정도로 어두웠다. 들어가는 순간 나는 바깥의 밝기에 비하여 그 안이 너무 어두웠으므로 기가 죽어 있었다.

그러나 불행하게도 대미트는 태평했으며, 나를 가리켜 우울증에 걸렸다는 둥, 악마에게 이 목을 걸어도 좋다는 둥 빈정대는 것이었다.

그렇게 말하는 그는 평소와 다름없이 기분이 좋은 것 같았다. 그리고 유난히 들떠서 수다를 떨었다. ― 너무나 수다를 떨어서 나는 어쩐지 불안해졌다. 왜냐하면 초절사상(超絶思想)인가 하는 것에 걸려든 게 아닌가하는 생각까지 들었기 때문이다. 그런데 이 질병의 증상에 대해서는 나도 잘 알지 못하므로 꼭 그랬다고 단정하는 것은 아니다.

그리고 다이얼지(誌)에서 근무하고 있는 내 친구도, 운수 나쁘게 아무도 그 장소에 같이 있지는 않았다. 그렇기는 했어도 역시 나에게는 그런 생각이 자꾸만 드는 것이었다. 어쨌든 낙천병(樂天病) 중에서도 악질적인 것이, 이 딱한 내 친구에게 붙었다고밖에 생각할 수 없었고, 그렇기에 그가 완전히 낙천적으로 되어 버린 것이 틀림없었다.

무엇인가에 부딪치면 그때마다 몸을 비틀어대면서 그 주위를 뛰어다니는 것은 도저히 이해가 안되었다. 그리고 묘한 일도 아니건만 마구 수다를 떤다든가, 필요 이상으로 위세를 부리며 큰 소리로 떠들어대는데, 그러는 사이에도 얼굴은 세상에서도 아주 모범적인 표정을 일그러뜨리는 일이 없는 것이다. 실제로 걷어차야 할지, 아니면 동정해야 할지 나로서도 분간이 안되었다.

그러는 사이에 다리 중간 정도에까지 왔다고 생각되는 때였다. 보도(步道)가 끝이 나고 그곳에는 어지간한 높이의 회전 나무문이 설치되어 있었는데 그곳을 통과하지 않으면 앞으로 나아갈 수 없게 되어 있었다. 나는 평소와 마찬가지로 조심조심 그 나무문을 밀고 조용히 통과했다.

그런데 대미트는 그런 식으로 나무문을 미는 것은 성질에 맞지 않는다. 아무래도 그 위를 뛰어넘어 보고 싶은 것이다. 더구나 뛰어넘을 때, 그는 공중에서 두 손을 딱 마주치게 하여 멋진 곡예(曲藝)를 부려 보이겠다고 했다. 정직하게 말해서 나는 그가 그런 재주를 부린다는 것은 불가능할 것으로 생각했다.

어떤 스타일의 곡예이든 제일 잘해 내는 것은 내 친구 칼라일(영국의 文人 칼라일의 스타일, 즉 文體를 비꼰 말)인데 칼라일이라 하더라도 이것은 불가능하다는 것을 알고 있었기 때문에, 설마하니 토비 대미트 따위가 할 수 있겠느냐고 생각했었다.

그래서 나는 그에게 그런 짓을 하는 것은 허세에 지나지 않는다, 입으로는 장담을 하지만 할 수 있는 일이 아니라며 세세히 설명해 주었던 것이다. 나중에서야 안 일이지만 실은 그것이 잘못이었다. 왜냐하면 그런 내 말을 듣자 그는 얼른,

"아냐, 할 수 있어. 악마에게 이 목을 걸어도 좋아."

라고 말했기 때문이다.

그런 말을 하는 그의 불온한 태도를 말리지 않겠다고, 지난날 결심을 했던 나로서는 — 어이없게도 이때는 그런 결의를 깨고 입을 열려고 했다. 그러나 그순간 내 바로 옆에서,

"에헴!"

이라고 하는 것 같은, 가벼운 기침소리가 들려왔다. 나는 움찔했다. 그리고 사방을 둘러보았다. 내 시선이 최후로 다리 난간 틀의 끝쪽으로 향했을 때, 그곳에는 인품이 좋아 보이는, 키가 작고 절름발이인 노인의 모습을 확인했다. 그이상 고귀한 풍채를 가진 인물은 본적이 없을 정도의 노인이었다.

흑색 예복을 단정하게 입고 있을 뿐 아니라 와이셔츠에는 털끝만한 얼룩 하나 묻어 있지 않다. 칼라는 새하얀 넥타이 위에 각도있게 접혀 있었고 머리카락은 여자처럼 한복판으로 묶었는데 정수리를 올려다보는 것처럼 위쪽을 보고 있다.

더 상세하게 관찰한 나는 그가 그 날씬한 반(半)바지 위에 검은 비단 앞치마를 걸치고 있는 것을 알아차렸다. 이것은 아무래도 이해하기 힘들 만큼 이상한 일이다. 그렇게 생각한 내가 그점에 대해서 이야기하려고 했을 때, 그는 또,

"에헴!"

하며 내 입을 막는 것이었다.

그래도 나는 그것에 얼른 응할 수가 없었다. 실제로 이처럼 극히 간결한 언어에는 대개 대답할 수가 없는 것이다. 나는 《계간평론(季刊評論 : 영국 보수당의 기관지)》이 '우열(愚劣)'이란 한마디 말을 듣고는 대답할 말을 찾지 못했다는 것을 잘 알고 있다. 그러므로 부끄러움없이 고백하는 것이지만, 나는 그때 응원을 청하려고 대미트 쪽을 돌아보았다.

"대미트!"

나는 그를 부르고 이렇게 말했다.

"자네는 무얼 하는 게야? 들리지 않는가? 이분이 '에헴!'이라고 했어."

그렇게 말하면서 나는 친구에게 화난 표정을 지어 보였다. 그러나 사실을 말한다면 이때 나는 평상시와는 달리 곤혹감을 느끼고 있었다. 인간이 평상시와 달리 곤혹감을 느끼는 경우에는 미간을 찌푸리며 험악한 표정을 띨 수는 없는 법이다. 그렇게 하지 않으면 바보처럼 보일 것이다.

"대미트!"

나는 또 말했다 ─ 내 친구의 이 이름이, 욕을 할 때에 영미인(英美人)이 흔히 사용하는 'Damn it'이란 말과 아주 똑같기 때문에 이때의 내 말도 마치 매도하는 말을 하는 것처럼 들렸지만 나에게 그런 의도가 없었음은 두말할 나위도 없다.

"대미트! 이쪽에 있는 분이 '에헴!'이라고 했다니까."

나는 말했다.

이때 내가 한 말을 나는 심원했다고 말할 생각은 없다. 첫째 입밖에 낸 당사자인 내가 심원했다고 생각하지는 않으니까. 그렇건만도,

"대미트! 자네는 무얼 하고 있는 거야? 들리지 않는가? 이분이 '에헴!'이라고 했어."

라며 지극히 단순한 말을 했을 때, 대미트가 곤혹스러워하던 태도는, 팩산 장군의 발명에 의한 총탄(銃彈)으로 몸을 벌집처럼 뚫린다 해도, 혹은 《미국시화선(美國詩華選)》으로 머리를 얻어맞았다 해도 그이상 곤혹스러워하지는 않을 것으로 생각한다.

군함에게 쫓기던 해적선(海賊船)이 차례로 갖가지 깃발을 올리는 것처럼 천변만화(千變萬化)로 안색을 바꾸던 끝에,

"사실인가?"

라며 그는 숨을 거칠게 쉬면서 말하는 것이었다.

"그쪽에 있는 사람이 '에헴!'이라고 한 게 틀림이 없나? 좋아, 그

렇다면 내가 상대해 주지 못할 것도 없지. 태연한 얼굴로 감행하는 게 좋겠지? 좋아, 한번 해보자구! 에헴!"

이말을 듣자, 예(例)의 그 작은 노신사는 왜 그랬는지 그 이유는 알 수가 없지만, 매우 즐겁다는 모습을 보여주었다. 그리고 지금까지 앉아 있던 다리의 골조(骨組) 밑에서 일어나자 몸매도 아름답게 앞으로 뛰어나와서 대미트의 손을 잡고, 진심을 기울이어 악수를 했다. 그는 인간의 머리로는 상상을 초월할 정도의 순수한 표정을 지으면서 상대방의 얼굴을 똑바로 올려다보았다.

"당신이 이길 것은 나도 이미 잘 알고 있습니다만, 대미트씨."

다소 어두운 미소를 띠면서 그는 말했다.

"그러나 일단 하기는 해보십시다. 그저 형식적으로라도 말입니다."

그러자 내 친구는,

"에헴!"

하며 응했다. 그리고 한숨을 내쉬면서 상의를 벗고 기다란 손수건으로 허리를 질끈 동여매고 눈을 치켜뜨면서 입을 여덟 팔자로 꽉 다물더니 묘한 표정을 지으면서,

"에헴!"

하고 마른기침을 또 했다. 그리고 잠시 간격을 두었다가 다시,

"에헴!"

기침을 하는 것이었다. 그런 다음에는 전혀 입을 열지 아니했다. 그래서 나는 입밖으로 내지는 않았지만 생각을 깊이 해보았다.

'흐음 ―, 토비란 자가 이렇게 침묵을 지키는 것은 이상한 일인걸. 그동안 너무 수다를 떨었기 때문에 입을 다물고 있는 것일까? 극단(極端)은 극단을 몰고 오는 것이로구나. 내가 마지막으로 설론(說論)을 폈던 그날에는 대답할 수 없는 질문을 이것저것 마구 해댔겠다. ― 그런 말재주는 모두 어디로 간 것일까? 그러나 저

러나 어쨌든 초절병(超絶病)은 나은 것처럼 보이는데……'

"에헴!"

이때 토비는 마치 내 속마음을 읽기라도 했다는 듯 또 마른기침을 했다. 자세히 살펴보니 마치 늙은 양(羊)이 명상에 빠져 있는 것 같았다.

이윽고 예의 노신사는 토비의 손을 잡자 그림자가 깊게 깔려 있는 다리의 중간 정도로 끌고 갔다 ─ 예의 회전 나무문에서 몇발짝 앞의 부분이다.

"저어……"

그는 말했다.

"이정도의 도움닫기 거리를 인정해 주지 않으면 내 양심이 허락하지 않겠습니다. 당신은 이곳에서 기다리십시오. 나는 저 나무문이 있는 곳에 있다가 당신이 멋지게 ─ 이 초절적(超絶的)으로 말입니다 ─ 저 위를 뛰어넘을 수 있는지 어떤지 지켜보겠습니다. 공중에서 두 다리를 벌렸다가 딱 합치는 그 멋진 곡예를 생략하면 안됩니다.

그러나 이것은 그저 체재를 갖추자는 것에 지나지 않습니다. 내가 '하나, 둘, 셋, 시작!'이라고 하겠습니다. 알겠습니까? 그 '시작!'이란 말을 신호로 해서 달려 나가십시오."

그렇게 말한 다음, 그는 예의 나무문 곁에 서있었다. 그리고 잠시 깊은 명상에 잠겨 있는 듯, 꼼짝도 하지 않고 있었는데, 서서히, 얼굴을 들면서 옅은 미소를 띠는 것 같았다. 그리고 앞치마의 끈을 다시 맸고, 이어서 대미트를 한참 응시하다가 이윽고 서로 미리 합의해 둔 예의 말을 했다.

"하나, 둘, 셋, 시작!"

그 '시작'의 신호와 함께 가엾은 내 친구 대미트는 맹렬한 힘으로 돌진했다. 나무문은 그다지 높지는 않았다. 로드(미국의 시인. 에드거 앨런 포는 그의 시를 酷評했다)의 문체(文體)처럼 —. 그러나 그다지 낮지는 않았다. 로드를 비평하는 비평가들의 문체처럼 —.

그야 어쨌든 나는 대미트가 그 나무문을 단번에 뛰어넘으리란 것은 의심할 여지가 없다고 생각했다. 그러나 만약 뛰어넘지 못한다면 어떻게 될까? — 그것이 문제였다. — 만에 하나라도 뛰어넘지 못한다면 어떻게 하나?

"도대체 저 노신사는 무슨 권리가 있어서, 남에게 뛰어넘으라는 게야? 건방진 늙은이 같으니라구! 저자는 대체 누구란 말인가? 나라면, 뛰어넘으라고 해도 단호하게 거부할 거다! 고분고분 듣지 않을 거야. 어디의 악마일까? 저놈은……."

그런데 다시 한번 말해두겠는데, 이 다리에는 지붕처럼 완전하게 덮여 있는 기묘한 모양의 아치형 덮개가 있었다. 그러므로 무슨 말을 해도 기분나쁘게 메아리쳐서 돌아오는 것이다 — 지금 내가 말한 마지막 10글자, 즉 '어디의 악마일까? 저놈은……'이란 말이 메아리쳐 돌아왔을 때, 나는 새삼스럽게 다리 위의 구조를 알아차린 듯한 느낌이 들었다.

그러나 내가 한 말도, 내가 생각하고 있던 것도, 메아리로 들은 것도 한순간에 사라져 버렸다. 가엾은 내 친구 토비는 달리기 시작한 지 5초도 채 안되어서 이미 몸을 뒤집고 있었던 것이다. 기세좋게 달려나간 그가 다리 바닥에서 멋지게 뛰어오르고 훌륭한 곡예를 보여주는 것을 나는 이 눈으로 틀림없이 보았다.

공중 높이 뛰어오른 그가 나무문 바로 위에서 멋지게 뒤집는 것을 나는 분명히 보았던 것이다. 그러므로 그곳에까지 갔던 그의 몸이 그대로 더 앞으로 전진하지 않았던 것이 실로 기태(奇態)로밖에 느껴지지 않았다.

그러나 그 도약은 한순간에 이루어진 것으로서 내가 깊이 생각할 틈도 없는 사이에 — 대미트는 벌렁 누운 자세로 — 방금 그가 달려갔던 곳, 즉 나무문 바로 앞쪽에 추락했던 것이다.

그순간 그 신사가 그 회전문, 바로 위쪽 어둠 속에서 그의 앞치마 속에 털썩 떨어진 것을, 그대로 재빠르게 싸서 안자 전속력으로 달려가는 것이 보였다. 모든 일이 다 의외일 뿐이었다. 그러나 나로서는 이것저것 생각할 틈이 없었다.

넘어져 있는 채 꼼짝도 안하고 있는 대미트의 모습이 심상치 않았던 것이다. 이것은 아마도 굴욕감을 느끼고 있는 것이 틀림없다, 그래서 내 도움이 필요한 것이라고 생각한 나는, 그의 옆으로 다가갔다.

그런데 이게 웬일인가? 그는 중상이라고밖에 할 수 없는 부상을 입고 있는 것이 아닌가.

좀더 분명하게 말한다면 목이 비틀려 있었던 것이다. 그래서 나는 그를 집으로 데려가고, 동종요법(同種療法) 의사들을 불러야겠다고 결심했다. 그러는 사이에 어떤 생각이 번쩍 떠올랐다. 나는 그 다리의 창문 중, 제일 가까이에 있는 창문 한 개를 열어제쳤다. 그순간 참혹스러운 진상이 분명해졌다.

그 회전문 바로 위쪽 5피트쯤 되는 곳에 보도(步道) 위를 가로질러, 평평한 철봉(鐵棒) 한 개가 지주(支柱)로, 아치 끝에서 끝까지 걸쳐져 있었다.

이것은 똑같은 지주가 다리 입구에서 출구까지 사이에 여러 개나 걸쳐져 있고, 그것으로 이 아치를 보강(補強)하는 구조로 되어 있는 것 중 한 개인 것이다. 내 친구는 운수사납게도 이 지주 가장자리에 그 목이 정통으로 부딪쳐진 것으로 생각된다.

어쨌든 큰 중상을 입은 결과가 되었던 것인데 동종요법의 의사들도 이 친구에게 시술할 방법이 거의 없어서, 형식적인 시술을 했을 뿐이었다. 물론 환자에게는 아무 효과도 없었다.

그런 까닭에 그의 병세는 점점 더 악화될 뿐이었으며 마지막에는, 방일한 생활을 하는 인류 전체에게, 몸으로써 교훈을 주면서 세상을 떠난 것이다.

나는 눈물로 그의 묘비(墓碑)를 적시었고, 그의 가문(家門) 문장(紋章)에, 왼쪽 위에서 오른쪽 아래로 사선을 한 개 그었다(庶子의 표시). 그런 다음 장례식 비용 총액에 대하여 어림잡은 계산서를 초절주의자(超絶主義者)들에게 제출했는데 노름꾼 집단이었던 그들은 그 지불을 거절했다.

그래서 나는 얼른 대미트의 묘를 파헤치도록 하고 개고기로 그의 육신을 팔아 버리고 말았다.

대아(大鴉)가 죽은 이유

"아마도 너희들 모두는 인디언 이야기를 들으려고 왔는지 모르겠지만…… 이 젊은이들아."

소치는 노인은 애매한 말을 하기 시작했다.

"아무리 졸라대도 나에게는 그런 얘깃거리가 없다. 저어, 기껏해야 눈을 감고 지옥으로 달려가는…… 말하자면 그렇다는 게지. 그 눈사태를 만난, 그래서 표기병(驃騎兵)처럼 달려가는 ― 그런 게 고작이라니까. 그런데 나는 내용만은 충실한 것이 있다구. 확실히 보증을 할게. 아니, 보증까지는 할 수 없겠다.

나는 야만인에 대해서 힘을 기울여 가며 조사해 본 일은 전혀 없었으니까. 그래서 말인데 내가 머리속에 담고 있는, 그놈들에 대한 얘기는, 내가 그때그때마다, 아무 생각없이 들은 것이라든가 본 것들뿐인즉, 마치 익어서 떨어지는 나무 열매를 주워 모은 것 같은 얘기들뿐이지.

전에도 말한 것처럼 인디언이 울프빌(이리村)에 들어온 이후로는, 어쩌다가 사건이 일어나는 경우밖에 없었어. 어쨌든 그놈들이 왔을 때 우리 모두는 무뚝뚝한 표정으로 그놈들을 야영지(野營地)에서 몰아냈었거던 ― 우리들에게 찾아오는 것을 어떻게 해서든 빨리 막으려고 생각했기 때문이야. 그래, 맞아. 우리는 분명,

그놈들이 우리 주변에서 어슬렁거리는 것을 용납할 수 없었던 거야. 암, 그랬지. 그런 꼴은 볼 수가 없었으니까."

노인의 이야기는 계속되었다.

"그래서 말인데 자연스럽게 너희들이 인디언들 속에 들어가서 말야, 그놈들의 언행(言行)을 조사해 본다면 — 그중에는 좋은 놈도 있을 것이고 나쁜 놈도 있을 것이며, 잘난 척하는 놈도 있을 것이고 침착한 놈도 있을 것이며, 이상한 놈도 있을 것이고 재미있는 놈도 있을 것이며, 냉담한 놈도 있을 것이고 — . 너희가 잘 터득하고 있는, 그런 눈으로 본다면 좀 이상하다는 느낌을 받게 될 것이 틀림없을 것 같다만 — . 하기야 당나귀와 야생마(野生馬)를 보더라도 마찬가지가 아니더냐?

어서 이길로 마을에 가서 유심히 보라구. 모든 사람들, 특히 피부가 하얀 놈들도 마찬가지가 아닌가. 모두가 각각이지. 어떤 신사들은 하나의 마차길로 다니는데, 다른 놈은 또 다른 길로 다니지 않나. 그중에는 새로운 길을 찾는 놈들도 있을 수 있단 말이야."

노인은 침을 삼키고 뜸을 들인 다음 다시 입을 열었다.

"인간에게는 여러 가지가 있다는 이야기를 했다만은, 나는 말이지 요새(要塞)에서 울프빌에 살그머니 들어온 척후대장(斥候隊長)인 백인 두 사람을 한두 번 본 적이 있어. 그 대장이란 것들은 자기 부하인 인디언을 각각 약 20명가량 데리고 다녔지. 그런데 그 척후대장 중 한쪽은 숫사슴 가죽이다, 테두리 장식이다, 여러 개의 주옥(珠玉)이다, 새의 깃털이다 — 그야말로 정수리에서부터 발끝까지 이것저것 값진 것으로 휘감고 있었어.

그런데 다른 한쪽은 테두리가 있는 궤조요기(軌條撓器)와 같이 울퉁불퉁한 모자를 — 그래, 너희들이 등산모자라고 하는 것 같은 그런 모양새였어 — 그것을 뒤집어 쓰고 능직(綾織) 외투를 걸치고 있는 거였어. 마치 한쪽 대장은 삼류소설에 나오는 악동(惡童)과 같았고, 또 다른 한쪽은 마치 자기가 찾으러 나온, 그 동쪽 인디언과 똑같은 모습을 하고 있었다구.

그런데 어떻게 되었는지 아나? 젊은이들, 숫사슴 가죽을 걸치고 다니는 무시무시한 풍채의 인간은 알고 보니 이등(二等) 대위(大尉)였었네 — 보잘것없는 놈이었어. 그놈은 — 웨스트 포인트 출신이라나.

그런데 또 한 사람, 즉 더러운 모자를 쓰고 다니는 사람은 고원(高原)에서 엄마를 찾는 시늉을 내며 자기 고향인 미주리를 보기 위해 하느님께 기도를 했다네. 단 한번이라도 고향에 보내 달라고 기도를 하는 그런 놈이었어. 놈들은 모두 웃기는 자들이었지."
노인은 다시 말을 이었다.
"그런데 제포스라는 늙은이가 있었네. 그놈 역시 다소 그런 유(類)의 인간이었지. 이 늙은 제포스가 오랫동안 무뢰한들 속에 섞여 살고 있었어. 그놈, 즉 부정장군(不正將軍) — 그 늙은 '회색 여우'여 — 그놈과 문명개화(文明開化)와 커트립 건(砲尾에 자동 裝彈장치를 한 蜂巢 형상 포신을 가진 기관포)이 손에 손을 잡고 말야. 애리조나로 들어왔을 때, 무뢰한 속에서 빈둥거리고 있었지.

나는 그 늙은 제포스가 택슨의 오리엔탈 부근에서 겨울잠을 자고 있는 것을 보았어. 그놈은 틀림없이 지금도 그곳에서 어슬렁거리고 있을 것이라고 나는 생각하네. 아직 그놈을 하느님이 불러가시지 않았다면 말이야.

그런데 지금 내가 말한 것처럼 그 늙은 제포스는 아주 오래 전부터 무뢰한 속에 섞여 있었던 게야. 그것은 누구에게 물어봐도 그렇다고 대답할 것일세. 그런데 말야, 그 늙은 제포스란 놈은, 기장이 길고 검은 프록과 비슷한 외투에, 모자는 실크햇을 뒤집어 쓴 모습으로 아주 촌스러운 모습을 하고 다니는데, 누구도 한번쯤은 그런 모습의 그를 본 적이 있을 거라고.

뭐라고? 그 제포스란 놈은 위험인물이라고? 하긴 그래. 젊은이들, 그놈은 틀림없는 위험인물이야. 누구든 그렇게 말한다니까. 그런데 말이지, 만약 제포스란 놈에게 피가 흐르고 있는지 어떤지를 알고 싶어서 조금이라도 놈의 비위를 건드리어 기분 나쁘게 하면 말이지, 그야말로 죽도록 얻어맞게 되는지도 모를 일이야.

그놈은 백발을 기다랗게 늘이고 말야. 그리고 새하얗고 헝클어진 수염을 가슴의 반쯤 되는 부위에까지 늘어뜨리고 있어. 또 낡아빠진 실크햇을 쓰고 프록을 걸쳤는데, 그 모습이라니 마치 아귀(餓鬼)와 똑같았다구.

그래도 그 제포스는 얌전했어. 등산객 등이 — 무엇이든 보고 싶어하고, 듣고 싶어하는 무리가 귀찮게 하지만 않으면 제포스는 모르는 척하며 손과 발을 쓰지 않는 사람이지. 그러나 그렇지 않았더라면 너희는 같은 무리의 젊은 놈들과 육계주(肉桂酒)로 흥정을 하는 것과 마찬가지로 상당한 액수의 돈을 쓰지 않고는 견딜 수 없었을 것이야."

노인은 잠시 쉬었다가 다시 이야기를 이어나갔다.

"그런데 나의 경우 — 나는 늙은 제포스가 아주 좋아. 그놈을 뛰어나게 재미있는 수수께끼라고 생각한다네. 그는 술을 열 잔이나 마시고는 의자에 가서 털썩 주저앉곤 하지. 또 혼자서 방 한쪽 구석에 가서 진을 치고는 찬송가를 불러댄다네. 나는 오리엔탈에서 그 미치광이 물을 홀짝홀짝 마시다가 몇번씩이나,

예수님, 내 영혼의 구원자시여

예수님, 가슴에 나를 안아 주십시오
아직 물이 소용돌이치기 전에
아직 태풍이 더 세지가 전에.

라며 제포스가 거지떼들을 데리고 와서 찬송가를 부르는 노래 잔
치에 관여했었어. 하지만 그 누구도 결코 합창하려고 입을 열지는
않았었지. 왜냐하면 그녀석에게는 노래를 부르게 하는 편이 오히
려 안전했으니까."
노인은 여기서 잠시 이야기를 끊었다가 다시 입을 열었다.
"그런데 내가 인디언에 관한 이야기를 했었지? 나는 아까도 잠시
말했던 대로 울프빌에서 그놈들을 자주 보지는 못했었네. 그리고
또 내가 젊었을 때의 경험이 그놈들과 통하는 점이 있던 것도 아
니고 ─. 그러나 레드리버 가에서 소를 치며 돌아다닐 때는 나
도 인디언과 꽤 자주 만나기는 했었어. 그리고 그중에서 특별히
생각나는 것은 늙고 뚱뚱한 놈이라네. 그놈은 머리 정수리에서부
터 발끝까지가 인디언이었지.

블랙 페저[黑毛] 란 이름을 가지고 있었어 ─ 그런데 그 블랙
페저의 약점은 위스키였었네. 그놈은 말야, 사람들이 자기 자식을
생각하는 것보다 더 위스키를 생각하는 놈이었었지."
노인은 눈을 껌벅이며 이야기를 계속해 나갔다.
"블랙 페저란 놈도 딕 스톡튼네로 왔었네. 딕 스톡튼이란 놈은 상
부(上部) 호그시에 술창고를 가지고 있으면서 술집을 경영하고
있었지. 그런데 두말할 필요도 없지만 누구든 정직한 사람은 인디
언에게 술을 팔지 않는 거야. 그것이 법도(法度)였으니까 ─. 그
러므로 만약 감옥 속에 갇히어 냄새가 나는 음식을 먹으러 ─ 감
옥이 있는 포트 스미스로 가는 것이 싫다면 그들에게 미치광이

물을 나눠 주지 않는 편이 좋아.

　그런데 블랙 페저란 놈은 자진하여 딕 스톡튼의 가게에 와서 '부일레이탄' 통 근처를 어슬렁거리다가 스톡튼이 바빠서 한눈 팔고 있는 사이에 한 잔, 두 잔 훔쳐 마시는 것이었어."

빙그레 웃던 노인이 말을 이었다.

"그러는 동안에 스톡튼도 그놈에게는 깨끗이 입을 다물었다네. 그러다가 마침내 블랙 페저에게 호통을 치지 않고는 견딜 수 없게 되었지. 그런데 스톡튼이란 놈은 어처구니없게도 분별없는 짓을 곧잘 하는 놈이었거던. 유사시에는 아무리 큰일을 저질러도 신경조차 쓰지 않는 놈이었어.

　그놈은 인디언과 산탄총(散彈銃)을 몹시 싫어했고, 좋은 술이라면 사족을 못쓰는 한편, 나쁜 짓은 무엇이든지 해내는데, 이것이 스톡튼이란 놈의 거짓없는 천성이었다네. 그래서 그 스톡튼이란 놈은 위스키 도둑놈인 블랙 페저란 놈에게 질려 버린 나머지 마침내는 그를 함정에 빠뜨리려고 했던 거야."

노인은 잠시 이야기를 끊었다가 다시 이었다.

"어느 날 밤에 있었던 일일세. 무슨 일로 부아가 잔뜩 난 블랙 페저란 놈이 평소와 마찬가지로 강을 건너와서 딕 스톡튼의 술창고 부근을 어슬렁대고 있었지. 그런데 그때 블랙 페저는 벌써 그때까지 틈만 생기면 그럴 적마다 인디언들이 있는 곳에까지 가서, 몰래 그 미치광이 물을 그들에게 팔고, 또 저도 한잔 마신 것 같았어.

　어디 그뿐인가. 블랙 페저는 언제나 상부(上部) 호그시에 모습을 나타내기 이전에, 어디선가 몰래 미치광이 물을 손에 넣고 마신 다음, 남은 것은 모두 남들이 모르는 곳에 감춘 것 같았다네. 그랬으므로 그때도 그 효능이 그대로 나타났던 거지. 그 한가지를 소개하면, 그놈은 마치 4층에까지 닿을 정도의 신장(身長)이 되는 것과 같은 기분이었던 모양이야."

노인은 고개를 끄덕이다가 다시 입을 열었다.

"이 블랙 페저란 놈을 골탕먹여야겠다며 스톡튼은 덫을 만들어 놓았지. 즉, 주석(朱錫)으로 만들어진 술컵 속에 '부일레이탄'과 석탄유(石炭油) — 그래, 석유(石油)라고 하는 거 있지? 바로 그것이었어 — 그것을 함께 찰랑찰랑 부어서 놓아두었던 거라구. 그것도 유인하기 위해 위스키통 위에 놓아두었단 말야. 이렇게 놓아두면 그 블랙 페저란 놈은 틀림없이, 무엇보다도 먼저 그것이 눈에 띌 것이니까. 그의 예상은 적중하여 블랙 페저란 놈은 그것을 보자마자 달려들어서 석유를 쭉 들여마시려고 했지.

그곳에서 기다리고 있던 스톡튼이란 놈이 위협을 가하듯 불쑥 들어왔어. 그러자 블랙 페저란 놈은 그것을 어이없게도 쭉 마셔 버렸지. 그랬으니 어떻게 되었겠나? 다음 순간, 1년 내내 지를 절규를 한번에 다 토해내는 듯한 소리를 지르더니, 사방 10에이커의 땅이 불타오르는 기세로 펄펄 뛰면서 단숨에 레드리버를 향하여 달려갔다는 거야.

아니야, 나는 석유가 그놈에게 해(害)를 조금도 주지 않았는지 아니면 그 반대였는지에 대해서는 잘 모르겠네. 그러나 그놈은 분명 상처입은 오리처럼 엉금엉금 기어서 레드리버를 건너갔더라네. 그리고는 두번 다시 돌아오지 않았어."

노인은 또 잠시 이야기를 끊고 숨을 돌렸다.

"그러나 젊은이들, 너희들도 아는 바와 같이 나는 유난히 이상한 인디언도 모르려니와 아주 차분한 인디언 이야기도 모르네. 그러므로 이런 토막 이야기에 재미를 못끈긴다면 이야기의 방향을 한번 돌리어 — 어느 때 스우 샘이 '레드 라이트'에서 도크 피츠에

게 이야기하는 것을 내가 들었는데 그 이야기를 하기로 함세. 그
샘이란 자는 스우(북아메리카 인디언의 한 種族) 중 한 사람인데
스스로 인디언이라고 생각하고 있는 아주 멋진 가문(家門)의 사
람이었네.

그런데 아까 내가 이야기했던 능직(綾織) 프록에 등산모자를
쓴 척후병의 한 사람이 되었던 거야. 그리고 하늘에 계신 우리 아
버지를 섬기고 있었지. 그래서 도크 피츠가 이 기다란 뿔을 달고
있는 녀석에게 금제품(禁制品)을 보냈던 게야. 그래서 그놈은 이
이야기를 했었지.

그런데 이 이야기란 것은 아주 어린아이 이야기처럼 들릴는지
모르겠는데 — 그러나 너희들은, 야만인의 머리는 백인의 열 살
정도 어린이의 머리보다 크지도 않으려니와 노화(老化)되지도 않
았다는 것을 이해하는 바탕에서 듣지 않으면 안될 것이야."
노인은 숨을 깊이 들여마신 다음 다시 이야기를 이어나갔다.
" '이 이야기는 우리 어머니가, 보고 싶어하고, 듣고 싶어하고, 알
고 싶어하는 나쁜 행위를 나에게 가르쳐 주기 위해서 들려준 이
야기야'라고 스우 샘은 말했어. '하느님은 누구에게든 이제는 이
것이 한계라는, 어떤 질문을 할 권리를 주고 있을 뿐이다'라고 우
리 어머니는 말했어. '그러니까 누구나 각각 권리로 정해진 것말
고 쓸데없는 질문을 하면 죽어야 된다'는 거야."
노인은 이야기를 계속해 나갔다.
" '이 이야기는 우리 어머니가 나에게 해준 그대로 옮기는 것이라
구. 옛날 아주 먼 옛날, 죽은 스우의 추장(酋長)인, 카우 카우 치
이, 즉 대아(大鴉)의 그 운명적 이야기라구. 대아가 죽은 것은 지
나치게 쓸데없는 것을 물었고, 너무 지나치게 알고 싶어했기 때문
이었지. 이야기의 시작은 새브레트에서 시작된다네. 새브레트는

상인(商人)이었는데 미치 즈루 룰라, 즉 큰 늪이란 뜻인데 그곳에 왔을 때 대아의 부하들에게 도둑을 맞았던 거야.

그래서 새브레트는 매우 성이 났지. 이번에 다시 올 때에는 놈들에게 도둑맞지 않을 물건을 스우에게 줄 선물로 가져와야겠다고 벼르고 있었어. 그래서 작은 위스키통을 하나 가지고 와서, 큰 늪가에 놓아두었지. 그리고 새브레트 일행은 가버렸어.

그러자 대아의 20명 젊은 부하들이 그 작은 통을 발견했던 거야. 그런데 그놈들은 수군거리며 의논한 다음, 본진(本陣)에 이 사실을 알리고는 발견한 장소에서 얼른 그 위스키를 마셔버렸지.'"

노인은 히죽거리다가 다시 입을 열었다.

"대아는 20명의 젊은 부하들이 없어졌으므로 찾으러 나섰어. 그런데 어떻게 되었을까? 이를 악물고 얼굴과 목이 마치 회오리바람을 맞은 목화나무처럼 비틀어져 있었고, 구부린 채 죽어 있는 게 아닌가. 그래서 대아는 생각을 해보았어. 왜 자기 부하들이 이렇게 비틀리고 굽어져서 죽은 것일까?

아무리 생각해 봐도 이상하여 견딜 수가 없었지. '이 위스키에는 그 속에 회오리바람이 들어 있었던 거다' 그렇게 생각하니 대아는 그 이유를 물어보고 싶어서 견딜 수가 없었어. 그래서 얼른 새브레트에게 사자(使者)를 보냈지."

노인은 다시 이야기를 끊었다가 서서히 이야기를 이어나갔다.

"그래서 대아는 새브레트와 충분히 상담을 했어. 그리고 둘이는 마침내 서로 동지 사이가 되었고, 동지끼리는 싸움 따위는 하지 말고, 또 서로 상처를 입히는 짓은 하지 말자는 데 합의를 보았지. 그래서 새브레트는 올 수도 있었고, 갈 수도 있었으며 스우와 거래할 수도 있게 되었으며, 스우는 결코 새브레트의 것을 도둑질하지 않는다는 데로 이야기가 마무리되었던 게야."

노인은 잠시 쉬었다가 다시 이야기를 했다.

"그렇게 이야기가 된 다음 새브레트는 20명의 젊은이를 그토록 간단히 죽이고 구부러뜨린 회오리바람을 대아에게 얼만큼 바쳤어. 그런데 그 회오리바람은 가루였었어. 새하얀 가루로 냄새도 전혀 나지를 않았지. 그러나 새브레트는, 맛은 얼얼할 정도로 쓰다고 했어. 그러나 대아는 무슨 일이 있더라도 결코 맛보는 일이 있어서는 안된다면서 맛을 보면 금방 이가 서로 맞물려서 지렛대로도 움직일 수 없게 되며 몸은 비틀리어 죽어야 된다고 했지.

왜 그런고 하니 이 하얀 가루를 먹거나 마시면 회오리바람이 인간의 장기(臟器) 속에서 마구 불어나와 태풍이 버드나무를 휘몰아칠 때처럼 그 사람의 몸을 비틀어서 꺾어 버리기 때문이라고 했다구."

노인은 한숨을 푹 내쉰 다음 말을 이었다.

"그러나 대아가 이 가루를 사람에게 직접 줄 수는 없었던가봐. 그래서 대아는 그것을 사슴고기 속에 넣어가지고 자기의 두 아내에게 먹였던 거야. 그러자 두 사람은 몸을 비틀고 뒤틀던 끝에 죽고 말았어. 더구나 그 두 사람은 아무리 말을 하려 해도 입이 떨어지질 않는 거였어. 왜 그랬는가 하면 이가 서로 맞물려서 한마디 말도 입에서 나오지 않았기 때문이지 — 다만 거품만 입에서 많이 나오더란 거야.

그래서 대아는 그것을, 이번에는 자기가 좋아하지 않는 자들에게 먹였대. 그러자 그놈들 역시 몸을 비틀면서 죽어 버렸지. 그러나 마침내 그 회오리바람의 가루가 다 떨어지게 되었네그려. 그래서 대아는 새브레트가 다시 한번 늪을 찾아와서 가루를 다시 줄 때까지 기다리지 않을 수 없었다나."

노인은 잠시 입을 다물었다가 이렇게 이어나갔다.

"그런데 대아의 부하에 회색 토나카이(순록)란 남성이 있었대. 이 회색 토나카이는 쵸오 아이크 이드, 즉 굉장한 점쟁이였었어. 그리고 토나카이에게는 아내가 있었지. 대단한 멋쟁이였는데 이름은 '꿈을 가지고 있는 여인'이라고 했대. 하지만 회색 토나카이는 자기 아내를 키이 니이 모오 샤, 즉 정인(情人)이라고 불렀어."

노인은 마른기침을 한 다음 이렇게 이어나갔다.

"그런데 대아가 회오리바람 가루를 좀더 많이 가지고 와서 그것을 전해 줘야 할, 새브레트를 기다리고 있는 동안에, 긴 꼬리가 나있는 별 한 개가 하늘에 나타났다네. 그러자 대아는 이 꼬리 긴 별이 이상해서 견딜 수가 없었던 거야. 그래서 회색 토나카이에게 그 별에 대해서 가르쳐 달라고 말했지. 왜 그랬는가 하면 회색 토나카이는 점쟁이였기 때문이야.

대아는 여러 가지 질문을 했다는 거야. 마치 처음으로 얼음이 어는 달에, 나뭇잎이 떨어지는 것처럼 질문을 자꾸자꾸 많이 해댄 거였어. 그래서 회색 토나카이는 치이 비이, 즉 영혼을 불렀지. 그러자 영혼이 회색 토나카이에게 이야기했대. 그래서 회색 토나카이는 대아에게 그 이야기를 들려주었던 거야."

노인은 다시 말을 끊었다가 이어나갔다.

"그것은 ― 그 긴 꼬리는 말야. 그것은 피라구 ― 별의 피야. 그 별은 물려서 상처입은 거라구. 그러나 나을 거야. 저 해님이란 것은 별들의 아버지거던. 그리고 달님은 별들의 어머니이고 ―. 해님, 즉 기지스는 언제나 자기 아이들인 별들을 쫓아다니다가 덥석 잡아서 먹곤 하지. 그러기 때문에 별들은 모두 해님이 나오면 도망쳐서 숨어 버리는 거라구.

한편 이 별들은 자기네를 잡아먹는 일이 없는, 마음씨 고운 어

322

머니가 그리울 뿐이지. 그러므로 밤이 되어 해님이 잠이 들고, 쿠슈 이이 완, 즉 어둠이 눈을 감게 만들면 달님과 그 아이들은 쌍방 모두 만나고 보고 싶어서 함께 모습을 나타내는 거야. 그런데 그 피를 흘리고 있는 별은 해님에게 붙잡혔던 거라네. 다행스럽게도 해님의 손에서 도망치기는 했지만 심히 다치게 된 거야.

이제는 깜짝깜짝 놀라고 있거니와 그러기에 언제나 해님이 잠을 자러 간 서쪽으로 그 얼굴을 향하고 있는 것이지. 그러나 그 피를 흘리는 별, 즉 슈우 쿠우 다아도 그리고 있는 사이에 상처가 낫게 될 거라고."

노인은 잠시 뜸을 들이다가 이야기를 이어나갔다.

"그러자 대아는, 어떻게 회색 토나카이가 그런 것을 모두 알게 되었는지 그것이 알고 싶어서 말했다네. 그래서 회색 토나카이는 그날 밤, 대아를 점치는 오두막에 데리고 갔지. 대아는 그곳에서 영혼들이 돌아오는 발짝 소리도 듣고 또 영혼들의 목소리도 들었어.

그러나 그것이 무엇을 말하고 있는 것인지 전혀 이해가 안되는 거야. 대아는 또 독수리 같은 날개가 달려 있는, 한 마리의 이리가 온몸에 불이 붙어 있는 모습으로 자기 머리 위를 날아가는 것을 보았어. 그리고 또 우레, 즉 부움 와와 와아가 회색 토나카이와 이야기하고 있는 것도 들었지. 하지만 대아로서는 이것도 역시 이해가 되지 않았던 거야.

그러는 동안에 회색 토나카이가 나이프를 빼들고, 그것으로 점치는 오두막 밖의 공기를 내려치며 휘둘러 보라고 대아에게 말했어. 그래서 대아가 그렇게 해보자, 나이프의 날도, 대아의 손도 새빨간 피투성이가 되어 들어온 거야. 대아는 또 이상해서 견딜 수가 없었어. 그래서 어떻게 회색 토나카이가 그런 것을 모두 알고 있는지 그 까닭을 끈질기게 물었지.

그러자 회색 토나카이는 마침내, 혼자서 살고 있는 거대한 홀아비인 무화과나무에게로 대아를 데리고 갔어. 그리고 그곳에서 그 홀아비 무화과나무가 지금도 자라고 있는지 어떤지를 대아에게 물었네. 그러자 대아는 자라나고 있다고 대답했어. 회색 토나카이가 이번에는 자라고 있다는 것을 어떻게 아느냐고 대아에게 물었지. 그러자 대아는 그것이 자란다는 것을 알기는 아는데 어떻게 해서 아는지는 저도 모르겠노라고 대답했네.

회색 토나카이는 그 슈우 쿠우 다아, 즉 해님에게 물린 별에 대해서, 자기가 어떻게 하여 아는지는 자기로서도 알 수 없다고 말했지. 이말은 대아를 격노케 만들었어. 왜냐하면 대아는 그것을 너무너무 알고 싶어서 견딜 수 없었기 때문이지. 그래서 대아는 회색 토나카이가 거짓말을 한다고 생각했던 거야."

노인은 고개를 끄덕이었고 이렇게 이야기를 이어나갔다.

"그러는 동안에 새싹이 돋아나는 달이 되었고, 새브레트가 모피(毛皮)를 사러 돌아왔어. 새브레트는 여러 가지 물건을 가지고 왔지. 대아에게는 또 회오리바람 가루를, 이번에는 작은 상자에 가득 넣어서 선물을 했어.

그래서 대아는 곧 집오리로 요리를 만들어 놓고 토나카이를 불렀지. 그리고 대아가 토나카이에게 그 회오리바람 가루를 먹였는데 회색 토나카이는 그즉시 이를 꼭 맞물었고 몸을 비틀기 시작하더니 마침내는 죽고 말았어."

노인은 혀를 끌끌 차며 생각에 잠겼다가 이야기를 이어나갔다.

"그런데 그 누구도 그 대아가 회오리바람 가루를 가지고 있다는 것을 알지 못했기 때문에, 모두들 머리를 맞대고 생각해 봐도, 여럿이 그토록 몸을 비틀다가 하느님에게로 가버린 이유를 알 수가 없었어. 그러나 꿈을 가지고 있는 여인은 자기 남편인 회색 토나

카이를 죽인 놈이 다름아닌 대아란 것을, 어느 때 꿈속에서 보았
지.

그래서 꿈을 가지고 있는 여인은 4일간 헤매며 걸어서 산속 깊
이 들어가, 모오 쿠와 즉, 짐승 가운데 가장 현명한 곰을 만났고
그 곰과 여러 가지를 상담했다는 게야. 그러자 그 곰은 회색 토나
카이를 죽인 놈은 실제로 대아라고 말하는 한편 꿈을 가지고 있
는 여인에게 그 회오리바람 가루에 대한 이야기를 들려주었지."
노인은 잠시 쉬었다가 이야기를 계속해 나갔다.
"그리고 곰과 꿈을 가지고 있는 여인은 불을 피워놓고 담배를 피
우면서 계략을 생각했어. 곰은 대아가 언제나 몰래 감춰두고 있는
회오리바람 가루를 — . 어디를 찾아야 발견할 수 있는지 알 수가
없었지.

그래서 곰은 꿈을 가지고 있는 여인에게 말하기를 대아에게 시
집을 가라고 했어. 그리고 대아가 언제나 몰래 감춰두고 있는 회
오리바람 가루를 발견할 때까지 철저하게 감시하라고도 했고 — .
그러다가 그것을 발견하거던 대아에게 그것을 먹이라는 것이었어.
그렇게 하면 대아라 하더라도 역시 몸을 비틀면서 죽고 말 것이
라고 말했던 거야.

그 일은 상당히 위험할 것임에 틀림없지만, 대아란 놈도 일단
꿈을 가지고 있는 여인이 자기에게 시집을 온 이상 틀림없이 그
녀를 죽이지는 않을 것이라면서 — . 그리고 꿈을 가지고 있는 여
인이 죽음을 당하지 않는 호신용(護身用)이라면서 곰은 그녀가
대아에게 시집가는 날부터 '끝이 없는 이야기'를 하기 시작해야
한다고 말했지.

그렇게 하기만 하면 대아란 놈은 잔혹한 놈이긴 하지만 그 잔
혹성에 못지않을 만큼, 듣고 싶어하고, 보고 싶어하고, 또 알고 싶

어하는 놈이기 때문에 끝이 없는 이야기를 끝까지 듣고 싶어할 것인즉, 꿈을 가지고 있는 여인에게 회오리바람 가루를 먹이는 일도 하루하루 연기할 것이라고 말했던 것이야. 그러는 동안에 꿈을 가지고 있는 여인은 대아가 하는 행동에 대하여 냉철하게 주목하기만 하면 회오리바람 가루를 감춰둔 장소에서 찾아낼 수 있을 것이라고 했지."

노인은 잠시 이야기를 끊었다가 다시 이어나갔다.

"그런 다음 현명한 곰은, 꿈을 가지고 있는 여인에게 이야깃거리의 종자(種子)를 듬뿍 주었지. 왜 그랬느냐 하면 꿈을 가지고 있는 여인이 그 이야깃거리의 종자를 뿌려서 수확을 하여, 두고두고 이야기를 할 수 있도록 하기 위함이었다네. 그래서 꿈을 가지고 있는 여인은 그 이야깃거리의 종자를 심었어. 그러자 그 종자가 싹이 나고 점점 자라났단 말이야.

그리고 마침내 꿈을 가지고 있는 여인은 이야기 다발을 16다발이나 수확할 수가 있었다네. 그녀는 16다발이나 되는 이야기 다발을 곡물창고에 넣어두었지. 그런 다음 꿈을 가지고 있는 여인은 머리에 주옥(珠玉)을 장식하고, 입술을 빨갛게 칠하고, 볼에는 연지를 칠하고, 새 모피 옷을 입었어.

대아는 이 꿈을 가지고 있는 여인을 보고 한눈에 반하여 자기 아내가 되어 달라고 사정을 했다는 거야. 그래서 두 사람은 혼례를 올렸지. 그리고 꿈을 가지고 있는 여인은 대아의 집으로 가서 마침내 그의 아내가 되었다네."

노인은 고개를 끄덕이다가 다시 말을 이었다.

"그러나 대아는 나이가 많고 또 아야미이 키이, 즉 비버처럼 교활한 놈이었는데 그는 자신에게 이런 말을 들려주었지. '아내를 오랫동안 데리고 사는 놈은 현명하다고 할 수 없지'라고 ─. 그리고 그는 내일이 되면 꿈을 가지고 있는 여인을 회오리바람 가루로 죽여버리겠다고 생각한 거야.

하지만 꿈을 가지고 있는 여인은 우선 대아에게, 자기는 웬 디이 고오, 즉 거인(巨人)이 싫어서 견딜 수가 없다고 말하고 대아가 그 웬 디이 고오를 죽이기 전에는 대아를 사랑할 수 없노라고 말했지. 또 그녀는 그 거인은 워낙 큰 놈인지라 대아가 창으로 찔러 죽일 수 없을 만큼 힘이 센 놈이란 것을 잘 알고 있었거던.

그런 까닭에 대아는 틀림없이 회오리바람 가루를 사용할 수밖에 없을 것이라고 생각한 꿈을 가지고 있는 여인은, 대아의 행동을 잘 살피어 회오리바람 가루를 숨겨둔 곳을 알아내리라고 생각했던 것이야.

한편 대아는 내일, 해님이 잠을 자러 들어간 이후에 그 거인을 죽여버리겠노라고 말했어."

노인은 잠시 쉬었다가 다시 이야기를 이어나갔다.

"그러자 꿈을 가지고 있는 여인은 대아에게 끝이 없는 이야기의 첫 번째 것을 이야기하기 시작했는데 마침내 한 다발을 다 써버리고 말았어. 그리고 그 이야기의 그날 밤 분량이 끝났을 때, 꿈을 가지고 있는 여인은 이렇게 말끝을 맺었던 거야. '그런데 해님처럼 새빨간 빛을 띤 호수 속에서 노란 더듬이를 가진, 새파랗고 아주 큰 물고기 한 마리가 튀어나왔는데 그 물고기는 다리도 나 있어서, 그 다리로 걸어 나에게로 오더니 하는 말'이라고 ─ .

그리고는 여기서 꿈을 가지고 있는 여인은 이야기를 딱 끊었는가 하면 그날 밤은 더이상 이야기를 하지 않으려고 했지. 그 다음 이야기가 궁금하여 미칠 것만 같은 대아는 아무리 애써도 꿈을 가지고 있는 여인을 설득할 수가 없었어. '나는 이제부터 잠을 자고, 그 노란색 더듬이를 가지고 있는 새파란 물고기가 뭐라고 했는지 꿈을 꾸지 않으면 안됩니다'라고 그녀는 대답한 다음 잠을 청하는 시늉을 내기 시작했던 거야. 그래서 대아는 그 다음 이야기를 듣고 싶었던지라, 꿈을 가지고 있는 여인을 죽이는 일을 하루 동안 연기하기로 했지."

노인은 잠시 생각하다가 다시 입을 열었다.

"그래서 꿈을 가지고 있는 여인은 밤새도록 한잠도 자지 않고 대아의 거동을 살폈지. 그러나 대아는 끝내 회오리바람 가루를 숨겨둔 비밀의 장소에 가지를 않는 거야. 그뿐 아니라 그 다음날이 되고 또 해님이 잠을 자러 들어간 다음에도 대아는 거인을 죽이러 가지 않는 거였어.

그렇지만 꿈을 가지고 있는 여인은 그날 밤, 끝이 없는 이야기를 또 하기 시작했지. 노란 더듬이를 가진 새파란 물고기가 뭐라고 했느냐 하면 — 이라면서. 그리고 마침내는 끝이 없는 두 번째 이야기 다발을 다 써버렸던 거야. 그녀는 그날 밤 이야기의 맨 마지막에서 이런 말을 했어.

'그리고 여기서 드디어 밤이 되자 모오 쿠와, 즉 곰이, 그가 살고 있는 골짜기에서 나를 부르더니 나를 위해서 하는 말이, 이곳으로 오오. 그러면 대아님이 와서 당신의 음료라며 보관해 둔 그 위스키의 보고(寶庫)가 있는 곳으로 당신을 안내해 주겠소라고 하더군요. 그래서 내가 골짜기로 가자 그 모오 쿠와, 즉 곰이 내 손을 잡고 위스키의 보고로 데려갔는데 그 위스키의 보고는, 지금까지 스우족(族) 중 누구도 본 일이 없을 정도로 컸으며, 그곳 가득히 위스키가 보관되어 있었답니다'."

노인은 여기서 잠시 쉬었다가 다시 이야기를 이어나갔다.

"그런데 여기서 이야기를 끊은 꿈을 가지고 있는 여인은 그날 밤에는 그 다음 이야기를 하지 않았어. 한편 대아는 뭔가 아쉽다는

328

듯 손가락을 빨고 있었지. 그러나 대아는 그러는 사이에 그녀가
그 위스키 보고를 자기에게 가르쳐 주고, 또 끝이 없는 이야기의
끝을 자기에게 이야기해 주기까지 꿈을 가지고 있는 여인을, 회
오리바람 가루로 죽이지는 말아야겠다는 새 계획을 세우는 것
이었지.

그런데 한편으로 그녀는 침대로 가자 머리에 꽂고 있던 주옥
(珠玉) 장식을 모두 풀어놓고 대아를 향하여, 대아는 자기를 사랑
해 주지 않는 까닭에 — 대아는 약속했던 대로 거인(巨人)을 죽
이지 않는 것이라고 말했어.

그리고 꿈을 가지고 있는 여인은 그러니까 자기도, 대아가 거인
을 죽일 때까지는 끝이 없는 이야기의 다음 이야기를 하지 않을
뿐만 아니라, 자기를 사랑하지 않는 남편을 위해, 곰이 찾게 해준
위스키의 보고로 안내해 주지 않겠노라고 잘라 말했지.

이말을 듣자 대아는 위스키 보고를 자기 것으로 만들고 싶어
안달이 나있었고, 또 끝이 없는 이야기의 다음 이야기가 듣고 싶
어서 안달이 나있던 터라, 마침내 거인을 죽여야겠다고 결심을 하
게 되었어.

그래서 꿈을 가지고 있는 여인이 울음도 그치고 욕설도 그치고
드디어 잠이 들었다고 생각되자, 대아는 회오리바람 가루를 감춰
둔 비밀장소로 살그머니 가서 그 가루를 조금 꺼내어 나뭇잎에
싼 다음, 그 나뭇잎을 자신의 기다란 머리털 사이에 숨겨 가지고
돌아와서 침대에 들어갔던 것이지."

노인은 빙그레 웃으며 한숨을 돌린 다음 다시 입을 열었다.

"그리고 대아가 마침내 깊은 잠에 빠져들자, 꿈을 가지고 있는 여
인은 살그머니 일어나 그 비밀장소로 갔고 그 회오리바람 가루를
조금 가지고 나왔어. 그런 다음 아침이 되자 그녀는 일찍 일어나

서 그 회오리바람 가루를 대아가 먹는 음식인 페츠 히이 키이, 즉 구운 물소고기에 뿌려서 대아에게 주었지."

노인은 얼굴을 찡그리며 잠시 쉬었다가 이야기를 이어나갔다.

"그런데 그것을 대아가 먹어치우자 꿈을 가지고 있는 여인은 곧 대아의 성(城)에서 뛰쳐나와 모두가 있는 곳으로 달려갔고, 스우족(族)들 모두에게 어서 와서 대아가 죽어가는 것을 보라고 했지. 그래서 스우족들은 모두 크게 기뻐하며 가보았어. 그러자 대아는 회오리바람 가루에 심장이 찢겨지면서 온몸을 꿈틀거리며 뒤틀어 대는 것이었다구. 그리고 대아의 이는 마치 덫처럼 완전히 맞물려서 말 한마디도 하지 못하며 그저 거품만 내뿜고 있을 뿐이었어.

그러다가 마침내 치이 비이, 즉 영혼이 대아의 몸에서 빠져나갔다구. 그래서 꿈을 가지고 있는 여인은 자기가 사랑했던 회색 토나카이, 언제나 자기를 키이 니이 모오 샤, 즉 정인(情人)이라고 부르며 웃어 주었던 회색 토나카이의 원수를 갚았던 거야."

노인은 여기서 잠깐 말을 끊었다가 다시 이었다.

"그런데 대아가 죽고 말자, 꿈을 가지고 있는 여인은 비밀장소로 가서 회오리바람 가루를 모두 가져다가 그것을 큰 늪 속에 집어던졌지. 그리고 그일이 끝나자 이번에는 끝이 없는 이야기의 나머지 14다발을 모두 해주었어.

그런 까닭에 그 이야기는 스우족(族) 모두에게 퍼져서, 누구나 대아가 몸을 비틀면서 죽어 버린 것이 얼마나 다행스럽고 기쁜 일인지를 이야기할 수 있게 된 거지.

그런데 그 1주일 동안 스우족 사이에서는 기쁨과 신명이 나는 이야깃거리 외에는 아무것도 없었지. 그리고 모오 쿠와, 즉 곰은 그말을 듣고는 깜짝 놀랐으며 그가 살고 있던 골짜기에서 웃으며 나온 거야. 한편 꿈을 가지고 있는 여인은 이미 원수는 갚았으므로 웬 디이 고오, 즉 거인과 함께 그의 집에 갔고 그곳에서 거인의 아내가 되었지. 이상으로 끝이 없는 이야기 외에는 모든 이야기가 끝이 난 거야."

노인은 잠시 숨을 고르다가 이야기를 이어나갔다.

"그런데 스우 샘이란 놈은 여기까지 이야기한 다음……"

소치는 노인의 이야기가 마무리되었다.

"이렇게 말하는 것이었어. '그리고 우리 어머니의 맺는 말은 다음과 같았지. 그러므로 쓸데없는 것을 꼬치꼬치 캐묻는 아이들은, 마치 이 보고 싶어하고, 듣고 싶어하고, 알고 싶어하기를 그 잔혹성보다 더했던 대아처럼 죽고 마는 것이란다'라고."

● 원작품명과 작가

이 책에 실은 원작품명과 작가를 참고로 소개한다

하숙집 괴사건

　〈The Hall Bedroom〉　Freeman, Mary Eleanor Wilkins

미신의 공포

　〈Black Terror〉　Whitehead, Henry St. Clair

죽음의 환각(幻覺)

　〈In the Midst of Death〉　Hecht, Ben

나무와 결혼한 여인

　〈The Tree's Wife〉　Counselman, Mary Elizabeth

사악(邪惡)한 눈

　〈The Eyes〉　Wharton, Edith

집념을 쏟은 의상(衣裳)

　〈The Romance of Certain Old Clothes〉　James, Henry

미소짓는 사람들

　〈The Smiling People〉　Bradbury, Ray

달을 그리는 화가(畵家)

　〈The Moon Artist〉　Keller, David Henry

핼핀 프레이저의 죽음

　〈The Death of Halpin Frayser〉　Bierce, Ambrose

검은 베일의 비밀

　〈The Minister's Black Veil〉　Hawthorne, Nathaniel

기피(忌避)당한 집

　〈The Shunned House〉　Lovecraft, Howard Phillips

악마에게 목을 걸지 마라

　〈Never Bet the Devil Your Head〉　Poe, Edgar Allan

대아(大鴉)가 죽은 이유

　〈The Story of the Death of the Raven〉　Lewis, Alfred Henry